金學叢書

第二輯 10

吳敢
胡衍南 霍現俊
主編

馮子禮《金瓶梅》研究精選集

馮子禮 著

臺灣學生書局印行

金學叢書第二輯序

2013 年 5 月第九屆（五蓮）國際《金瓶梅》學術討論會期間，胡衍南、霍現俊忙裏偷閒，時而小聚，漢書下酒，就中便有本叢書編輯出版一事。當時即擬與吳敢商談，以期盡快成議。只是吳敢當時會務繁多，此議終未提及。2013 年 7 月 3 日，胡衍南到徐州公幹，當晚至吳敢舍下小酌，此事即進入操作程序。此後電郵往來，徐州、臺北、石家莊三方輾轉，叢書編撰框架日漸明朗。2013 年 11 月 23 日，胡衍南再度到徐州公幹，代表臺灣學生書局與吳敢詳盡商談編輯出版事宜，本叢書遂成定案。

此「金學叢書」之由來也。

中國古代小說研究，重大課題眾多。近代以降，紅學捷足先登。20 世紀 80 年代，金學亦成顯學。明代長篇白話小說《金瓶梅》是中國文學史上一部里程碑式的重要作品，其橫空出世，破天荒打破以帝王將相、英雄豪傑、妖魔神怪為主體的敘事內容，以家庭為社會單元，以百姓為描摹對象，極盡渲染之能事，從平常中見真奇，被譽為明代社會的眾生相、世情圖與百科全書。幾乎在其出現同時，即被馮夢龍連同《三國演義》《水滸傳》《西遊記》一起稱為「四大奇書」。不久，又被張竹坡譽為「第一奇書」。《紅樓夢》庚辰本第十三回脂評：「深得《金瓶》壼奧」。魯迅《中國小說史略》認為「同時說部，無以上之」。

自有《金瓶梅》小說，便有《金瓶梅》研究。明清兩代的筆記叢談，便已帶有研究《金瓶梅》的意味。如明代關於《金瓶梅》抄本的記載，雖然大多是隻言片語的傳聞、實錄或點評，但已經涉及到《金瓶梅》研究課題的思想、藝術、成書、版本、作者、傳播等諸多方向，並頗有真知灼見。在《金瓶梅》古代評點史上，繡像本評點者、張竹坡、文龍，前後紹繼，彼此觀照，相互依連，貫穿有清一朝，形成筆架式三座高峰。繡像本評點拈出世情，規理路數，為《金瓶梅》評點高格立標；文龍評點引申發揚，撥亂反正，為《金瓶梅》評點補訂收結；而尤其是張竹坡評點，踵武金聖歎、毛宗崗，承前啟後，成為中國古代小說評點最具成效的代表，開啟了近代小說理論的先聲。明清時期的《金瓶梅》研究，具有發凡起例、啟導引進之功。

20 世紀是人類歷史上可足稱道的一個百年。對中國人來說，世紀伊始，產生了驚天動地的兩件大事：1911 年封建王朝的終結，1919 年「五四」新文化運動的興起。中國人心裏承接有豐富的傳統，中國人肩上也負荷著厚重的擔當。揚棄傳統文化，呼喚當代文明，這一除舊佈新的文化使命，在中國用了大半個世紀的時間。觀念形態的更新、研究方法的轉變、思維體式的超越、科學格局的營設一旦萌發生成，便產生無量的影響，具有劃時代的意義。《金瓶梅》研究即為其中一例。

以 1924 年魯迅《中國小說史略》出版，標誌著《金瓶梅》研究古典階段的結束和現代階段的開始；以 1933 年北京古佚小說刊行會影印發行《金瓶梅詞話》，預示著《金瓶梅》研究現代階段的全面推進；以 30 年代鄭振鐸、吳晗等系列論文的發表，開拓著《金瓶梅》研究的學術層面；以中國大陸、臺港、日韓、歐美（美蘇法英）四大研究圈的形成，顯現著《金瓶梅》研究的強大陣容；以版本、寫作年代、成書過程、作者、思想內容、藝術特色、人物形象、語言風格、文學地位、理論批評、資料彙編、翻譯出版、藝術製作、文化傳播等課題的形成與展開，揭示著《金瓶梅》的研究方向。一門新的顯學——金學，已經赫然出現在世界文壇。

20 世紀 70 年代以來的當代金學，中國的吳曉鈴、王利器、魏子雲、朱星、徐朔方、梅節、孫述宇、蔡國梁、甯宗一、陳詔、盧興基、傅憎享、杜維沫、葉朗、陳遼、劉輝、黃霖、王汝梅、周中明、王啟忠、張遠芬、周鈞韜、孫遜、吳敢、石昌渝、白維國、陳昌恆、葉桂桐、張鴻魁、鮑延毅、馮子禮、田秉鍔、羅德榮、李申、魯歌、馬征、鄭慶山、鄭培凱、卜鍵、李時人、陳東有、徐志平、陳益源、趙興勤、王平、石鐘揚、孟昭連、何香久、許建平、張進德、霍現俊、陳維昭、孫秋克、曾慶雨、胡衍南、李志宏、潘承玉、洪濤、楊國玉、譚楚子等老中青三代，辨章學術，考鏡源流，營造了一座輝煌的金學寶塔。其考證、新證、考論、新探、探索、揭秘、解讀、探秘、溯源、解析、解說、評析、評注、匯釋、新解、索引、發微、解詁、論要、話說、新論等，蘊含宏富，立論精深，使得金學園林花團錦簇，美不勝收，可謂源淵流長，方興未艾。中國的《金瓶梅》研究，經過 80 年漫長的歷程，終於在 20 世紀的最後 20 年登堂入室，當仁不讓也當之無愧地走在了國際金學的前列。

此「金學叢書」之要義也。

本叢書暫分兩輯，第一輯為臺灣學人的金學著述，由魏子雲領銜，包括胡衍南、李志宏、李梁淑、鄭媛元、林偉淑、傅想容、林玉惠、曾鈺婷、李欣倫、李曉萍、張金蘭、沈心潔、鄭淑梅，可說是以老帶青；第二輯為中國大陸 20 世紀 80 年代以來學人的《金瓶梅》研究精選集，計由徐朔方、甯宗一、傅憎享、周中明、王汝梅、劉輝、張遠芬、周鈞韜、魯歌、馮子禮、黃霖、吳敢、葉桂桐、張鴻魁、陳昌恆、石鐘揚、王平、李時人、趙興勤、孟昭連、陳東有、孫秋克、卜鍵、何香久、許建平、張進德、霍現俊、曾慶雨、楊國玉、潘承玉、洪濤諸位先生的大作組成，凡 31 人 30 冊（其中徐朔方、孫秋克，傅憎享、楊國玉，王平、趙興勤，因字數兩人合裝一冊），每冊 25 萬字左右。

天津師範學院（今天津師範大學）朱星是中國大陸金學新時期名符其實的一顆啟明星，他在 1979 年、1980 年連續發表多篇論文，並於 1980 年 10 月由百花文藝出版社結集出版了中國大陸新時期《金瓶梅》研究的第一部專著《金瓶梅考證》。朱星的研究結論不一定都能經得住學術的檢驗，但朱星繼魯迅、吳晗、鄭振鐸、李長之等人之後，重新點燃並高舉起這一支學術火炬，結束了沉寂 15 年之久的局面，這一歷史功績，應載入金學史冊。遺憾的是，朱星先生 1982 年逝世，後人查訪困難，只能闕如。

香港夢梅館主梅節可謂《金瓶梅》校注出版的大家，1988 年由香港星海文化出版有限公司出版《全校本金瓶梅詞話》；1993 年由梅節校訂，陳詔、黃霖注釋，香港夢梅館出版《重校本金瓶梅詞話》（該本後由臺灣里仁書局 2007 年 11 月初版，2009 年 2 月修訂一版，2013 年 2 月修訂一版八刷）；1998 年梅節再為校訂，陳少卿抄寫，香港夢梅館出版《夢梅館校定本金瓶梅詞話》。前後三次合共校正詞話原本訛錯衍奪七千多處，成為可讀性較好的一個本子。梅節由校書而研究，關於《金瓶梅》作者、傳播、成書、故事發生地等問題的認識，亦時有新見。可惜的是，梅節先生的論文集《瓶梅閒筆硯——梅節金學文存》2008 年 2 月由北京圖書館出版社出版，版權協商匪易，未能入選。

上海音樂學院蔡國梁 20 世紀 50 年代末即開始研習《金瓶梅》，寫下不少筆記，1980 年前後即依據筆記整理成文，1981 年開始發表金學論文，1984 年出版第一部專著[1]，累計出版金學專著 3 部[2]、編著 1 部[3]，發表論文多篇，內容涉及《金瓶梅》的思想、源流、人物、作者、評點、文化等諸多研究方向，是早期《金瓶梅》研究的主力成員。無奈聯繫不上，不得已而割愛。

國人研究《金瓶梅》的論著，最早是闞鐸的《紅樓夢抉微》[4]，但其只是一個讀書筆記。天津書局 1940 年 8 月出版之姚靈犀《瓶外卮言》，嚴格說也只是一個資料彙編。香港大源書局 1961 年出版之南宮生著《金瓶梅》簡說，算得上是一個原著導讀。臺北時報文化出版公司 1978 年 2 月出版之孫述宇著《金瓶梅的藝術》，可說是第一部文本研究的學術著作。該書全文收入石昌渝、尹恭弘編選的《臺港金瓶梅研究論文選》[5]。2011 年 3 月上海古籍出版社再版，增加了一篇作者自序，更名為《金瓶梅：平凡人的宗教劇》。

---

1 《金瓶梅考證與研究》，西安：陝西人民出版社，1984 年。

2 另兩部為：《明清小說探幽——明人、清人、今人評金瓶梅》，杭州：浙江文藝出版社，1985 年；《金瓶梅社會風俗》，天津：百花文藝出版社，2002 年。

3 《金瓶梅評注》，桂林：灕江出版社，1986 年。

4 天津大公報館 1925 年 4 月鉛印。

5 南京：江蘇古籍出版社，1986 年。

孫述宇先生本已與上海古籍出版社洽商同意編入金學叢書，並授權主編代理，忽中途撤稿，原因還是版權問題。

還有其他一些因故未能入選的師友：或已作仙遊[6]，或礙於本輯叢書的體例[7]，或因為版權期限，或失去聯繫等。凡此種種，均為缺憾。

儘管如此，第二輯連同第一輯 14 人 16 冊總計所入選的此 45 人 46 冊，已經是中國當代金學隊伍的主力陣容，反映著當代金學的全面風貌，涵蓋了金學的所有課題方向，代表了當代金學的最高水準。

此「金學叢書」之大略也。

臺灣學生書局高瞻遠矚，運籌帷幄，以戰略家的大眼光，以謀略家的大手筆，決計編撰出版「金學叢書」，實金學之幸，學術之福。主編同仁視本叢書為金學史長編，精心策劃，傾心編審。各位入選師友打造精品，共襄盛舉。《金瓶梅》研究關聯到中國小說批評史、中國小說史、中國文學史、中國文學評點史、中國文學批評史等諸多學科，是一個應該也已經做出大學問的領域。為彌補本叢書因為容量所限有很多師友未能入選的不足，特附設一冊《金學索引》[8]，廣輯金學專著、編著、單篇論文與博碩士論文，臚列學會、學刊與所舉辦之金學會議，立此存照，用供備覽。本叢書的編選，既是對過往的總結，也是對未來的期盼。本叢書諸體皆備，雅俗共賞，可以預測，將為金學做出新的貢獻。

此「金學叢書」之宗旨也。

金學已經不是一座象牙塔，而是一處公眾遊樂的園林。三百多部論著，四千多篇學術論文，二百多篇博碩士論文，既有挺拔的大樹，也有似錦的繁花，吸引著越來越多的研究者與愛好者探幽尋奇。不容置疑，傳統的金學，加上以文化與傳播為標誌的、以經典現代解讀為旗幟的新金學，必然展示著甯宗一先生的經典命題：說不盡的《金瓶梅》。

此「金學叢書」之感言也。

吳敢、胡衍南、霍現俊（吳敢執筆）

2014 年元旦

---

6 如王啟忠、鮑延毅、孔繁華、許志強諸先生等，駕鶴西去的徐朔方先生的精選集由其高足孫秋克代為編選，劉輝先生的精選集由其摯友吳敢代為編選。

7 本輯叢書乃論文精選集，字典、詞典與小塊文章結集便未能入選，《金瓶梅》語言研究的幾位專家如白維國、李申、張惠英、許仰民等因此失選。

8 吳敢編著，分上下兩編。

馮子禮《金瓶梅》研究精選集

目　次

附　錄

相悖互依　逆向同歸
——《金瓶梅》與《紅樓夢》主人公之比較

文學首先是美學，從審美角度看，《紅樓夢》和《金瓶梅》的兩個主人公——賈寶玉與西門慶，正是對立的兩個極致：一個美哉善哉，一個大醜大惡；一塊晶瑩靈秀的美玉，一堆濁臭逼人的垃圾；一邊是醉人的詩意芬芳，一邊是人欲橫流銅臭熏天——他們除了水火不容的對立，難道還有什麼共通之處可言嗎？

對「禮」的挑戰和背離

中國古代的社會精神，可以概括為一個字：禮。荀卿曰：「人無禮不生，事無禮不成，國家無禮則不寧。」真是大哉禮也！什麼君臣父子、忠孝節義、三綱五常、三從四德、敬天法祖、勞心勞力、等等，所有體現宗法等級制度的一切規範，都由它作為最高象徵體現出來了。由它所規範的「天有十日，人有十等」各不逾矩的理想社會，真是雍穆莊嚴，恂恂如也，穆穆如也。

宋明以後，這「禮」又進一步僵化為「理」，「存天理，滅人欲」，面孔愈加森嚴起來。可嚴酷並不意味著有力，也正是在這個時期，它受到了來自各個方面的挑戰，隨著都市商業發展而興起的市民階層，正在各個方面通過各種形式頑強地表現自己，而《紅樓夢》和《金瓶梅》正是這一社會存在的產物。

一反古代文學的雍穆莊嚴和文質彬彬，《金瓶梅》洋洋百萬言的大作渲染的卻是「酒、色、財、氣」——儘管作者經常在行文中間向人們進行著勸誡「酒、色、財、氣」的說教——特別是「色」與「財」，也即物欲和肉欲，則更是小說的描寫中心。一邊要「滅人欲」，一邊在張揚人欲，作者的主體追求與小說的審美價值且勿論，正是在這一點上，《金瓶梅》具有著反傳統的意義。它是邪惡的魔鬼，但卻褻瀆著傳統的神聖殿堂。固然，暴露權貴或為富不仁的「人欲」，是進步文學的一個傳統的主題，但是，《金瓶梅》之異於其他者，其主人公靠著金錢的力量起家，靠著在商品流通中不斷膨脹的財富而不斷擴展力量，由一個市井浪子逐漸變為山東屈指可數的暴發戶大官商西門大官人、西門大老爺，他的地位與欲望隨著財富的增長而增長，膨脹而膨脹，直到最後縱欲而身亡家敗。作者不厭其煩地、淋漓盡致地描寫了它的主人公的「欲」的膨脹與實現的過程，在表面上和理性上似乎在暴露，在感性上則在渲染，而在潛意識上和實質上則在欣賞著這「欲」，它的形象蘊涵與主體傾向都異於它以前的文學，包括《三國演義》與《水滸》這樣的通俗小說在內。從審美的角度視之，這種「欲」的大肆渲染與張揚無疑是一種「醜」，故爾四百年來，人們稱之為「淫書」，總是對之大張撻伐，而舊時代的推崇者又往往從封建倫理出發曲為之辯：大家都弄顛倒了。「資本來到世間，從頭到腳每個毛孔都流著血和骯髒的東西。」——《金瓶梅》的反傳統價值難道不是與它的「醜惡」有著互相依賴之處嗎？

無獨有偶，一百二十回的《紅樓夢》的作者經常出面宣揚的是「空」與「冷」，但它的形象自身所輻射出的卻是「色」與「熱」——真是地道的「紅外線」！然而它卻不是「金瓶」之「色」，這「色」與「熱」可以歸結為一個「情」字，它是賈寶玉終生追求身體力行的「基本精神」，也是這一形象迥異於其他的根本所在。「無故尋愁覓恨，有時似傻如狂」，這個「古今不肖第一」的貴公子，他對那集千百年封建文明之大成的詩禮世家，對那「花柳繁華地、溫柔富貴鄉」中文采風流的一切，在感性上對其總體已經產生了懷疑不滿，感到厭倦了，那以「禮」為規範的一切，他已經覺得「無情」了。寶玉是個蹩腳的理論家，但卻是一個對時代風氣感受敏銳的詩人。他說不出，但卻感受得到，他感到「禮」的不合理，提出一個「情」字以取代它。這「情」，來自人的「氣質之性」，也是人固有的一種「欲」，一種以美與善的形態表現的「欲」。他的「情不情」，他的「體貼」與「意淫」，他的「愛博心勞」等等，朦朧地體現了自己與他的同道者的個性解放的最初意識。也是憑直感，賈母感到孫兒的性情不好理解，它不屬於一般意義上的「男女」範疇；賈政則感到兒子有「釀到弒父弒君」地步的危險性。「聖人千言萬語，只教人存天理，滅人欲」，《金瓶梅》與《紅樓夢》通過自己的主人公，分別從美與醜、從善與惡兩極、從情欲與肉欲的不同角度，提出了「人欲」這個課題，對於千百年來以「禮」為標誌的舊傳統，不能不說是一個巨大的衝擊力量。

價值觀念的更新

傳統的價值觀念可以概括為四個字：克己復禮。它有兩個突出的特徵：一是壓抑自我，神化外在；一個是重義輕利，崇尚形而上，貶損形而下，它把人的追求納入封建的宗法等級規範中去，大量製造著清教徒，培養著奴隸主義。不光奴隸們要低眉順眼，即使是士大夫階級們的人生價值的最光輝的形式「修、齊、治、平」，也必須在「非禮勿視聽」中去實現，要恪守君臣、父子、夫婦、尊卑的規範而不逾矩，對上保持著「誠惶誠恐，死罪死罪」的心理狀態，比起「立功」來，更看重「立德」和「立言」。

在《金瓶梅》中這種價值觀念開始失去了魅力，熏天的銅臭淹沒了傳統的聖光和迷人的詩意，市民社會不再對「克己」感興趣，現世的物質享受成了他們的人生目標，而這目標又必須通過自我努力與競爭，通過獲得金錢去實現。一個市井浪子，一旦有了錢，可以輕而易舉地躋入上流社會，當朝太師太尉、皇親內臣、狀元進士、撫按科道、府尊縣令，都可以使之隨心所欲地圍繞他轉，比起東平、東昌兩府的許多窮千戶們，西門大官人更顯出「有了錢便有了一切」的光彩。「朝廷爺一時沒錢使，還向太僕寺支馬價銀子來使」呢，那只「言義而不言利」、清高絕塵而諱言「阿堵物」的時代過去了，隨著城市商品經濟的發展和金錢力量的擴張，各種觀念都在慢慢更新，人生的價值觀念自然也不例外。在那「熱鬧大馬頭去處，商賈往來，船隻聚會之所，車輛輻湊之地，有三十二條花柳巷，七十二座管弦樓」，西門大官人的周圍已經形成了一種環境小氣候，金錢這一向來被視為俗而又俗的「黃色奴隸」，在到處褻瀆著傳統的尊嚴，它把一切神聖的東西都變成了可以交換的等價物；封爵、職官、親情、友誼、良心、信仰、官司的輸贏、女人的貞操，無不可以買賣。西門慶物色小老婆時，固然重視色相，但更重視金錢。孟玉樓和李瓶兒都是富孀，她們的財產對西門慶的事業的更上一層樓，起著舉足輕重的作用。與傳統不同是，西門慶不是拉著女人的裙帶起飛，而是憑藉妻子的財富而扶搖。白樂天時代的樂壇名星，以「老大嫁作商人婦」為不幸，可《金瓶梅》時代「少女嫩婦」的孟玉樓，卻不願做舉人老爺的正頭娘子，寧願給富商巨賈「作小」。時代精神的變化真大呀！「孔方兄、孔方兄！我瞧你光閃閃響噹噹的無價之寶，滿身通麻了，恨沒口水咽你下去。」「有了銀子，要命怎的！」——這是人們的普遍心態。西門慶雖然使銀撒漫，但當黃三李四送來利錢時，他拿了「黃烘烘的四錠金鐲兒心內甚是可愛」，而且還特地「抱到瓶兒房中」，不惜冰著未滿周歲的官哥兒，「叫孩子手兒撾弄」。人間的一切，都是「有錢便流，無錢不流」。張竹坡在九十八回書前批道：「見此輩只知愛錢，全不怕天雷，不怕鬼捉，昧著良心在外胡做。」竹坡公只知其一，不知其二，今人尚云：「錢是好東西，任何人見了都要兩眼發光。性當然不是壞東西，儘管正人君子表面上都撇嘴。」——這種「金瓶精神」標誌的正是價值觀念的更新。在傳統的價值觀念中無論是「兼濟」還是「獨善」，都必須「克己」；而西門慶則不同了，他正憑藉著對金錢的占有而進行著自我擴張：

> 咱聞那西天佛祖，也止不過要黃金鋪地；陰司十殿，也要些褚鏹營求。咱只消盡這家私廣為善事，就使強姦了嫦娥，和姦了織女，拐了許飛瓊，盜了西王母的女

兒，也不減我潑天富貴。[1]

他雄心勃勃，非常自信，有強烈的自我意識。不過這個「自我」，不是永恆的人性，也不是覺醒的潛意識，而是逐步擴展的金錢力量的人格化。金錢的人格化，與人格的金錢化，正是兩位一體的東西。

如果說西門慶以形而下的形式和不自覺的感性形態赤裸裸地表現自己的力量，那麼賈寶玉則是以形而上的形式用比較自覺的理性形態富於詩意地更新著自我價值觀念。對於讀書做官、顯親揚名的傳統人生道路的唾棄，是賈寶玉離經叛道的最高點，也是他區分清濁決定棄取的根本性標準。但是，寶玉畢竟出生得太早，他雖然呼吸到了時代將變的氣息，至於這新的時代到底應該是什麼樣子，他還未曾作過認真的思考。他體味到了傳統價值觀念的不合理，看透了上流社會的傳統人生追求的虛偽性：「學而優則仕」培育著雨村式的「國賊祿鬼」，八股制藝不過是「混人誆飯吃」，「文死諫，武死戰」的愚忠不過是沽名釣譽。特別是對於女性，他更看透了奴性人生規範的殘酷性，「三從四德」「無才便是德」虐殺了多少聰明清俊的女兒，正是它，而不是個別惡人釀成了「千紅一哭，萬豔同悲」的社會大悲劇。他看到了無論是「上智」還是「下愚」，他們自身都有著一些美好的東西被荼毒或扼殺了。人與人之間應該調整一下彼此的關係使人生的追求能得到更新。他的價值觀念首先在大觀園女兒國中付諸實踐，「太虛幻境」則是他的烏托邦，這就是他的體貼女兒，不擺主子架子，是他那「多情」「情不情」或「意淫」。而這一些在傳統觀念看來就成了所謂「似傻如狂」了。應當說寶玉已經開始意識到「自我」了，在一定程度上，他同時也覺得「他人」也應該像「自我」一樣，去追求與實現「自我」。——這裏已經有了平等意識的萌芽。這正是他與那抹殺「自我」意識存在以等級奴役制度規範人的傳統價值觀念對立的東西。「就便是為這些人死了，也是情願的」，正說明了這種新的追求的執著性。

當然，在《紅樓夢》時代，寶玉的追求只能是「太虛幻境」中的空中樓閣，他只能在「自我實現」的形式上去提出並實現自己的人生理想。再過若干年，寶玉的朦朧觀念，才在連薛寶琴也未到過的「真真國」以西的地方，以「天賦人權」的完備形態，用血與火去付諸實施。寶玉的貢獻在於啟示人們在歷史的長河中使人生的價值追求從宗法等級和奴隸主義的禁錮的形式下解放出來使之進入一個新的階段。可他的朦朧意識一旦從「太虛幻境」搬到罪孽的塵世中去「貼現」時，那時他就會十分驚訝地看到，西門慶正是體現這一原則最初實現了的「自我」。同樣的，像李四、黃三、韓道國、苗青、陳敬濟、

---

1 《張竹坡批評第一奇書金瓶梅》，濟南：齊魯書社 1983 年。下同，不另。

應伯爵以及潘金蓮、龐春梅、王六兒們，他們何嘗不也是在按照同一原則去設計與追求自己的價值，可因為他們各自的「自我」條件不同，因而他們的「自我」實現的結果又是多麼地大異其趣啊！西門慶的價值在於以最初的形式預示了這種新的價值觀念得到實現之後的基本形態。

倫理觀念的變革

對於傳統文明的王道樂土，金錢真如同洪水猛獸一般，凡是它的勢力膨脹的地方，都會出現「禮崩樂壞」、斯文掃地的局面。什麼三綱五常、三從四德、君君臣臣、尊尊親親，一切都亂了套，一切都要適應新準則去重新組合。吳月娘說的「如今年程，說什麼使得使不得！漢子孝服未滿，浪著嫁人的才一個兒！」她諷刺的是李瓶兒，結果卻打擊了一大片，正反映了倫理觀念變化的普遍性。《金瓶梅》中清河和臨清這兩個較為發達的「商業社會」中，情形正是這樣。

一個向為士大夫所不恥的市井潑皮暴發戶，就因為有錢，一下子穿上了五品服色，成了炙手可熱的掌刑千戶。有意思的是，在他那車水馬龍的過從行列中，不只是同僚和鄉紳，許多品階比他高得多的狀元進士、撫按監守和太監皇親也屈尊紆貴紛紛和他拉扯套近乎。實際上他們比應花子強不多少，他們中少數是借重這位太師乾兒的權勢，大部分不過是為了打一點這位山東大款的秋風。李瓶兒的喪儀是一個煊赫的場面，它很容易使人聯想起秦可卿之喪的聲勢。可秦可卿畢竟是國公世家的冢孫婦、御前龍禁尉的誥命宜人啊，而李瓶兒算什麼東西呢？她不過是商賈再醮之「賤妾」，也竟稱起「誥封錦衣西門恭人」來！張竹坡說：「瓶兒，妾也，一路寫其奢僭之法，全無月娘，寫盡市井之態。」正是如此！不過竹坡說得也不完全對。其實這「無禮」也是「禮」，它是暴發戶們經過修正的「禮」。陳敬濟同時死了父親和情人，可是他對家嚴是那樣的輕薄無情，而對其情婦——小丈母娘潘六姐又是那樣的真摯痛切，真還有點「愛情至上」的味兒呢！先情婦，後家嚴；家嚴是假，情婦是真：這就是這位市井浪子的「孝」與「親親」！在《金瓶梅》中，「朋友有義」和「重義輕利」已開始被互相利用、爾虞我詐與見利忘義所代替，應伯爵說得好：「如今年時，只好敘些財勢，那裏好敘齒。」在西門慶的十兄弟中，西門慶之對花子虛謀財奪妻，應伯爵和吳典恩於西門慶死後之忘恩負義及落井下石，都體現出了人與人間相處的新準則。《金瓶梅》世界中性觀念的解放表現得十分突出。封建倫理對於女性特別是對於女子貞操的要求最為典型的表現出了它的殘酷性，「未嫁從父，既嫁從夫，夫死從子」，在與男性的關係中女子不僅永遠做奴隸，而且還得「從一而終」，甚至還「餓死事小，失節事大」！可西門慶周圍的女性就不是這樣，我們經常看到的是寡婦再醮與男女苟合，「三從」被修正成了「初嫁由親，再嫁由身」，西門大官人的如夫人隊伍便基本由再嫁寡婦與從良娼妓組成，而他一旦撒手歸西，她們也馬上如鳥獸散各自另謀出路去了。「少女嫩婦的守什麼」，寡婦改嫁在清河縣並不為怪。西門慶姦占婦女也以一種「自由貿易」的形式出現：一方支付金錢實物，一方出賣色相貞操，「自由平等」，甲乙雙方心甘情願，賣方甚至得到丈夫的默許或贊同——這裏的「專業戶」，開的是夫妻店！西門慶死後，韓道國欲拐財遠遁，開始時心猶不安，而王六兒卻說：「自古有天理到沒飯吃哩！他占用著老娘，使他這幾兩銀子也不差甚麼！」——西門慶的這位情婦正是倫理觀念更新的先行者。

正當西門慶憑藉著魔鬼的力量不自覺地改變著傳統的倫理觀念時，賈寶玉卻以天使般的善良和真誠自覺地用理性去審視傳統道德並開始思考它的合理性了。既然傳統道德把女性貶到最低位置，那麼寶玉的批判理所當然地要從「男尊女卑」論入手，一部「女清男濁」論也足以補償那千萬紅顏悲劇使普天下眾女兒揚眉吐氣了。從傳統女德看寶釵可以算是完人了，可他並不喜歡這位寶姐姐，而甘願受「小性兒」的林妹妹的「氣」。寶黛的戀愛本身就是對諸如「從父」「無才」等傳統女德的批判。儘管寶玉從未就女子貞操問題發表過見解，但從他對茗煙與萬兒苟合的態度看，他是不會太膠柱鼓瑟的。寶玉倫理觀中另一個重要特徵是平等觀念的萌生。他成日家在女兒隊伍中混，甘為小丫頭子充役，在奴才面前也「沒大沒小的」，不大拿主子款兒，在兄弟面前也不擺哥哥架子，他不喜歡別人怕自己，反對繁文縟節，主張本真自然，等等，都是這種觀念的反映。另外他抨擊過愚忠，對親子間如何建立較為合理關係，也作過思考，總之寶玉是在用初步人文主義的平等意識來審視和批判以等級和奴役為特徵的封建道德。寶玉所追求的是其理想化的形態，而西門慶所體現的是它的現實形態；寶玉的理想，反映了人性進步中一個新的層次，西門慶所表現的則是其具體階段的特殊本質。

神權觀念的淡化

神權拜物教是封建專制的政權拜物教的哲學前提——它們都是人在一定歷史階段受自己所創造的異化物奴役的表現形式，而「天命觀」和「宿命論」則是神權拜物教的基本形態。明中葉以後，隨著城市商品經濟的發展，這種神聖不可侵犯的觀念也開始受到了挑戰。

王熙鳳弄權鐵檻寺時有過一段坦率的自白：

> 你是知道我的，我從來不相信什麼陰司地獄報應的，憑是什麼事，我要說行就行。

真是無獨有偶，她的這段話和上文所引的西門慶的那一段話比起來，那口吻那自信何其相似乃爾！儘管他們二人的身分和教養相距不啻天壤，但他們卻有一個顯著的共同點，即身上都不同程度地散發著銅臭——他們的無神觀念正來自銅臭。西門慶是一個財運亨通的大富豪，隨著財富的膨脹他的社會地位也跟著扶搖直上，憑藉著金錢的力量他可以隨心所欲地得到他所要的一切，太師府第和招宣閫幃的門都向他敞開著。他是金錢的化身，金錢是他的外化，金錢的力量就是他自己的力量。——他是生活中的強者。他非常自信！陰司地獄不可怕，極樂天堂不可期；信神，不如信錢；信鬼，不如信自己；彼岸世界太渺茫，塵世享受方是真；貶棄神權拜物教，崇信金錢拜物教——即使有神，也不是那超我之神，而是為我之神，是金錢神聖化的偶像。——這一些，正是新興暴發戶充滿自信的表現。

除了金錢之外，西門慶還崇拜權力。他不惜重金給蔡京送禮，目的就是以金錢換取權力，再用權力攫取更多的金錢。他雖然也撈了個五品千戶，與一般官吏不同的是，他的事業主要是經商。他不是一個普通的經營綢緞生藥的「專業戶」，而是一個以權牟利的「官商」。作為西門大老爺他又兼任著這些店鋪的「董事長」。權力保障著他的流能管道的暢通，從而便保證著金錢迅速地流進他的錢袋；權力又是他進行超經濟掠奪的基本手段，憑著權力他可以大幅度地偷漏關稅以降低進貨的成本；也是權力，使他可以提前支取鹽引以壟斷貿易及優先投標收購古董以牟取暴利：權和錢在他是相輔相成相得益彰的。因此當他行將就木之際，他趕緊明智地囑咐親屬調整產業的規模和結構——他深知一旦沒有西門大老爺作為「董事長」，「只怕你們娘兒們顧攬不過來」。西門慶變「非我」的權力為「為我」的權力，使權力有效地為發財致富服務，不光是神權觀念崇拜的淡化，還是對傳統權力觀念的改造。

當然，西門慶不是一個無神論者。他也經常做做法事，搞搞占卜及齋僧佈道之類，不過他從來沒有認真對待過，更談不上虔誠的信仰。吳神仙冰鑒定終身，眾人以為神，他卻說「自古『算的著命，算不著好』，相逐心生，相隨心滅，周大人送來，咱不好囂了他的。」；李瓶兒病危中見鬼，西門一面求神問卜，一面又說：「人死如灰滅，這幾年知道他那裏去了，此是你病得久了，神虛氣弱了，那裏有什麼邪魔魍魎，家親外祟！」；他為官哥許過願，那是為了消災延壽；他捐金修廟，是為了換得「桂子蘭孫，端莊美貌，日後早登科甲，蔭子封妻之報」；送走化緣長老之後，他馬上變虔誠為玩世不恭，說自己與和尚「鬼混了一會」，所以吳月娘說他「你有要沒緊，恁毀僧謗佛的」。他所從事的世俗化的宗教迷信活動，是跨越陰陽兩界的交換行為，以塵世支配的價值實體，去贖買彼岸的空靈利益，不過是塵世經營活動的繼續和補充。他是一現實主義者，只是在塵世生活中遇到難以彌補的缺憾時，他才回頭向彼岸投去一瞥，歸根結蒂，他是個相信「潑天富貴」高於一切的人。

如果說西門慶在淡化神權拜物傾向方面是個自發的實踐家，那麼賈寶玉則是在這個問題上進行初步思考與批判的理論家。「和尚道士的話如何信得！」他不惟有毀僧謗道的言論，而且還身體力行之，在終身大事問題上以「木石姻緣」否定「金玉姻緣」，以「人」和「情」向「天」與「命」挑戰，由否定「信神」到相信「自我」。寶玉罕言命，不語「怪力亂神」，他雖也祭金釧，誄晴雯，打算給劉姥姥杜撰的抽柴女兒的廟作疏頭，但他的祭，不用香燭紙馬，唯用異香清茗，不過是寄託思念的形式，一點也不帶迷信色彩。寶玉也相信有花神之類，但這些神與傳統的神體系不同，她是寶玉的「杜撰」，她屬於女兒之神，是寶玉女兒崇拜的延伸。他夢遊的「太虛幻境」，則是這種女兒神的體系。這女兒之神不過是寶玉自我觀念的幻化和昇華，是寶玉自我肯定的一種形式，當然這種形式本身也反映著寶玉自信程度的不足。當他在現實生活中一再碰壁時，他往往到空幻中去尋求逃路，但他終歸對塵世不能忘情。

雅文市俗化的傾向

我們古老的文明源遠流長，面對這「高山景行」式的豐碑，無論是粗俗的暴發戶還是市井細民，一面對它頂禮膜拜，自慚形穢，一面也從自己的需要出發，對其悄悄地加以改造，使之為我所用。我們古老的龍之帝國，這一過程的進行，既不採取「文藝復興」的方式，也不採取法蘭西式的大破大立的方式，而是採取逐步浸潤，使士大夫壟斷的典雅文化逐步市俗化的方式。

市井浪子出身的西門大郎自然是粗俗少文，他所擅長的無非是雙陸象棋、抹牌道字、使槍弄棒、眠花宿柳、「潘、驢、鄧、小、閑」，成為千戶老爺之後，混跡官場，應酬揖讓，跟賈璉一樣，「言談應對，也頗去得」。他慢慢學會了附庸風雅，他不僅興建園林，擺設古玩，而且在接待狀元進士時，他居然能謅出句「與昔日東山之游，又何異乎」，雖然不倫不類，但畢竟能知此典，倒也難為他——這是市俗向文雅靠近。但西門慶們在文化方面的貢獻，主要的還是使雅文市俗化。

西門雖然粗俗少文，但對流行戲曲的鑒賞卻頗可稱為行家。一部金瓶，除「酒」「色」之外就是看戲聽曲，連作者都未想到，他為戲曲史的明代部分提供了比任何學術著作都更為豐富的感性材料。西門慶蓄養歌童，聘教婢妾，經常呼妓喚優，傳請戲班，凡是當時流行的，什麼「山坡羊」「鎖南枝」「寄生草」等，從「不上紙筆的胡歌野詞」到「蠻聲哈喇的海鹽腔」，他都能興致勃勃地聽出其中「滋味」。戲劇曲藝正是宋元以來城市經濟發展的產物，西門慶的桑梓東平府還是元雜劇的發祥地呢。到了《金瓶梅》時代，一個臨清倒有「三十六條煙花巷，七十二座管弦樓」，這種藝術形式得到了進一步的發展，它不僅成為市民的精神消費品，而且向雅文化浸潤，與雅文化分庭抗禮，局部地取雅文化而代之。

與西門慶截然不同，賈寶玉是出身於典範的詩禮世家的貴公子。一個銅臭熏天，何其俗；一個不識銀戥子，何其雅。可是在對待傳統文化的態度上，這一雅一俗之間，卻有著許多相似之處。賈寶玉對待舊文化的態度是偏離經書，唾棄八股，開拓視野，傍學雜收；一面對其內涵進行適當改造，同時換新眼目，向市民文藝汲取營養。

《紅樓夢》二十三回大書「西廂記妙詞通戲語，牡丹亭豔曲警芳心」就鄭重地告訴我們寶玉在接受通俗文學的洗禮，他從茗煙處得到了「古今小說並那飛燕、合德、武則天、楊貴妃的外傳與那傳奇角本」，他一看見便如得了珍寶，比起那令人生厭的「大學中庸」來，這些「真真」好書，他看了「連飯也不想吃呢」。在大觀園之外，他最感興趣的是「遊蕩優伶」，與琪官、湘蓮們往還，與雲兒們喝酒唱曲——直接參與通俗文藝的創作活動。自然，大觀園內經常舉行的戲曲欣賞活動更給他以充分的陶冶。通俗文藝哺育了他，為他鍛造了浸潤正統雅文化的武器。

自然，作為詩禮世家，包圍著賈寶玉的，主要還是雅文化的氛圍，寶玉所經常從事的也是雅文化的活動。在洋洋大觀、鬱鬱乎文哉的雅文化中，寶玉接觸最多創作最多的是詩詞，連他那道學氣十足的乃翁也承認他能於此道。然而詩詞之於寶玉，既不是「經國之大業、不朽之盛事」，也不為「興、觀、怨、群」，他之吟詩作賦，大率為吟詠性情，用今天的話說即自我表現。他所表現的不是山林閒適之情，而是寄託自己的「多情」，唱女兒的讚歌，表現自己的思索、追求、迷茫與悲苦。他自己的創作是如此，他的評論也是如此。他不遺餘力地推崇林妹妹的詩，就因為林詩沒有「混仗話」，與他為同調、為知音。利用雅文化的形式，抒寫與傳統有別的「性情」，這是寶玉使雅文俗化的一種形式。

逆向同歸　相悖互依

從以上的簡單分析可以看出，賈寶玉和西門慶分別從善惡兩極代表了一種向中世紀古代傳統衝擊的社會力量：逆向同歸，相悖互依。這種令人困惑的歷史現象應當如何看待呢？

明中葉以後，隨著城市商業的發展而日益壯大起來的市民階層，正是產生西門慶和賈寶玉這種典型人物的社會基礎，而這一新興社會力量的特點——它的追求與理想，它的自信與熱情，它的蓬勃朝氣與因襲重負，它的堅強與脆弱，它的善惡兩重性等，在西門慶與賈寶玉身上，都得到了相當生動的表現。

賈寶玉，他是封建社會內新興市民階層的最初的精神代表；而西門慶則是這一階層自身的一個組成部分。

歷史上的新興階級往往舉著全民的旗幟以社會多數代表的姿態出現在社會舞台上，近代的資產階級尤其是這樣，他們的代表總是一些高瞻遠矚的思想文化巨人或者是具有巨大熱情和獻身精神的戰士，「為資產階級打下基礎的人物是絕不受資產階級局限的」，他們從人類歷史發展的高度批判過去，又從人的解放的反思的角度預示未來，他們所設計所呼喚的新的生活方式離地面越是遙遠，則這種新的社會藍圖越是富於詩意和魅力，而賈寶玉可以看作是這種人物中最初的最富朦朧色彩的一個。

賈寶玉時代，舊的生活方式雖已腐朽，但它在各方面暫時還非常強大；新的生活方式雖已萌芽，但畢竟十分脆弱，它猶如茫茫暗夜中東方天際僅露的一抹微弱的霞光，時代的先覺者，還根本不可能對舊的生活方式作根本性的批判，對新的生活方式更無從作明晰的描繪。曹雪芹所做的工作，只能是對那由經濟基礎所決定的上層建築進行初步的歷史反思，揭示舊的生活方式對於人性的扭曲，同時作為其對比觀照，又用朦朧的詩的筆調對新的人生作些理想性的描繪，當時他只能做到這些，即使是但丁、莎士比亞和歌德，他們所完成的歷史使命也大率如此。他們以呼喚人性的方式呼喚著新的生活方式，但當這種新的生活方式真的降臨到塵世的時候，在狄更斯和巴爾札克面前所出現的「人」的或「理性的」王國，卻變成了金錢的樂園。「太虛幻境」的真正主人，由「警幻仙姑」變成了「西門大官人」，「冷靜務實的資產階級社會把薩伊、庫辛、魯瓦埃一柯拉爾、本紮曼・孔斯旦和基佐當作自己的真正解釋者和代言人；它的真正統帥坐在營業所的辦公桌後面……資產階級社會完全埋頭於財富的創造與和平競爭，竟然忘記了古羅馬的幽靈曾守護過它的搖藍。」[2]巴爾札克等浪子們對於這個他們所失望的社會作了刻露盡相的揭露和義正辭嚴的批判，而到了薩特、艾略特、卡夫卡和貝凱特時代，那熱情和詩意、憤懣和嚴正，則被迷惘、惶惑和失落感所代替，他們發現先驅們所憧憬所呼喚出的一切都已「變形」，普遍的愛的「情不情」的人際關係已為「他人就是地獄」所代替，實現了「自我」的賈寶玉又重新陷入「百年孤獨」之中，過去他還有林妹妹等一、二知音，現在他的知音已成了不可期待的「戈多」，那纖塵不染的美麗的女兒國變成了「荒園」……資產階級的精神代表們「為了不讓自己看見自己的鬥爭的資產階級狹窄內容，為了要把自己的熱情保持在偉大的歷史悲劇的高度上」，他們高舉著「人」的旗幟，呼喚過「人性」的解放，後來則把歌誦變成了對新的扭曲的嚴厲批判，最後這種批判又為一種表現

---

2 馬克思：《路易・波拿巴的霧月十八日》。

自我失落的惶惑和悲哀所代替：這就是資產階級精神代表的普遍歷程。

西門慶則是和賈寶玉處於同一歷史階段的帶有濃厚封建色彩的富商巨賈，他有可能成為近代資產階級的前身，但絕不是他們的先驅，更不能成為他們的精神代表。他雖然一身三任，富商、官僚與流氓惡霸三位一體，可他的基本身分仍是富商，其餘二者則是他保障致富的條件，不過「官僚」使他帶有濃厚的封建色彩，而「流氓惡霸」則使他帶有較多的市井氣。他身上很少「天理人欲」的精神桎梏，他只知道不擇手段地增值財富並憑藉自己的「潑天富貴」而恣意追求人間的歡樂。金錢，沉甸甸，響噹噹，閃閃發光，看得見，拿得著，他是一個「唯物」主義者；金錢，作為一般等價物，可以購買人間的一切，他是一個現實主義者；憑藉著經商放債及超經濟的掠奪，他迅速膨脹著自己的錢袋，裏面裝的儘是足色足值的硬通貨，他是一個非常自信的樂觀主義者；這一切的獲得，既不靠皇恩浩蕩，也不靠天恩祖德，靠的是自我奮鬥，他是一個不斷追求和擴張自我的強者；他憑藉對金錢的占有實現自我，用金錢的數量來體現自己的價值，金錢就成了他的價值觀念的核心；傳統的仁義道德在金錢的魔法面前都變色了、傾斜了、顛倒了，於是由金錢重新規範的新倫理就成了他的倫理觀……他既不相信那僵腐的「天理」和「良知」，也無從杜撰什麼「女清男濁論」「天賦人權論」或「自由平等博愛說」什麼的，他只知道不停息地追逐財富、占有財富與實現財富。財富是他的化身，他是財富的人格化。他頭上雖然沒有詩人的桂冠和思辨的光環，但他卻可以是未來社會腳踏實地的實幹家，是那社會的中堅和核心。

如同一個人一樣，他既不能只有色相而沒有靈魂，也不能只有軀殼而沒有激情，一種社會形態也不能只有它的實體而沒有其精神代表，它的實體是這一社會的具體的赤裸的活生生的體現，可因為其可以一覽無餘而缺乏吸引人的魅力。把這一社會的生存準則提到一般人性的高度以使其帶上詩意和思辨色彩，則是其精神代表的使命，沒有它就不能激發人們創造歷史的悲劇力量。雖然，前者不像它那樣閃耀著美與善的動人光采，但其實體即使作為一種惡與醜的力量強行為自己開拓前進道路時，對於舊傳統的摧枯拉朽的宏偉聲勢往往比後者來得更為壯觀和富於成效。歷史經常演奏這種美與醜的二重奏，善與惡的協奏曲，這就形成了一種逆向同歸、相悖互依的二律背反現象。——從這一角度比較一下《金瓶梅》和《紅樓夢》的主人公，或許就不那麼令人困惑了吧。

善惡殊途　美醜判然
——《金瓶梅》與《紅樓夢》中女性形象之比較

以一個男主角為視點，表現紛紜眾多的女性形象，不落千人一面千篇一律的才子佳人小說的老套，一個個栩栩如生，妍媸互見，洋洋蔚為大觀，以再現複雜的世相，寄託作者的情趣和情思，這是《金瓶梅》和《紅樓夢》的共同特點，也是它為其他小說所難以望塵之處。但如果從思想高度和審美品格上對二書所刻畫的女性群象試加比較，你就會發現二者之間是那樣的不同和出人意外的複雜：一方面她們善惡殊途，美醜判然；同時她們間又異中有同，殊途同歸，無論從藝術欣賞和藝術創作的角度看，這都是一個很有意味的課題。

美醜判然　品格迥異

就女性形象的群體而言，《金瓶梅》所給人的總體印象是醜，《紅樓夢》所給人的印象是美：二者品格迥異，美醜判然。

《紅樓夢》既是女兒的悲劇，也是女兒的頌歌。「山川日月之精華秀靈獨鍾於女兒」，「女兒是水做的骨肉，男人是泥做的骨肉」，不光是賈寶玉，紅樓中的女兒，誰見了都會感到「清爽」；而《金瓶梅》恰好相反，那裏的女人和男人一樣，都是「泥做的骨肉」，是造物主所遺棄的「渣滓濁沫」，她使人感到「濁臭逼人」。張竹坡云：「金瓶裏有許多好人，卻都是男人，並無一個好女人。」他的話未免有些偏激，但若從是書在宏觀上所給人的印象，把它作為和紅樓女兒鮮明的對照而言，是論亦「庶幾乎」矣。

賈寶玉的「芙蓉女兒誄」贊晴雯「其為質金玉不足喻其貴，其為性冰雪不足喻其潔，其為貌花月不足喻其色」，他誄的是晴雯，也是黛玉，也是紅樓中的眾女兒。雪芹筆下的女兒，作為悲劇形象的整體看，無論其追求和志趣，其性情和品格，其教養和才華，其容貌和風韻，她們都無愧於天地鍾粹毓秀。她們不僅是傳統糟粕的受害者，同時也是古代文化精華的負載者，而且她們作為種種邪惡的對比觀照，更是美好未來的體現者。紅樓女兒的美，可以概括為三點：曰文，曰真，曰情，讓我們與金瓶中女性試加對照而言之。

大觀園中女兒屬於文化型和典雅型，金瓶中「諸婦人」屬於市井型和庸俗型。王熙鳳是個名門出身的貴族少奶奶，賈母詡為懂得大禮，李紈猶罵她是「專會分斤掰兩」的「泥腿光棍」，可見紅樓女兒的文化眼界是如何之高了。大觀園是典範的東方沙龍，文采風流的眾女兒是這裏的主人，從結社吟詩，即興聯韻，因事題詠，酒宴行令，直到日常生活的言談應對，她們的生活是文化化了的。探尋一下她們精神生活的步履，幾乎可以掃描出我國整個古典文化的圖景。這裏經常進行的除了吟詩作賦外，還有宣講哲理，頓悟禪鋒，論畫評書，品曲談琴，鑒賞古玩，圍棋射覆，烹飪品茗，舉凡色織雕塑、園林建築、醫卜星相，無不異彩紛呈、琳琅滿目。女兒中的佼佼者，如寶釵、黛玉、湘雲、妙玉自不待言，即使是薛大傻子用銀子買來的「賤妾」香菱，也十分憧憬那女兒的樂園和文化的王國，一旦有幸進入其間，流風所被，苦吟學詩，也可寫出頗有靈性的篇章。這裏的女兒，不唯式微如湘雲不識當票子，精明如探春不知豆芽兒幾文錢一斤，清貧如岫煙來去如閑雲野鶴，即使怡紅院的女奴們，也多不識銀戥子，不以多給醫生一二兩馬錢為意，即使是罵人，鴛鴦也可以信手拈來「宋徽宗的鷹，趙子昂的馬」的典故，十分新雅。可是在西門大官人的後院，我們看到的完全是另外一番景象了。市井文化似乎就是以直露的、粗俗的方式進行著物欲和肉欲的宣洩。在這裏，潘金蓮堪作其代表。她雖然也「知書識字」，但那是出於學習彈唱的需要；她雖能品絲彈竹，但那屬於樂伎行當，談不上藝術和性靈；描眉畫眼，傅粉施朱，做張做致，喬模喬樣，是她的風韻；簾下嗑瓜子，簾外露金蓮，滿帶金馬蹬戒指，把瓜子皮吐在行人身上，是她的舉止：「我若饒了這奴才，除非他×出我來！」「我如今整日不教狗攮，卻叫誰攮哩？」，是她的語言；鬼步潛蹤，勃豀鬥法，爭風吃醋，撒撥放刁，分斤掰兩，錙銖計較，打情罵俏，白晝宣淫，私僕引婿，肉欲橫流，這是她的品行。對於肉和物的不擇手段的追求可以把人扭曲成什麼樣子，使人醜惡到什麼程度，不妨看看潘金蓮。西門家的女奴們雖也穿綢著緞，插金戴銀，可大率粗俗不堪。大觀園女兒鬥草遊戲，「呆香菱情解石榴裙」的場面，多麼富於詩情畫意啊！可月娘房裏的「二玉」撾子兒玩，小玉把玉簫騎在身下，卻笑罵道：「賊淫婦，輸瓜子，不教我打！」因叫「蕙蓮嫂子，你過來，扯著淫婦一隻腿，等我×這淫婦一下子！」淫風所被，連未婚少女的語言也如此不堪。芳官和趙姨娘吵架，用的是很詼諧的歇後語：「梅香拜把子——都是奴才罷哩！」可蕙蓮罵孫雪娥卻是「我是奴才淫婦，你是奴才小婦，我養漢養主子，強如你養奴才！」固生動矣，美即未必。張竹坡說金瓶寫諸人，多用「俏筆」或「傲筆」，然全無「文筆」「秀筆」和「韻筆」。是的，她們和紅樓女兒相比，一文一野，一雅一俗，一美一醜，判然兩種文化品格。在這裏，環境和人物的文化品格，作品的審美品格，與作者主體審美追求，應該說是一致的吧。竹坡或謂「倘他當日發心不做此一篇市井文字，他必能另寫出韻筆，作花嬌月媚如《西廂》等文字也。」吾謂其未必為信然也。

《紅樓夢》是古往今來第一部情書，寶玉是「聖之情者」。他之崇拜女兒，首先就因為她們「有情」。黛玉、紫鵑、司棋、尤三姐等等，她們對所愛者之執著、纏綿、深沉、熱烈、勇敢與忠貞，那一往無前的追求與崇高的奉獻精神，自不必說，即使那些出場不多的女孩子，專一執著於賈薔的齡官，扮演夫妻以假為真的藕官，不顧一切逃出寺院尋找情人的智能兒，她們都可稱為「情癡」「情種」，她們的情懷使人感泣不已。可在《金瓶梅》中我們只能看到欲的橫流，看不見情的蕩漾。潘金蓮一嫁再嫁，婚內婚外，外寵內遇，先後與張大戶、武大郎、西門慶、琴書、陳敬濟、王潮兒發生過性關係，從家主到小廝，從兄弟到女婿，兼收並蓄，細大不捐。即使丈夫垂危，她也不放過；發賣途中他也要與媒婆之子「解渴」，她的「性饑渴」，足愧後人了。如果說「有情」是人的一個基本標誌，那麼張竹坡說金蓮「不是人」就不算過分了。其餘「諸淫婦」，也大同小異。噫，人之異於禽獸者幾希！李瓶兒後期有些「癡情」，然他之所「癡」，乃是禽獸不如的流氓惡霸，看看她對蔣竹山的嘴臉吧：「我早知你這忘八砍了頭是債樁，就瞎了眼也不嫁你，這中看不中吃的忘八！」西門慶愛她「好個白屁股兒」，她愛西門大官人「中看又中吃」——就是「醫奴的藥一般」。孟玉樓在作者筆下應該說是格調較高的人物了，她兩次改嫁，來去匆匆，從容自如，譏以「扇墳之誚」固為不妥，但說亡者未亡兩無情，總不算過分。小說在結尾處出現個韓愛姐有些特別，她以母女同時賣淫始，以為一「風塵知己」守節終。也許是作者自己也感到他筆下的無情世界過於醜惡過於沉悶了吧，故爾在匆匆收筆之際不無突兀地安排了這個表現人之情並未泯滅的故事，對濁臭逼人的色欲世界留下一聲輕輕的歎息。

賈寶玉以一個「赤子」眼光去觀照那由涉世未深的女兒們所組成的大觀園世界，與那以男性為中心的虛假醜惡的污濁世界相對照，他發現了一種天真的美。比起寶釵的圓通，顰兒全是一片純真，她之吃虧在此，她之美也在此。晴雯撕扇，正是與寶玉一起演出的真與美的二重唱。當賈母王夫人不在之際，每當查夜之後，怡紅院的大門一關，女兒們恣意玩耍，這兒宛然成了一個游離於塵世之外洋溢著真與美的自由天地。寶玉希望青春常駐，女兒不老，女孩子們也憧憬和留戀著這個自由王國。春梅恃寵辱罵的是弱者孫雪娥和郁二姐，齡官所頂撞的卻是賈府的「鳳凰」寶二爺，不僅如此，「前日娘娘傳我們進去，我還沒有唱呢！」即使芳官和蓮花鬥口齒，掰糕喂雀兒；鶯兒編花籃，結絡子，嬌憨宛囀說寶釵，也都洋溢著天真的情趣。可在金瓶世界中難得尋覓「無價珠寶」的閃光，所有的儘是些為塵世荼毒扭曲了的「死珠子」和「魚眼睛」。在那一世界裏，無恥出賣色相，恣意宣洩肉欲，獻媚邀寵，爭風吃醋，噬齧同類，欺凌弱者，女人們臉上所呈現的不是凶相，即是媚相，歸根結蒂是假相和無恥相。清河的妓女們，既無雲兒式的血淚，更無霍小玉、杜十娘般的癡情，她們幾乎全是些沒有心肝和廉恥的名副其實的「婊子」。李桂姐一面千方百計向西門慶獻媚邀寵任其玩弄，一面又教唆西門慶家丫頭偷主子的東西，西門一死，馬上給李嬌兒傳遞、轉移財物，大挖乾爹的牆腳，隨之就與乾娘斷絕了關係。王六兒先私通小叔子，刮拉上西門大官人之後，笑臉馬上變為棒槌，而且還唆使後來者把先前的情人捉進衙門，一夾二十，打得順腿流血。西門慶家的丫頭，春梅恃寵欺侮雪娥和秋菊，而後者除了學舌頭、搬是非、聽壁腳、偷柑子等等，處處表現出一種賤相之外，看不出一點弱者的真情和骨氣……這一假、醜、惡的女人世界，與真、善、美的女兒世界，形成強烈的對比觀照。

蒙昧覺醒　對比鮮明

神、政、族、夫四權，把中國婦女壓在社會的最底層，經過幾千年的釀造，種種形而下的壓迫力量又轉化為形而上的觀念，淤積於廣大婦女的心靈深處，變成無形的枷鎖，使她們甘居於奴性地位而不自覺，不欲自拔。誠為「破山中賊易，破心中賊難」呵！紅樓中許多聰明清秀的女兒，諸如「金釵雪裏埋」的寶釵，「枉與他人作笑談」的李紈，禁於深宮「不得見人去處」的元春，「生於末世運偏消」的探春，都是這樣被毀滅的。《紅樓夢》之獨步千古，還在於它成功地為我們塑造了一系列厭棄奴性意識，帶有不同程度覺醒色彩的光彩照人的女性形象。「質本潔來還清去，強於汙淖陷泥溝」的黛玉，「心比天高，身為下賤」寧折不彎的晴雯，以死抗爭視榮國府大老爺為蔑如的鴛鴦，公然表明所愛毫不自愧自餒以死殉情的司棋和尤三姐，視侯府為牢坑率性本真渴望自由的十二個小戲子……她們在傳統的女德之外，有某一方面的企求，作某一方面的抗爭，表現出一定程度的個性覺醒。

《金瓶梅》中女性則不然——尤其是其中的女奴，她們或逆來順受，渾渾噩噩地安於現狀，或以得到主子垂青而欣然自得，前者可以秋菊為代表，後者可以春梅為代表。她倆同是潘金蓮屋裏的奴隸，可命運截然相反。潘金蓮是一個奴性十足的婢妾，對凶獸顯羊相，對羊顯凶獸相。在西門慶跟前，她什麼下賤的事都幹得出來；可在秋菊面前她又十分凶殘，不僅主子架子十足，而且是個虐待狂。可悲的是秋菊自己，主子踩了狗屎要拿她出氣，丟了鞋要由春梅押著她去找，動不動就頂著大石頭跪到天井裏，擰臉蛋，摑耳刮子，扒了衣服打板子——連春梅都嫌打他汙了手呢！可她對這一切只會逆來順受，除了「谷都著嘴」，只會「殺豬般地叫」，她至多感到有點委屈，不著邊際地辯上兩句，卻從來未意識過這是多麼地不合理。她的自我意識與主子及高等奴隸對她的看法是一致的：賤。最後她也要報復了——絕不是奴隸的反抗，可卻是通過給月娘打小報告的方式去實現，而且又做得那樣愚蠢和窩囊，真使人感到壓抑和悲哀！比起紅樓中那些閃光的女奴隸，秋菊給人的印象只能是：她不配有更好的命運！春梅和晴雯很有相似之處，同樣「心比天高，身為下賤」，但晴雯之心高主要地不在於她的「風流靈巧」，而在於她的人格自我意識，正是這種意識使她與寶玉取得了感情的共鳴，而不是因為自己有可能成為寶二爺的屋裏人而自傲。而春梅正相反，以自己的姿色取得主子寵愛是她自傲的唯一本錢，她以此傲視同類、作踐弱者、唆打孫月娥、辱罵郁二姐，她「反認他鄉是故鄉」而不自覺，骨頭裏浸透了奴性意識。秋菊不過是渾渾噩噩的奴隸，她則是萬劫不復的奴才。

還有一類是被西門慶勾搭以出賣色相換取錢財的女性，如賁四嫂葉五兒、韓道國老婆王六兒、來旺妻宋蕙蓮、來爵妻惠元、奶子如意兒等，在作者筆下，她們無不甘願出賣肉體，以換取錢財為幸，以得到西門大官人寵愛為榮，一點看不出受侮辱受損害者的屈辱。馮媽媽為西門慶拉縴時向王六兒說：「你若與他凹上了，愁沒吃的，穿的，使的，用的！」這些女性也真把這看作一場便宜買賣，每次交易總是一面心甘情願地任其玩弄，一面總趁其歡心向西門慶討點「好價錢」，要一對金頭簪兒啦，一個烏金戒指兒啦，或一條妝花裙子、一匹藍娟子啦，等等。不錯，《紅樓夢》也有多姑娘、燈姑娘兒等等，但她們和「女兒」作對照只是少數，而且作者是把她們作為被侮辱損害者來寫的，而在《金瓶梅》中她們則是多數，除了蕙蓮後期有所覺醒之外，其餘都處於蒙昧之中失去了被壓迫者的「自我」。金瓶中妓女更是充滿了金粉氣與市儈氣，我們看到的只有趨炎附勢、希寵市愛、打情罵俏與爭風吃醋，很難見到辛酸與血淚。

善惡殊途　相反相成

十二釵的環境是文采風流的詩禮世家，《金瓶梅》的環境是庸俗不堪的市井社會：一個是極富詩意的大觀園，一個是人欲橫流銅臭熏天的交易場；一個處於金字塔的頂部凝聚著傳統文化的精華，一個躁動於社會的下層日益以自己的粗俗褻瀆著古老的文明。從文化形態看它們是對立的兩極，可誰能想到那古老社會的龐大機體正是從這兩極而不是從它那受壓力最重的底部斷開了裂紋呢。

大觀園的女兒和《金瓶梅》的婦人分別從兩極出發各自以自己的方式破壞著傳統的禮教精神：一則以情，一則以欲。

表現得最為突出的是婚姻觀念和貞操觀念的變化。

傳統禮教的殘酷性在女性的道德要求上表現得最為典型。「未嫁從父，既嫁從夫，夫死從子」把女性永遠置於從屬的地位，「德、容、言、工」「無才便是德」為女性的奴隸化制訂了具體的規範。宋明以後理學大師們更把「三從」昇華為「一從」：「從一而終」「餓死事小，失節事大」，把這種殘酷性發展到了極致。可是物極必反，也正是這時，我們也開始聽到一些先進者為婦女解放所發出的呼喊，並看到了女德規範在事實上的改變。

在山東省清河縣那發達的商業社會小環境中，在西門大官人周圍，「從一而終」的傳統美德對市井小民已經開始失去了魅力，「三從」公然被篡改成「先嫁由親，後嫁由身」；男女苟合已司空見慣，平常自然，人們對此從不大驚小怪。清河縣的真假神仙給婦女們看相或占卜，夫官克過幾個方好，已成了一個基本話題。西門大官人的如夫人隊伍，就是由從良娼妓與再醮寡婦組成的，而西門一死，她們又「飛鳥各投林」——找新出路去了。孟玉樓明公正道地嫁過三次，第一次書裏未寫，後兩次都是由她自己親自選擇丈夫帶著自己的財產嫁過去，後來還成了縣尊衙內的令正。賁四的娘子，韓道國的夫人，來旺媳婦，這些「小家碧玉」們大都來路不正而且婚後行為不端，她們與別人勾搭以出賣色相換取實惠，市井社會也反映平淡。王六兒私通西門慶以致富甚至還得到丈夫的支持。一次西門慶在六兒跟前談及此事，六兒說：「就是俺家那忘八來家，我也不和他。想他恁在外做買賣，有錢，他不會養老婆的！」——公然標榜男盜女娼，還是性解放的先鋒人物呢！

在詩禮傳家的賈府，禮教的統治比市井社會嚴酷得多。封建家長們自不必說，追求自由婚姻摯愛著寶玉的黛玉，一旦面當情人借「妙詞戲語」表白心曲時，馬上翻臉不答應了——男女大防，婚姻他主的觀念，已經轉化為人們的下意識！可是也就在這裏，發生了令人驚心動魄的「千紅一哭，萬豔同悲」的女兒大悲劇。這悲劇分為兩大類型：一類是尊奉禮教規範的女德而成為犧牲者，如寶釵、元春、迎春然；一類是因抗爭而犧牲者，如黛玉、晴雯、司棋然。群芳同碎，震撼人心。

《紅樓夢》寫的是悲劇，《金瓶梅》寫的是喜劇。紅樓女兒所殉的是情，金瓶婦人所追逐的是欲。寶玉心目中的女兒是「水做的骨肉」「聰明清俊」「比天始天尊和阿彌陀佛還尊貴無對」呢，黛玉和晴雯是她們的出色代表。她們為情而生，為情而死。而西門慶眼下的婦人，不過是供他玩弄的工具；他周圍的女性也都是從這個前提出發去實現自己。潘金蓮是個性變態狂，李瓶兒先後拋棄花子虛和蔣竹山的重要原因之一，也是他們滿足不了自己的性要求，從林招宣夫人到王六兒、葉五兒，她們之欣賞西門慶，除了財勢，便是其「好風月」。「潘、驢、鄧、小、閑」，正是金瓶中諸婦人的「葬花吟」和「秋窗賦」。紅樓女兒是以愛情為基礎的自主婚姻與傳統禮教相對抗，金瓶婦人是以自然欲望的釋放在事實上破壞著傳統觀念。紅樓女兒雖反對封建婚姻但卻忠於愛情，「從一而終」，之死靡它，寧願為愛情作出犧牲；金瓶婦女以物欲肉欲為動力，通過「棄舊從新」及婚外性行為實現性解放。一則以情，一則以欲；一則是美與善，一面是醜與惡，相反而相成，演出了破壞傳統禮教的二重唱。

情天孽海　清濁同歸

在《金瓶梅》的世界中，如果說刺激女性破壞傳統倫理的是肉欲，那麼推動他們建立新價值觀念的則是物欲。在商業社會的小氣候環境中，這物欲又集中地表現為對於金錢的追逐和崇拜。圍繞著西門大官人轉的有四種類型的女性：他的妻妾，女性奴婢，行院娼妓，市井婦人。西門慶的擇婦標準，在傳統的「四德」之外，又增加了一個「財」字，在姿容與錢財之間，他似乎更看重後者。他在與金蓮的熱戀中忽然迷上了孟玉樓，而且幾乎把前者忘卻，就因為玉樓是富孀，很有錢。瓶兒死後，西門慶痛不欲生，不無真情，而心腹小廝猶說他「為甚俺爹心疼？不是疼人，是疼錢」呢。西門慶的如夫人間窮富差別很大。李瓶兒最富，不僅潘金蓮對她嫉妒得眼睛發紅，連吳月娘都滴溜溜的大睜著眼睛盯著她的私房。瓶兒死後，金蓮通過討好丈夫獲得了她的一件價值六十兩銀子的皮襖，這件事使月娘耿耿於懷，成為一場家庭風波的動因之一。孫雪娥最窮，幾房妾湊分子請西門慶和吳月娘，別人都拿現錢，她只好拔一根簪子以折價。爭頭面，要衣裙，收受物事，拒發轎錢，乃至克扣奴才，偷盜元寶等等，在家庭生活中，我們經常可以看到分斤掰兩的斤斤計較。這裏的女性都精於計算，有很強的金錢觀念，絕無湘雲、麝月式的不識當票子與銀戥子型的清雅女性。家庭生活中況且如此，餘三者自不必說了。李嬌兒、吳銀兒、鄭愛月兒們出賣色相，是高度商業化了的；即使葉五、王六兒們之勾搭西門慶，也帶有很強的商業色彩。他們間之苟合往往是「一手交錢，一手交貨」，或一、二兩散碎銀子，或一匹娟子，或一、二件頭面，基本上是當場兌現。王六兒的「情郎」西門慶死後，韓道國欲拐走銀子而於心有所不安，六兒卻說：「自古有天理到沒飯吃哩！他占用著老娘，使他這幾兩銀子不差甚麼！」在那個世界裏，一切是「有錢便流，無錢不流」，女人和男人們一樣，「金錢是個好東西，誰見了都要眼睛發亮」，不同的是她們要通過向男人爭媚獻寵或出賣色相去獲得，藉以實現自己的價值。

《金瓶梅》中女性的價值觀念，以自我追求的格調而論，孟玉樓是她們的最高代表。這位布商遺孀，先嫁西門慶，後嫁李衙內，自己相親，自己拍板，自帶財產，不做舉人老爺的正頭娘子，甘為年輕富商之小妾。她先後所嫁的對象都有錢，且懂得風月，其幸福標準中有較新的內容。她像薛寶釵一樣會做人和利用財物，但她的頭腦裏絕沒有寶釵那麼多的封建觀念，可以說，她是市井上層人物理想的賢妻良母。

與金瓶的女性不同，紅樓女兒們的自我追求帶有濃厚的形而上色彩。黛玉和晴雯是她們的最好代表。她們的人生追求是通過愛情追求表現出來的。不是夫榮妻貴，不是郎才女貌，「萬兩黃金容易得，知心一個也難求」——她們所追求的是「知音」。「行為偏僻乖張，那管世人誹謗」，她們與寶玉有著同調。什麼「經邦濟世」「光宗耀祖」「修齊治平」，傳統的人生價值觀念中向來被視為最神聖的東西，在他們眼裏失去了光彩。她們追求的是什麼？「我是為了我的心」！這是朦朧的自我意識，是對被種種形而上和形而下的「天理」所扼殺了的人性的呼喚。人不應該是「祿蠹」，不應該是「泥豬癩狗」，不應該做物與心的奴隸，應該自然、本真、有自己的尊嚴和自由，應該還天地靈淑之氣所鍾的本來面目。她們憧憬著一種新的人生，於是，追求這人生的人就成了其理想的寄託。那唯一的知音便成為其生命的全部：追求，歸宿，自我印證，等等，她們為之傾注了全部的心血和淚水。通過他人表現自己，以空靈寄託實在，通過自我實現的方式去實現人生追求，「質本潔來還潔去，強於汙淖陷泥溝」，這種追求以善與美的悲劇形式，與《金瓶梅》中婦女的物欲和肉欲的追求，形成了強烈的對照。

「太虛幻境」正殿的宮門上有一個匾額，上面寫著四個大字曰「孽海情天」，這是雪芹的「假語村言」。如果在本來意義上使用這四個字，那麼作為一組反義詞它們正好是「金瓶」和「紅樓」兩個世界的最好概括。這兩個截然不同的世界的女性們，他們的追求儘管清濁不同，可是形成了兩股洪流，同樣沖刷著古老傳統的堤壩。

《金瓶梅》和《紅樓夢》塑造女性形象的成功經驗和失誤教訓，在劃時代的意義上為我國古代小說理論寶庫增添了新的財富，其中有幾點特別值得重視：

一、藝術源於生活，《金瓶梅》和《紅樓夢》深深地植根於他們時代的生活之中解放藝術觀念，才能打破傳統窠臼，一反才子佳人小說的老套，創造出如許斑駁陸離、璀璨奪目的女性群象，一個個個性鮮明、栩栩如生、性格豐滿而又意蘊豐厚。

二、藝術上要使世人「換新眼目」，作者自己首先得「換新眼目」去觀察生活。二書在不同程度上從市民角度去看取生活，觀照女性，才能通過藝術燭照出生活中發生的歷史性變化的因素，或褻瀆傳統，或呼喚未來。

三、一則以情，一則以欲，二者雖然可以「殊途同歸」，但因為思想高度和審美格調不同，二書的藝術效果亦迥異。《紅樓夢》是一部震撼人心的女兒悲劇，《金瓶梅》是一部肉欲橫流的女性的喜劇。撇開創作主體的傳統局限，單就其新的因素而言，《金瓶梅》反映的是市民們對現實生活的自發情趣，而《紅樓夢》所表現的是新興社會力量對生活的歷史性思考。

四、文學作品首先要美，審醜也要使人產生美感。《紅樓夢》是一部令人心醉的女兒的讚美詩，《金瓶梅》卻是一幅使人感到窒息的女人的百醜圖：格調迥異，美醜判然。這點也是本文所重點探討的。它告訴我們，文學一定要美，要能給人以美的陶冶；迎合某一時期的庸俗時尚，以嘩眾取寵為自得，創造不出真正的藝術精品來。

「大家風範」與「小家子氣」
——《金瓶梅》與《紅樓夢》中兩種不同的主婦群的形象之比較

在《紅樓夢》的藝術欣賞過程中，出現了一句成語，叫做「劉姥姥進大觀園」，它說的是一個缺乏自我意識的窮苦人乍進貴族沙龍時所產生的心態。是豔羨和膜拜？是好奇和茫然？是自餒和自卑？——大概都有。當劉姥姥成了生活的主人——不再靠老爺太太們的周濟施捨過活之後，「老太太」和「鳳姑娘」們在窮苦人眼裏開始恢復了本來面目，於是對她們的感懷也變成了清算和批判。這種認識和情感的變化，無論在生活中還是藝術欣賞中都標誌著一種天翻地覆的劃時代的變化，這在歷史上還是第一次。對於大多數人來說，他們還是第一次發現或者說找回了「自我」，這個意義不容抹煞——與讓喜兒「傍黃世仁大款」以脫貧致富是不可同日而語。不過生活和歷史都是複雜的，藝術欣賞尤其如此，僅看到「窮奢極欲」和「斑斑血淚」還是不夠的，當代紅學的研究正在從多角度的觀照中進行著自己的開拓。這裏，讓我們從文化和教養的角度對《紅樓夢》與《金瓶梅》中以賈母和吳月娘為代表的兩種不同類型的主婦群的形象試進行一下比較。

魏晉間尚品藻人物，蔚為風氣，什麼「王右軍飄若遊雲，矯若驚龍」啦，嵇叔夜「蕭蕭肅肅，爽朗清舉」「岩岩若孤松之獨立」啦，夏侯太初「朗朗如日月之入懷」啦、等等，千載之下讀之，仍令人想望其風采。對於人物風度的審美自覺，是貴族文化發展到一定階段的產物和標誌，這是他們的驕傲。林黛玉出身「鐘鼎之家，書香之族」「言談舉止，另是一樣」，賈雨村認為「度其母必不凡，方得如此」，而黛玉「拋父進京都」之後，進入氣象比自己家大得多的外祖家的時候，就產生「步步留心，時時在意」的壓抑心理了。至於她那高貴的外祖母的出場，作者一點未用「金玉」等字樣鋪陳渲染，直接的描繪不過是「鬢髮如銀」四個字，可不寫其高貴，其高貴雍容自現，那「吃穿用度、已是不凡」的三等僕婦，那幾經曲折一再換轎才得進入內室的排場，那千呼萬喚才在珠圍翠繞中出現的氛圍，無不顯示這位老封君的氣度不凡。是的，賈府的主婦們，以賈母為代表包括王夫人、鳳姐、李紈以及後來成了「寶二奶奶」的寶釵，他們的容止風貌，都體現了一種雍容高貴的大家風範。如果把她們與《金瓶梅》中的那位窮千戶出身後來做了新興暴發戶西門大官人之嫡妻的吳月娘作一比較，後者馬上露出了「小家子相」，顯示出了俗陋和寒酸了。

仿「世說」之模式，讓我們從「容止」「言語」「識鑒」「文學」等幾個方面，對二者試加比較。

「容止」，是一個人的地位、氣質、性格、教養等方面的總體的直觀的表現。「大家風範」或「小家子氣」云云，首先就是指容止風貌而言。賈母出身於「阿房宮，三百里，住不下金陵一個史」的史家，嫁至「白玉為堂金作馬」的賈家，「從重孫媳婦作起，如今也有了重孫媳婦」，這位太夫人在家族中至高無上，持家數十年，「進退可度，周旋可則，作事可法，德行可象，聲氣可樂，動作有文，言語有章」，她有足夠的資格稱得上大家主婦的風範了。

作為侯門主婦，賈母必須和上起皇妃、王妃下至貧苦村婦各色人等打交道，先賢云「待貴富人不難有禮而難有體，待貧賤人不難有恩而難有禮」，以此標準觀之，賈母可謂難能可貴，庶幾乎當之矣。賈元春是貴妃又是孫女，歸省之際君臣祖孫之間，國禮家禮，君情親情，較難處理把握，可雙方處理得都十分得體，恰到好處。八十大壽，王妃誥命齊集，是應酬的大場面，她都從容應之，尊重又親切，有禮而不拘板。劉姥姥是賈府一門不著邊際的貧而且賤的窮親戚，賈母曾為之「兩宴大觀園」，「三宣牙牌令」，從中我們可以看到她的容止氣度的另一面。劉姥姥進去，只見滿屋珠圍翠繞，花枝招展簇擁中，「一張榻上臥著一位老婆婆」，以「欠身問好」回答她的請安，稱她為「老親家」，自稱「老廢物」，在整個接待過程中，既不失雍容高貴，又顯得熱情親切；既高興地讓窮親戚「見識見識」，又不淺薄地炫耀富貴；既活潑熱烈，又不贊成鳳姐鴛鴦們的惡作劇；既實惠地周濟了窮親戚，又不惠人以嗟來之食……應該說對這樣窮親戚的接待，賈母是做到了既「有恩」而又「有禮」的。這一切都生動地顯示這一貴族老婦待人接物的「大家風範」。

相形之下那位清河首富、五品提刑的誥命吳月娘，就處處顯露出「小家子氣」了。竹坡之論月娘，特多惡語，往往失之偏頗；然他說：「月娘雖有為善之資，而亦流於不知大禮，即其家常舉動，全無舉案之風，而徒多眉眼之處。」稱她「為一學好而不知禮之婦人也」。這還是大體上符合實際的。花子虛死後的第一個元宵，月娘帶著西門四妾到李瓶兒所在的獅子街看燈，妝花錦繡，珠翠堆盈，臨窗看燈，潘金蓮「白綾襖袖子兒摟著，顯他那遍地金襖袖兒，露出十指春蔥來，帶著六個金馬蹬戒指兒，探著半截身子，口中嗑瓜子兒，把嗑的瓜子皮兒，都吐落在人身上，和玉樓兩個嘻笑不止。」以致樓下觀眾，分不清她們是「貴戚王孫家豔妾」還是「院中小娘兒」——這種風範，在賈府是不可想像的。再看一次社交場合的活動。次年正月十二日，喬大戶請西門慶妻妾，奉陪的是一些地方豪紳的寶眷，中間休息時，月娘看官哥與喬家新生長姐兒躺在炕上玩耍，看兩個孩兒「你打我一下，我打你一下」「倒好像兩口兒」，於是經雙方攀比一下富貴，在眾人撮合下，即時，「兩個就割了襟衫」，做了親家。事後她給丈夫回報時，西門慶以為「喬家雖有這個家事，他只是縣中白衣人」，後日相處時「不雅相」。其實他們自己又何嘗「雅相」，整個聯姻過程中，那樣勢利浮淺粗俗，顯出了十足的暴發戶的「小家子氣」。

再看「言語」。言為心聲，是表情達意、是聯繫他人和社會的工具。通過一個人的語言，能看出其人的地位、氣質和教養。也真是，「從噴泉噴出來的都是水，從血管裏流出來的都是血」，賈母的語言，無論語言的對象、場合、內容及對話的情感如何，總表現出大家的氣度。四十二回請太醫看病，賈珍陪同，婆子前導，寶玉出迎，賈母在小丫鬟及老嬤嬤的簇擁下端坐榻上，含笑問「供奉好」，一面慢慢伸出手來，一面以讚揚的方式敘談世交，診後笑說：「勞動了，珍哥讓出去好生看茶！」那語言和風度，雍容高貴又不傲慢，熱情可親又不失身分，簡直出神入化了。相形之下，吳月娘對春梅的前倨後恭，作奴才時罄身兒打發出賣，作守備夫人的小娘子時又自貶三分，言談間時露乞憐之相，就顯得小家子氣十足了。比如在家庭生活中，王夫人與賈政在一起總是相敬如賓，儘管她十分疼愛兒子，但還是全力支持丈夫對兒子的管教，即使「不肖種種大承笞撻」，寶玉幾乎被丈夫打死，王夫人也未怎麼失態。她的勸說和數落也是承認寶玉「雖該管教」的前提，然後再以「老爺也要自重」「老太太身上也不大好」相規勸，最後才提出「也要看夫妻分上」，年將五十，只此一子，動之以情。絕不像西門府上，「夫為盜賊之行，婦依違其間」，平日視而不見，而偶一勸諫，如西門慶說要管教王三官時，月娘的語言則是：「你乳老鴰笑話豬兒足——原來燈檯不照自」，「你自道成器的，你也吃這井裏水，無所不為，清潔了些什麼了？還要禁人！」刻薄輕浮，全無事夫之禮。鳳姐雖然婦道有虧，表面上還要做出個溫柔讓夫的姿態，對賈璉也不能如此不尊重。至於和丈夫鬧意見，犯了生澀，那語言更其「小家子氣」了：「休想我正眼看他一眼兒……你不理我，我想求你？一日不少我三頓飯，我只當沒漢子，守寡在這裏。」在妻妾之間，賈環故意推倒蠟燭燙傷了寶玉，王夫人痛極恨極，她叱罵趙姨娘也不過是「養出這種不知道禮的下流種子來，也不管管！幾次三番我都不理論，你們得了意了，越發上來了！」。絕不像月娘和潘金蓮鬥法，一個打滾撒潑，一個氣急敗壞，雙方滿口穢語，爭論「你浪」我「養漢」，誰是「真實材料」云云。至於西門慶死，賁四嫂備禮上祭，月娘有意拒絕，並破口大罵：「賊狗攮的養漢淫婦。」滿嘴髒話，已經是貨真價實的市井粗俗語言了。

當然，賈府也不一定都是「大家風範」，比如嘁嘁嚓嚓的趙姨娘，「著三不著兩」

的邢夫人，都是「小家子氣」「看三不著兩」云云，說的是行事，也說的是識鑒。魏晉間品藻人物很講究「識鑒」，它也是人物教養的組成部分。曹雪芹開卷第一回鄭重其事地宣稱「忽念及當日所有之女子，一一細考較去，覺其行止見識，皆出於我之上」，這是在歷史人生的很高的層次上提到這個問題。「識鑒」也即「見識」，只是更強調對人的認識品評。賈府中婦女的識鑒水準是令人欽佩的。談到「識鑒」，論者或以為賈母糊塗，其實賈母是小事偶有糊塗，大事並不糊塗。她對赦、政、邢、王優劣的識鑒，對寶玉和賈環的品評，在孫女之中獨垂青眼於探春——她的生母還是不討人喜歡的趙姨娘呢——都很有眼力。釵黛之中，以親情而論釵自然不能跟黛相比，而她能毅然割愛，為寶玉選擇寶釵，這絕不是寶釵母女做小動作，邀買人心的結果，從封建正統觀念及家族的根本利益著眼，這一重大決策無疑是正確的。她欣賞和信任鳳姐雖有片面之處，但從總體上看，她讓鳳姐主持家政是個「英明決策」。榮府的女主子中，在寶釵成為「寶二奶奶」之前，管理家政這一人選，實在是非鳳莫屬。鳳丫頭雖然有以權謀私，收受賄賂等問題，但那畢竟是「小節無害論」，以識鑒和才幹論，以其任職期間的工作效益而論，她是一個非常出色的家務總理。協理寧國府是鳳姐也是作者的得意之筆，她對寧府弊端的分析及大刀闊斧的整頓改革的出色實踐，是她的治才的初露鋒芒。在榮府，她對上下各色人等的鑒賞，不愧為目光敏銳，不同凡響。探春在大觀園搞改革，一心要拿她當伐子，她取欣賞和支持的態度，很有政治風度。她對平兒的信任、倚重和優容，也表現出了很不平常的識人與馭下之才。當然無論是鳳姐、探春還是寶釵，都未能改變賈家衰落的命運，但她們本來就「有命無運」，那責任不能由她們本人負責。邢岫煙是邢夫人的侄女兒，生活已捉襟見肘猶受克扣，反倒鳳姐能不計與邢夫人之嫌，讚賞岫煙恬靜溫厚，憐她家貧命苦，比別的姊妹更疼她些。即使薛姨媽也欣賞岫煙的「端雅穩重」，不計她的家道貧寒，荊釵布裙，主動為薛蝌求親，還捨不得給薛蟠呢。相形之下吳月娘的識鑒水準就顯得十分遜色了。金蓮與瓶兒之軒輊，明眼人一目了然，即使是親戚如吳大妗子也洞若觀火，而月娘竟然長期良莠不分，善惡顛倒，信任、親近金蓮，疏遠、排斥瓶兒。孟玉樓是個難得的人，善於處理各方面的關係，長於馭下，心地也較平和，識見能力比月娘高得多，可月娘始終未能引為臂膀，讓其在持家中協助自己發揮作用。前來投靠的女婿陳敬濟，是親戚中唯一的男性，西門慶在世之日雖然照顧不夠，但尚能充分利用，使之發揮作用，西門死後他成了家中唯一可以對外應酬及經營買賣的人物，實乃家世利害之所繫，而月娘既不能作閫內之防，又不能倚重羈縻，遂使彼逐漸離心離德，變成一種破壞性力量。玉樓生日，月娘不許款待敬濟，且揚言「如臭屎一般去看他」，可見敬濟之離心及日後之惡行，除其本人不成材之外，月娘亦不能辭其咎焉。月娘對奴婢亦賢愚不分，她對身邊的丫頭似乎只懂得信任和優容，玉蕭暗受潘金蓮「三章之約」成了「吃裏扒外」的「家生哨兒」，她竟始終未能覺察；而秋菊之幾次三番告發金蓮姦情她反而不信，至使舉報者受到殘酷的打擊報復。諸如此類都見出其識見之短淺。在文化素養、在聞見方面，「大家風範」有著「小家」婦女所不能比擬的天然優勢，何況除了自覺的教養之外，還有著生活中不自覺的口傳身教與薰陶濡染，相形之下吳月娘雖善而愚，因欲而昧，包括識見方面表現出來的小家器識，跟賈母、鳳姐、寶釵她們實在是不能相提並論的。

鳳姐和李紈算收入帳，李氏半真半假地笑罵她：「這東西虧生在世宦大家，若生在貧寒小戶人家還不知道怎樣下作呢？」古代社會標榜清雅，以禮樂風化為文明，以言及錢字為恥，即使「登利祿之場，處運籌之界」，也必須拿學問提著，否則便認為「流入世俗」中去，小家子氣了，這也是一種「大家風範」。賈府的女主人，除邢夫人、趙姨娘等個別人，多屬於重禮輕財型。這種「風範」，要求消費氣派要大，經濟意識要淡薄，在處理物質關係上要合乎禮，要講求體面和大方。「笙歌歸院落，燈火下樓台」，賈府不是以堆金砌銀而是以「座上珠璣昭日月，庭前黼黻煥煙霞」來顯示自己的富貴，連三等僕婦，也氣象不凡，襲人探家都擺出少奶奶的氣派，李紈聽說還有借車、雇車坐的，感到稀奇好笑，賈母懸賞尋玉，開口就是一萬兩，元春省親，銀子花得淌海水似的，雖然捉襟見肘「內囊盡也上來了」，然「外面架子」仍要支撐著，而且不能斤斤計較，一算計就顯得「俗」，失之小氣。晴雯看病給醫生「馬錢」，麝月不認銀戥子，問寶玉，寶玉說：「揀那大的給他一塊就是了，又不作買賣，算這些做什麼！」麝月揀了一塊，笑著道：「這一塊只怕是一兩了，寧多些好，別少了，讓那窮小子笑話，不說咱們不識戥子，倒說咱們有心小器似的。」婆子提醒說，那一塊至少有二兩，麝月早掩了櫃子出來，笑道：「誰又找去，多了些你拿了去吧。」——這正是賈府的經濟氣度和經濟作風。賈母、王夫人接待親戚，無論富者如薛家，貧者如邢家、李家，都彬彬有禮，女孩子則住進大觀園，待遇分例準自家女兒，並不因其貧富或送禮多寡而厚彼薄此，特別喜歡的人如寶琴也因其自身討人喜歡，貧寒如邢岫煙又受到包括鳳姐在內的特別照顧與尊重，對於打秋風的劉姥姥，賈母、鳳姐也算得上「惜老憐貧」了。

至於西門府上則恰恰與此相反，在彼處少見多怪的東西在這裏則習以為常。侯門世家講究的是禮和體面，暴發戶的家庭生活中則到處可以聽到「分斤掰兩」的斤斤計較。潘姥姥來了，金蓮竟拒絕開銷二分銀子轎錢，惹得轎夫亂嚷。日常開銷，由幾位有關的如夫人輪流管理，除孟玉樓較為大度之外，李嬌兒、潘金蓮等都是「只許他家拿黃桿等子稱人的，人問他要，只相打骨朵出來一般，隨問怎麼綁著鬼，也不與人家足數，好歹短幾分。」這則是西門家的經濟作風。「粉脂香娃割腥啖膻」，平兒洗手時丟了蝦鬚鐲，鳳姐不動聲色，若無其事，只不過內緊外鬆地查訪；而西門家失金，則揚鈴打鼓，大動干戈，聲言要買狼筋抽丫鬟。賈母倡導學小家子「湊分子」給鳳姐做生日，大家以能多出為體面；玉樓和金蓮宣導為月娘「老公倆」說合，每人五錢銀子，因為事因瓶兒起叫瓶兒出一兩，孫雪娥則勉強拿出一根三錢七分的簪子，李嬌兒勉強出了一份，金蓮拿回去較稱，只四錢八分。月娘雖未至如此小器，然而她作為家庭銀庫總管，不過以斂財為樂事。她眼巴巴地盯著李瓶兒的財產，金蓮通過西門慶要了一件皮襖她則耿耿於懷；親朋來往，她也是見錢眼開，初見瓶兒，即張口要金壽字簪子。西門死後，她主持家政，更以撙節克扣為主要財政方針。明知大姐與丈夫關係緊張，把大姐送回卻不給陳家寄存的箱籠，至使大姐兩次被陳敬濟強行攆回，以至不得不把人同箱籠一起送回才被接納。這一過程中重物不重人，要財不要體面，正是典型的小家作風。賈家和薛家，如寶釵所說，只有買人，從來未聽說賣人的，鳳姐雖然常把「或打或殺或賣或配人」掛在嘴上威嚇奴僕，可「打」「殺」（致死）則有，「賣」則從未見之，賣了死契的花家，也都等待著賈府開恩無償放人呢。而月娘之待下人，如春梅和秋菊，甚至金蓮這樣的寵妾，都一樣通過媒婆發賣，而且還討價還價，連蔡老娘給其接墓生獨子討喜錢她都要講個價兒。西門雖死，十萬家資，雖今非昔比，誠不至困窘至此也。比起賈母之受得富貴，耐得貧賤，分明顯得小家子氣來。春梅遊舊家池館，月娘說：「姐姐，你幾時好日子，我只到那日買禮看姐姐去。」擬賀人家生日，詢之可也，何須把「買禮」掛在嘴上？足見其不脫窮千戶出身的暴發富商荊妻之本色也。

在文化修養方面，月娘與賈母比起來更是一野一文，雅俗判然。賈府的婦女，大都受過良好的教育，賈母、鳳姐雖未大讀過書，但由於生活中文化氛圍的浸染，她們都有著頗足稱道的文化教養。在欣賞音樂戲劇、批駁才子佳人小說、玩賞蘇繡、居室佈置藝術、色織工藝、服裝美學、烹飪及品茗等等方面，賈母都表現出了很高的文化素養，比如佈置居室，她嫌寶釵的屋子太「素靜」，吩咐鴛鴦把「石頭盆景兒和那架紗桌屏還有那個墨煙凍石鼎拿出來擺在桌子上就夠了」。她自詡為「我最會收拾屋子的，如今老了，沒有這些閒心了，他們姊妹們也還學著收拾的好，只怕俗氣，有好東西也擺壞了」，「如今讓我替你收拾，包管又大方又素淨」。鳳姐起詩能吟出為釵黛稱道的好句，詩禮傳家，文采風流，誠不虛也。西門慶妻妾的文化生活，似乎限於聽聽流行小曲這種單一的形式，吳月娘則連其中滋味都聽不出，潘金蓮雖能於此道，然這種從內容到形式都市井化了的通俗文藝，亦猶今日風靡一時的港臺流行歌曲，金庸、瓊瑤小說之類也。除此而外，她的審美追求，無非是講求衣飾的華麗，以珠光寶氣為美。西門家雖有樓台亭榭，但對於他們只是與「私語翡翠軒」「大鬧葡萄架」「山洞藏春嬌」等相聯繫，不見文采風流，唯有穢聲盈耳，醜態觸目耳。

「大家」「小家」云云，乃舊時之傳統觀念，在這裏嘮叨不休地比較什麼吳月娘與賈母們的「大家風範」與「小家子氣」，有何現實的認識意義和審美意義呢？

「風範」者，乃屬於人文教養方面的概念，它是具體的，歷史的，又具有一般的普遍性品格。侯門公府的一品太夫人，作為詩禮世族主婦，她在正統的典範意義上體現了封建文化為大家婦女制定的教養規範。這規範，產生於貴族階級的生活實踐，更來自封建文化的長期積澱。吳月娘是窮千戶家庭出身的暴發戶商人的妻子，她的教養是市井生活及社會上居支配地位的封建倫理觀念自發影響的產物。二者所代表的教養，不能簡單地加以臧否，從不同角度去進行比較，可具不同的意義。

首先必須看到，賈母的「大家風範」，既然在典範的意義上體現了封建教養的規範，因而這種倫理教養自身的落後性與虛偽性在賈母等身上必然比吳月娘等表現得更為突出。其主要表現：一、森嚴的等級制度，等級壓迫性；二、強烈的男尊女卑觀念，女性地位低下；三、對人性自然追求的壓抑。比如妻妾關係和嫡庶關係，雖然賈家和西門家都實行一夫多妻制，更確切地說是一夫一妻多妾制，閫內之治，妻為主，妾處於從屬地位。但西門家的妾的地位比賈府的姨娘或屋裏人要高得多。她們可以與月娘同席而坐，可以姊妹相稱，可以受委託管理家中的生活開支，金蓮和月娘鬥法，也基本上打個平手。然而趙姨娘和平兒們，從來無權和王夫人和鳳姐平起平坐，有氣只能逆來順受，不能明爭，只能暗鬥，連在自己子女跟前，都未能擺脫奴才地位。探春叫生母曰「姨娘」，可李瓶兒從來沒有人懷疑為官哥兒之母；趙國基則是賈環上學的跟班，無資格作舅舅。可在西門家，不光孟玉樓的兄弟，連李瓶兒前夫花子虛的兄弟都可以作為「孟二舅」「花大舅」成為座上客。在這方面，西門家比賈府要進步、合理得多。其他方面的等級規範，也不像賈家那樣森嚴。如春梅當著吳大妗子的面大罵申二姐，是嚴重失禮行為，賈母生日兩個婆子不聽派遣，鳳姐馬上派人將其捆起來交尤氏發落，以春梅之張狂，若在賈府完全可以「或打或殺或賣或配人」的，但西門慶卻免於追究，月娘也可以容忍。又如玉蕭當眾奚落李瓶兒，和玳安亂搞被月娘撞見不僅未予懲罰反而得到成全，等等，這在大家都是不允許的。可見，在「小家」之中，封建倫理的統治要比「大家」寬鬆得多。

比起大家世族來，西門家的婦女往往表現得舉止輕浮，但這「輕浮」正意味著對女性束縛的減少，意味著她們有比大家女性更多的自由。不光金蓮可以臨街觀燈，口嗑瓜子，將皮吐在行人身上，玉樓也可以到門前親自找人磨鏡，而月娘可時而到大門口張望丈夫是否回來，可以元宵拋頭露面地「走百病兒」，可以帶著姬妾丫鬟們春日蕩秋千，讓女婿推送；而陳敬濟可以出入府內，與眾小丈母娘同席宴樂，這一切在賈府都是嚴格不允許的。貴族家中的女性，一顰一笑都有嚴格的限制。寶釵婚後，要回避賈璉——鳳姐不回避賈珍，那是因為他們一塊長大，算是從權；賈政、賈珍們說話，王夫人和尤氏無權駁回，即使賈母給寶玉說親，也要正式爭取賈政的同意。特別是婦女的婚姻自主權，在賈府幾乎等於零，她們不僅要絕對聽從父母之命，而且還要「從一而終」，湘雲和迎春是其直接犧牲品。可在西門家則相對自由得多。西門一死，他的如夫人隊伍馬上如鳥獸散，像孟玉樓都是自己找對象，自己相親，帶著自家的財產兩次改嫁。在賈府不唯趙姨娘無此可能，連身分不明的襲人嫁人還受譏議呢。「存天理，滅人欲」，禮教規範以束縛和扼殺人的自然需要為基本特徵，紅樓女兒「千紅一哭，萬豔同悲」的大悲劇正是由此釀成的。《金瓶梅》寫的是人欲無節制地發洩所製造的醜劇。在這裏人對於「財」與「色」的欲望，撕去了斯文面具以露骨的形式得到張揚和膨脹。這裏雖然仍以男性對女性的占有為主，西門慶憑藉著金錢和權力可以恣意玩弄女性，對他的妻妾甚至姦占的女性有很強的占有欲。不過與世家不同的是，他對自己如夫人的貞操方面的要求也較為寬鬆，不僅「既往不咎」，即對於新發生的「失誤」也能夠原諒。與貴族男女的「偷雞摸狗」不同，這裏的「男盜女娼」，也有著較高的透明度，少一些虛偽性。

這一些比較容易理解，它只是問題的一方面，可問題還有另一面我們也不可忽視：自人類文化發展的角度視之，以賈母為代表的「大家風範」比吳月娘的「小家子氣」有著更高的倫理價值和審美意義。這倒是本文比較與探討的主要著眼點。

人的倫理或審美的教養都是具體的，不僅各個歷史時期有著不同的內容，而且同一時代不同的社會群體之間也有著不同的追求，我們必須用歷史的、發展的眼光來給予評價。雖然在歷史前進的序列中一般說來是後來居上，後來者所代表的倫理規範和審美追求也更為先進，更為合理，但社會歷史現象絕不能用數學方法來進行簡單的是非判斷。因為在對立的社會群體之間的教養規範，除了有互相排斥的一面，還有其相互滲透的一面。歷史在不斷揚棄自身的前進中，不光要否定，而且還要吸取和繼承。故一種新的倫理或審美形態出現之後，在其取代舊的倫理形態或審美形態的過程中，除了其根本質優於舊形態之外，還必須吸取和借鑒舊形態的合理因素，才能發展和完善自己。因而二者之間的比較顯得十分複雜，用簡單的是非判斷是不能解決問題的。

我國持續了兩千多年的封建時代曾創造了光輝燦爛的古代文明，應該承認這一文明是由那一歷史時期在社會上居支配地位的地主階級壟斷的。而人際交往的倫理規範及人的文化的審美的教養正是這古代文明的一個組成部分，貴族階級作為地主階級中文化水準最高的一個階層，是地主階級在文化方面的代表，尤其是文明教養的代表。「王謝風流遠」，紅樓時代，它的作者猶以「魏武之子孫」和「文采風流今尚存」為榮。直到近代民主革命之際，它的先驅們仍然理想「光復舊物」，期望著「復見漢官威儀」。只要你沿著歷史前進的腳蹤排比一下，這些「威儀」「文采風流」「雍容揖讓」等等，每一時代都是與那些「衣冠世族」與「詩禮世家」聯繫著的。劉姥姥進入大觀園之後曾發過深深的感慨——「怪不得說禮出大家」，如果我們僅僅從批判封建禮教的虛偽性來看那就未免顯得片面了，從文化發展的角度看，這句話就有了全新的意義。是的，「禮出大家」，在探討古代的文明教養時，我們的眼光就不能離開那「王謝風流」，不能離開「崔盧李鄭」，就不能不對「賈史王薛」刮目相看了。

比起賈府的「爺們」來，暴發戶西門慶頗有帶著新的氣息的有異與彼的價值觀念、倫理觀念和審美追求，並且有著與之相稱的自信與自我感覺。不過這僅是問題的一面。《金瓶梅》第五十七回，西門慶十分得意地欣賞自己的兒子官哥兒時，就表現出那心境的另一面：「兒，你長大來，還掙個文官，不要學你家老子，做個西班出身，雖有興頭，卻沒十分尊重。」這個山東屈指可數的大富翁，儘管憑著實力，已經可以大搖大擺地褻瀆招宣世家的閫帷，可以傲慢地成為老皇親的典主，然而在官僚及貴族世家的威儀和風範面前，他仍感到自餒和空虛。今日腰纏萬貫的新大亨們，儘管有私人轎車，有小蜜二奶，可以燈紅酒綠，出入豪華酒家，但面對「七品芝麻官」的威儀，仍感若有所失，恐怕也是這種心態。

西門慶大是可兒，大家風範確實有值得稱道之處。

首先是「大家」最講究風範教養。大觀園發現繡春囊引起一片驚慌，面對著鳳姐的委屈和哭聲，王夫人哀歎：「這性命臉面要也不要！」小家重實惠，大家重體面。把體面看得比性命還要緊！西門家的教養是在生活實踐與社會習慣的浸染下自發形成，賈府的教養則重視人為的塑造：一、濃氛圍的環境薰染；二、通過讀書繼承傳統教養；三、家長和專職教養人員的培訓。賈府的哥兒和小姐都配備有「教引嬤嬤」，其任務就是負責對年幼主子進行言談舉止等禮儀方面的教育。怡紅院內為寶玉祝壽，都要等查夜的管家娘子走後才能開始。一次寶玉對襲人等直呼其名，被林之孝家的「排喧」了一大氣，講大家公子的調教，委婉地勸導寶玉：「這些時我聽見二爺嘴裏都換了字眼，趕著這幾位大姑娘竟叫起名字來，雖然在這屋裏，到底是老太太、太太的人，還該嘴裏尊重些才是。若一時半刻偶然叫一聲使得，若只管叫起來，怕以後兄弟侄兒照樣，便惹人笑話。說這家子的人眼裏沒長輩。」經過襲人們的解釋，說這是偶一叫之，林家的才說：「這才好呢，這才是讀書知禮的……這才是受過調教的公子的行事。」賈府的婦女，大都從小讀過書，巧姐很小就讀「列女傳」和「孝經」，李紈和探春姐妹都上過學。她們讀書的目的不在於「治國平天下」，而在「修身齊家」「德容言工」，提高教養水準。與小家碧玉不同，文化生活在她們心底有著很深的積澱。寶釵見元春賜她的東西獨與寶玉一樣，便心裏覺得「沒意思起來」；黛玉聽見寶玉向她傾吐心曲，會變臉生氣，都是埋在意識深處的文化積澱在起作用。只要你把西門慶的獨生女西門大姐兒與大觀園的女兒們稍稍加以比較，你就能體會到什麼叫「教養」了。

「大家風範」的本身也有著具有普遍品格的合理內核。

詩禮世家的一顰一笑都很講究嚴格的規範，林黛玉初入賈府「不肯輕易多說一句話，多行一步路，怕被人恥笑了去」的心態，就是由此產生的。這種規範除了等級觀念之外，也有其合理性的內核。如賈府的行為規範中，對親戚的尊重，對長輩的愛敬，對晚輩的慈愛，姊妹間的友愛，對嬌客的優容，教育子女的從大處著眼，反對做人歪調，言談舉止尚文雅輕粗陋，莊重但不拘泥，有禮而又有權，恤老憐貧，惠人不德等等，對人類教養文明的發展，都有其可供繼承和借鑒的普遍性的意義。

古代文明向來重「義」「利」之辨，「大家風範」重「禮」而輕物，新興的暴發戶取代了高門世家首先在價值觀念上把傳統顛倒過來了，以「小家子氣」的斤斤計較所產生的「經濟效益」把歷史推向了一個更高的階段。但從社會倫理的一般進步來看，人類總不會始終以「羊狠狼貪」來表示自己的進步，它定會以更高形態的「雍容揖讓」來顯示自己的文明。十九世紀的西方社會對它們所呼喚出來的人際關係的憤怒批判，本世紀「現代派」對物質文明「過度」的迷惘和惶惑，以及近年興起的「新儒學」的思潮，都曲折地表現出人類對人際關係中新的文明的呼喚和嚮往。「大家風範」和「小家子氣」，早已經被顛倒過來了，在歷史的行程中，他們難道不會在更高階段上被再次顛倒過來嗎？

在審美教養方面，詩禮大家因為他們向來壟斷著文化，無疑具有著更大的優勢。賈寶玉所說的「山川日月之精華只鍾於女兒」的有名話語中，在其理想的意義上也包含著他對於以寶釵、黛玉、湘雲為代表的女兒的文化教養的讚美和肯定。文學、藝術、歷史、哲學、宗教及審美等方面的修養，無疑包容在人的全面發展的內涵之中，在這些方面，吳月娘們比起賈府的女性，則只好望洋興嘆了。

一提起封建，人們馬上就會想到那是一個壓抑人性，人沒有自由和尊嚴的時代。這種心理定勢的產生，不是沒有道理的，可如果把它絕對化那就錯了。比如說人的尊嚴吧，每一時代都有其一般性，也有其具體性，有它自己的內容、自己的特點、自己的尺度。以等級特權為尺度的尊嚴和以金錢為尺度的尊嚴就是這樣。雖然，封建時代的禮以等級制為其特色，「名位不同，禮亦異數」，不同等級的人們之間，談不上什麼真正的尊重和尊嚴的。然而「禮」講究嚴格的分寸界限，而在這界限之內也嚴格講究尊重自己和尊重他人，否則就是「失禮」。孔子云：「道之以德，齊之以禮，有恥且格。」就包含這兩方面的意思在內。其實人的地位什麼時候都有著差別，風範如何不在於地位高低，而在於自己能從在一定社會結構的位置出發，合乎規範和禮儀地對待自己和他人，這也算是對「人」的「尊重」了。比如賈母見元春要行「國禮」，入內室元春又要向賈母行「家禮」；過年請族人，老妯娌雖窮，但要與賈母平起平坐；家庭吃飯，王夫人獻茶，大家都要站起來，賈母總讓孫媳婦們布讓；王夫人可以罵趙姨娘，但總不為已甚，既不動手動腳，也不失言；平兒無端挨打受委屈，弄清楚後賈母和鳳姐都要給她面子；雖然平時禮數不錯，但無人時鳳姐也拉平兒一道坐著吃飯，如此等等，這都體現出封建世家的禮數講究在一定界限內的自我尊重和互相尊重，反對無限度的「失禮」行為。其實今日為人們所無限憧憬的如「豐田模式」等人際關係，無論其如何講究「行為科學」和給「紅包」，但老闆和藍領之間的「尊重」和「信任」，也不過如此。比起來在小家子暴發戶中，西門慶「熱結」時以年長的應伯爵為弟；月娘對春梅的前倨後恭；月娘當面揭金蓮出身之短；以及她們動輒出髒話罵人等等，都表現「小家子」中對別人的不尊重和人格自輕。

王昆侖先生在〈薛寶釵論〉中曾寫過下面一段話：

> 直到今天，不少中國人還有「娶妻當如薛寶釵」之想。誠然的，寶釵是美貌，是端莊，是和平，是多才，是一般男子最感到受用的賢妻。如果你是一個富貴大家庭的主人，她可以尊重你的地位，陪伴你的享受；她能把這一家長幼尊卑的各色人等都處得和睦得體，不苛不縱……如果你是一個中產以下的人，她會維持你合理的生活……她使你愛，使你敬，永遠有距離地和平相處度過這一生，不合禮法的行動，不近人情的說話，或者隨便和人吵嘴嘔氣的事，在她是絕對不會有的。尋找人間幸福的男子們大概沒有不想望著薛寶釵這樣一個妻子的理由。[1]

從反封建的角度著眼，對寶釵之為人主要應持批判態度的，當然是正確的。不過如果我們從倫理和教養的角度，從人類文化發展的角度著眼的話，上面的一段話就有了普遍性的意義了。

1　王昆侖：《紅樓夢人物論》，北京：北京出版社 2009 年。

自尊與無恥之間的悲哀
——《金瓶梅》與《紅樓夢》中兩種不同類型的幫閒形象之比較

魯迅說過，世間有權門，就會有幫凶，也一定會有幫閒。古代的通俗文藝，特別是戲劇中，藝術家們早就把許多幫閒者的形象搬上了舞台，那些保護花花公子的教師爺和一味仗勢的宰相家丁之類角色，已經成了大眾喜聞樂見的性格類型，至於有血有肉地塑造出幫閒的形象，則是《金瓶梅》和《紅樓夢》的功績。應伯爵們，屬市井幫閒；詹光們，屬於世家幫閒，蘭陵笑笑生和曹雪芹，用他們的生花妙筆，為我們栩栩如生地刻畫了這兩種不同類型的典型，他們不僅維妙維肖地再現了這類人物的世相，而且以自己的豐滿和豐富，揭示了這類人物存在的社會原因和文化原因，其深刻程度，遠非其他小說可比。本文擬從這個角度，對二書中的幫閒形象，試加比較。

價值觀念與其實現方式之間

對於《金瓶梅》和《紅樓夢》中的幫閒們，評論者大率分析其無恥相，這是必要的，也是正確的，但「無恥」之外，有誰注意到他們的悲哀麼？

每一社會都有自己居支配地位的價值觀念，每一社會群體也都有自己的價值觀念，每一社會每一群體的人都根據其價值觀念去設計自己並爭取實現自己的價值，古今中外皆然，概莫能外。問題在於，大家的價值觀念，都能得到實現麼？

幾千年來，中國古代知識分子的傳統價值觀念是「學而優則仕」，說得堂皇一點是「修、齊、治、平」，如果說得實際一點，是「書中自有千鍾粟，書中自有黃金屋，書中自有顏如玉」，是「學成文武藝，貨於帝王家」。不錯，「達則兼濟天下，窮則獨善其身」，然獨善之義，蓋模糊矣。可以是暫歸南山，謀官不成先謀隱，待更高之價而沽；可以是優遊林下，與友人詩酒賡和，風雅自命，老此終生；可以是不為達宦，退為鴻儒，聚徒講學，名滿天下……這些都屬不失其風雅者。然能如此雅者，如商山四皓和竹林七賢，如嚴子陵和陶淵明，如王摩詰和孟浩然者，畢竟是少數，他們或有高貴門第，或有達官顯貴為台柱，或有一定名聲，或有較好機遇，至少也須有良田數頃，童僕數人，以供其役使作為「優哉遊哉，聊以卒歲」的保證，否則就難免真的墜入「謀官謀隱兩無成」的潦倒境地了。對於古代知識分子的多數，無論是察舉還是科舉，無論是九品中正還是滿漢八旗，有資格或有幸運達顯或窮顯者畢竟是少數，可悲的是廣大出身下層的讀書人抱定了「朝為田舍郎，暮登天子堂」的幻想，四書八股，十年寒窗，春秋作賦，皓首窮經，兢兢業業，孜孜矻矻，在這條道路上擁擠著，爭逐著，個別有幸者上去了，不幸者如周進、范進，雖做驢做馬，仍執著於「舉子業」不改其道。然而周進和范進到底還是「中了」，更不幸者如孔乙己，穿長衫而站著喝酒，雖「固窮」而不承認偷書，抵死不離「斯文」，則是更可悲的典型了。而那些不能執著此道，又不願棄卻「斯文」，改弦更張者，往往就走了「幫閒」或「幫忙」的路，大者可以為高級幕僚、節度判官、為檢校工部員外郎，小者為州縣師爺，掌錢糧或訴訟，而「清客」則是幫閒的一種。

清客也者，地位較幕僚為低，而品格較師爺為雅，他們必須有「幫閒之志」，且有「幫閒之才」，方能成為清客。幫閒之志，就是說得願意幫閒，且不得不幫閒，並不願不幫閒。這些人大多為窮儒，無由宦達，亦無由「獨善」，又不能棄卻斯文，於是只好依傍權門，以很不斯文的方式維持其斯文生活。他們還得有幫閒之才，「也得會下幾盤棋，寫一筆字，畫畫兒，識古董，懂得些猜拳行令，打趣插科，這才能不失其為清客」。《紅樓夢》中經常圍繞在賈政周圍的詹光、胡斯來、程日興們，就是這樣的清客。

曹雪芹刻畫清客的形象，用的既不是傳統戲曲中寫教師爺的漫畫化手法，也未用《金瓶梅》刻畫應伯爵們的工筆，他用的是白描與寫意的手法，截取清客生活的幾個片斷，通過大觀園試才題對額、老學士杜撰姽嫿詞、寶玉上學及挨打等幾個場面，寫他們的幫閒生活和幫閒文采，點染了他們的音容笑貌，寫出了他們的淪落和辛酸。「試才題對額」和「杜撰姽嫿詞」兩回，是「悼紅軒的詩話」。它維妙維肖地再現了世族大家的文化生活，其主人公雖然是賈寶玉，但作為陪襯的門客也不是形象蒼白的無學之輩。這些人雖然缺乏性靈，但他們於詩歌的意境、手法、煉句等方面，於其創作和審美方面，都有一定的修養，庶可謂「老手妙法」了。舒蕪云：「議論雖未脫盡試貼家風味，但畢竟是心得之言，眼光識見都不陋。」在「題對額」中，為了讓寶玉展才，清客之屬既不能太高，又不能太陋，他們就像曹雪芹為小說中不同人物按頭制帽代作詩詞一樣，比自己創作更要難。總之，這些清客們是有「文采」的，或者說也是「雅」的。這文采，既是他們的謀生之道，也是他們的生活內容；既是其人生價值內容本身，也是其價值實現手段。他們同主人一樣生活在「雅」之中，但他們卻沒有主人那樣的實現「雅」的條件，於是不得不採取這種「幫閒」的並不雅的方式去實現，結果是為雅而俗，以俗求雅；通過痛苦去尋求歡樂，通過情感損失去獲得心理平衡；在自我否定中肯定自己，為觀念而犧牲人格——他們的悲劇正在這裏。幾千年來，千千萬萬知識分子的悲劇也正在這裏。豪放不羈如李太白，且寫過〈與韓荊州書〉那樣的自我拍賣廣告，對韓極力奉承，以求君侯「階前盈尺之地」「使白得揚眉吐氣，激昂青雲」。杜子美一生悲苦，更深味於「朝扣富兒門，暮隨肥馬塵，殘羹與冷炙，到處潛悲辛」的酸楚。能從傳統中走出來，如曹雪芹的能有幾人！連敦誠還要勉勵他「勸君莫彈食客鋏，勸君莫隨肥馬塵。殘羹冷炙有德色，不如著書黃葉村」呢。

如果說世家幫閒詹子亮們以「雅」為基調和賈存周們結成了文化生活的共同體，那麼市井幫閒應伯爵們恰恰以「俗」為基調和新興暴發戶西門慶結成了新的夥伴關係。應伯爵是開綢緞鋪的應老闆的二少爺，和生藥專業戶家的西門大郎有著同樣的家庭出身。不同的是西門家到了西門慶這一代，依然「騾馬成群，呼奴使婢」，而應家因為「落了本錢，跌落下來」，到了應伯爵這代，只好以「在本司三院幫嫖貼食為生」了。雖然如此，但共同的家庭出身和社會環境造就了他們的共同氣質，不甚讀書，喜歡遊蕩，眠花宿柳，惹草招風，雙陸象棋，抹牌道字，件件皆通。一個市井暴發戶，一個市井破落戶，兩者之間可謂同質異構。他們有著共同的生活目標，不擇手段地追逐財富，不顧廉恥地追求享受。儘管在他們的觀念中，發財致富的機會對於每個人似乎是平等的，但是這「平等」一旦拿到生活中去兌現時卻表現出了千差萬別。西門慶可以憑藉自己的財富和權勢，從容地支配著世界，實現自己的價值觀念，擴張與膨脹著自我；而應伯爵因為無所憑藉，只能以低三下四地出賣自我的方式去「實現自我」。西門慶是在不斷的擴大中實現自我，迅速地膨脹著自己的財富和地位，而應伯爵卻只能以簡單重複的方式去再生產著自我。他自己靠幫嫖貼食而抹嘴頭，而家中妻兒卻經常弄得衣食無著，即使西門慶一次周濟他幾十兩銀子，也改變不了他幫閒貼食的地位。他與主子在夥伴關係中實現著他們的生活內容，然而西門慶是憑藉自己的財富去吃喝嫖賭，聽曲看戲，而伯爵們是以「幫」「貼」「沾」「蹭」的方式去嫖、吃、聽、看，在價值觀念與其實現方式的對立而又統一方面，他們這一對夥伴，與《紅樓夢》中清客與主人的關係，異曲而同工，相映成趣。

說到同工異曲，詹光和應伯爵們還有一點明顯的差異。前者對他們的生活方式和社會環境的認識，遠不如後者清醒。清客們的生活觀念，更多地來自傳統文化的積澱，無斯文條件而不能放棄斯文方式，只能以不斯文的方式維持其假斯文的生活，他們雖然可悲但對造成這種現象的社會原因及自己的實際地位缺乏清醒的意識，他們的悲劇是荒誕的悲劇。而市井幫閒們，他們對自己的謀生之道較少心理負擔，其最大特點是現實，他們對自己的生活方式以及採取這種方式的原因有著清醒的意識。他們與西門慶有時酒場上可以稱兄道弟，甚至有時也可居於客位，而實際上則是「老爺」與「小人」、「大官人」與「窮光蛋」的關係，是施捨者與貼蹭者或乞食者間關係。他們十分清楚，該講「體面」時就「體面」，不該講時，他們能隨時放下架子，現出本色。「如今年時，只好敘些財勢，那裏好敘齒！」「生兒不要屙金溺銀，只要見景生情」——都是他們真實的內心獨白。一次，應伯爵對客人嘲弄李桂姐說：「你老人家放心，他不做表子了，見大官人做了官，情願認做乾女兒了。」他嘴中的人情世態，有很高的透明度。他們從不「拉硬屎」，從不講求假體面，對於生活和處境，他們有著很強的現實感。這也可以說是他們高於清客之處吧。

自尊與自賤之間

有著主人一樣的價值觀念，卻不具備主人一樣的實現價值的條件，於是不得不靠出賣自己以扭曲的形式去實現這種追求，一切幫閒者都面臨著道德上和人格上的強烈的自我矛盾。

清客也者，顧名思義一曰「清」，二曰「客」。「清」的意義是多樣的：清者，閑也，故曰幫閒；又，文也，以幫閒為業，亦近清雅；又貧也，因貧不得不以幫為生。雖然，形式上的身分仍為「客」，與奴僕，與夥計不同，這在心理上給那些無以為生的文士們至少是自欺欺人的滿足。每當賈二老爺公餘要在琴棋書畫中享受一點閒適生活情趣的時候，詹子亮們便以「客」的身分出現在履行職務的過程中與主人一起分享雅趣了。「老學士杜撰姽嫿詞」正是主客們「風流雋逸」生活場面的一次集中寫照。「大觀園試才題對額」時，固然是為了測試和表現寶玉，但當寶玉過分逞才時父親便會喝斥他：「無知的業障！你能知道幾個古人，能記得幾首熟詩，也敢在老先生前賣弄！」七十五回中「賞中秋新詞得佳讖」，闔家團圓共度佳節的家宴中，賈母還特地提醒賈政兄弟：「你們去罷，自然外頭還有相公候著，也不可輕忽了他們。」這都表現了幫閒們「客」的身分以及主人對他們的高看。

然而這不過是形式，端人碗，服人管，既然是幫人為生，無論幫的內容是什麼和幫的形式怎樣，主客之間總擺脫不了雇傭關係，因而清客們又必須以巧妙的方式履行自己的職務，以客與傭的雙重身分，為主子服務。

大觀園初落成，清客們追隨著賈政前往遊賞，他們本來的任務不過以自己的文采幫助主人鑒賞、品題，對工程酌斟損益，以彌補因官場生活扭曲而變得迂腐古板的賈政的性情和才情的不足，這一任務本來還容易完成，誰知中途遇到了賈寶玉，出現了一個「試才」問題，處於古板的父親與乖僻的公子這對素質反差極大的兩代人之間，清客們的使命馬上複雜起來了。既要照顧父親，又要兼顧兒子；既不能太高，又不能太低；既要奉承主人，又要不著痕跡，於是察言觀色，依違兩可，引導開脫，提示湊趣，清客們周旋其間，真可謂煞費苦心了。「杜撰姽嫿詞」過程中清客們的處境和作用，亦作如是觀。第八十回寶玉上學路遇詹光、單聘仁二人，「一見了寶玉，便笑著趕上來，一個抱住腰，一個攜著手，都道：『我的菩薩哥兒，我說做了好夢呢，好容易得遇見了你』。說著，請了安，又問好，嘮叨半日，方才走開。」如果說，以往場面，清客們幫閒以斯文的面目出現，在這裏，在一個孩子面前，他們便脫去斯文，露骨地現出了幫閒者人格的另一面——平日被斯文掩蓋住的比較隱蔽的那一面了，所以魯迅說幫閒「為有骨氣者所不願為」。

雇傭關係，由來已久，比比皆是，如果是「名正言順」，雇傭雙方也便會大家坦然。麝月送花，碰賈母高興，賞了二百錢，她以為得了彩頭，是體面，感恩戴德之情溢於言表。平兒無端被打，賈璉代鳳姐賠不是，還不敢受，聲明歸罪於「那淫婦」，老太太表示知道了她的委曲，且「不許惱」，她就覺得臉上有了光。奴隸觀念使奴隸們維持著心理平衡。意識到奴隸地位的奴隸，「心比天高，身為下賤」的晴雯萌發了反抗意識，化不平為抗爭，她們也無過多的心理煎熬。唯獨清客相公，以傭為客，既要保持斯文身分，又不能保持斯文人格，他們難免要經常遭受著內心的煎熬。觀念要他們維持體面，生活又不允許他們講求斯文；外在方面他們要維持著較強的不屑於與小人為伍的「君子」意識，潛在上他們又時時流露出屈躬事人的「小人」意識；傳統和教養要他們講求尊嚴，而現實生活又不給他們以維持尊嚴的物質條件，而為了維持尊嚴他又不得不出賣自己的尊嚴。為了斯文，出賣斯文；為了人格，犧牲人格。如果他們不上升為主人，而又不願脫下長衫，他們就永遠擺脫不了心靈上的煎熬，這是清客們的又一痛苦。

這方面，如果把應伯爵們與詹光們稍加比較，就可以看出二者間的明顯差異了。其一為道德觀念的淡化。士人重義，市人重利，與傳統的讀書人相比，他們的一切觀念都以利為核心，做了重新安排。生活觀念、價值觀念、倫理觀念、人格觀念、貞操觀念不光貫串著「利」的精神，而且當觀念與實利發生矛盾時，他們會毫不猶豫地棄卻前者，而擷取後者。在他們的觀念中，人格、良心、情操都可以化作商品出賣，這是彌漫在清河縣上空而迥異於榮國府中的總的氛圍。西門慶趕出的樂工李銘央求應伯爵說情，伯爵教導他說：「常言嗔拳不打笑臉。如今年時尚個奉承的，拿著大本錢做買賣，還放三分和氣。你若撐硬船兒，誰理你？全要隨機應變，似水兒活，才得轉出錢來……」這是他的幫閒哲學，也是他的生意經。「生兒不要屙金溺銀，只要見景生情」，他就是本著這一原則與西門慶周旋的。十兄弟中，以他年齒最長，可熱結時，他甘願以西門慶為兄，而西門慶亦坦然受之。這種露骨的勢利，在賈政那裏是不可想像的。

其二為人格的低賤。應伯爵們的品格比賈府的清客們的格調低得多了，他們之所幫，不在詩詞書畫，而在幫嫖貼食，打諢插科，拍馬逢迎，以博得主子一笑。為點綴宴會氣氛，他可以為西門慶的寵妓下跪，叫其「月姨」，並甘挨其耳光。更其甚者，山洞戲春嬌，隔花戲金釧，其鄙俗下賤，則完全是流氓行徑了。至於在麗春院幫嫖時狼吞虎嚥一掃而光的吃相，離開時順手牽羊偷婊子東西的拿相，在西門家鯨吸酥油奶茶的喝相，表現都很低賤，無半點斯文可言。所以儘管表面看來，應伯爵是西門慶的結拜兄弟，在場面上有時也是座上客，二人間也時以兄弟相稱，可在郊遊宴會上，伯爵說笑話，一時走了嘴觸了西門慶的忌諱，回過味來時，西門慶雖未耿耿於懷，而伯爵倒惴惴不安起來，等說到「有錢的牛」時，他慌忙掩口，跪下道：「小人該死了，實是無心。」霎時間，關係轉換，「哥」變成「老爺」，「兄弟」變成了「小人」，這也都是詹光們所做不出的。西門死後，應伯爵等七兄弟的祭文，雖為遊戲筆墨，然而「受恩小子，常在胯下隨幫」，倒也不失為他們的自況。雖然他們也經常依仗西門之勢在外人面前做張做致，撈點好處，然而在西門面前，他們是很能自輕自賤的——他們有著清醒的自賤意識。故他們在幹著那些卑鄙的勾當時，他們也沒有世家清客所經常經受的心靈痛苦。

其三是他們見利忘義，有奶便是娘。自古以來，人們便對世態有炎涼之歎，豪門食客隨主子炎勢的衰歇而更換門庭亦是常事。然「炎涼」與「無恥」畢竟不同，更何況講究節概，標榜「士為知己者死」，向來為門客的傳統節操呢。然而市儈的突出特點是「見利忘義」，因而毫無操守正是順理成章的事，毫不足怪。西門慶一死，熱結兄弟馬上如鳥獸散，屍骨未寒應伯爵已投靠張三官，以損害舊主子向新主子討好。而吳典恩則更欺凌孤兒寡婦，恩將仇報，乘人之危，落井下石，表現得極為無恥可憎。這則是他們區別於世家清客的又一特點。

世家幫閒的倫理觀念和人格意識多來自傳統文化，市井幫閒的倫理觀念和人格意識來自市井生活。前者又稱清客，後者近乎無賴，他們從事自己幫閒職業時，有著迥然不同的心態。

不過總的看來幫閒們的人格淪喪還在於現實生活的扭曲。不光賈政的幫閒除了為主人湊趣之外未見劣跡，（賈赦的「清客」則更近於「幫忙」或「幫凶」，書中未正面寫，又當別論。）即是應伯爵們也時見未曾泯滅的善念。他為李銘說情，為孫寡嘴和祝念實開脫，為常峙節向西門慶謀求幫助，都算是做的好事，含有同情弱者物傷其類的成分，向受益者推辭酬謝的態度也是真誠的。該勒索時勒索，該仗義時仗義，正如醉金剛倪二黑心放高利貸，但有時也能仗義助人，這都屬於市井光棍們的道德，可見人性的複雜的一面。再者應伯爵們對於世態人情及為富之道，有著清醒的認識。五十三回「隔簾戲金釧」，應伯爵一反常態失口講了兩個笑話，一個是「『賦』便『賦』（富），有些賊形」，再一個是「這分明是有錢的牛，卻怎的做得麟」，它直刺西門之心，以伯爵之精明，而作此蠢舉，只能看成是深層意識的無意中的自然外露，說明他對於為富者的不仁及其假體面，在內心深處也看得很為透徹。

幫閒生涯與幫閒才具之間

在幫閒生涯方面世家清客與市井幫閒也有同有異。

幫閒者顧名思義是幫主子之「閑」，即服務於主子的精神生活，這在二者是共同的。但主子的文化教養和興趣好尚不同，於是「幫」的內容也因之而異。賈府的清客幫的內容主要是琴棋書畫詩文詞曲。賈政們退公處獨，除天倫歡聚外，大率跟清客們在一起。這裏是世家沙龍，色調是雅的，內容往往是文化色彩很濃的消遣、品鑒或創作。「老學究杜撰姽嫿詞」，吟詠那「風流雋逸，忠義慷慨」的「千古美談」，便是其生活場景的一斑。大觀園的興建，他們要諮詢設計與施工，落成之後遊覽、驗收及品題，就由賈政帶領他們去完成。不是偶然遇見寶玉，那額聯的撰題，本來應該是清客們的事。「玩母珠賈政參聚散」，鑒別古董尤物之類，也屬於清客們的分內事。西門慶是粗俗的暴發戶，不光文化水準不高，又富於流氓氣質，故他的精神生活的夥伴自然就迥異於詩禮世家的清客相公了。《金瓶梅》以西門慶熱結十兄弟開始，這些兄弟們從西門慶發跡到發達，朝夕相從，始終未棄，猶如西門慶的影子。《金瓶梅》標榜為箴規「酒、色、財、氣」之書，「酒」與「色」正是西門慶的生活的基本內容，而這恰恰也是應伯爵們「幫」的基本內容。在西門慶的生活中，酒與色是密不可分的，無論是在行院還在在廳堂，無論是酒會、燈市或者郊遊，往往是有「酒」便有「色」，有「色」便有「酒」，有「酒」有「色」便離不開應伯爵。除了介紹妓女，協調關係之外，他的經常性的職能是在宴會上侑酒，為筵席增色，起到妓女們起不到的作用。比如一次黃四請西門慶到鄭愛月家吃酒，應伯爵使出種種手段與妓女們打情罵俏，使席間充滿著歡聲笑語，當愛月兒撒嬌不喝時，應竟不惜給其下跪叫姨，以博西門一笑。每當此景，西門總以「怪狗才」一笑罵之。愛月兒說：「應花子，你與鄭春他們都是夥計，當差供唱，都在一處。」妓女的話非常恰切中肯地概括了他的職能和作用。

如果說清客們之幫在雅，那麼應伯爵之幫則在俗，往往是惡俗。兩種不同的幫閒生涯也造就了他們不同的才具。清客們要求在雅文化領域中有較為廣泛的修養，雖然不需太深的造詣，太高的格調，但什麼都要通一點。賈寶玉杜撰姽嫿詞，清客們邊評點，邊提示，發表的見解，都是行家之言。他們說寶玉「我說他立意不同，每一題到手必先度其體格宜與不宜，這便是老手妙法」。這既是贊寶玉，實際上也是他們的自況。職業的需要，他們一般側重於向琴棋書畫方面發展。「詹子亮的工細樓台就絕好，程日興的美人是絕技」，從賈寶玉的話看，他們有些人在藝術的某一方面則具有相當可觀的專長了。梁章鉅《歸田瑣記》云：「都下清客最多，然亦須才品稍兼者方能自立。」並記時人為其所編成十字令：「一筆好字，二等才情，三斤酒量，四季衣服，五子圍棋，六出昆曲，七字歪詩，八張馬釣，九等頭銜，十分和氣。」而這正是賈府清客才具的寫照。而應伯爵們，插科打諢，打情罵俏，雙陸象棋，抹牌道字等則為其所長。當然，有些職能也需要具有一定範圍的知識，否則也就難於勝任。比如李瓶兒死了，西門慶堅持孝貼兒寫上「荊婦奄逝」，要以「詔封錦衣西門恭人李氏柩」題銘旌，伯爵則以有吳氏正室夫人在室為由，期期以為不可，耐心細緻地做了西門慶的工作。再如吹犀帶，贊花盆，賞銅鼓，陪內相品評瓶兒的板材，或為取悅主子，或為替主子爭光，其高談闊論，雖無從稽考，但這也是白來搶等兄弟所不能的。

幫閒生活發展了幫閒者的幫閒藝術和幫閒伎倆，諸如善於察言觀色，長於湊趣逢迎等等，在這方面世家清客如前所述還要保持一點體面，不過於失掉斯文身分，而應伯爵們則可以毫不考慮尊嚴，寡廉鮮恥，不擇手段。一次在西門慶家吃糟魚，伯爵說：「江南此魚，一年只過一遭兒，吃到牙縫裏，剔出來都是香的。好容易！公道說，就是朝廷還沒吃哩！不是哥這裏，誰家有！」他還對西門慶說過：「我便是千里眼，順風耳，隨他四十里有蜜蜂兒叫，我也聽見了。」「我恰似打你肚裏鑽一遭的。」——這也是他的夫子自道。生活塑造著性格，幫閒生產著無恥，對於應伯爵們來說，尤其是這樣。

幫閒者的再一個職能是為主子解煩釋憂。當主人遇到難煩包括家庭關係中出現一些矛盾需要外力調處時，幫閒們都會主動發揮作用。在賈府每當賈政父子發生矛盾衝突，都會有清客斡旋其間。這時候既要保護兒子，又不能影響管教；既要幫助父親，多看到兒子的優點，又要規勸兒子聽從教育。這方面，清客的做法無可深責。當然一些限於閫帷之內的矛盾，清客們是不便介入的。但在市井富家中禮的界限則較為寬鬆，西門家在李瓶兒死後許多問題上應伯爵都發揮過作用。一開始西門慶悲痛過甚，「啞著喉嚨只顧哭」，兩三天「黃湯辣水沒嘗著」，小廝勸，打小廝，金蓮勸，罵金蓮，這不僅引起了包括吳月娘在內的眾妻妾的不滿，而且也威脅到西門家族的根本利益。這時應伯爵來了，一席話入情入理，「說得西門慶心地透徹，茅塞頓開」。這一次，應伯爵真算盡到了朋友的責任。幫閒者的這種作用，要求他們諳於人情世故，嫻於詞令。就小說中描寫到的，他們在這方面的活動，頗有點人情味，與其他方面有所不同。再一點就是幫閒者在一定時候也幫忙，賈府清客的幫忙則是幫閒的擴大和延伸，如大觀園的設計和施工，詹光和程日興都是參與了的。賈薔下蘇州聘教習，採買戲子和置辦樂器行頭等，單聘仁和卜固修也一同前往，這一些要求他們在繪畫、園林與戲曲方面要很懂行，有專門知識超過主子才行。應伯爵的幫忙主要是參與西門慶的商業活動，充當主人的智囊或掮客。在發財致富方面，應伯爵有著不亞於西門慶的手眼，只是生不逢辰，家道中衰，他不具備西門慶那樣的財富基礎，又沒有西門慶那樣的氣魄，而又慣於遊手好閒，於是只好以揩油抹嘴為生。

西門慶之暴發主要有三個條件：先人遺產是其致富的物質基礎；巧取豪奪是其財富積累的基本手段；暴發的雄心和長於經營是其不斷膨脹財富的主觀原因。除第一點應伯爵不具備外，其餘者並不比西門遜色。西門慶的原始積累主要有兩種方式，占有富孀以巧取為其一，利用權勢以豪奪為其二。在二者實行的過程中，凡需要伯爵處，比如謀取李瓶兒等都得到了他的密切配合。在西門慶經商過程中，諸如賄買朝臣，廣結宦緣以發揮官商優勢；捕捉信息，率先投標，爭取朝廷收購古董合同；向黃三、李四發放高利貸；勸收南船大米，等等，他都作為西門的智囊和掮客起過不少作用。這裏他幹的都是「幫忙」，而不是「幫閒」。他有著近乎西門的眼力和手段，只是他沒有西門的財富和機運，不然的話，「應二花子」未必不能變成「應二官人」或者「應二老爺」的。有一次他為賁四說事成功因未得到「好處費」而敲了賁四一下，回家與老婆說道：「老兒不發狠，婆兒沒布裙，賁四這狗啃的，我保舉他一場，他得了買賣，扒自飯碗兒，就用不著我了……我昨兒在酒席上錯了他錯兒，他慌了，不怕他今日不來求我，送了我這三兩銀子，且買他幾匹布，勾孩子們冬衣了。」他也善於捕捉生財契機，只是其眼界和效益不過三兩五兩，至多三五十兩，只夠孩子冬衣和老婆布裙，永遠不能變成盈利的資本。他只能以此所得維持自身的再生產，日復一日，永遠改變不了幫閒貼食的地位。

世家清客為士的末流，隨著他們依附的主子的沒落而沒落。應伯爵式的幫閒為市井破落戶，他們欲富而不得，只好以幫嫖貼食為生，也長於為主子幫忙。他們如果不進一步淪為社會渣滓的話，那麼隨著生活的前進，他們將可能進入掮客、買辦或經理階層，這也是他們不同於清客的地方。

又，兩種幫閒報酬的支付方式也很不同。清客們依傍權門，除了食宿等基本生活需要由主人供給外，還要按時支付一定的銀物以作禮聘之金。這方面，《紅樓夢》未曾介紹，然方之同類，想來亦當如此。至若其所幫有涉經濟，如單聘仁受命下蘇州採辦戲子等，因為「裏面大有藏掖的」，則有著貪污中飽的機會。而應伯爵之在西門處，既不包供食宿，也無固定禮金，他的報酬支付方式不過是「沾」「貼」「蹭」「揩」等等。人到，才有酒喝，否則沒有；而且一般只能吃，不能拿，遇到碰到稀罕東西如「衣梅」之類，要拿，又得格外賤些，才能裝到衣袖裏去。另外，通過為別人在西門慶處說事、拉生意以收受禮物或從中「打背工」也可獲得一定收入，此類收入近乎後世的「傭金」或「回扣」。如應伯爵為吳典恩借銀受禮十兩，為何官人拉生意打了三十兩銀子背工，為賁四說事後通過敲榨方式迫使對方送自己三兩銀子，等等。還有一種方式是直接向主人乞求施助，如伯爵為生子告助，乞得白銀五十兩即是。但這種形式不能多，多則無效。總之，市井幫閒們無固定的報酬方式，其收入帶更多的商品色彩。這不僅增強了幫閒們的商品觀念，而且使他們變得更加無恥，使他們與幫主的關係也愈加醜惡。西門慶死後，關於要不要上祭，應伯爵們有過很精明的計算：

> 你我各出一錢銀子，七人共湊上七錢，買一幅軸子，再求水先生做一篇祭文，抬了去，大官人靈前祭奠祭奠，少不了的還討了七分銀子一條素絹來。

最後談談二書作者對幫閒們的態度。也許有人要說，從曹雪芹給清客們的命名看，諸如詹光諧音為「沾光」、單聘仁諧音為「善騙人」等等，可見對他們的態度是憎惡的。竊以為不然，其實作者給人物的諧音命名亦多為假語村言，其寓意亦不宜作簡單理解。如賈政，論者多以其諧音為「假正」，賈政，乃假正經也，這與小說對其人的實際描寫便很不符，而自傳派更將其人索隱為作者的父親，那這又當如何解釋呢？想雪芹為清客們命名，或為調侃之意，蓋非惡謔也。何況我們研究人物，主要還應從作者所塑造出來的形象自身出發。第八回，寶玉去梨香院看寶釵，路遇清客相公們搭訕了一會，又有管家們向寶玉索字，無非是一派奉承話，此處有脂批云：

> 余亦受過此騙，今閱至此，赧然一笑。此時有三十年前向余作此語之人在側，觀其形，已皓首駝腰矣，乃使彼亦聽此數語，彼則潸然泣下，余亦為之敗興。[1]

悲天憫人，有很深的身世之感。批書人和作者對管家、對清客們的態度，應該是一致的吧。至於笑笑生對幫閒們的態度八十四回有一段直接議論：「看官聽說，但凡世上幫閒子弟，極是勢利小人。見他家豪富，希圖衣食，便竭力奉承，歌功誦德……脅肩諂笑，獻子出妻，無所不至，一旦門庭冷落，便唇譏腹誹……做出許多不義之事。」云云。這只能說是站在主家立場上的道德化的批判。難能可貴的是，小說對應伯爵們的表現，要比這豐富得多。難道我們今天做人物論，認識還僅僅局限於「厚顏無恥」與「忘恩負義」之類指責，而不應該站得更高一些嗎？

1　曹雪芹：《脂硯齋重評石頭記》（甲戌本），北京：人民文學出版社 2010 年。

魑魅世界　牛鬼橫行
——《金瓶梅》與《紅樓夢》中官場描寫之比較

魯迅把《金瓶梅》和《紅樓夢》列入「世情書」或「人情書」，《金瓶梅》以西門慶為中心輻射出兩個社會，一個是市井社會，一個是官場社會。《紅樓夢》雖主要寫貴族的家庭生活，然貴族本身又是官僚，故書中的沙龍和官場也是以同心圓的形式重疊交錯著。這兩部小說對於封建末世的官場都有其獨到的深刻描寫，然而又各有千秋。這裏讓我們試就此進行一番比較。

《金瓶梅》和《紅樓夢》都從整體上對封建國家的官僚機體的腐敗作了深刻而全面的揭露

揭露貪官和抨擊黑暗是通俗文學的傳統主題，但在中國古代包括近代文學史上，這種揭露和抨擊或者限於個別和局部，或者把黑暗作為光明的對比和陪襯以正義得到伸張而告終。即使近代的南亭亭長和我佛山人的筆下，雖然官場一片黑暗，然不過聯綴「話柄」，以成長篇，揭露缺少深度，加之「描寫失之張皇」「感人力量頓微」，往往成為談笑之資。在中國小說和戲曲史上，最早對官場作全面而深刻的揭露的是元末明初的《水滸》。朝廷失政，權奸當道，貪官污吏橫行，英雄失志，民不聊生，而終至官逼民反，這就是《水滸》給我們描繪的總體畫面。而成書於明代中葉以後的《金瓶梅》，其立意雖與《水滸》不同，然而也以相當的篇幅描寫了官場的腐敗，其描寫的格局不僅與《水滸》十分相近，而且因為表現方法的進步，由粗線條而趨於工筆，由漫畫式而趨於寫實，所以它在揭露的深度上較之《水滸》更有所前進。《紅樓夢》中直接描寫官場的篇幅少於《金瓶梅》，可它不僅把官僚社會作為貴族生存的背景，而且以前無古人的筆墨表現了貴族這個官僚地主階級自身在精神上已陷入了不可救藥的境地，從而把對封建官僚社會的腐敗的揭露推向了一個更高的層次。比較起來，《金瓶梅》和《紅樓夢》都從總體上對封建官僚機體的腐敗作了深刻而全面的揭露。

二書都從總體的高度表現了封建官僚機體的腐敗性。《紅樓夢》無論是「愛情小說」「世情小說」還是「政治歷史小說」，無論有沒有「綱」或者第幾回為綱，第四回「葫蘆僧亂判葫蘆案」在全書中的地位是不容忽視的，它對深化小說故事主題的作用是不能低估的。「請君著眼護官符，把筆悲傷說世途」，深知作者底裏的批書者也並不把「護官符」當作等閒之筆，「如今凡作地方官者皆有一個私單，上面寫的是本地有權勢極富貴的大鄉紳姓名，各省皆然，倘若不知一時觸犯了這樣的人家，不但官爵，只怕性命還保不成呢，所以綽號叫作護官符。」而這些官紳或鄉紳們也是「皆連絡有親，一損皆損，一榮皆榮，扶持遮掩，皆有照應的。」——對於封建官僚以地主豪紳為社會基礎並因此決定了其腐敗的必然性，作者有十分清醒的認識，並從此出發，安排賈府以及與其相關的四大家族故事的敘述，具體描寫了封建官場的黑暗。貪官賈雨村通過清官賈政得以起復，聽信門子話亂判「葫蘆案」，為賈赦謀取石呆子的古扇，以及他後來的青雲直上；鳳姐為在家中鬥法而調動都察院，幾乎是隨心所欲地將其玩弄於股掌之上；薛蟠兩次遭人命官司的層層受賄；賈政外放江西糧道時所遇到的貪賄網，等等，都給上面的論述做了印證。

《金瓶梅》給我們描繪的官場則是這樣的：「天子失政，奸臣當道，讒佞盈朝。高、楊、童、蔡四個奸黨在朝中賣官鬻爵，賄賂公行，懸秤升官，指方補價，夤緣鑽刺者，驟升美任；賢能廉直者，經歲不除。以致風俗頹敗，贓官汙吏，遍滿天下。」而這正是流氓惡霸西門慶發跡變泰、為非作歹、橫行無忌的政治環境。他以此暴富，不僅受不到法律制裁，而且更以此基礎巴結官府，賄賂權貴，成為五品掌刑千戶和當朝太師的乾兒；擠進官場後，他權錢互用，相得益彰，越混越紅火。他貪贓賣法，賣放殺人犯苗青，為鹽商王四說項，一次就得贓銀一、二千兩；他以權經商，鈔關漏稅，早支鹽引，壟斷古董採購，消滅競爭對手，生意越做越大，以此財勢，他進一步結納權貴，縣令府尊、都監守備、巡按巡撫、進士狀元、太尉太監等都與他往還，互相利用，狼狽為奸。我們看到的官場，是以蔡京等為後台、以西門慶們為社會基礎組成的從朝廷到府縣衛所的遍佈國中的貪官污吏的網絡，在這裏，一切都是「有錢便流，無錢不流」，都是「富貴必因奸巧得，功名全仗鄧通成」：這就是《金瓶梅》世界中官場的狀況。

都察院之類本來是封建國家從統治階級的根本和長遠的利益出發對官場進行監督的職能部門，可這些監察部門早已和貪官污吏同流合污融為一體喪失了自己的作用。《紅樓夢》中的都察院成了豪門玩弄官司的工具，《金瓶梅》中的監察描寫得更為真切詳細。山東巡按的位置上，廉正者難於立足，貪濁者如魚得水，宋喬年走馬上任之際就被西門慶請到家中喝酒，酒宴之後連同酒器餐具二十抬一併帶走，從此之後他們便結成了互相利用、狼狽為奸的關係。這位奉天子之命「彈壓百官，振揚法紀」巡按山東齊魯之邦的宋御史，專門上門徵求西門慶的意見以便向朝廷題本，經過了一番鑽營打點之後，西門慶的一群狐群狗黨「貪鄙不職」的卑劣萎茸人物如雷啟元、胡師文、荊忠、吳鎧等，竟獲得了「軍民咸服其恩威，僚幕悉推其練達」「居官清慎，視民如傷」「年力精強，才猷練達，冠武科而稱為武將，勝算可以臨戎」「驅兵以搗中堅，靡攻不克；儲食以資糧餉，無人不飽」「實一方之保障，為國家之屏藩」等考語，而他們也都如願以償地「奉欽依」得到了「薦獎」和「超擢」。

一般的通俗文學作品中鞭撻貪官的同時往往要歌頌清官，包黑包拯的形象就是通俗文學創造出來的最為光輝的影響最大的清官的形象，而在金瓶和紅樓世界中，包拯式的人物已經失去了魅力。這兩部小說中的清官不是不合時宜，欲「清」不能，就是不見容於環境，沒有好下場。他們已經失去了崇高的悲劇光輝而變成了平庸的甚至微不足道的人物。《紅樓夢》後四十回中寫賈政外放江西糧道，這位過於認真地對待封建教條的迂夫子，一心想做個清官，誰知在那從上到下早已腐敗透頂的官場，做贓官隨波逐流容易，違世犯眾做清官卻是難而又難，他想一意孤行保住名聲，但卻處處遇到障礙，使他寸步難行，不僅弊政不能矯，就連自己的親隨也指揮不動，幾乎要眾叛親離，最後還是以自己的屈服了事。李十兒的一番議論十分警闢：

> 老爺極聖明的人，沒見舊年犯事的幾位老爺嗎？這幾位老爺都與老爺相好，老爺常說是個做清官的，如今名在那裏！現有幾位親戚，老爺向來說他們不好的，如今升的升遷的遷，只在做的好就是了。老爺要知道，民也要顧，官也要顧。若是依著老爺不准州縣得一個大錢，外頭這些差事誰辦。[1]

是啊，「那些書吏衙役都是花了錢買著糧道的衙門，哪個不想發財？俱要養家活口」，「節度衙門這幾天有生日，別的府道老爺都上千上萬的送了」，賈政不送，別人正想著他的美缺呢，從家裏取銀子賠，他能賠得起嗎？我們這位「清官」怎麼忘了，他的賢甥兩次打人命官司時，他不是也通過貪官給予說情嗎？要為官，就得貪！那種政治，上上下下自覺不自覺地形成了一個貪「場」，這不以個人的意志為轉移。

《金瓶梅》寫了兩個或者說一個半清官，一個是巡按山東監察御史曾孝序，他參劾了受賄曲法賣放謀財害命人犯的貪茸提刑官夏延齡和西門慶，夏、西門二人以白銀五百兩、金鑲玉石鬧妝一條、銀壺二把打點蔡京，結果不僅未參倒貪官，參劾者本人反落了個貶黜慶州進而流竄嶺表的結局，繼任的就是與西門慶狼狽為奸的宋喬年了。另一個實際上只能算半個清官東平府知府陳文昭。這位陳知府本來「極是個清廉的官」，武松誤打李

[1] 《紅樓夢》，北京：人民文學出版社 1982 年。

外傳的案子由清河縣申詳解到東平府，他聽到武松的申訴之後馬上表示：「你不消多言，我也盡知了。」因把司吏錢勞叫來，痛責二十板，說道：「你那知縣也不待做官，何故這等任情賣法！」於是將一干人眾一一審錄過，用筆將武松招供都改了，因向佐官說道：「此人為兄報仇，誤打死這李外傳，也是個有義的烈漢，比故殺平人不同。」「一面打開他長枷，換了一面輕罪枷枷了，下在牢裏。一干人等都發回本縣聽候。一面行文著落清河縣，添提惡豪西門慶，並嫂潘氏……一同從公根勘明白，奏請施行。」可是後來事情卻發生了戲劇性的變化。西門慶知道他「是個清廉官，不敢來打點他」，就去東京走了楊提督和蔡太師的門路，結果蔡京一封密書下到東平府，「這陳文昭原係大理寺寺正，升東平府府尹，又係蔡太師門生，又見楊提督乃是朝廷面前說得話的官」，因此態度來了一百八十度的轉彎，將武松刺配充軍，免提西門慶等了事。

清官難當，欲清不能，當清官沒有好下場，官場是腐敗透了。

《金瓶梅》和《紅樓夢》擺脫了單色調的臉譜化的寫貪官的模式，第一次把他們寫成有血有肉的活生生的人

寫好人一切都好，特別是寫壞人一切都壞，這是古代小說的共同模式或者說通病。《金瓶梅》和《紅樓夢》之前的小說是這樣，其後的小說也率多如此。《紅樓夢》第一回寫賈雨村出場，通過嬌杏之眼寫其外貌是「敝巾舊衣，雖是貧窮然生得腰寬背厚，面闊口方，更兼劍眉星眼，直鼻權腮」，熟悉曹雪芹寫作過程的批書者於此處留下一條眉批：「最可笑世之小說中凡寫奸人則用鼠目鷹腮等語」，可見小說作者改變舊的寫人物的扁平模式是有藝術追求的自覺的。如果不讀下來，單看此一回，賈雨村的遭際、談吐、處事與胸懷，不僅像個正面人物，而且像個學識和抱負均頗不凡的豪傑式的人物了（另一處脂批則有寫「雨村豁達，氣象不俗」）。可這樣一個書生後來竟然變成一個庸俗貪酷、精於鑽營、忘恩負義的官僚，是其人秉性中本來如此未及顯露還是後來環境使其變壞，或者二者兼有？那只好讓讀者自己去認識了。藝術形象如果僅僅是作者某種觀念的傳聲筒，其意蘊就難免單薄了。

《紅樓夢》是有意改變這種現象的，《金瓶梅》至少是以自己的創作實踐第一次改變這一現象。《金瓶梅》的主人公無疑是個貪官，但是書的筆墨並不就是甚至並不主要是寫他的「貪」，而是全方位地寫「這一個」官僚、富商兼流氓惡霸的生活的各個方面，寫他的官場應酬，寫他的世俗往還，寫他的起居宴飲，寫他與妻妾間的情欲恩怨，小說對其卑鄙醜惡作了淋漓盡致的揭露，也不回避他的有人情味的表現以及其善念的偶一閃

露。就社會本質而論，一個人可能主要表現出某種傾向，但任何一個有血有肉的人絕不是某種傾向或觀念的純粹的化身，即使一個凶惡的人，他也不是一天到晚對一切人都窮凶極惡，他既有敵人，也有朋友；有所恨，也有所愛，有喜怒哀樂；在敵人面前他窮凶極惡，在同類眼裏，他也許親愛善良，更何況對立的人們之間在各個方面也可以浸潤中和呢。《金瓶梅》中寫了大大小小的官，卻只有一個清官，即是那個山東巡按御史曾孝序，其餘的基本上是貪官，至少也是以做官謀取衣食的。作者把這些為官者放在那黑暗腐敗的封建吏治大環境中去描寫，既寫了他們個人品質的惡劣，也寫了當時的環境使然，不少貪或賄的現象在當時的官場上和社會上，往往被人們視為正常現象的。比如吳恩典上任，向西門慶借貸一百兩，以作「參官贄見之禮，連擺酒，並治衣類鞍馬」；再如吳千戶在巡按任滿時央求西門慶「還是修倉的事，就在大巡手裏題本。望姐夫明日說說，教我青白青白，到年終他任滿之時，圖他保舉一二，就是姐夫情分。」又如蔡狀元因囊中羞澀上任時通過關係向西門慶尋求資助，以後又利用各種職權以早為支發鹽引以為報答；以及官場上形形色色的宴請、贈予、應酬往還等，這些事都帶有濃厚的生活氣息。是作者故意以曲筆寫得平淡，還是他本身就視為平淡？正如今人之議論不正之風，作為談資亦津津有味，喋喋不休，往往義形於色，其實那是批評，是豔羨，還是自己未得的不平或者僅僅作為談資？都很難說。而自己一逢其事，往往也自覺不自覺地陷入個中而為其推波助瀾。這不能簡單視為言行不一，這正好說明了生活的複雜性和人的複雜性。今人尚且如此「新寫實」，何況《金瓶梅》時代！無論創作意圖如何，作者這樣描寫官場比之簡單的漫畫化的方法，更為生動真實，也更為深刻。特別是東平知府陳文昭，這個人物說不上是個清官還是贓官，他想做清官又沒有做清官的勇氣，但他也沒有喪盡良心一味魚肉人民以飽宦囊，他是一個有私心也還有良心的舊官場人物——這樣的官，也就很難得了！可惜的是小說對這類人物的刻畫未能很好展開，因而形象還不夠豐滿。

《金瓶梅》暴露官場仍未脫清官貪官模式，而《紅樓夢》已超越這一模式把官場納入封建上層建築之中去進行總體性批判

《金瓶梅》在暴露官場方面比它以前的文學有以上兩個方面的貢獻，但就其總體上看它仍未脫《水滸》模式，寫「清貪」鬥爭，或以清官作為參照系，對貪官進行道德的、政治的批判，它在對腐敗官場的批判方面並未脫出古代文學的窠臼。

明清之際的思想家和小說家已經開始注意這個方面的問題，思考這個方面的問題。與蘭陵笑笑生同時代的李贄即已提出：「余每云貪官之害小，而清官之害大，貪官之害

但及於百姓，清官之害並及於兒孫。余每每細查之，萬不失一也。」[2]他尖銳地批評了傳統的陳腐之見：「但知小人之能誤國，不知君子之尤能誤國。」而在藝術中自覺地表現這種思考且影響較大的則是《老殘遊記》。小說塑造了玉賢、剛弼和莊宮保這三個清官形象並給以尖銳的批判。「贓官可恨，人人知之；清官尤可恨，人多不知。蓋贓官自知有病，不敢公然為非，清官則自以為我不要錢，何所不可，剛愎自用，小則殺人，大則誤國。吾人親自所睹，不知凡幾矣……作者苦心願天下清官勿以不要錢便可任性妄為也。歷來小說皆揭贓官之惡，有揭清官之惡者，自《老殘遊記》始。」劉鐵雲的時代中國已進入近代了，他對清官的批判當然超過了二個多世紀之前的笑笑生，不過卻落後於比它早近兩個世紀的《紅樓夢》。《金瓶梅》說清官好貪官不好；《老殘遊記》則認為清官任性妄為也能誤國害民，要人們做那好的清官；而《紅樓夢》認為，封建社會的不合理不在於官吏的清與濁，作者已進入一個更高的層次從更為深刻的角度進行歷史的思考了。

如前所述，《紅樓夢》一書尖銳地批判了貪官和封建吏治的腐敗，然而作者的眼界絕不局限於此。他的超越前人之處主要表現在兩個方面。一是他揭示了貴族政治本身就產生著特權與腐敗，問題不在清官或貪官。「四大家庭皆聯絡有親，一損俱損，一榮俱榮」，決定了他們之間要互相遮掩、扶持和照應。比如賈政就其主觀意識來說，他是要做個「清官」，應該承認他這個願望也是真誠的，就他的行為看，他也基本上是個「清官」，可他處於那個封建的官僚的關係網中，他要想真正清白也辦不到，也無法立足；再者他遇到一些切身利害的大問題時，他也自覺不自覺地按照官場的一般習慣行事了，他兩次照應外甥的官司即然。對此不僅賈政不能超出世俗之所為，即使放在賈寶玉身上，如果他處理為表兄說情的事，他也會不加猶豫地利用自己的特權去給予幫助的。可見官場的腐敗是由特權階級政治自身造成的，不在於貪與不貪。《紅樓夢》之出類拔萃、超越封建時代舊小說之處，更在於它已越過了清官貪官模式走上了一個全新的高度對封建社會進行批判。在《紅樓夢》中以賈政和薛寶釵為代表的封建正統勢力和以賈寶玉、林黛玉為代表的具有離經叛道傾向的年輕一代的矛盾的一個突出表現，在於人生道路的不同價值觀念。前者要求寶玉走傳統的讀書做官、光宗耀祖、「修齊治平」的人生道路，而寶玉則認為這是「沽名釣譽」，是「國賊祿鬼」「祿蠹」之所為，從而給予唾棄。雖然這種批判還遠沒上升到理性的自覺的高度，新的人生道路應該是什麼他也談不出所以然，但無庸置疑，寶玉已經第一次以自發的形式對舊制度的不合理，對其對於人性的扭曲，對他的「無情」，進行了前人從未進行過的反思。而黛玉也正因為理解他同情他而以此作為互相愛慕的基礎，也才使他們的愛情悲劇具有了全新的意義。應當說對封建吏

2　張建業主編：《李贄文集》，北京：社會科學文獻出版社2000年。

治的批判不是《紅樓夢》的主旨之所在，《紅樓夢》的批判鋒芒是指向整個封建文化或者說是整個封建上層建築的，但包括「讀書做官」八股取士在內的封建官僚制度無疑是其批判的重要內容之一。就事論事，笑笑生筆下的官場幾乎是無官不貪，對封建機構中樞也放筆寫它的腐敗，而《紅樓夢》之對朝廷，則是小心翼翼，一再頌揚聖明，不敢有所唐突，然而在批判深度上，二書實在不能相提並論。《金瓶梅》中的黑暗不過是天子失政，萬事不綱，奸臣當道，讒佞橫行，不過是一個王朝末世的局面，它的批判仍未超過封建觀念自身；而《紅樓夢》的批判已經開始超越了這一界限，帶有初步的啟蒙主義的意識了，所以它的深度非前者可以比擬。

《金瓶梅》著重表現了商品經濟發展中金錢對官場的衝擊，《紅樓夢》主要表現封建制度對人性的扭曲

無論敘事文學、抒情文學還是戲劇文學，無論是表現還是再現，不管你說它是「內部規律」還是「外部規律」，一定的文學總還是一定社會生活的反映。不僅如此，連文學世界中人的構成也受著現實世界的人的構成的制約，一般說來在現實生活中居於支配地位的社會力量往往也是文學世界中的支配力量，因而當一種社會力量在生活中發展到一定程度的時候，它就要求在文學中占有相應的位置以通過文學來表現自己。西門慶這樣一個亦官亦商、以商為主、集官商及市井惡霸為一體的人物第一次成為這樣一本說部巨著的主人公，正是明中期後都市商品經濟發展市民力量增長的表現。與一般以權謀私的貪官不同，西門慶首先是一個富商，他是以自己的財富敲開官場的大門，其後也是以自己的財富在官場嶄露頭角，進入官場後繼續經商並利用自己的權力使自己的財富得到更快的增長。這種人物的崛起，這種現象的出現，本身就表現為商業和金錢的力量對封建官場的強烈衝擊。封建官僚階級基本上是以他們在等級特權中的地位作為分配的尺度。富貴富貴，富與貴，貴與富，是等同的。官階的高低，特權的大小，一般情況下也是他們占有財富多少的標誌。雖然，不合法的收入在官僚階層的總收入有很高的比例，往往要超過他們的薪俸，但對於腐敗得幾乎無官不貪的封建吏治，法外收入正好也是以他們享有的特權大小來調節的，何況在今天看來似乎是不合理的收入如官場喜慶哀喪的饋贈在當時還都是為習慣所允許的，並不視為非法。故法外收入作為再分配的一種手段，對於官僚階級來說基本上也是以特權大小作為尺度的。在《金瓶梅》的社會中，這種情形雖然仍居支配地位，但情形已有了明顯的改變。一是官貧於商的現象，再者是同級官吏因為經商與否而貧富懸殊很大的情形。《金瓶梅》中的官場，上起朝廷，下至胥吏，

有一個完整的體系。在這個體系中朝廷中操持政權的達官貴人如蔡京、楊戩、六黃太尉等，是西門慶所難於與之相比的。可在山東一省，從撫按到府縣衛所的官員，以財富雄厚與開銷的奢豪而論，西門慶在其中是較為突出的。朝廷欽差六黃太尉迎取花石綱路過山東，山東合省員借西門慶家治酒為太尉接風，一席酒宴西門家花有千兩白銀，而全省兩司八府官員的「集資」不過一百零六兩，這是明顯的揩油，頗似今日之官商關係也。官們想揩油固然為原因之一，不過在官之中西門千戶先富起來辦得起拿得出亦是不可缺少的條件之一。應伯爵說：「若是第二家擺這酒席，也成不的。也沒咱家恁大地方，也沒府上這些人手。今日少說也有上千人進來，都要管待出去。哥哥就賠了幾兩銀子，咱山東一省也響出名去了。」這位幫閒之言，不能全視為趨奉之詞，人品雖低，世事卻看得非常透徹。這位亦官亦商的富千戶拿得起，所以他的同事和上級才來揩其油也。何況，這也是一種感情與聲譽的投資呢，贊助者亦求之不得也。這個頭一開，下面即有人「以此為例」，起而效尤矣。除了此種形式之外還有更直接的以借貸告助的形式打秋風者。新科狀元蔡蘊回鄉省親途經山東，翟管家預先給他介紹：「清河縣有老爺門下一個西門千戶，乃是大巨家，富而好禮……你到那裏，他必然厚待。」結果果不出翟氏所料，招待之後，金緞一端，領絹二端，合香五百兩，白金一百兩，饋贈出乎意外的豐厚，狀元郎大喜，「固辭再三」，而且說「但假十數金足矣，何勞如此太多，又蒙厚貺！」蔡蘊的態度不完全是過謙或假斯文，此公初出茅廬，還未學得太壞，西門的厚贈確實有點出於他的意外，他那高興及感激的心情溢於言表，實在與劉姥姥初進榮國府，聽說鳳姐周濟白銀二十兩時的心情相差無幾。直到點了巡鹽御史，第二次光臨清河時，飲酒之後，他仍不忘向施捨者表達感激之情：「向日所貸，學生耿耿在心，在京已與雲峰表過，倘我後日有一步寸進，斷不敢有辜盛德。」當西門慶要求早支取鹽引時，他不僅滿口答應早與一月，而且一再表示：「休說賢公華紮下臨，只盛價有片紙到，學生無不奉行。」蔡蘊其人在舊時官場不算一個利用職權巧取豪奪的老油子，算不上一個很壞的人，從他對西門慶的態度我們可以看到，一個寒門出身通過科場僥倖進入仕途的窮狀元，他是怎樣被富商的饋贈壓彎了腰。

《金瓶梅》的官場中有一個突出現象，即同樣為官且官階相近而貧富懸殊很大，這種懸殊不是發生在清官與貪官之間，而是由他們的其他收入比如是否經商等造成的。西門慶有一個同事叫夏延齡，按理說夏是正提刑，一把手也，而西門慶不過是副職，可審判案子時夏對西門慶的態度總是「任憑長官尊意裁處」，幾乎看不出他自己的意志。夏提刑為何如此謙遜「民主」呢？西門的後台硬以及性格等因素不能排除，但其中非常重要的一條，是西門慶比他有錢。他府第園林不如西門慶，車馬服飾不如西門慶，妻妾僕婦不如西門慶，官場應酬比不上西門慶闊綽，打點上司比西門慶來得艱澀，這不僅影響到舒適和體面，而且直接影響到自己的前途——西門慶在上下左右的得意馳騁，不是全憑著自己的金錢開道嗎？所以夏提刑一面遷就、巴結西門慶，一面則千方百計地斂取錢財。一起應酬，他一般讓西門慶開銷；沒有好馬，他也變相向西門慶索要——在他的副手面前，他也是挺不直腰桿的。而從他手下過的案犯，他則是不擇手段地用刑棍夾出油水了。連太監的親戚犯了事，他都要收受一百兩銀子。對此西門慶頗不以為然，他認為根據慣例，都是有面子的人，經常還往，不該受銀，應該「彼此有光，見個情」。夏未免太「貪濫蹋婪，有事不論青水皂白，得了錢在手裏就放了，成甚麼道理！」對此，還是應伯爵看得透徹：「哥哥，你是希罕這個錢的？夏大人他出身行伍，起根立地上沒有；他不撾些兒，拿甚過日？」是這樣，西門慶家裏有的是錢，不在乎，可以大把大把銀子給太師爺送重禮；可夏為運動兒子的武學肄業，不就是靠著賣放殺人犯苗青現得的五百兩贓銀嗎？西門慶不是不知道這一點，夏是同僚，他在背後就不掩飾自己對他的輕視，對狀元公他就說得很委婉且實在多了。蔡蘊二進西門府，西門慶留客派清河名妓為之「三陪」，次日這位巡鹽御史大人賞了董嬌兒一兩紅包，比西門慶每次給宋惠蓮、賁四娘子的還少，董雖不說，西門慶卻給以解釋了：「文職的營生，他哪裏有大錢給你，這個就是上上簽了。」

清河縣的千戶特多，可同為千戶而貧富懸殊很大。西門慶郎舅二人都是千戶，西門千戶何等煊赫，他宴請上司可以一擲千金——真是名副其實的「千金」啊！而他的令妻舅吳鎧千戶，通過西門運動經巡按御史保舉，升了指揮僉事，見任管屯，上任之際，擺酒請客等花銷，還是借的西門慶三十兩銀子。即使如此至親，他還要對西門「跪下磕頭」，以表感激之情。這位管理屯衛的指揮僉事，除了官俸之外，一年的油水，也不過百十兩銀子，再是「到年終人戶們還有些雞鵝豚酒相送」，「若十分征緊了，等秤斛斗重，恐聲口致起公論」。所以他怎能跟自己的妹夫西門千戶比呢？

這種「商富於官」的現象，在金瓶社會中是一個很突出的現象，它正是明中葉以後都市商業經濟發展的產物。但這種發展畢竟還是十分有限的，不能與現代相比，它不能廣泛地產生棄官從商、亦官亦商等現象，它的社會作用主要地表現為進一步刺激官僚對金錢的貪欲，加重官場的腐敗。《金瓶梅》中充斥整個官場的「火到豬頭爛，錢到公事辦」，一切都「有錢便流，無錢不流」的腐敗風氣，也是這種現象造成的必然結果。

與今人之禮贊「錢」和「性」不同，笑笑生所表現的是二者——特別是前者——對於人們、對於官場的腐蝕，而曹雪芹又異於是：他的小說主要是表現封建制度特別是封建禮教對人們心靈的毒害和扭曲，當然也包括官場，因為他寫的就是上流社會。

這裏又可分為四種類型，包括貴族官僚及其子女。

第一類是賈雨村式的。他落魄於蘇州閶門內的葫蘆廟時，給人的印象是一個頗有學識和教養能夠有所作為的士子，也因此他才能與甄士隱相與並得到其周濟，進京後一開始他也得到了賈政的識賞，為官後他的表現越來越壞，開始時是適應官場，後來則不擇手段地獵取名利，甚至連賈璉對他都有看法，認為他做的事——包括謀取石呆子的古扇——太過分，與他保持著距離。他是賈寶玉所痛罵的那種標準的「國賊祿鬼」。

其次是賈珍、賈璉式的。這類人不是靠八股制藝或投機鑽營擠進官場，而是靠著「天恩祖德」來到世間就在那「花柳繁華地，溫柔富貴鄉」中，錦衣紈綺，飫甘饜肥，享受現成的一切。這一切泯滅了他們的性靈，扼殺了他們的創造能力，這些人應酬官場，尋花問柳，偷雞摸狗，「一代不如一代」，是統治階級中的浪蕩子，是其腐敗的代表，他們是賈母說的「下流種子」，賈寶玉所罵的「泥豬癩狗」「皮膚濫淫」。

再次為賈政型的正統人物。賈政是封建禮教和道學的化身，他不僅以之律己，且以之律人，因而他往往以自己真誠的行動，害了自己，也害了別人。他鍾愛自己的兒子，可是因為在人生道路等方面格格不入，從而釀成了兒子的悲劇，事實上成了摧殘兒子的凶手，幾乎把兒子置於死地。元春省親，在親人面前尚「怨而不怒」地留露點哀怨的情緒，可他在隔簾垂參之時，卻以極其恭順的語言，勸「貴人」也即自己的女兒竭力適應那「見不得人的去處」的不合理的枯燥生活。在人際關係中他竭力遵守著綱常名教的規範，可他看到的卻是綱常名教的解體，多數人掛羊頭賣狗肉，在這面旗號下驕奢淫逸一代不如一代地腐敗下去，少數人如自己的兒子，卻朝離經叛道的路上走去。他不理解，以無可奈何的態度對待腐敗者，卻又以僵腐的道學方式對待自己的兒子；他一面呆頭呆腦地做「清官」，一面又為犯事的外甥托人說情——而當他的清官做不下去時，又採取駝鳥政策，視而不見地放手讓蠹吏去胡作非為；他一生孜孜追求著學優則仕和光宗耀祖，可結果未能「光」「耀」，而且連祖宗掙下的老本也搞得精光，落得個「一片白茫茫大地真乾淨」的下場……賈政的悲劇是正統的封建士大夫的共同悲劇——中國古代小說中還從來未有過這樣深刻的典型，他，不是金錢正是那「禮」扭曲腐蝕的結果。

最後一類是大觀園「女兒」。她們是與「泥做骨肉」「濁臭逼人」的男性世界成為對比觀照的另一世界，「水做骨肉」，集天地日月之精秀，聰明秀靈，天真美麗，溫柔善良，執著多情，是造化的奇跡，「人」的希望和代表，可她們最終都逃脫不了「千紅一哭」「萬豔同悲」的大悲劇結局，而那共同的凶手則是封建制度。當然作為一個整體，紅樓寫的就是「女兒」的悲劇，但若進一步分析，悲劇的類型也各不相同：黛玉、晴雯們是開始有了個性意識萌芽的女性的悲劇，殘害她們的不僅是封建勢力，也包括她們心中的精神枷鎖；寶釵、湘雲、李紈、元春、探春們則有如賈政是封建禮教正統信奉者被他們所信奉的東西吞噬的悲劇；像鳳姐、小紅等的悲劇則如賈雨村；而那些名列或當列「又副冊」的女兒們如香菱、平兒、甚至也可包括性格極不相同的晴雯和襲人在內，他們都十分聰明能幹，不同程度地有著善良的秉性和美好的追求，可她們身上也都不同程度地存在著個性與奴性的對立，晴雯也有等級觀念，而襲人則基本上是奴才——一個令人十分惋惜的奴才：勇於衝刺如尤三姐，一味逆來順受如賈迎春，她們都未能逃脫群芳同碎的悲劇命運……還沒有一部書表現封建制度對於女性的美好秉性的扼殺，對於女性的心靈和青春的扭曲和吞噬，達到了這樣的廣度和深度。

深淺有別　雅俗異致

——《金瓶梅》與《紅樓夢》中宗教描寫之比較

在中國的小說史上，還沒有哪一部小說能像《金瓶梅》和《紅樓夢》那樣，生動而細緻地再現了大千世界的眾生相，描繪了芸芸眾生的罪孽和苦難，抒寫了他們對塵世生活和彼岸世界的追求，表現了他們的迷惘和歎息——二書中都有著出色的宗教描寫，但又存在著明顯的差異。

同樣尖銳地批判了宗教但深度迥異：《金瓶梅》批判的是宗教騙子，《紅樓夢》批判的是宗教自身

「三國」「水滸」中的宗教描寫率多靈怪，「金瓶」和「紅樓」則首用寫實手法，真切而又全面地描繪封建社會後期形形色色的宗教迷信活動，客觀地揭示了它們賴以存在的社會基礎。

宗教不光是被壓迫的生靈的歎息，正如壓迫別的民族的民族也得不到自由一樣，壓迫者在現實社會中也擺脫不了各種異己力量的壓抑，他們同樣不能得到真正的自由，於是向彼岸或來世去尋求出路和補償，也就成了他們普遍的需求。所以大觀園的上空籠罩著濃厚的宗教氣氛，西門大官人所操縱的商業社會中，也經常晃動著僧道的身影。

賈敬好道而賈母佞佛，信教之誠和迷信之愚，寧榮二府都以老一代為代表。看來現實的扭曲不光使女性發生從「無價珠寶」到「魚眼睛」的蛻變，而生活的磨難還會使女孩子由聰明秀靈變得迷信愚昧。賈母從做重孫媳婦直到有了重孫媳婦，幾十年生活中，她既養尊處優享盡榮華富貴，可也有許多無法擺脫的憂慮、困擾和煩惱，從「馬棚走水」到女孫夭折，從子孫「一代不如一代」到家族命運的福禍無常，這些她都無法預料和控制，於是燒香拜佛、齋僧佈道，乃至恤老憐貧、買生放生就成了她生活中不可或缺的一部分內容。這位老封君無法掌握自己的命運，只有從神佛處尋求保佑。鳳姐的全盛時代「從來不信陰司地獄報應的」，但一個又一個的打擊使她的精神越來越脆弱，後來她竟然

到劉姥姥那裏去尋求皈依了。隨著賈府的迅速走向衰亡，年輕的一代濃縮式地走完了老一輩的歷程，肩負著賈家復興希望的寶玉竟「懸崖撒手」了，四姑娘惜春也步了妙玉的後塵「獨臥青燈古佛旁」了。賈敬迷信於燒丹煉藥，在玄真觀與道士鬼混，以愚昧麻木來取代世俗生活的煩惱，他執著於塵世的幸福乾脆放棄了一切幸福，為了求得永久而又一併失去了短暫，為了升入天國而一併失去了人間——他在自我毀滅中得到了永生。

西門家中最好佛的是吳月娘，她雖然為山東巨富、錦衣千戶西門大官人之誥命夫人，但她同樣掌握不了自己的命運。不錯，是夫貴妻榮，但西門家的航船也並非一帆風順，經常會遇到漩渦和險灘；更何況，妻妾之間的明爭暗鬥及丈夫的翻臉無情，不僅隨時有可能使夫妻恩愛化為烏有，甚至有可能使她像李瓶兒那樣母子雙亡；雖然，母以子貴，可無子者隨時有可能被有子者剝奪，而有子之後七災八難闖過去亦非易事。西門慶死後，孤兒寡母的日子更充滿了風險，惡奴的詐取，官府和流氓的欺奪，時刻都可以使她家破人亡。矛頭倒過來了，西門慶對孤兒寡婦所使用過的一切，別人都可以反其道而行之了——這才是「報應」呢！吳月娘越來越信佛了，好佛了。潘金蓮本是不求神拜佛的，害武大，謀瓶兒，她跟鳳姐一樣，有點「不信什麼陰司地獄報應」的氣度，她靠自己，靠自己的姿色和手段連戰皆捷——相信自己與信神的程度總是成反比例。她比較自信，對吳月娘的講經宣卷不感興趣，可瓶兒生子後夫妻恩愛的轉移使她對尼姑產生了興趣。她開始了「雙向選擇」，她想利用神佛的力量來爭取和鞏固自己的幸福了。西門慶家經常有各式各樣的宗教迷信活動，看相算命、燒香拜佛、齋僧佈道、宣卷講經，生了兒子要許願寄名，有了病痛要祈禳，死了人更麻煩，從擇殮日、寫喪榜、追薦法事、懸真、下葬到燒靈，都要按照宗教迷信的一套觀念去辦理。眼前的幸福靠神佛來永保，塵世的災難期待神佛給袪除，今生的罪孽要到來世去贖償。

塵世的生活真是「苦海無邊」呵！那些善男信女多麼期望引渡他（她）們脫離苦海到達彼岸的「慈航」出現呵！於是形形色色的神的使者或代言人就應運而生了——他們是打著各種招牌的虛偽的或誠實的騙子。

騙子也有高低雅俗之別。最容易使那些深閨女眷上當的是那些女性僧尼：《紅樓夢》中水月庵的淨虛和智通、地藏庵的圓心以及馬道婆等，《金瓶梅》中觀音庵的王姑子、蓮花庵的薛姑子等，或騙取實物，或詐取錢財，或拐騙人口，或包攬詞訟，或巫蠱害人，她們是些披著僧衣道袍的江湖騙子和流氓惡棍。至於高一層的僧道，如《金瓶梅》中欽差行香的黃道人、五嶽觀的潘道士、玉皇廟的吳道官、永福寺的道堅長老等等，他們住持一寺或總管一方，與權門相往還，以宗教為職業，有較高的地位，過著體面的生活，是高一級的宗教騙子。

《金瓶梅》和《紅樓夢》通過生動的描繪相當尖銳地揭露了宗教的欺騙性。但如果進一步探究，馬上可以看出明顯的差異：《金瓶梅》所批判的是宗教世俗活動中的騙子，而《紅樓夢》所批判的則是具有欺騙本質的宗教自身。

《金瓶梅》鞭韃騙人的壞和尚假道士，卻肯定不騙人的有道行的真和尚好道士。像五嶽觀的潘道士可以驅遣鬼神，為人禳災祈福，天台山的吳道士能「通風鑒」「識陰陽」「知風水」「五星深講，三命秘談」，真不愧「神仙」之號。書中看相算卦，率多靈驗，陰陽先生通過看黑書，都能準確指出李瓶兒的托生地點，後來也為西門慶的夢境和尋訪所證實。《金瓶梅》愛寫夢，夢與神通，與鬼通，西門慶夢中看見瓶兒殮時所著之衣，龐春梅因夢為被殺之潘金蓮收屍，作者不光愛「裝神」，而且喜「弄鬼」，對世俗宗教迷信的一套觀念，並未越雷池一步。

《紅樓夢》則不然，它不光無情地鞭韃了三姑六婆式的宗教騙子，而且相當尖銳地批判了以欺騙為本質的宗教自身。除了那「一僧一道」有些奇怪另作別論之外，曹雪芹筆下的僧道，無論是可憎的還是可愛的，多是活生生的人，而很少神氣和鬼氣。騙人僧尼固然有血有肉，高層法官如張道士和王老道，也寫得生動可愛，並不儼然。後四十回鬼氣是多了些，但「大觀園符水驅妖孽」，不僅未見鬼見神，而且還揭露了鬧鬼的虛妄，與《金瓶梅》中「潘道士法遣黃力士」恰成鮮明的對照。賈敬整日修煉，結果燒脹而死，書中直接說他「導氣之術，總屬虛妄，更至參星禮斗，守庚申，服靈砂，妄作虛為，過於勞神費力，反而因此傷了性命的。」對道教行為的批判，帶有根本性質。《紅樓夢》從不描繪宗教所宣傳的而為《金瓶梅》所樂道的天堂地獄式的彼岸「實體」，而且還通過秦鐘死時鬼判對話以調侃的筆調對「陰曹地府」進行了辛辣的嘲諷。賈寶玉一向「毀僧傍道」，他公然宣稱：「和尚道士的話如何信得！」，「這女兒兩個字，極尊貴、極清靜的，比那阿彌陀佛、元始天尊兩個寶號更尊貴無對的呢！」《紅樓夢》中寫卜筮、占星、祈禳等活動除馬道婆等偶有敗筆之外從無靈驗，與《金瓶梅》迥異。即使是馬道婆的巫蠱之術也是由人自身的「通靈」袪除了「聲色貨利」的蒙蔽來解除的，寫得雖神秘然頗有意味。《紅樓夢》是一部葆「情」的書，它是一部「千紅一哭，萬豔同悲」的「情」的被毀滅的大悲劇，而釀成這一悲劇的原因，既有「檻內」的，也有「檻外」的。黛玉和寶釵毀於「理」，惜春和妙玉毀於「禪」，紫鵑和芳官等則「無所逃於天地之間」——不然的話，「愛博心芳」的寶玉除了罵「明明德」之外為什麼又「毀僧謗道」呢！曹雪芹已站到初步人文主義的高度去批判宗教對人性的壓抑，他已攀上古典小說所從未有過的新的高度。

同樣向宗教尋求歸宿：《金瓶梅》不折不扣皈依於因果報應，《紅樓夢》的色空觀念表現了對現實世界的思索和迷惘

批判宗教不等於是徹底的無神論，不能否認紅樓故事的上空不時飄蕩過一縷縷虛無飄渺的雲煙，寶玉的那塊玉帶有神秘色彩，一僧一道，也不是凡人，太虛夢幻的曲子和判詞……這一切應作何解釋？與「金瓶」有何區別？

《金瓶梅》一書，寫的是酒色財氣，歸結為夢幻色空，它張揚前者，為世情書，又標榜後者，曰勸誡書；作者嘴上是「冷」的，心裏是「熱」的。拜讀之際，我們似乎又可以感受到作者在那「色」與「空」、「冷」與「熱」、善與惡、塵世與蒼冥、現實與理想之間瞻顧與彷徨，而需要在這二者之間尋求歸結與統一時，宗教觀念中最粗俗的部分即因果報應說正好幫了他的忙。小說所要宣揚的或者說要標榜的主題只能是這個，作者在經歷了痛苦與矛盾的人生探求之後所得到的似乎也只是這個。

小說開卷第一回有大段入話要人們看破財色，「打磨穿生滅機關，直超無上乘」，並以一偈語引入西門慶的故事：「善有善報，惡有惡報；天網恢恢，疏而不漏。」對此，張竹坡批云：「以上一部大書總綱，此四句又是總綱之總綱。」末回以普靜禪師說破機關度化孝哥作結，不光善惡有報，而且可以省悟解釋，遁入空門，得道成佛。作為西門慶轉世的孝哥，最後真的「明悟」了，他解釋了罪愆隨著禪師「化一陣清風」而去了。「第一奇書」「讀法」云：「起以玉皇廟，終以永福寺，而一回中已一齊說出，是大關鍵處。」「先是吳神仙總覽其勝，後是黃真人少扶其衰，末是普靜師一洗其業，是此書大照應處。」綜觀全書，作者始終圍繞著這一條綱組織故事，生發歸結，西門慶變成孝哥，再變成「明悟」，「酒色財氣，不淨不能明，不明又安能悟！」作者的思想，似乎從未越過這一高度，儘管他是有矛盾的。

《紅樓夢》則有異於是。儘管它的主人公在歷盡人生磨難之後「懸崖撒手」了；書中流露出「盛筵必散」「世事無常」的情緒；「好了歌」和「太虛幻境」的詞曲更是以「夢幻色空」為主調，然而這裏不光真假參半，而且率多矛盾。——它的判詞或說教，與藝術描繪常常是矛盾的。

「冤冤相報實非輕，分離聚合皆前定」——它只能為「木石前盟作注腳」，「金釵十二釵」「正冊」「副冊」「又副冊」中那麼多多情美麗善良能幹的女子都「萬豔同悲」了，它使人讀後只能「到底意難平」，誰說「加減乘除，上有蒼穹」！「木石姻緣」為藝術需要而設，本屬假語村言；金石之說時露人為痕跡，無須過分認真。若把眾女兒命

運「一一細考較去」，倒有點「為善的受貧窮更命短，造惡的享富貴又壽延」呢。

值得研究的倒是《紅樓夢》中的「色空」觀念。這是無須否認的，不光寶玉的心靈歷程中經常會出現這種觀念的糾纏，即使作者本人的思想中也帶著「色空」的印跡。釋教各家，大率標榜空無，而其最徹底者，當推小說中為寶釵所道及的禪宗。釋教的教義，在普通百姓中影響最大的是因果報應說，它把人間現實的苦難和罪孽移到永遠無法證實的天堂和來世去尋求補贖，《金瓶梅》所宣揚的主要是這種精神，它是被壓迫的生靈的歎息；而在較高文化階層中較有市場的是帶有較濃思辨色彩的禪宗，《紅樓夢》中留下陰影的就是這種形式的宗教觀念。

不過士大夫之標榜禪宗，是因為佛學向理學和老莊靠近，作為入世的補充或醜惡現實的逃藪，它熱極而冷，「有」而後「無」，當他們無法適應和解釋那「物」和「有」時，便到「我」中去「明心見性」，去體味「空無」，以回避解脫生活的煩惱和矛盾，或取得禪悅。而《紅樓夢》和它的主人公則不然。士大夫從「儒」接近「禪」，而寶玉是從反「儒」接近「禪」；士大夫「明心見性」，並不否認他的「心」「性」所賴以產生的形而上的或形而下的「天理」；而寶玉則是從「形而下」出發發展到對於「形而上」的懷疑，漸悟到傳統「心」與「性」的虛偽性。禪標榜「無」，實際上似「無」若「有」，「無」中有「理」，寶玉所執著的是「有」和「情」，有情且多情。他以我格物，卻與世格格不入，他參不透那世界，時發新奇之論，被視為「似傻如狂」。他不是以「空」而是以「情」普度眾生，「讓世界充滿愛」，結果連身邊幾個最親近的人，尚不能「應酬妥貼」，世上真假是非的顛倒，他更「無可奈何」。魯迅云：「在我眼下的寶玉，卻讓他看見許多死亡，證成多所愛者，當大苦惱，因為世上，不幸人多。」不成熟的現實，產生出不成熟的觀念和不成熟的人物，寶玉大抵也只好「懸崖撒手」，但他從中並未得解釋。雪芹更是如此，他不過是以之寄託自己的迷茫與悲哀，與士大夫之逃禪，是大異其趣的。

士大夫之逃禪，為的是使自我在「空無」中尋求心理平衡，《紅樓夢》中的遁世者，得到的只是新的痛苦。大觀園女兒之遁世，不過是「千紅一哭，萬豔同悲」的一種形式，紫鵑和芳官等從塵世「苦海」跳入空門「火炕」，不過和智能兒換個位置，奴隸依然是奴隸。「可憐繡戶侯門女，獨臥青燈古佛旁」，難道惜春能摘取「西方寶樹」上的「長生果」了嗎？女尼妙玉，論者或責以「矯情」「游蓬戶於朱門」，其實作為一個執著人生的「紅粉朱顏」，她身在「檻外」，心在「檻內」，戀於塵世的「芳情」和「雅趣」，她不合時宜，不得不遁，欲遁不能，又非遁不可，這就使她陷入無盡的「苦海」之中：她的悲劇正在這裏。作者所批判的，是那使她遁入空門的世道和那行之不通的遁世道路。在罪惡的塵世中遭到壓抑和摧殘的人的美好東西和美好的追求，到空門中絕得不到解放和實現。——這是任何宗教觀念所不能包容得了的。

《紅樓夢》還創作了一個與任何宗教不同的彼岸世界，即以警幻仙姑為主人的「太虛幻境」。這幻境，是《紅樓夢》中的極樂世界，它迥異於「佛祖」「三清」「真主」或「上帝」之所居，其中既無仿照人間的森嚴等級，更無至高無上、主宰人間的無所不能的法力，也非毫無人生氣息的「不生不滅」之境。它是與以男人為主宰的污濁塵世形成強烈的對比觀照的自由潔靜美麗的女兒王國。它不是宗教觀念中超人間的彼岸實體，而是作者心造的意象世界。作者借助於它，寄寓自己的理想，表現美好的追求。雖然它的虛擬也是出於藝術的需要，但它是小說中主要人物之所來與歸宿之所在，而作者一反傳統的宗教迷信觀念，為我們大膽地創造了一個女兒王國，這不能不聯繫到作者的宗教觀念了。它是作者的「無」中之「有」和「空」中之「色」，也是他的「有」中之「無」和「色」中之「空」，我們研究曹雪芹的「色空」觀念和世界觀的矛盾時絕不能避開它。

同樣出色地描繪了宗教活動的浮世繪但格調不同：《金瓶梅》不過是再現現實的寫生畫；《紅樓夢》則富於詩情和理趣

《金瓶梅》和《紅樓夢》都出色地描繪了封建社會後期的宗教迷信活動的浮世繪，從走門串戶的尼姑道婆，到奔走權門受過皇封的高層僧道，從結義燒香、測字算命的小場景到貴族官僚做法事的大場面，二書都作了十分生動的描繪，其氣勢之博大，描寫之細切，在古典小說中真是無與倫比的。竹坡云：「前子平有子平諸話頭，相面便有風鑒的話頭，今又撰一疏頭，逼真如畫，文筆之無微不出，所以為小說之第一也。」坡公之言誠良有以也。不過《金瓶梅》作者的眼界大致未越過世俗宗教意識的樊籬，而《紅樓夢》則從古代宗教文化的頂峰出發繼續向前開始走向了懷疑和否定。因為二書的宗教描寫雖然都堪稱出色，而《金瓶梅》所描繪的不過是宗教迷信活動的寫生畫，它做到了形似；而《紅樓夢》的宗教描寫，不光維妙維肖，而且形神兼具，它不惟忠實再現，而且帶著很強的主體表現色彩，這使該書的宗教描寫富於詩意和理趣。

從宗教角度觀照人間，在笑笑生筆下，是罪孽的塵世，醜惡、愚昧、苦難、可憐的芸芸眾生，他們為著「酒色財氣」在碌碌奔忙、爭逐並互相齧噬著，那些男男女女們，無論壓迫者還是被壓迫者，他們都是欲的奴隸，他們身上只能看到惡的膨脹，很難看到美的閃光——真是「罪過罪過，阿彌陀佛」！看來他們除了墮入輪回接受懲罰之外，只有等待神佛的超度了。「厚地高天，堪歎古今情不盡；癡男怨女，可憐風月債難償。」曹雪芹筆下的塵世是「幽微秀靈地」。小說所著力張揚的是美，是聰明秀靈的女兒，與

「金瓶」中人眾不同，她們是情的化身。她們的追求令人心醉，她們的不幸令人同情，她們的毀滅令人震顫。儘管「無可奈何」之際，作者只好以「色空」來表現自己的迷惘，但無論作者還是讀者，誰也不相信它能使人獲得解脫。

以頭足倒置為特徵的宗教觀念，無不把它們心造的幻影——超驗的彼岸世界——作為存在的本源和歸宿。《金瓶梅》中的超驗世界，主要通過普靜禪師點化孝哥、超度眾生和西門慶等的夢幻以及潘道士作法等場景來表現的。《紅樓夢》中的超驗世界，主要為太虛幻境。普靜為我們所召喚出來的另一世界是：「陰風凄凄，冷風颼颼，有數十輩焦頭爛額，蓬頭泥面者，或斷手折臂者，或是刳腹剜心者，或無頭跛足者，或有吊頸枷鎖者，都來悟領禪師經咒。」最後一個個分別善惡，托生到某某地「去也」。而寶玉等夢中所見到的別一世界則是「朱欄白石，綠樹清溪，真是人跡希逢，飛塵不到」，是個「神仙姐姐」居住的無比美麗潔靜的女兒王國。這兩個世界，一個陰森黑暗，一個生動瑰麗；一個把世俗觀念中的天堂地獄寫得那樣拙實，那樣荒誕，一個憑著詩意生發把超驗世界寫得那樣美麗生動；普靜、潘道士和西門慶所召喚所遇到的是鬼境，而寶玉和士隱所夢到的是情境：二者大異其趣。

在宗教體系中，僧與道是神的使者，是人和神的中介。《金瓶梅》和《紅樓夢》中的僧道，大致可分為三種類型。一類是以宗教為職業以騙人為能事者，對這類人二書都寫得刻露盡相，入木三分，筆調一致。一類如普靜和「一僧一道」之類，他們是得道的佛神。在《金瓶梅》中，普靜不過是世俗一般人心目中活佛或神仙的寫照，身上只有神氣；而「一僧一道」卻真真假假，除了神氣之外，還富於詩人氣質，他們還肩負著藝術的使命，是個複雜的角色，不是宗教觀念的化身。還有一類為二書互異者，《金瓶梅》中有一些半人半鬼的僧道，他們平時是凡人，但可以與神相通，作起法來可以驅遣鬼神，為人祈福禳災，可卜知天地陰陽古往今來之事。即使是那些拆字算命的，往往帶有這種半人半神氣，實際上是半人半鬼氣。這類人在《紅樓夢》中，基本上是沒有的，而《紅樓夢》中的妙玉、惜春、芳官等被迫遁入空門的緇衣紅顏，在《金瓶梅》中也是找不到的。

二書中都有一些宗教觀念的直接宣講和說教。「一篇淫欲之書，句句是性理之談」，這類說教在《金瓶梅》中頻頻出現，箴誡酒色財氣，宣揚因果報應，不脫話本、擬話本小說勸誡之窠臼，粗俗淺陋，多不可觀。而《紅樓夢》說「色空」談「意淫」，說法「雖近荒唐」「細按則深有趣味」，真真假假，撲朔迷離，耐人咀嚼，極富意味。「二八佳人體似酥，腰間仗劍斬愚夫；雖然不見人頭落，暗裏教君骨髓枯。」——《金瓶梅》一面極力渲染淫，一面又作些「色箴」之類粗俗說教。比一比警幻仙姑的「意淫」論吧：「如爾則天分中生成一段癡情，吾輩推之為『意淫』。『意淫』二字，惟心會而不可口傳，可神通而不可語達。」「吾所愛汝者，乃天下古今第一淫人也。」一俗一雅，大相徑庭。

笑笑生愛作絮絮不休的因果說教，然而除了世俗宗教迷信的一套觀念之外，他並未拿出一點新的東西，而曹公筆下則多出新奇。寶玉的來歷是有些奇特，但他卻不帶神氣。他是個「情種」，那塊「通靈寶玉」恐怕是人性、人的精靈或人情的結晶，只有他才能覺悟一點這個「自我」。他「毀僧謗道」，心目中的神是「女兒」——「神仙姐姐」。晴雯不幸被戕，寶玉並不期望她到神佛那裏去獲得解脫，丫鬟投其所好，杜撰說晴雯作了芙蓉花神，寶玉聽了「轉悲為喜」。其實寶玉並不「傻」——「聽小鬟之言，似涉無稽，以濁玉之思，則深為有據」，他是姑妄聽之，姑妄信之也。「生儕蘭蕙，死轄芙蓉」，則固為其然也，晴雯應當在那裏找到她的歸宿。他不大相信神佛，可又拿不出全新的東西取代它，於是只好「杜撰」，將「神仙」和「姐姐」糅合在一起，以寄寓自己對真善美的追求，新奇美麗，真是一個了不起的創作。當然，歸根結蒂，這是曹雪芹的創作。——雪芹自然要比寶玉高得多。

二書中的一些神秘描寫是負有藝術使命的，「吳神仙冰鑒定終身」和「遊幻境指迷十二釵」都有預示人物命運、結構情節等作用。不過前者自身可以融入《金瓶梅》的整個情節系統之中，呼應著因果報應的過去和未來，使人信其為「真」，因而益增其「假」；後者雖有渲染宿命色彩的消極作用，然因其似真似假，撲朔迷離，作者亦明明示讀者為「太虛」「警幻」「大荒」「無稽」等，讀者以假為真的可能性很小，而且它的情境又是那樣瑰麗，並有著具象和意象的二重作用，極富詩情畫意，沒有神氣和鬼氣。「無為有處有還無」，這一美麗的意象世界，作為和醜惡現實的強烈對比觀照，閃耀著理想的光輝。

「卑賤」與「卑」而不「賤」
——《金瓶梅》與《紅樓夢》中小丫鬟形象之比較

中國的先賢早有古訓：「惟女子與小人為難養也，近之則不孫，遠之則怨。」因而，兼有「女子」與「小人」雙重身分的女奴自然更其為「難養」了，而女奴中身分最低的小丫鬟即「小丫頭子」，則其輕賤自是不言而喻了。《金瓶梅》中「西門大官人」給自己的姘頭王六兒買一個十五歲的小女孩，只要四兩銀子，可見其身價之低賤。至於她們的人格，賈府的三姑娘探春說得好：「那些小丫頭們原是些頑意兒……便他不好了，也如同貓兒狗兒抓咬了一下子，可恕就恕，不恕時也只管叫了管家媳婦們去說給他去責罰，何苦自己不尊重，大吆小喝失了體統。」探春還是正統的「仁慈」的主兒呢，若在賈赦、薛蟠和璉二奶奶的眼裏，小丫頭子們連「貓兒狗兒」也不如了。卑賤，卑賤，「卑」自然「賤」！

這種觀念牢固地支配著人們的頭腦達數千年之久，直到十八世紀的曹雪芹，他才以藝術的形式向這種傳統觀念發出挑戰。「女兒是水做的骨肉，男人是泥做的骨肉，我見了女兒，我便清爽；見了男子，便覺濁臭逼人」，在賈寶玉的「極尊貴，極清靜」的「女兒」的範疇裏，不光包括黛玉、湘雲們，包括晴雯、紫鵑們，也包含芳官、春燕、五兒、小紅她們，這些素為人們所不齒的最為卑賤的小丫鬟，在人們面前一下子以嶄新的面貌出現了，原來她們雖「卑」但並不「賤」，也一樣的聰明秀美，有著美好的心靈與美好的追求。

比《紅樓夢》略早而以寫市井男女著稱的《金瓶梅》，它又是如何描寫這些「小丫頭子」們呢？

這裏，讓我們作一番比較。

《金瓶梅》中「小丫頭子」們自輕自賤，奴性十足，《紅樓夢》中「小丫頭子」們開始了人格意識的覺醒

《金瓶梅》在刻畫市井社會的上層人物、描寫市井社會觀念變化時表現出一些新鮮意識，但它在對西門慶家的女奴特別是最下層的小丫鬟們作刻畫時，作者的觀念並未跳出傳統的窠臼。

《金瓶梅》中「小丫頭子」的形象不多，著墨最多給人印象最深的是潘金蓮房中的那個秋菊。秋菊是個下三等的丫頭，她在金蓮房中幹最低等的活，受著最低等的待遇，遭受著最殘酷的虐待，在金蓮房中她只配上鍋抹灶、鋪床迭被、灑掃庭除、關門喂狗，稍不如意就叫春梅揪出摑十個耳光子，或者兜頭就是幾鞋底，或者雨點般地鞭子抽下來，更經常地則是罰她頂著大石頭在院子裏跪著。秋菊經常是莫名其妙地受著非人的折磨，常常是無辜地充當金蓮的出氣筒。可悲的是，她受著殘酷折磨時，除了「殺豬也似地叫喚」，或者「谷都著嘴」嘟囔幾句外，並未有多大不平的表示，即使有也不過抱怨對自己處罰不當，重了，本應「從輕發落」的。比如潘金蓮大鬧葡萄架之後，明明自己是被「×昏了」，丟掉了穿在腳上的鞋，卻罵秋菊「要你這奴才在屋裏幹甚麼」！命春梅押著她到園子裏去找，未找到馬上「采出她院子裏跪著」。對這樣不公正的處置，秋菊的態度如何呢？她不過是「把臉哭喪下水來」，乞求：「等我再往花園裏尋一遍，尋不著隨娘打罷。」這可憐的女奴真是奴性十足！當然她對金蓮的虐待也不是沒有不滿，她後來也終於「含恨泄幽情」了。不過那是對個人怨毒的報復，而不是出於被壓迫者的反抗意識。其他小丫頭子們也無不逆來順受，西門大姐屋裏的元宵兒，受陳敬濟一帕，即甘心為陳做「眼線」，在陳和潘金蓮偷情時為其放風報信。陳敬濟被攆後她又被迫打發到陳家去，在陳家她似乎也只有陪著西門大姐挨打挨罵的分，絲毫未流露出反抗意識。自甘卑賤，逆來順受，頭腦中充滿奴性意識，這是笑笑生筆下小丫頭子們的一個共同特點。

紅樓人物畫廊中的小丫頭子們已經開始改變那副逆來順受、低眉順眼的奴隸相，在她們身上，已經開始有了人格意識的覺醒了。位卑而人不賤，這是她們給予人的總的印象。由賈芸去姑蘇買來為供奉娘娘省親的小戲班子，後來被分配到各房中去做了低等丫鬟，這以芳官為代表的十二個女孩子，她們是這種「覺醒」的代表。

對這一群女孩子趙姨娘有個有名的高論：「你是我家銀子錢買來唱戲的，不過娼婦粉頭之流，我家裏下三等奴才也比你高貴些。」這位自身也是奴才——至少也是「半個奴才」的趙姨娘，跟潘金蓮一樣，地位不高，等級觀念卻很強。越是奴才，越瞧不起比自己地位更低的奴隸，這正是一種典型的奴性意識！而氣質迥異又伶牙俐齒的芳官也正

抓住了這個弱點反擊她：「姨奶奶犯不著來罵我，我不是姨奶奶家買的。梅香拜把子——都是奴才罷咧！」這真是對傲視奴隸的奴才的誅心之論。秋菊對春梅如多少有這麼一點點意識該多好啊！而這正是紅樓十二官身上的閃光之處。芳官是個野性未馴的女孩子，從小學戲，受了《牡丹》《西廂》之類的薰陶，大觀園特別是怡紅院的特殊環境發展了她的個性，她還沒有來得及領略生活的殘酷，體味生活的艱辛，她毫不掩飾地以開朗爽利的風格展示著自己的胸懷，展示自己的鋒芒。無論是姨奶奶、自己的乾娘、或者是自己的同類，誰欺負了她她都會毫無顧忌地給以反擊。在怡紅院，她的直接主子賈寶玉很寵愛她，她也很喜歡寶玉，但她是以把寶玉作為地位不同的知音，而不像春梅那樣以媚獲寵並倚寵欺負他人。正因為如此，在封建家長眼裏，她就成了「成精搗鼓」的「狐狸精」了。於是在抄檢大觀園之後，她也跟晴雯一樣被趕了出去。可就是這時她也沒有屈服，「她就瘋了似的，茶也不吃，飯也不用，勾引上藕官、蕊官，三個人尋死覓活，只要剪了頭髮做尼姑去。」而且還越鬧越凶，打罵也不怕，弄得王夫人和他們的乾娘也沒有辦法，只好同意她們的要求，讓她們「斬情歸水月」——跟妙玉和後來的寶玉走上了同一道路。

十二個女孩子中還有一個叫齡官的，一次，寶玉到梨香院看她們排戲，進到她的房內——

> 只見齡官獨自倒在枕上，見他進來，文風不動。寶玉素習慣了的，只當齡官也同別人一樣，因進前來身旁坐下，又陪笑央他起來唱「嫋晴絲」一套。不想齡官見他坐下，忙抬身起來躲避，正色說道：「嗓子啞了，前兒娘娘傳我們進去，我還沒唱呢。」

這個在賈府中被人趨奉惟恐不及的寶二爺，想不到卻遭到一個「小戲子」如此的冷遇。為了討她歡心，賈薔花一、二兩銀子買一個會串戲的雀兒送她，不料齡官卻冷笑道：

> 你們把好好的人弄來，關在這牢坑裏學這牢什子還不算，你這會子又弄個雀兒來，也偏生幹這個，你分明是弄了他來形容打趣我們，還問我好不好！

這是與春梅完全不同的自尊：春梅是對主子倚寵而驕，賤視比自己低的奴隸；齡官是自我尊重，是情有所鍾，是蔑視權貴。這種自尊在秋菊和元宵兒們的身上，是看不到的。

奴隸間的互相尊重，她們間真摯的友誼也是她們群體人格意識覺醒的重要表現之一。「杏子陰假鳳泣虛凰」，「茉莉粉替去薔薇硝，玫瑰露引來茯苓霜」，都是寫這些小人物間的交往和友情的動人篇章。芳官被欺，藕官等聞訊群起而護之，是那樣天真可愛；作者用細膩的筆致來寫芳官與柳五兒的來來往往，從而展現她們的精神境界，與那為寶玉厭棄的豪門貴族之間看似熱鬧而實際虛偽無聊的應酬往還相比，恰成鮮明對照；藕官與藥官、蕊官間「假鳳泣虛凰」的故事，不光是這些小人物間真摯友誼的頌歌，簡直是沒有展開的「木石姻緣」式的動人詩篇。

當然，這不是說《紅樓夢》中的小丫頭子們沒有等級觀念和奴性意識，有的；不過，難能可貴的是，作者用詩一樣的筆調為我們描寫了這些素來為人輕賤的貓狗不如的小人物身上有著閃閃發光的東西，寫她們已經開始了人格意識的沉醒——這是他的前人所沒有的。

《金瓶梅》中「小丫頭子」們渾渾噩噩，麻木不仁，《紅樓夢》中「小丫頭子」們對生活有著美好的追求

《金瓶梅》中小丫頭子們是名副其實的下等人，她們貧乏的精神生活與她們低下的社會地位是相適應的，看不出她們有什麼值得稱道的人生追求和有點意味的喜怒哀樂。如瓶兒屋裏的迎春、陳敬濟房裏的元宵、雪娥屋裏的中秋，她們沒有顯示出什麼個性。她們隨主子支配，聽主子收用，似乎看不出個人意志。西門慶到瓶兒房中會奶子如意兒，繡春知趣地躲開，這似乎就是她的主動性。作者重點刻畫的是秋菊，挨了打她只會「谷嘟著嘴」或「殺豬也似的叫」，不挨打則渾渾噩噩地過日子。金蓮偷敬濟，她房門倒扣關在廚房裏睡覺，告發不成則起來隔著窗「瞧了個不亦樂乎」。她受著金蓮、春梅那樣虐待，為借棒槌她卻「使性子」從中添油加醋挑起了一場金蓮摳打如意兒的大風波……笑笑生筆下的小丫頭們真是些麻木不仁的可憐蟲。

《紅樓夢》則異於是。曹雪芹飽醮著同情和善意，帶著反思和自省的目光去審視這一群最低賤的女奴的精神世界，發現她們不僅有著自己的人格和自尊，而且也有著自己的對生活的美好追求。

「柳葉渚邊嗔鶯叱燕」一回，寫春燕和鶯兒、蕊官一起聊天評論自己的母親和姨媽：

> 怨不得寶玉說：「女孩兒未出嫁，是顆無價之寶珠；出了嫁不知怎的就變出許多的不好的毛病來，雖是顆珠子，卻沒有光彩寶色，是顆死珠子；再老了，更變得不是珠子，竟是魚眼睛了。分明一個人，怎麼變出三樣來？」這話雖是混話，倒也有些不差，別人不知道，只說我媽和姨媽，她老姊妹兩個，如今越老越把錢看的真了。

接著她客觀地敘述了她的姨媽和蕊官吵架，自己媽媽和芳官為洗頭而吵架的事，並發表了公正的評論，最後她又就姑媽對承包園子「比得了永遠基業還利害」發表了批評

意見。春燕的這段話很有代表性，它很好地反映了大觀園是一個特殊環境，它既是世俗世界的一部分，又是相對獨立的女兒國。一方面社會上的等級觀念、勾心鬥角和種種卑鄙齷齪的現象在這裏也會有不同的反映，生活在這裏的女孩子畢竟不同於太虛幻境的「神仙姐姐」「水做的骨肉」，她們必須在現實的土地上生活，她們的追求也不會完全「脫俗」，如芳官們的爭強好勝，小紅的熱衷於爬高枝兒，柳五兒一心想安排個好單位，佳蕙對賞錢分配表示不平，等等，都說明這一點。但他們畢竟是大觀園的女兒，形而上色彩的追求才是她們的主調。大觀園中那充滿詩意的生活，「夜擬菊花題」「諷和螃蟹詠」等等，固然沒有她們的分，在那裏她們似乎只起服務員的作用，可仲春餞花，入夏鬥草，「滿園繡帶飄揚花枝招展」，無憂無慮的女兒們，一個個「打扮得桃羞杏讓，燕啼鶯妒」，她們「或用花瓣柳枝編成轎馬」，「或用綾羅錦紗迭成干旄旌」，用彩線繫，祭餞花神，這時候則不分主僕，不分等級，大家都沉浸在青春的歡樂之中。至於柳葉渚編花籃兒，杏子陰燒紙寄情，則更是她們自己的獨立天地。在這裏，她們與晴雯、鴛鴦、司棋，與黛玉、湘雲們一樣，都是這「女兒國」的公民。她們把這小天地裏的自由和青春當作她們的追求寄託和象徵，她們願自由永在，青春常駐，只有在這裏她們才有自己的幸福和歡樂。當然這在深味過人生甘苦並被生活扭曲了心靈的「婆子」們看來，無疑是天真可笑的，但《紅樓夢》的價值也正在這「天真可笑」之中。賈寶玉因病辜負了杏花，因此「仰望杏子不舍。又想起邢岫煙已擇了夫婿一事，雖說是男女大事，不可不行，但未免又少了一個好女兒。不過兩年，便也要『綠葉成蔭子滿枝』了，再過幾日，這杏樹子落枝空，再幾年，岫煙未免烏髮如銀，紅顏似槁了，因此不免傷心，只管對杏流淚歎息。」——這在常人看來，是寶玉的「似傻如狂」，可這正是寶玉價值之所在。萬馬齊喑，夜氣如磐，幾千年來人們習以為常，而寶玉卻開始感到這空氣的沉悶，渴望著追求自由和純真的世界，包括這些「卑賤」的小丫頭在內的「水做骨肉」的「女兒」們，正是作為他的美好的追求的體現而在他的心目中占有崇高位置，而這些「女兒」的對生活的不切實際的憧憬與寶玉的「傻」與「狂」，也具有同樣的審美意義。比如以芳官為代表的女伶們經過一番抗爭、掙扎之後，最後也「斬情歸水月」了，海市蜃樓消失了，不切實際的追求幻化了，然而我們並不能因為她們追求的不切實際而貶低其意義，她們的悲劇與寶黛悲劇屬於同一品格。

《金瓶梅》的小丫頭們以她們自身的渾渾噩噩使人感到悲哀，《紅樓夢》中的小丫頭們以她們的毀滅使人悲憤。

《金瓶梅》中的小丫鬟們粗夯愚昧，《紅樓夢》中的小丫鬟們聰明秀靈

夫子云：「唯上智下愚不移」，誠哉，斯言也。蘭陵笑笑生筆下的小丫頭子們是那樣愚昧粗夯，說來真使人感到悲哀。金蓮屋裏的秋菊真夠窩囊的。她真的連端茶倒水的料也不夠，難怪金蓮端起冷酒照臉一潑，潑了她一頭一臉。「她娘」的脾性兒她難道沒有領教過？那數過數目的柑子也是好偷的？而且偷吃之後還把皮留在袖子裏？金蓮要查贓時不去求饒，只知道「慌用手撇著不叫掏」，這個只會偷嘴的可憐蟲除了被擰腫了臉，谷嘟著嘴，往廚下去幹活還能做什麼呢！常受虐待，怨毒太深，秋菊也改變「怨而不怒」的態度而要報復了。金蓮正在肆無忌憚地「養女婿」的時候，正是報復一下的天賜良機。這事不要說小紅和芳官，即使放在四兒或春燕身上也易如反掌。可秋菊做得多艱難哪！第一次報告給小玉，小玉不僅未告訴月娘，反而一五一十回饋給春梅，結果給金蓮狠打了三十棍，打得她殺豬也似的叫。小玉和春梅好，她不考慮；她的舉報為什麼洩密，她也未加思考。第二次她又去報告小玉，結果被小玉罵了一頓。金蓮越來越大膽，私孩子都養出來了，秋菊又經過兩番告訴，「被小玉罵在臉上，大耳刮子打在她臉上」之後，才僥倖達到目的——這位秋菊姑娘，何其窩囊，何其愚蠢耶？

秋菊型的使女無疑是有的，問題在於作者以怎樣的態度去寫。《紅樓夢》中的傻大姐，也屬於粗夯型，然而傻大姐雖然粗夯，但並不使人感到窩囊。她「生得體肥面闊，兩隻大腳做活簡捷爽利，且心性愚頑，一無知識，行事出言常在規矩之外」，渾沌未開，一塊璞石，舉止言語一片天真，好笑復可愛，並不可厭可憐——連賈母都喜歡她呢。這裏就可看出作者對人物態度的差異。

《金瓶梅》中其他小丫頭作者未予展開刻畫，她們雖不像秋菊那樣窩囊，但也未見出多少秀靈。

讓我們再來看看《紅樓夢》中的小丫頭子吧。

這些名字在「又副冊」之外或之下的低層女奴，雖然不是重點刻畫對象，但作者也給我們描繪了幾個個性鮮明、聰明秀靈、閃著動人光彩的形象，她們是大觀園女兒畫廊的一個組成部分，如芳官、齡官和藕官，如春燕、五兒和小紅，如鶯兒、翠縷、等等，都是讓人過目難忘的小人物。

除上文所舉的情節之外，《紅樓夢》還有幾處為這些小人物傳神的特寫鏡頭，如七十六回「蜂腰橋設言傳心事」、三十一回「因麒麟伏首雙星」、三十五回「黃金鶯巧結梅花絡」、五十九回「柳葉渚邊嗔鶯叱燕」等，都是這些最低層奴隸女的「葬花吟」和

「芍茵醉臥圖」。

下等女奴中，以心計、口才與才能論最突出的當推小紅。小紅之為人，論者對其褒貶不一，作者對其態度也比較複雜，以奔競鑽營、眼空心大而論，她身上多少可以看到賈雨村與龐春梅的影子，可見出那惡濁環境的印跡。但她畢竟是未曾涉世的少女，作者通過這一真實的形象主要地還是要表現女兒也即是「人」的聰明才智。小紅原名紅玉，因犯寶玉之名諱而改，她是紅樓「三玉」（寶玉、黛玉、妙玉）之外的半個玉，可見其立意不凡。根據曹公的原意，她後來終於和賈芸哥兒得成眷屬，而且後來寶玉落魄之際在「獄神廟」中還有過作為的，可惜這些文字在後四十回裏已經看不到了。可見對紅玉其人不可等閒視之。她對賈芸留意之後在蜂腰橋遇到李嬤嬤與她做的那段處處有意而又絲毫不著痕跡的對話，心計的巧妙與作者文字的靈動，簡直可稱為雙絕。可惜這樣一個人才在怡紅院長期被晴雯等壓抑埋沒了，一直到芒種葬花得遇鳳姐，她才得以在眾人面前一露崢嶸。她為鳳姐傳話那涉及四五門子「奶奶」「爺爺」一大堆的清晰簡斷的口聲，得到以辦事幹練、口才超群的鳳姐的賞識和贊許，這一段語言幾乎和焦大罵人同樣有名，小荷才露尖尖角，足以使枯藤老樹相形見絀，雪芹以飽滿的感情帶著深深的沉思刻畫了這一下三等女奴的「才」並表現了生活對她的扭曲，與那帶著傳統的「上智下愚」偏見輕視女奴者真不可同日而語。

黃金鶯是寶釵從當時的織造基地帶去的一個貼身小丫頭，她的特點是心靈手巧，能用柳條編漂亮的花藍，用不同顏色的線打各種各樣的絡子，很懂得色彩學，簡直是個工藝美術師。然而這個黃鶯兒給人印象最深的倒不是她的手藝，而是她的風神。巧結梅花絡時她與寶玉對話的那一段語言，真是風神具現，琅琅有聲，那「嬌憨宛轉，語笑如癡」的神態，不僅當日的寶玉，即使今天的讀者讀來恐怕也要「不勝其情」了。「將來不知哪個有福的消受你們主子奴才兩個呢！」——寶玉的贊許語難道沒有其深刻的內涵嗎？

湘雲和她的貼身丫頭談論陰陽也是《紅樓夢》中寫得令人難忘的一個優美的片段。這是一個具有最高抽象品格的哲學課題，難度相當大，以當時的哲學水準很難說清楚。這一組對話對象，一個是大觀園才女中的佼佼者，一個是文化學歷與秋菊無二的文盲，可她們在那具體而又抽象、明確而又模糊的對答中，給人的印象同樣聰明靈秀，同樣天真可愛——在這裏，高貴者固然聰明，卑賤者也不愚蠢。

怡紅院中還有一個連姓名都未留下的小丫頭，她卻在書中留下了一段話，深深地刻在讀者印象之中。說起來這段話還是其人在寶玉面前投寶玉所好即興編造的晴雯沒有死的神話，或者說是謊話，這個無名丫頭，口角伶俐有似小紅，理解寶玉有似焙茗，「聽小婢之言似涉無稽，以濁玉之思則深為有據」，言者姑妄言之，聽者姑妄聽之，言者聽者都別有深意寓焉——不能看成是庸俗的投其所好。

山川日月之精華獨鍾於女兒，女兒是水做的骨肉，極聰明極清俊……《紅樓夢》中那些地位最低賤的小丫頭子們，無疑也包括在這「女兒」的外延之內。

同樣「輕賤」但寫法不同

看了以上分析也許有人會說：你是否人為地抬高了雪芹，拔高了紅樓？《紅樓夢》中除了芳官和小紅、鶯兒和翠縷之外，不是還有偷鐲兒的墜兒，作踐尤二姐的善姐兒嗎？她們與秋菊、與翠花兒又有什麼區別呢？

是的，書中都寫到了「輕賤」的女奴或女奴們的「輕賤」，《金瓶梅》中有偷金的翠兒和偷嘴的秋菊，《紅樓夢》中則有偷鐲的墜兒和通過平兒提到的虛寫的良兒。不過稍加比較就可看出，同樣寫「輕賤」但二書的寫法很不同，態度、傾向、方法、情感和立意大相徑庭。李嬌兒房裏的小丫頭夏花兒完全是副賤相，她眼皮子淺，偷了李瓶兒屋裏的金元寶，膽子又小，聽說西門慶要買狼筋逼供，嚇慌了，想逃走；在馬棚裏被抓住後先是吱吱唔唔，拷問之後即如實招供。作者給我們描繪的小丫頭的形象亦不過如吳月娘說的：「小丫頭，原來這等賊頭鼠腦的。」既然如此，月娘對彼之輕視，西門慶之大怒與嚴懲，亦情理中事。夏花的主子李嬌兒不唯不予以管教，反而夥同侄女桂姐進一步教唆她做賊，只不過強調：「今後要貼你娘的心，凡事要你和他一心一計，不拘拿了什麼，交付與他。」圍繞這件事的前前後後，我們在人性中所能看到的，除了輕賤，即為醜惡，再無其他。

而墜兒偷金，小說並未正面渲染她的賤相，作者的筆墨更多地花費在與此相關的人和事上。首先，作者所著眼處不在奴隸的賤，而是奴隸的骨氣。奴隸的偷只是因由，由此引出的是奴隸自身對這種輕賤的憎恨：「要這爪子幹什麼？拈不得針，拿不動線，只會偷嘴吃，眼皮子又淺，爪子又輕，打嘴現世的，不如戳爛了！」晴雯的憤怒並非發自主子財產的衛士，而是出自奴隸尊嚴的護神，墜兒在這裏只是反襯。其次，從寶玉的態度看，他聽到此事後是「又氣又歎」「氣的是墜兒小竊，歎的是墜兒那麼一個伶俐人作出這醜事來。」其感情和態度比西門慶之單純加強奴隸紀律要複雜得多。再次，從平兒的態度看，她開始「只懷疑邢姑娘的丫頭，本來又窮，只怕小孩子家沒見過，拿了起來也是有的，再不料是你們這裏的。」對此事態度也很寬厚，而且為息事寧人，免得寶玉襲人等面上不好看，採取了保全偷者的「賊名兒」不予聲張以後借機打發的暗處理的態度。「俏平兒情掩蝦鬚鐲」，通過這一回故事，我們看出這一特殊身分的女奴在處理這件事上所表現出來的寬厚和善良，冰雪般的聰明和美好的心靈，這與李桂姐姑侄乘機教唆的醜惡表現真不可同日而語。還有，與此相聯繫，作者還在五十一回「判冤決獄平兒行權」一回中，寫了彩雲偷拿玫瑰露的故事。她是受趙姨娘之托拿給自己意中人環哥兒的，事發後雖然與人賴帳，但一經平兒啟示，馬上公開承認錯誤表示絕不連累別人。彩雲的招認不但不使人感到其人輕賤，相反她還以自己的「膽肝」贏得了大家的敬重。彩雲固然已不算「小丫頭」了，但她作為奴隸之一，其故事與墜兒的故事無疑成為一個整體。

《紅樓夢》畢竟是古人寫古事，它的作者雖然通過小說寄託了自己的理想，但他在塑造人物和編織故事時，一點也沒有離開生活和歷史。他雖然通過寶玉和大觀園的女兒們譜寫「人」的頌歌，但絲毫沒有回避他的心愛人物的缺點，隨意拔高他（她）們。問題在於怎樣寫，在於作者的著眼點，這方面稍加比較就可以看出雪芹與笑笑生的不同了。比如等級觀念也即是奴性意識是那個時代的支配觀念，無論是那些低層女奴們，還是寶玉和黛玉，他們身上都嚴重地存在著。問題不在這裏，雪芹之為他的同代人所不及之處，在於他從這些向來被人賤視的以及為世俗視為「似傻如狂」的人物身上看到了傳統觀念以外的東西，並以美的形式把它表現了出來。他筆下的人物是那樣真實，又是那樣新鮮，這「真」和「新」，正成了紅樓女兒的生命。這些地位最低的小丫頭子們，也正是這樣。為說明這點，讓我們再來分析一段這些小人物的故事。

五十九回「柳葉渚邊嗔鶯叱燕」的故事，是寫新老兩代即小女兒和老婆子們也即「無價之寶」與「魚眼睛」之間的衝突的。衝突的一方為蕊官、芳官、春燕、鶯兒等，另一方為春燕的媽媽、姨媽和姑媽，衝突的爆發點是藕官燒紙、芳官洗頭和鶯兒編花籃，最後因寶玉以及襲人、晴雯、麝月等的干預和庇護，以小字輩的勝利而告終。芹公把這些瑣碎得似乎不值一提的小事寫得如此波瀾起伏和詩意盎然，真令人歎為觀止！若非慧眼獨具，若非有真性情者，斷寫不出如此花團錦簇的文字。有意思的是這故事的意蘊十分複雜，絕非今日新舊主題先行令人一目了然的文字可比。在這裏無拘無束的天真率性卻必須依賴等級特權的庇護，怡紅院女兒們打著「規矩」的招牌摧折老媽媽們，卻在為女兒們的「沒規矩」張揚；嘗盡生活辛酸者在以自己的行動維護著那造成這種辛酸的秩序，在這種秩序中養尊處優者反而多方面破壞著這一秩序。「我們到的地方兒，有你到的一半，還有一半到不去的呢」，這也成了「敘身分」的標誌，並以此分出榮辱，多麼可悲！可她們吹的又是寶玉的湯，晴雯、芳官都可「說著就喝了一口」，玉釧更千方百計盡著法兒使其喝口，寶玉則以此為盡心，為一種比喝湯更美的享受，從而又使「服侍」寶玉具有了全新的意義。一般說來「沒有娘管女兒大家管著娘」本是正理，麝月所謂「你看滿園裏，誰在主子屋裏教導女兒的？」不過是奴性觀念，可這裏婆子們要管的是藕官的可貴的純情，是芳官的率性和對於不平的抗爭，是鶯兒燕兒對青春的歌唱和對美的追求，所以美醜易位，獲得了相反的意義——這一段真實而又複雜，複雜而又真實的故事，如果一定要在其多方面的意蘊中歸納出主旨的話，那麼是否就是上文我們已引過的小春燕的一段話：女兒未嫁時，是顆無價珠寶，及出嫁變老之後，這顆珠子就逐漸失去光彩，慢慢變成魚眼睛了——她通過對生活的體味與思索，對寶玉的奇談怪論取得了感悟或認同。

都知愛慕此生才

——潘金蓮與王熙鳳形象之比較

一個豪門貴婦，一個市井賤妾，兩個出身懸殊極大的女性，卻又同樣聰明伶俐，爭強好勝，心辣手狠，終生不停地追逐與命運搏鬥著，最後同樣歸於毀滅——王熙鳳和潘金蓮，《紅樓夢》與《金瓶梅》兩部小說用工筆重彩予以刻畫描繪讀後給讀者留下極深印象的人物，「機關算盡太聰明，反算了卿卿性命」，這一對出身教養相差極大而性格命運又極為相似的女性，她們以自己爭逐的歷史與毀滅的悲劇，給讀者留下了一片歎息。

讓我們就兩個要強的女人來進行一番比較吧。

地位和教養不啻天壤

出身。王熙鳳出身豪門，為都統制縣伯之後，金陵四大家族之一的「東海缺少白玉床，龍王來請金陵王」的王家。她自詡為「我爺爺專管各國進貢朝賀的事，凡有的外國人來，都是我們家養活。粵、閩、滇、浙所有的洋船貨物都是我們家的」，叔叔王子騰做過京營節度使、九省都檢典，後來還入閣拜相。出嫁之後，做了國公府璉二爺的夫人，她的娘家和婆家，都屬於典型的豪門世族。潘金蓮，清河縣南門外潘裁縫的女兒，父親死後，無以度日，被其母賣到王招宣府裏學習彈唱，王招宣死後又將她爭將出來，三十兩銀子賣給張大戶家做丫頭並被張大戶「收用」，因為大婦不容，張大戶賭氣倒貼妝奩，嫁與武大郎為妻，實際上是張大戶的外室。武大郎又矮又醜，金蓮不滿，一塊肥肉掉在狗嘴裏，她先屬意於小叔子武松，遭到拒絕後被西門慶勾搭上，合謀害死武大，成為西門慶的第五房小妾。

地位。鳳姐在賈家不光是國公府名正言順的少奶奶，而且還受老太太和二太太的委託，主持著家政。偌大的榮公府，銀錢進出，用人行政，都歸她管理。她一天到晚有許多執事媳婦圍繞她，向她回報請示工作。對賈府的一般僕人，她操生殺予奪的大權，她一句話，可以將一個僕人「拉到角門外，打四十板子，永不許進二門」，不像吳月娘，春梅那樣無禮都無可奈何。她一天到晚受著各式各樣人物的趨奉，她的對立面都十分怕她，趙姨娘們自不待說，連郝大老爺的夫人她的親婆婆對她都十分嫉妒。潘金蓮先是與人為奴，後來雖然嫁了個闊官人，但名分不過是小妾。西門家的妾，雖然其相對地位比賈府的姨娘為高，不具名義上的奴的身分，但她實際上仍然十分低賤，並未擺脫奴的地位。她在丈夫眼裏純係玩物，與「粉頭」無異，與正室的關係，又似姐妹，又似主奴，所以西門慶死後吳月娘可以不容置疑地將她交媒發賣。她又不像李瓶兒、孟玉樓似的有錢，她打頭面、要皮襖都要靠丈夫高興時賞賜，她母親來走親戚連付轎錢都很困難，吃水果還是玉蕭從上房裏「拿」來。她的榮辱得失，全依賴於西門慶一時的喜怒。

教養。王熙鳳有時嘴裏有村俗的語言，在賈母跟前的言談亦有放縱之處，對此，賈母曾有過中肯的評論，說那是大禮不走兒，日常居家娘兒們說笑應活潑一些，「原該這樣」的。貴族世家把「禮」看成是「性命臉面」，極重視孩子的教養，公子小姐都配備專職的教引嬤嬤，一般僕婦丫鬟對年輕的主子的言談舉止都有規勸導引的責任，作為媳婦，怎樣處理和太婆婆、婆婆、妯娌、小姑、小叔的關係，鳳姐很懂得「行禮如儀」。比如賈母的家宴總是要由她和李紈布讓；王夫人變了臉，她馬上跪下說話；搜檢大觀園探春發脾氣，她要親自給其理衣服以安撫；對窮親戚劉姥姥，她要似站非站地迎接；婆子得罪尤氏，她立刻命人捆起來交尤氏發落，如此等等。在賈府絕不會發生像西門慶家中那樣顛三倒四的現象，西門大姐同大丫鬟按同一標準做衣服，待姑爺像僕人一樣，丫鬟當著舅太太之面把女唱的趕走，等等。而潘金蓮，雖然成為西門大官人的寵妾，但總擺脫不了市井出身的「賤妾」的本色。吳神仙相面，說她「舉止輕浮惟好淫」，的確，「輕浮」二字很好地概括了她的「舉止」的基本特徵。她不是像鳳姐那樣有禮而又得體地處理上下左右關係，在待人接物方面處處留露出市井氣，媚上傲下，不知自重。對於有所求者——當然主要是西門慶，「品玉」「飲溺」什麼下賤的事都做得出來；對於無所求者或競爭對手，她苛待下人，唆打雪娥，摳打如意，妻妾鬥法勃谿，她行鬼步，聽壁角，搬弄是非，直至打滾撒潑，自打嘴巴，她都駕輕就熟，得心應手。她的親娘不合她的意，她可以當面叫其「你夾著你那老×走！」。她的「傲」和「媚」，實際上都是自賤心理的不同表現形式。她也自得，其時則捋著白綾襖袖兒，露出帶著六個金馬蹬戒指的「十指春蔥」，口嗑瓜子，把皮兒吐在樓下行人身上，其輕浮，正與「院中小娘兒」無異。

比起以釵黛為代表的大觀園女兒們，鳳姐幾乎是文盲，但文化修養並不是認字多少的同義語——以識字論鳳姐恐怕還不及金蓮多呢，詩禮世家，生於斯，長於斯，耳染目濡，她的見聞舉止，自然也不同小家。大觀園的物質文明和精神文明，造就了她的教養。阿鳳雖未學過詩，但大觀園女兒們即景聯句，命她起句，她也能說出那為大家一致稱讚的「不但好，而且留下了多少地步與後人」的好句子，被眾人譽為「這正是會作詩的起法」。至於古代上流社會所創造出的物質文明，阿鳳則更是如數家珍了。鳳姐所秉賦的是高層次的貴族文化，潘金蓮所薰染的則是封建社會後期的市井商業文化。她從十三歲就被賣到招宣府，學會了「描眉畫眼，傅粉施朱，品竹彈絲……做張做致，喬模喬樣」，月娘說她「甚麼曲兒不知道？但題個頭兒，就知尾兒」。她是顧曲大家——不過她之所顧都是市井流行曲兒，西門家叫唱的，哪段唱得不是了，哪句唱稍了，她都能一一指出來。大觀園的太太小姐們雖然也常看戲，可若說誰的面孔像某個戲子，誰都會惱得了不的；然而，潘金蓮可以懷抱琵琶，彈唱個流行曲兒給丈夫侑酒，可以妝扮丫鬟以賣俏，這在鳳姐則是不可想像的。

鳳姐長期主持家政，金蓮也輪流管過帳。鳳姐當家，頗有「治世能臣，亂世奸雄」之概，論才幹在榮府是非鳳莫屬的。協理寧府，撥亂反正，也縱放自如。她支持探春改革，鼓勵向自己開刀，很有政治眼光。她既搞點生財之道，但又不失大局，不像邢夫人似的一味刻薄，著三不著兩。金蓮主政，是典型的「小婆子當家」，一味克扣，一兩銀子只給九錢，還要叫買東西的奴才陪出來。連平兒丟了蝦鬚金鐲，在親戚面前都不露聲色，若無其事；而金蓮交柑子給秋菊保管，都是親自過了數的，後來發現少了一個，還把秋菊痛打一頓。

鳳姐和金蓮都有十分出色的口才，說話尖利生動，不過鳳姐除偶有過分處外，她嘴裏基本是上流社會的雅語；而金蓮的語言則市井氣逼人，而且多尖刻的髒話，常常是不堪入耳。總之，以教養而論，鳳姐和金蓮，一個是貴族文化塑造出來的尊貴的貴婦，一個是市井文化薰陶出來的鄙賤肖小的婢妾，反差極大，對比鮮明。

不過在教養上二人亦有相似之處：君子喻於義，小人喻於利，金蓮為「喻利小人」固不足怪，而阿鳳也不像湘雲、黛玉式的不識當票子的高雅，見到錢，她會眼睛發亮，她深明「經濟效益」，一肚子精明算計，故爾李紈戲罵她為「專會分斤掰兩的泥腿光棍」。

秉性和追求頗為相近

人們常常將王熙鳳和潘金蓮相提並論是因為二者在很大程度上都是要強的女人。

鳳姐是個女強人，她的性格的最大特點就是要強。封建時代女性以柔順為美德，禮教為婦女設計的基本道德原則是「三從四德」，其中又特別強調「三從」——「在家從父，既嫁從夫，夫死從子」，她們應當始終作為男子的附庸，不能有自己的意志，或者說應以他人的意志為自己的意志，因此，她們也無須有特別的才能。於是又由此引出一條新女德：「女子無才便是德」。由此看來，鳳姐雖然是個「大禮不走兒」的貴族少奶奶，但卻不是封建淑女。她太爭強好勝了，有很強的發展欲和全面的擴張欲。秦可卿贊她「是個粉脂隊裏的英雄，連那束帶頂冠的男子也不能過你」，冷子興也說她「竟是個男人萬不及一的」，這些評價都不是以封建女性美德而是以男子作為參照系的。

鳳姐的要強主要表現為有強烈的權勢欲和對財富的占有欲。

同樣主持家政，李紈依舊是個「菩薩」，探春之精明雖不下鳳姐，但亦不願多走一步路，雖然大刀闊斧地做了幾件令人刮目相看的事，但絕不擅作威福。而鳳姐則不然，她主持家政，殺伐決斷，指斥揮霍，大權獨攬，意氣自若。她把趙姨娘踩在腳底下，可以使邢夫人無所逞其伎，那些被稱為「底下字號奶奶們」的管家執事媳婦誰敢有意和她為難，她會打折她們的腿，即使是自己的丈夫，她也處心積慮地與之爭權奪利，逼其退讓一射之地。賈芸和賈薔都想要安排工作，賈薔走了鳳姐的門路，賈璉不甚贊同，鳳姐馬上當面給頂回去；而賈芸則相反，他雖爭得了賈璉的同意，便終因鳳姐另委了賈芸而只好作為罷論。「一起頭就求嬸娘，這會子也早完了。誰竟望叔叔竟不能的。」——這不僅是賈芸的深切體會，也是這個機靈鬼在摸清了鳳姐的脾性之後當面說給鳳姐聽的也博得了鳳姐歡心的奉承話。鳳姐自己就標榜過：「憑什麼事，我說要行就行！」如果說鳳姐的權勢欲超過了一般管家奶奶的界限，那麼她對財富的占有欲更帶上了一定的市井色彩。她的胃口甚大，敢於調動一切手段積累財富。弄權受賄，假公濟私，克扣挪用下人月錢放高利貸，為尤二姐事撒潑大鬧寧府，還要順便訛詐二百兩銀子，甚至為賈璉向鴛鴦說情偷當賈母東西，她還要勒索個好處費，直到抄家時人們才知道，她竟有整箱整箱的「違禁取利」的高利貸借據。鳳姐對於權勢和財富的強烈追求已經發展成為一般的逞強心理。可卿之喪，賈珍通過寶玉推薦，請鳳姐過來幫忙，王夫人有顧慮，鳳姐「素日最喜攬事，好賣弄才幹，雖然當家妥當，也因未辦過婚喪大事，恐人還不服，巴不得遇見這事」。對於賈珍的請托，她求之不得，接任之後，兩府兼顧，內外應酬，每天寅正起來，卯正二刻來寧府上班。雖然辛苦，她仍恐落眾人褒貶，故費盡精神籌畫得十分整齊。後來累得病了，小產下紅，她仍「恃強休說病」。她身體不好，力不從心，隨著榮府的日趨走下坡路，她更顯得心勞日拙，平兒屢勸她「看破些」，可她始終也未能「看破」。她的這種性格和心態，別人也看得清楚，有求於她的人，都懂得投其所好，比如靜虛老尼和賈芸，其動機她可以一眼看穿，但只要人家一給她戴高帽，奉承她「好大精神」啦，竟「料理得周周全全啦」，等等，她仍會不由自主地入其彀中。

潘金蓮也是個爭強好勝的女人，只是她有命無運，身寒地微，她所「要強」的表現形式，就與鳳姐大異其趣了。在西門家裏她是小老婆，而且還排在第五房，她的一切都必須通過丈夫的寵愛來獲得。她的追求和發展都必須從這裏出發，這一點她十分清楚。她不像吳月娘身處正室，從容自信，不像李嬌兒和孫雪娥因背時而自餒，也不像李瓶兒那樣寬厚和平，或像孟玉樓那樣長於審時度勢安分從時，她充分利用自己的色藝優勢在家庭生活中拼搏衝刺，也像鳳姐一樣，不達目的絕不甘休。孫雪娥是弱者，一次較量被打下去了。李瓶兒雖不是強者，但在根本處具備她所沒有的優勢，有錢，姿色好，特別是皮膚白，性兒好，尤其是後來又生了個兒子，這都是她所無法比擬的。但她不甘心示弱，用茉莉粉酥油擦身以奪其白，這比較好辦；到懷嫉驚兒，打狗傷人，特別是馴養雪獅貓嚇死官哥兒，這都是要擔很大風險的，弄得不好，惹得西門慶翻臉，後果是不堪設想的。然而潘金蓮卻「大膽地往前走」，硬著頭皮一往直前地沖過來了，結果是以瓶兒母子雙亡而告終。吳月娘是正室，身分尊卑懸殊很大，她也敢正面硬碰一下，大鬧一場。雖然以她主動陪不是而告終，但以西門慶的態度論，二人也不過是打個平手。妻妾而外，凡遇西門慶的女寵男寵，她都以極大的醋意與之較量一番，「若叫這奴才淫婦在裏頭，把俺們都吃他撐下去了。」——在她的凶狠潑辣面前，競爭者基本上是望風披靡。金蓮之所奮爭，全為一個「寵」字，有了丈夫的寵愛，「祿在其中矣」。她為了一件皮襖和月娘生氣，月娘給她一件當的皮襖她不以為樂，「有本事明日向漢子要一件穿，也不枉的」，這正是她的要強心態的典型表現。直到春梅遊故家池館，想到「俺娘那咱，爭強不伏弱地向爹要買了這張床」，如今賣了，仍然心下慘切。要強與爭寵，在金蓮那裏為同義語，因而爭寵獻媚與心性高強卻融合在她的身上。她自詡「我老娘是眼裏放不下砂子的人」，她的處事哲學是「你不知道，不要讓了她。如今年世，只怕睜著眼睛的金剛，不怕閉著眼兒的佛。老婆漢子，你若放些松兒與他，王兵馬的皂隸，還把你不當×的」。與鳳姐一樣，她也不信陰司地獄報應的，別人相面卜龜兒，她卻說：「我是不卜他。常言道：算的著命，算不著行。前日道士說我短命哩……隨他明日街死街埋，路死路埋，倒在洋溝裏，就是棺材。」一個要強的人，達觀而直爽的命運觀，活靈活現。金蓮過生日，其母來府，正該她輪值管帳，不但不開轎錢，反而將其母搶白一頓，這種不近人情的做法，正是其過於要強心理的變態反映。「你沒轎錢，誰叫你來？你出醜刮劃的，叫人家小看！」「料他家也沒少你這個窮親戚，休要做打嘴的現世包，『關王賣豆腐——人硬貨不硬』。」——是的，「人硬貨不硬」，一個極其要強的人，其所期與其地位相差太遠，於是就出現了這種極度的心理不平衡。

因為地位不同，所以兩人同樣爭強好勝，但其追求的目標及實現的結果也就大相徑庭。王熙鳳在賈府是名副其實的強女人，她威重令行地主持著家政，以賈母和王夫人為靠山，連邢夫人都奈何她不得，其餘的包括「璉二爺」在內也不敢向她挑戰。潘金蓮則最多不過是西門慶的寵妾，她不僅要處處仰承丈夫的鼻息，而且還要經常接受別人有意無意的挑戰，她經常處於欲做寵妾而唯恐不得的心境之中，她心強命不強，算不上女強人。

同樣爭強好勝，為了達到目的又同樣地不擇手段，因而凶狠潑辣或者說心辣手狠，又成了她們性格上的一個共同特徵。

鳳姐和金蓮都以潑辣凶狠著稱。在那人與人間一個個像烏眼雞似的恨不得你吃了我我吃了你的環境氛圍中，她們是兩隻令對手戰慄害怕的鬥雞。鳳姐的心腹小廝興兒曾在尤二姐面前用這樣幾句話來概括其為人：「我告訴奶奶一輩子別見他才好。嘴甜心苦，兩面三刀，上頭一臉笑，腳底下就使絆子；明是一把火，暗是一把刀，都全占了。」對於鳳姐來說，除少數是她所要依靠、奉承、共處、照應的，其他不是供其驅使奴役的對象就是競爭的對手。對於下人，她行的是霸道，不光她的冷笑會使人發抖，即使提起鏈二奶奶屋裏的平姑娘，也足以使奴僕們談虎色變了。春燕娘大鬧怡紅院，晴雯「飛符召將」，就是借「璉二奶奶屋裏的平兒」的威名，使其就範的。她的威名猶如一個恐怖的陰影，籠罩在賈府奴隸們的心頭上，頗有點張文遠威震逍遙津使小兒聞之不敢夜哭的味道。她的威嚴不是僅僅靠濫施刑威樹立起來的，應承認，她是有出色的馭人之才，精明而又凶狠，懂得馭人之道，從小兒玩笑就有個殺伐決斷的。如賈珍賈赦般「著三不著兩」的，只能搞得人仰馬翻、萬事顛倒。鳳姐的凶狠，對於競爭者表現得尤為突出，只要有誰威脅、妨礙了她的利益，她一定要把你搞得落花流水才肯甘休，至少也要叫你狼狽不堪。賈璉偷娶尤二姐，對她的權威、地位和利益是一個嚴重的挑戰與極大的威脅，故這次她全力給予反擊，從把尤二姐騙入榮府大鬧寧府，到「借刀殺人」，榮寧二府幾乎全家上下都按鳳姐的意志行事，連都察院都被她隨心所欲地玩弄於股掌之上。這一案所涉及到的人物，尤二姐是苦主被活活折磨而死，餘者賈璉、賈珍、賈蓉、尤氏、平兒等等，無不一敗塗地，連無辜的張華也幾乎被「斬草除根」丟掉了性命。賈瑞不過對她流露出一點非分之想，她就「毒設相思局」，非叫他把命喪在自己手裏不可；她對於趙姨娘毫不留情，可以使其聞風喪膽；連她的親婆婆都不是她的對手，「尷尬人難免尷尬事」，雖說邢夫人也是咎由自取，但何嘗又不是鳳姐玩弄的結果；至於她所設計的「調包計」，直接釀成寶黛間的千古悲劇，則更令人髮指了。

與鳳姐一樣，潘金蓮也是《金瓶梅》中一個臉酸心硬的辣貨。她沒有鳳姐那樣的高貴的地位與赫赫的權勢，她倚恃著丈夫的寵愛在家庭生活中狐假虎威，尖利的口齒與潑辣凶狠的手段是她克敵制勝的基本武器，她靠這個也可以使奴僕和競爭對手們望而生畏。唆打孫雪娥是她到西門家後的初試鋒芒，她借此立威以樹立自己的形象。像尤二姐一樣善良懦弱的李瓶兒——她性格的前後差異這裏且勿論——是她競爭的主要對手，她也像鳳姐對尤二姐一樣竭盡全力必置之死地而後快。她兩面三刀，一面在瓶兒面前博取其好感，一面在月娘跟前煽起對瓶兒的惡感，以從中漁利。西門慶對瓶兒的態度她時時留意，千方百計地奪其寵愛。她深知官哥兒是李瓶兒的命根子，於是不擇手段地以摧殘這個小生命來對瓶兒進行精神折磨，以剝奪小生命來剝奪其受西門寵愛的本錢，最後也終於如願以償地使瓶兒母子雙亡了。她是個醋罐子，她以比鳳姐更為明確的競爭意識留意著丈夫的一舉一動，西門慶軋姘頭養粉脂都要跟她回報，她的對手若不被收服，被羈縻，她就要將其置之死地。賁四嫂與西門慶勾搭上後就專門買她的小賬，宋惠蓮不買賬被搞得家破人亡，如意兒未領教過的她的威勢，她就親自出馬大發雌威，經過一場「摳打」之後以西門慶調解向她賠罪才得了事。即使是吳月娘，她也以咄咄逼人之勢向其發起進攻。她收服了月娘的貼身丫頭，也曾把月娘與丈夫的關係搞個十分緊張。在與月娘的一場撒潑大鬧的大戰中她雖未能得手，但也夠月娘心驚膽戰的了。對奴僕，她雖無鳳姐那樣的馭人之才，但其凶惡狠毒並無二致。為了丟鞋，她唆使西門慶「糊塗打鐵棍」，恣意折磨秋菊，使人感到奴才之對奴隸，比正經主子還要凶狠十倍。

金蓮和鳳姐又都有一張犀利的口齒，她二人的語言藝術和作者寫二人語言的藝術都令人歎為觀止。周瑞家的稱鳳姐「再要賭口齒，十個會說話的男人也說不過她呢」，這一點也不誇張。她能說多種風格的語言——這方面可以使金蓮遠為遜色，她的語言的基本特色是明快尖利，揭示事物往往一針見血，或陰險冷峻，或如疾風驟雨，有很大的力度，很高的透明度，鋒芒所及，往往使對手尷尬難堪，心驚肉跳，望風披靡，一下子就解除了武裝。至於敘事分析的明快簡斷，說笑話的機智風趣，應承賈母的匠心獨運，應酬賓客的大方得體，等等，都可以用一句話來概括——她是個當之無愧的語言藝術家。

潘金蓮的語言的藝術性和風格的多樣性雖然比不上鳳姐，但在尖利明快方面卻與阿鳳如出一轍。金蓮之與西門慶，關係最微妙。一方面，從根本處來說，她必須仰承西門的鼻息，千方百計地向其邀寵獻媚；另一方面她又不是那種聽天由命逆來順受型的婢妾，她處處爭風吃醋，咬群掐尖。因而，她既有無恥獻媚，又有打情罵俏，更多的時候則如月娘所說是「銅盆撞了鐵刷帚」，錐搗磨研，在唇槍舌劍中見出親愛來。她是個進攻型的爭寵者，在淩厲的進攻中她很善於把握分寸以便不從根本處傷害西門慶的感情，這裏就見出她的語言功夫了。她對西門慶那「吃著碗裏看著鍋裏」的秉性，常常給予淋漓盡致的揭露，一下子撕去其假面，但又在力爭給予控制的條件下推行「給出路」的政策，常常搞得西門慶既恨又疼，無可奈何，不得不對她另眼相看。四十三回「爭寵愛金蓮惹氣」，因瓶兒生子，金蓮的寵愛正處於低谷期，她仍然以進攻的態度去改變局面。因為失金事，她用犀利的語言把西門慶惹惱了，把她按在床上提起拳頭要打，且看她是怎麼「求饒」的吧：

> 那潘金蓮假作喬妝，哭將起來，說道：「我曉的你倚官仗勢，倚財為主，把心來橫了，只欺負的是我。你說你這般威勢，把一個半個人命兒打死了，不放在意裏……若沒了，愁我家那病媽媽子不向你要人！隨你家怎麼有錢有勢，和你家一遞一狀。

你說你是衙門裏千戶便怎的？無故只是個破紗帽債殼子——窮官罷了，能禁的幾個人命？」

句句是怨訴，又句句是奉承，結果「幾句話反說的西門慶呵呵笑了」。最後吳月娘的總結是：「常言惡人自有惡人磨，見了惡人沒奈何，自古嘴強的爭一步，六姐也虧了這嘴頭子，不然嘴鈍些兒也成不的。」

雖然在潑辣凶狠方面金蓮不讓王熙鳳，但若以心計權術而論，金蓮遠不能窺熙鳳的堂奧。在家庭生活的爭鬥之中，哪些是依靠的，哪些是利用中立的，哪些是孤立打擊的；鬥爭中鋒芒什麼時候該露，什麼時候該藏；好事如何抓尖，惡名如何盡可讓別人承擔；根本利益非抓不可，枝節小事落落大方地予以放過……這些方面鳳姐是個不通文墨的政治家，遠非市井出身始終未脫小家子氣的潘六姐可以望其項背的。如理家的殺伐決斷，鈐束奴僕的縱放自如，對探春改革的讚賞與支持，對妯娌小姑的優容與和諧，等等，這在金蓮都是做不出來的。

扭曲毀滅的異曲同工

這兩個終生爭強好勝的女人最後都以悲劇結局了結了自己的一生。對鳳姐的性格和悲劇，《紅樓夢》通過「金陵十二釵」的判詞和「紅樓夢」的曲子進行了概括：「凡鳥偏從末世來，都知愛慕此生才；一從二令三人木，哭向金陵事更哀。」「機關算盡太聰明，反算了卿卿性命。」對金蓮的悲劇，《金瓶梅》通過「吳神仙冰鑒定終身」的「判詞」作了概括：「舉止輕浮唯好淫，眼如點漆壞人倫。月下星前常不足，雖居大廈少安心。」吳神仙的「判詞」雖不夠高明，但從小說的描寫中我們仍可客觀地看出這個「小家碧玉」的墮落與毀滅的過程。而《紅樓夢》的作者本來就有著這樣的自覺：富貴怎樣把人荼毒了，生活怎樣把一個「聰明潔淨」的女兒變成了「國賊祿鬼」，這正是他所要表現的「千紅一哭，萬豔同悲」的人間悲劇的一個重要組成部分。

當潘金蓮還是潘裁縫家的掌上明珠時，她本來也是一個聰明潔淨的女兒，父親死了，無以為生，媽媽把她賣到王招宣的府裏學習彈唱，他從此跨出了人生淪落的第一步。這種彈唱生涯，使一個十二三歲的聰明伶俐的小女孩子，才智向「做張做致，喬模喬樣」「描眉描眼，傅粉施朱」方向發展。王招宣死後，她又賣到張大戶家，仍操同樣生涯，而且不幸被年過六旬的張大戶收用了。這種極不合理的兩性關係嚴重地傷害了這一少女的心靈，可就連這樣屈辱的生活仍不能維持，因為主家婆厲害，她又被倒貼妝奩嫁給「三寸丁谷樹皮」武大郎為妻，實際上一面做武家的妻子，一面又做張家的外室。這時她已經成為財富占有者的玩弄的工具了。玩弄者可以逍遙自在地活著，而被玩弄者開始變成「淫婦」了。既然生活以這樣畸形的、不幸的婚姻來對待金蓮，那麼這樣一個備嘗風月的女人以「勾引浮浪子弟」來作為不合理的婚姻生活的補充，也應該是無須大驚小怪的意中之事。不過這時的金蓮還沒有變成像後來那樣無恥，為了擺脫浮浪子弟的糾纏，她也曾拿出首飾變賣銀兩典房另住，以維持這一畸形小家庭的暫時平靜。不過這種平靜沒能維持很久，打虎英雄武二郎的出現又把金蓮對不合理婚姻的怨憤及其對美滿婚緣的追求同時呼喚了出來。她大膽出擊，多次主動挑逗武松，可這次她遇到了一個「頂天立地，噙齒帶髮的男子漢」，得到的是一場道德倫理的教訓和老實安分的警告。金蓮的這一舉動是無恥的，但又有其合理的成分。它表現了一個淪落者以扭曲形式對於愛情和婚姻的追求。那一社會可以允許別人玩弄她，卻只許她「嫁雞隨雞，嫁狗隨狗」，不給她改變自己的命運提供任何倫理根據。社會的倫理原則何其不公正！看來企望借助於這種「公正」她是不能改變自己的命運了，正在這時西門慶出現了，她終於依靠金錢和權力用傷害他人的最殘酷的不公正的方式改變了自己的命運，變成西門大官人府上的「五娘」。她勝利了，然而她也失敗了。從前她作為一個弱者和受欺凌者失去了自己的幸福，現在她變成了一個強者與欺凌者而得到了自己的幸福；當然她沒有變成一個真正的強者，她不過成了另一種形式的被侮辱者與被損害者，她並未得到真的幸福，反而失去了自身的善與美。

嫁給西門慶之後她在與丈夫的關係中恰與原來換了個位置，從前她可以隨意作踐武大，包括給武大戴綠帽子，總是武大給她陪小心；現在則顛倒過來了，她必須仰承丈夫的鼻息了。她的物欲、肉欲、虛榮心的滿足都必須維繫於丈夫對他的寵愛。於是爭寵爭愛成了她的奮鬥的核心了，從此她什麼無恥的事包括「品玉」「飲溺」等都能幹出來了。她是那樣輕賤，看起來她的地位好像是提高了，實際是大大降低了——她的奴性增強了，人格喪失了。

對強者現羊相，對弱者現凶獸相，這兩位一體的東西是奴性的不同表現形式。她一面受別人作踐，一面又變本加厲地作踐不如自己的弱者。她對秋菊是那樣凶狠，那樣殘忍，表現出一種報復性的宣洩的變態心理。家庭生活中的殘酷競爭更加劇了她對同儕的噬齧意識。孫雪娥被她打翻在地，又踏上一隻腳；李瓶兒一味逆來順受，還被她搞得母子雙亡；她謀害宋惠蓮夫婦、摳打如意兒……生活竟把一個受盡欺凌侮辱的女孩子變得如此凶狠毒辣！

當潘金蓮因嫌棄武大而挑逗武松之時，也不過是想擺脫不合理的婚姻以追求一種美好的姻緣；她改嫁西門慶時似乎也離初衷不遠。但當她真正成為西門大官人的五娘時，生活告訴她夫妻關係不像她想像得那麼簡單。在眾妻妾殘酷無情的競爭中，在丈夫隨時都可能無情翻臉的威脅下，她可能享受專房之寵在家庭中炙手可熱，也可能像孫雪娥一樣被丈夫冷落而受人欺凌。因而她與丈夫之間的關係，絕不是溫情脈脈、琴瑟和諧的關係，而是一種互相角逐、互相利用的爾虞我詐的關係。摳打如意兒之後，她對西門慶有一段誅心之語：

> 你那吃著碗裏，看著鍋裏的心兒，你說我不知道？想著你和來旺兒媳婦子蜜裏調油也似的，把我來也就不理了。落後李瓶兒生了孩子，見我如同烏眼雞一般……你是那風裏的楊花，滾上滾下，如今又興起如意兒賊歪剌骨來了。

所以儘管她對西門慶千方百計地奉承，似乎比誰都更愛他，但她自己十分明白，那是買賣，是互相利用。所以西門慶病危，吳月娘等許願她獨不許。西門一死，她立即放膽勾引陳敬濟毫無戚容。潘金蓮早孤，孤兒寡母相依為命，與母親應該是感情很深的，從孟玉樓周貧磨鏡時她的的態度看，也不是沒有一點為善之質，可她對自己的母親那樣刻薄寡情，母親來看她她不僅不開轎錢，而且公然辱罵，令人髮指。正是那嫌貧愛富的世道，摧殘扭曲了她的心靈，使她喪失了人性。她對人，包括對自己的親人，用金錢和利害關係取代了倫理關係，或者說，利害關係成了她的倫理關係的內容。

因為「心強命不強」，造成了潘金蓮人格意識的變異和分裂：一方面極端強化，一方面又趨於淡漠和喪失。西門慶在家庭生活中的一言一行，晚上在誰的房裏歇宿，給誰添了衣服首飾，給官哥寄名表文的如何署名，都會引起她十分敏感的反應。西門慶說她喜愛「咬群兒」和「掐尖兒」，春梅說她「爭強不伏弱」，等等，都說明她的自尊心極強。但這種要強不過是奴性的爭強，與此互為表裏的則是人格意識的淪喪。在家庭生活的爭逐中，如縱橫捭闔、勃豀鬥法、行鬼步、聽壁腳、撥弄是非、撒潑罵街之類都是她的看家本領；輪值管家，斤斤計較，刻剝下人；至於為拴住西門慶的心，她的作為更不知人間有羞恥二字，凡此等等，都處處表現出喪失了自我的婢妾的鄙賤、屑小與輕薄——她的人格意識幾乎是喪失殆盡了。

《金瓶梅》的作者是把潘金蓮作為一個淫婦的典型來刻畫的，在人們的心目中她確也是一個道地的淫婦。當然，潘金蓮是「淫婦」，但她不是天生的淫婦，是那齷齪腐敗的社會環境一步步把她變成「舉止輕浮唯好淫」的。從九歲賣到招宣府學習彈唱開始，她就一步步滑向污濁的深淵。既然社會把她當作玩弄的工具，那人們又怎麼能要求她堅守貞操呢？既然西門慶是把她當作粉頭取樂兒，那又有什麼權利要求她對西門保持忠貞呢？私書僮、通敬濟其實是無可深責的事。既然生活刺激、培育了她的畸形的性要求，那她被賣後「解渴王潮兒」也就不足怪了。既然西門慶可以不顧她的死活以滿足自己，那她也應該有權為了滿足自己同樣可以置西門慶的死活於不顧。既然社會每時每刻都在大量生產著魔鬼，那我們又怎麼可能期望魔鬼變成天使呢？潘金蓮既是被侮辱損害者，同時也是侮辱損害他人者；那罪惡的社會奪去了她的靈魂，她則自覺地變成一個魔鬼。她最後被武松殺掉了，其實，在復仇者毀滅她的肉體之前，她已經自我毀滅掉了自己的靈魂。她是毀滅於自我，當然最終是毀滅於那扭曲她的社會。

潘金蓮的悲劇是一個「小家碧玉」墮落和毀滅的悲劇，王熙鳳的悲劇則是一個「富貴把人荼毒了」的悲劇。論社會地位熙鳳與金蓮天差地別，後者一開始是一個被侮辱損害者，後來則具有被害與害人的雙重身分，而鳳姐則始終是一個害人者，可那罪惡的社會不僅可以把一個被壓迫者扭曲變形，而壓迫者也逃脫不了被扭曲的命運，鳳姐最終也「反算了卿卿性命」「哭向金陵事更哀了」：二人的毀滅有異曲同工之妙。

在所有不合理的社會中，壓迫他人者也不能獲得真正的自由，殘酷的禮教對於任何人都是精神的枷鎖，森嚴的等級制度把每一個人都置於一個既可壓迫別人、又受別人壓迫的系列之中。所以，鳳姐儘管是個女強人，她似乎總在支配別人，什麼事都是「我說要行就行」，可她仍擺脫不了奴性意識。她身上以「狼性」為主，同時也存在「羊性」。她十分清楚她的機警和才幹是她得以主持家政、出人頭地的一個重要條件，但絕不是唯一條件，賈府最高家長賈母的垂青才是一個不可或缺的前提。賈母集親權、族權與家政的最後決定權於一身，她的喜怒好惡可以隨時給人帶來生死禍福，聰明美麗而至情如林黛玉，美麗而善良的尤二姐，都是因為失去了她的喜愛與庇護，轉瞬間地位一落千丈，最終連性命也被奪去了的。所以鳳姐的「機關算盡」很大程度上是在老太太身上下功夫。她對賈母先意承旨、曲意逢迎、湊趣取笑的一套做法，不正是封建時代奴才對主子、臣僕對君王的態度的寫照嗎？——這有著很高的普遍性。

鳳姐與丈夫的關係不同於金蓮，她在家裏可以說是「牝雞司晨」，凡事賈璉都要讓她三分。但從人倫關係的扭曲來看，二者仍然是異曲同工。封建時代的家庭關係只有以「夫為妻綱」「夫唱婦隨」為前提才能演好琴瑟和諧的二重奏，否則就會發出刺耳的噪音。鳳姐的故事正表現了一個進攻型的女性怎樣使溫情脈脈的家庭氣氛遭到破壞，於是夫妻關係就顯得不倫不類。在家庭生活中、在用人行政方面的互相爭奪，在金錢財產方面的各立一本帳，在男女關係方面的互相防範，使得她們夫婦之間和諧的時候較少，經常地倒是充滿著烏眼雞式的爭鬥，如林姑娘所說，她們夫婦間「不是東風壓了西風，就是西風壓了東風」呢。不過在這方面鳳姐之作為較之金蓮頗多值得肯定之處。金蓮之防範西門，純粹是為了爭寵和自衛；而鳳姐之防範賈璉，在自衛的背後隱藏著限制男性對女性的事實上的廣泛占有權的合理成分。為什麼男子可以一夫多妻，且可以在事實上享受著不受限制的性自由，而女子就必須從一而終呢？賈璉發過狠：「她防我像防賊似的，只許她同男子說話，不許我和女人說話，我和女人略近些，她就疑惑。她不論小叔子侄兒，大的小的，說說笑笑，就不怕我吃醋了。」我們雖不必贊成鳳姐的這些做法，但也不能站在舊道德的立場上去看待這種夫妻關係的顛倒。

「凡鳥偏從末世來，都知愛慕此生才」，《紅樓夢》的作者塑造鳳姐這一典型，在立意上有一個突出的特點，就是惜才、憐才，表現社會對人的才能的扭曲。「金紫萬千誰治國，裙釵一二可齊家」，那個以男性為中心的社會已進入末世，與「泥做骨肉」「濁臭逼人」的「男人」相比，「水做骨肉」的「女兒」以她們的聰明秀靈在作者的筆下煥發出了奪目的光彩，而阿鳳也是其中出類拔萃的一個。遺憾的是那末世的污濁環境扭曲了她的性靈和才幹，使她走上了自我毀滅的道路。

兩個追求幸福而所托非人的「淫奔女」的形象——李瓶兒與尤二姐形象之比較

在地位和財富懸殊的社會裏，上層社會的富豪往往會成為下層社會豔羨的對象；而努力擠進上層社會的圈子，也往往成為下層居民追逐的目標。至於這種追逐的結果如何呢，古今許多文藝家為我們編造了不少幸運兒的喜劇性故事，至今仍然履行著給那些豔羨富貴的人們以精神滿足的職能。可《紅樓夢》與《金瓶梅》卻與此不同，它們塑造了兩個有幸擠進上層社會而又被那社會吞沒了的女性——尤二姐和李瓶兒的形象，這兩個出身和性格頗為相像的「淫奔女」的不幸故事，讀後給人留下深深的沉思。

兩個出身和性格頗為相像的「淫奔女」

李瓶兒和尤二姐都是出身平民的「小家碧玉」。尤二姐是賈珍之妻尤氏的後母尤老娘再嫁時從前夫家裏帶過來的「拖油瓶」女兒，賈家的親戚雖多豪富，但在「四大家族」的關係網之外，有時也會織進一些小戶人家，以其女兒為媳，如榮府的邢夫人、寧府的尤氏和秦氏婆媳皆然。尤氏的娘家從來未出現過有頭有臉的親戚，尤老娘平日生活幸虧賈珍周濟，賈珍之喪，請她來看家，帶著兩個女兒，帶有投靠性質。尤二姐出嫁妝奩的置辦，尤老娘的養老，以及以後三姐的發嫁，全靠著親戚。所以尤氏二姝之在賈府，表面上「二姨」長「三姨」短的好像親戚，可實際上正如三姐在撕破臉皮時說的：「這會子花了幾個臭錢，你們哥兒倆拿著我們姐兒兩個權當粉頭取樂兒。」她們的地位很低，處境是很尷尬的。李瓶兒第一次結婚是嫁給大名府知府梁中書為小妾，由此看來其出身不會是高貴的，書中不正面寫她的出身，但從後來陰陽先生所言「父母雙亡，六親無主」，當是符合實際的。所以這兩位出身於社會地位較低的下層人家的「小家碧玉」，都是憑著她們自己的姿色擠進了上層社會，成了富豪之家的非正室的甚至非正式的配偶。

不惟出身，二人的性格也較為相近。

首先，她們都熱切地追求過生活的幸福，並為此有過越軌之舉。尤二姐來尤家前就指腹為婚許給了皇糧莊頭張家，後來張家敗落，二姐一直自怨自艾，怨恨終身失所，渴望改變現狀，所以一聽賈珍父子作主把她許給賈璉做二房，儘管不是明媒正娶，有種種不妥，她就欣然同意，把花枝巷作為安樂窩，居然甜甜蜜蜜地過起日子來。她不是沒有自知之明，以她的身分也未曾奢望能在侯門公府做鳳姐那樣的少奶奶，能給富貴而又年輕風流的璉二爺做個側室或二房，在她也感到十分滿足了。因此許多不正常的委屈，她都能受，即使被鳳姐騙入府中之後，她還一廂情願地只往好處想。鳳姐開始步步緊逼「借刀殺人」了，她仍然步步退讓，逆來順受，最後她還把未來的希望寄託在腹內的胎兒身上，直到連這一點希望也破滅之際，她才決心告別這痛苦的人世。她對幸福生活的追求太執著、太認真了，正是這強烈的願望支撐著這一可憐女人經受住種種磨難，走完那短暫的人生旅程。

李瓶兒同樣也是一個執著地追求人生幸福的女性。她先後四次嫁人，其中三次出於她的自擇。她先嫁與梁中書為妾，李逵大鬧大名府時，她與養娘攜帶細軟逃到東京投親，遂嫁與花太監的侄子花子虛為妻。論財富這個太監令侄還是差強人意的，可論人品花子虛終日遊蕩嫖賭，把她撇在家裏獨守空房，她這個丈夫形同虛設。意外機緣使她勾搭上了西門慶，這是一個在「潘、驢、鄧、小、閑」諸方面都十分使她中意的情郎，她擔著比尤二姐大得多的風險以偷情的方式來彌補夫妻生活的不足。後來花子虛因吃官司而生病，瓶兒把這個不幸變成大幸，乘機氣死子虛，決定正式嫁給西門慶。盼望已久的幸福馬上就要降到她的頭上了，她以迫不及待的心情期望著爭取著這一天的早日到來，她拿出自己的錢財資助西門慶蓋房子，一見面就催西門慶：「我的哥哥，你上緊些……你早把奴娶過去吧，隨你把奴作第幾個，奴情願服待你，鋪床疊被……」，說著說著就淚如雨下。孰料好事多磨，西門慶出了事，無暇顧及娶她。她日復一日、月復一月地盼啊盼啊，不見伊人，一日三秋，茶飯頓減，為伊消得人憔悴，及至臥床不起。因為看病，醫生蔣竹山乘虛而入，於是越俎代庖，瓶兒出錢幫他開藥店，把他招贅在家，小日子過得滿紅火，不是西門慶捲土重來，也算是滿為幸福的小康之家了。西門慶的東山再起，再次改變了她的生活道路，她終於正式以「六娘」的身分進入了她所朝思暮想的西門大官人的府第。可迎接她的不是含情脈脈的情郎，乃是翻臉無情的惡煞，西門慶給她的見面禮是令人難堪的懲罰和報復。其後的生活道路絕不像她想像的那麼美好，可她都以自己的堅忍和真摯挺過來了，在丈夫、同儕和下人中慢慢站住了腳。她和尤二姐一樣，都是渴望幸福並執著地追求幸福的女人。

舊時代，男人是女人的靠山，如果沒有一個頂門立戶的丈夫，一個女人即使有萬貫家財也很難把它轉化為現實的幸福。尤二姐和李瓶兒對於幸福的追求都可歸結為尋求一個可以作為依靠的稱心如意的丈夫，故而她們自以為一旦找到了，則對這樣的丈夫一往情深。賈璉偷娶尤二姐不過是增加了一個可以玩弄的對象，而尤二姐則把他視為終身依靠的伴侶。一次，當賈璉誇她標緻時，她說：「我雖標緻，卻無品行。」並坦白了自己先前和姐夫的不妥，表示：「我生是你的人，死是你的鬼，如今既作了夫妻，我終身靠你。」她的溫柔和癡情感動了賈璉，使賈璉在與正頭夫妻間烏眼雞似的爭鬥及婚外的逢場作戲之外，第一次體驗到了小家庭生活的溫馨和有感情婚姻的甜蜜，雖然為時十分短暫。即使賈璉見異思遷使她慘遭不測之後，她仍對其一往情深。這一點在李瓶兒身上表現得更為充分。賈璉不過是一個浪蕩的紈絝兒，西門慶則是一個虐待女性的凶神惡煞。李瓶兒的癡情竟然感動了這個「坑婦女的領袖，降老婆的班頭」，以致瓶兒死後，西門慶竟第一次表現出了並未泯滅淨盡的人情味，他為他那「好心的有仁義的姐姐」短時間內幾乎痛不欲生。西門慶和潘金蓮間純粹是肉欲方面的互相利用，可他對瓶兒的感情除了「欲」之外，確也有「情」的因素，這「情」就是瓶兒的癡情感化出來的。人也真怪，對這樣一個惡魔似的丈夫，瓶兒是那樣一往情深，至死不渝，自己已經朝不保夕了，還勸西門慶不要為她請假耽誤了公事，不讓西門慶為自己治病以免浪費錢財，物故之後，她的魂兒還依傍著西門慶，勸他珍重自己，提防花子虛——她的前任丈夫的陰魂的報復。她對西門慶已達到癡情的地步了。

秉性善良，善良到懦弱的程度，這是尤二姐和李瓶兒在性格上的又一共同之處。善良的人往往把別人想像得跟自己一樣善良，尤二姐就是這樣的人。賈璉是花幾個臭錢把她們當作粉頭取樂兒，明眼人看得很清楚，尤二姐卻以為終身有靠，而且幾乎把三姐也推進了火坑。對此尤三姐說她糊塗，這糊塗正因為善良，把別人想得太好，後來她上了鳳姐的圈套亦因為如此。對鳳姐的為人，賈璉和興兒都給她作過介紹，可經不起鳳姐一席話，她馬上解除了武裝，認為興兒的告誡是「小人不遂心誹謗主子」，馬上向鳳姐傾心吐膽，把鳳姐引為知己。騙入府中之後鳳姐步步緊逼已經開始作踐她了，先是生活日用供應短缺，繼而是飯菜缺晚少晌，她想說又怕人說她不安分，唯一的辦法是忍著。面對下人的作踐和鳳姐的耍弄，她反以為「他這般的好心，思想『既有他，何必我有又多事。下人不知好歹，也是常情。我若告了，他們受了委屈，反叫人說我不賢良。』因此反替他們遮掩。」鳳姐也正是看準了她的心癡意軟的弱點得寸進尺地作踐她，終於把她置於死地的。一直到死，她都沒有過一點以牙還牙的表示，沒有一點反抗的意識。「我一生品行既虧，今日之報亦當然……隨我去忍耐。」——這個善良的女人可真算是逆來順受，死而無怨了。同大觀園姊妹的友好相處，對奴隸們的溫和憐下，也都可以看出她的善良。李瓶兒剛在我們面前出現的時候倒是頗為凶狠潑辣，她看上了第三任丈夫西門慶之後就一步步無情地將花子虛甩掉，直到把丈夫作踐致死。固然，子虛算不上好丈夫，然而瓶兒之對他，未免也過分了些。她與潘金蓮雖秉性不同，但在對待前夫的態度上，二人倒有異曲同工之感。同一個瓶兒在嫁給西門慶之後性格來了個一百八十度的轉彎。在其後的生活中她的精明和凶狠都跑到爪哇國去了，無論對誰都只剩下善良和逆來順受，前後判若兩人。儘管許多論者苦心為之辯解和彌縫，但人物性格前後的斷裂總是很難令人心服。不過就事論事進入西門家之後的李瓶兒的確是一個多情、善良而又懦弱的女性。她對西門慶千般恩愛，一往情深，至死不渝；對潘金蓮以德報怨，逆來順受，從無半點反擊之舉。與尤二姐一樣，她也是把別人想得太好。開始她把金蓮引為知己，主動要求跟金蓮作鄰居，很快地她就被潘金蓮視為最大威脅，把她當成了爭風吃醋的主要對象，明裏暗裏不斷做著損害她的事，可對這一些她都渾然不覺，仍然一片熱心待人，主動周濟潘姥姥，西門慶到她房裏經常被她攆到潘的房裏去睡。官哥兒是她的命根子，潘金蓮「懷嫉驚兒」「打狗傷人」用心都很凶險，可她除了萬不得已時叫丫鬟出去乞求兩句之時再無它法。對惡人的乞求只能使其更加囂張，可她除了「雙手捂著孩子耳朵，腮邊垂淚，敢怒而不敢言」，再無其他表示。這時的西門慶完全站在她這一邊，她有著十分有利的優勢起而反擊，可她始終未把金蓮的惡行向丈夫透露一點。西門大姐告訴她金蓮離間她與月娘時，她知道自己母子的性命早晚要喪在潘金蓮手中，可她除了垂淚之外，再無所作為。這一個善良到懦弱程度的女子，最後終於母子雙亡在她人之手了。對待「姐妹」行，對待親戚，對待僕婦，對待妓女和尼姑，對那些多懷不測之心慣於狡詐欺騙的各色人等，李瓶兒都能以溫和厚道處之。儘管吳月娘時有糊塗之處，可局外人如吳大妗子、潘姥姥等冷眼旁觀都看得很清楚，大家交口稱讚李瓶兒的善良的好性兒，她之能打動西門慶的心使之死後痛苦不已的，也是她的「有仁義的好性兒」。

相同的悲劇命運

頗為相近的出身，頗為相近的性格，又走完了頗為相同的悲劇道路：尤二姐和李瓶兒，真是一對異地而同的難姐難妹。

她們在找到「幸福的家庭」作為自己的歸宿之前，都品嘗過人生或家庭的不幸。尤二姐的生身父母在自己的女兒還未降臨到人世的時候，就通過指腹為婚把她的命運綁在另一個同樣尚未出世的性格和前途未卜的男人的身上，這真是一個先天就註定了命運的悲劇人物。其後，未婚夫不才，父死母嫁，隨母親投靠親戚，被姐夫勾引失身，從而使她變成一個「無有品行」的「淫奔女」。李瓶兒在正式嫁給西門慶之前也品味過人生的苦果，她以一嫁再嫁的形式把自己變成了「淫奔女」。也許正因為如此吧，她們才愈加渴望著找到一個能夠成為自己依靠的給自己帶來幸福的丈夫。

可她們找到了一個什麼樣的可以託付終身的丈夫呢？賈璉是一個浪蕩的紈絝子弟，富貴和年輕並不能給她帶來幸福，她和賈璉的結合的形式更註定了悲劇結局的必然性。這一點明眼人洞若觀火，尤三姐就看得十分清楚。她築在花枝巷的小安樂窩，不過是兩個紈絝兒的專有行院，她們姐妹倆，「白白被沾汙了去」。賈璉和二姐之間或一時有情，但他終不會改變浪蕩公子見異思遷玩弄女人的本性。從平安州回來之後，賈璉聽說二姐已被接回府中，「見鳳姐臉上即露愧色」，賈赦賞了他秋桐之後，他馬上又露出「得意之色，驕矜之容」，正當二姐遭受秋桐折磨之際，他與秋桐卻正好「一對烈火乾柴如膠似漆，燕爾新婚」，正打得火熱，而鳳姐也正是利用這把「刀」將尤二姐置於死地的。以個人品質而論，賈璉不過是豪門的紈絝兒，對婚配對象較為輕浮，西門慶比他低劣得多，是一個比薛蟠還要惡劣的流氓惡霸。蔣竹山說他「專在縣裏包攬說事，廣放私債……是打老婆的班頭，坑婦女的領袖」，倒是並非需要推倒的誣衊不實之詞。而瓶兒毅然氣死花子虛，一腳踢開蔣竹山，把西門慶作為理想的對象來追求，她篩選的標準並非對象的品質、用情是否專一等等，而是「潘、驢、鄧、小、閑」，特別是前邊兩個字，與前二人相比，只有西門慶才能滿足她這方面的要求，「你就是醫奴的藥一般」。可她正式作為西門慶的「六娘」抬進門時，迎接她的竟是一頓皮鞭。西門慶三日不進新房，她上吊被救了下來還逼著她再「死給我瞧」，這時她才嘗到那「班頭」和「領袖」的滋味。雖然在其後的日子裏，靠她的逆來順受和一味癡情，靠她的財富和容貌，她把西門慶感動得回心轉意了，特別是生子之後，她幾乎獲得了專房之寵。可西門慶之愛她，仍不過是「好個白屁股兒」，以及她能給自己生兒育女，傳宗接代。她和潘金蓮不過是兩個風味不同的玩物。所以潘金蓮玩弄陰謀手段把她搞得母子雙亡之後，西門慶並沒有給她報仇，他摔死了雪獅子貓，把瓶兒厚厚地發送下地之後，很快就把自己的熱乎勁，轉移到潘金蓮身上去了。

尤二姐和李瓶兒婚後都遇到了一個凶狠潑辣的競爭對手，她們的幸福和生命都直接葬送在她們的對手手裏。尤二姐的對手是在各方面都比她占絕對優勢的「鳳辣子」，後者作為明媒正娶的正室，無論其娘家勢力，其在家庭中的地位，其個人的心計、口齒和手段，都是出身小家、在國喪家孝中瞞著家長偷娶、身分不明、面軟心癡的尤二姐所絕對不能與其抗衡的。所以她的存在一旦為鳳姐知道之後，她只能像耗子落到貓手上一樣，只好任其擺弄、作踐與殘害了。鳳姐不僅凌遲般地奪走了她的生命，不僅借刀殺人，而且長期使她這個被摧殘者對摧殘者保持著感激。胎兒被打下之後，尤二姐只好自行結束了自己的生命，而且死後差點被搞得屍骨無存。李瓶兒所遇到的競爭對手雖然也並不高於自己，但在心計、手段和口齒等競爭條件方面遠非她所能夠望塵，二人反差極大。李把別人看得過好，潘則他人皆是地獄；李善良軟弱，潘則潑辣凶狠；李面對欺負逆來順受，一味退讓，潘則咄咄逼人，得寸進尺；李常常以德報怨，潘則以怨報德……在家庭生活的爭鬥之中李瓶兒根本不是潘金蓮的對手，實際上她根本就沒有一點鬥爭意識，潘金蓮無中生有步步緊逼地向她殺過來了，她自己也看得很清楚了，可她除了步步退讓，聽天由命之外再無他法，結果她的退讓只能招致敵手變本加厲的進攻，最後她只能徹底將自己和兒子葬送在敵人之手。

尤二姐和李瓶兒的悲劇，是兩個性格、追求和遭遇都十分相似的女性的悲劇，她們的不幸有著深刻的悲劇必然性。

首先，她們所追求的都是門第懸殊的婚姻。在以男性為中心的封建時代，女性本身就被置於從屬地位，如果婚姻門當戶對，女子有個有錢有勢的娘家作為後盾，處境還會好一些。像尤二姐式的依託親戚無以自立的小戶人家，連出嫁妝奩都要人家置辦的婚姻，與英蓮、嫣紅式的買賣婚姻，在本質上並無多大區別。李瓶兒雖然較為富有，然而她自幼父母雙亡，其後一嫁再嫁，當她成為西門慶的小妾時，她連個無錢無勢的娘家人也沒有，所有的只是前夫的哥哥以莫名其妙的「大舅」的身分趨附西門的炎勢，在婚後往來走動，這對瓶兒娘門的依託無疑是一種嘲弄。這種門第懸殊的婚姻，不光註定了她們半奴半主式的小妾的地位，而且決定了她們在家庭矛盾中十分不利的處境。

其次，她們都是以非正式途徑的婚姻進入各自丈夫的家庭的。每個時代都有自己的婚姻觀念，在封建時代必須是父母之命，媒妁之言，經過「明媒正娶」的婚姻才合法而又合理，否則會被視為「不才」而為社會所不齒。尤氏姊妹在婚前投靠親戚時不幸已被姐夫玩弄，雖然她們實際上是受害者，可她們卻認為自己「淫奔不才」「無品行」，有一種深重的負罪之感，至於社會上的倫理偏見更可想而知了。她與賈璉在國喪家孝期間又未經父母之命明媒正娶的婚姻，尤三姐稱之為「偷來的鑼鼓打不得」，鳳姐之壓制二姐，壓制尤氏和賈珍父子，用的就是這個堂堂正正的大題目。二姐自戕之後，賈母不准其進家廟，可以叫賈璉將其燒掉或送那亂葬崗子一埋了事，也都因為她的「來路不正」的緣故。在李瓶兒生活的那個市井環境裏，雖然封建禮教觀念不像詩禮世家那樣濃重，然其總的趨向並無二致。吳月娘論婦女品行時就曾說過：「如今年程，說什麼使得使不得！漢子孝服未滿，就浪著嫁人的才一個兒。」她譏諷的本是李瓶兒，可使孟玉樓聽了都感到難為情，可見這種倫理觀念的威懾力量。雖然對於「妾」來說其婚姻形式不像「妻」要求那樣嚴格，而這種有限寬鬆正是與其社會地位的低下相一致的，這種「寬鬆」，也正如西門慶死後吳月娘享有對於具有妾的身分的「姊妹」的人身支配權，可以賠嫁發嫁，也可以交媒人發賣的「寬鬆」一樣。這種非正途的婚姻，是尤李悲劇的又一必然因素。

再次，如果把尤二姐和李瓶兒的婚姻追求、婚姻方式與婚戀對象綜合起來加以考慮，則她們的婚姻悲劇是所托非人的悲劇。一心渴望著婚姻和家庭幸福，不從自己的實際出發，而是眼睛向上，豔羨富貴，寧為富人妾，不為貧者妻，這就決定她們會把選擇的目標投向西門慶和賈璉這樣的紈絝子弟，從而釀成婚姻悲劇。這方面尤三姐與她們形成鮮明對比。她們同樣執著地追求著家庭的幸福，她們兩人往往陷入空想，而三姐則現實和清醒得多，她十分清楚尤二姐那種幸福的脆弱性，她勇敢地走著自己的路，執著於自己的追求。論門第和財富柳湘蓮當然不能跟賈璉相比，然而他有著賈璉所無法比擬的人格和對愛情的忠貞。他與尤氏姊姐屬於同一社會階層的人物，她如能與三姐兒結合，在那一時代應當是一對美滿的婚姻。當然，曹雪芹從更為深刻的角度把她們的婚戀也納入了「千紅一哭，萬豔同悲」的社會歷史大悲劇之中去了，然而這並不排除尤柳結合比尤賈結合有著更多的可行性。

李瓶兒的第三任丈夫蔣竹山，論人格不能與湘蓮相比，但她與尤柳屬於同一社會階層，如果不是西門慶的干擾，不是李瓶兒對竹山的「風月」不能滿足——這方面與當時的時代氛圍與笑笑生的創作意識有關，他把人對性的追求提到了過高的位置——則蔣李式的小市民家庭，一夫一妻，無衣食之愁，有恩愛和順，應是一個滿不錯的小康型的幸福家庭呢。可惜瓶兒偏偏眼睛向上迷上了另外模式的幸福，她用自己的手釀造了人生的苦酒，還得她自己把它喝下去。

最後，再談談尤二姐和李瓶兒悲劇的主觀原因。以上三個方面的原因談的是二人悲劇的客觀方面的原因，但有這三個方面的原因並不一定釀成二姐與瓶兒式的悲劇，她們也可能成為趙姨娘式的悲劇，潘金蓮式的悲劇，或者花襲人式的、平兒式的悲劇，故尤二姐與李瓶兒的悲劇還有其自身的性格方面的原因，即如尤三姐說二姐的，她們倆都「心癡意軟」。「癡情」本是難能可貴的，可惜她們所「癡情」的對象是賈璉和西門慶這樣的人物；「意軟」，表現為糊塗，使她們對自己和他人、對周圍的環境不能有個清醒的認識。尤三姐說：「姐姐糊塗，咱們金玉一樣的人，白叫兩個現世寶沾汙了去，也算無能。而且他家有個極厲害的女人，如今瞞著他不知道，咱們方安。倘或一日他知道了，豈有干休之理，勢必有一場大鬧，不知誰生誰死。」把問題看得十分透徹。蔣竹山對西門慶的評價雖說別有用心，但也不是污蔑誇大之詞。可惜她們兩人都聽不進去，遂至自蹈泥潭，越陷越深。善良，是一種美德，可如果把壞人想得過好，或者對邪惡一味採取逆來順受的態度，那正好化為糊塗或軟弱。潘金蓮、趙姨娘式的扭曲固不足取，然善良和追求幸福的女性也有聰明剛烈如鴛鴦，雖不害人亦長於自衛的孟玉樓，雖被人踩在腳下猶不忘掙扎幾下以牙還牙的孫雪娥，她們都走著與尤李二人不同的人生道路。尤二姐的善良軟弱不僅感化不了鳳姐使之良心發現，反而適濟其為惡之氣焰。如果她能像尤三姐那樣拒不進府，即使進來也不聽其擺佈，那鳳姐的陰謀還未必如此輕易得逞呢。尤二姐死後有一段在夢中與尤三姐的對話，她對謀害她的具體凶手算是看清了，但對置自己於死地的社會仍在夢中——「既不得安生，亦理之當然，奴亦無怨。」她這種一味逆來順受的過分軟弱的態度，使尤三姐聽了只好「長歎而去」，實在也無有好的辦法。李瓶兒的處境與尤二姐不同，按理說優勢應該在她這一邊，特別是生子之後，如果她利用丈夫對兒子的鍾愛，抓住金蓮的確鑿把柄發動反擊的話，結果很可能是另一種樣子也說不定。其實只要她「淚流滿面」地向丈夫如實訴說，西門慶一定會勃然大怒，也是可想而知的。天知道她對待花子虛和蔣竹山那股鋒利潑辣勁到那裏去了！她一味逆來順受，一味將眼淚往肚裏流，坐失極其有利的反擊機會，將大好的優勢轉化為劣勢，遂使對手陰謀如願以償，這不能不歸咎於她自己的過於軟弱了。

性格和悲劇的差異

實際上把尤二姐稱為「淫奔女」是不妥當的。統治階級歷來賤視婦女，玩弄婦女，對男女兩性實行不同的倫理標準：男人可以堂而皇之地娶三妻四妾，更有著很大的婚外性自由；而對女性則要求「從一而終」，一面把她們視為私有，一面又逼著她們成為男性的玩弄對象，而同時又把被侮辱損害者視為「淫賤」，這一不合理的現象正是不朽小說《紅樓夢》所批判的主題之一。這種觀念在《金瓶梅》式的市井環境中有了局部改變，但在大觀園內外卻仍然頑固地把支配著男性和女性的頭腦。賈珍弟兄自不必論，豪爽跌宕如柳湘蓮卻也擺脫不了這一觀念的桎梏，以致害了尤三姐從而也釀成了自己的婚姻悲劇。更為可悲的是尤氏姊妹自己也賤視自己，自視為「淫奔不才」，尤二姐的這種觀念尤甚，她背負著這一精神枷鎖，不敢直起腰來堂堂正正地做人，理直氣壯地爭取自己的幸福。尤二姐作為一個「小家碧玉」，依附豪門親戚，抵制不住年輕紈絝的誘惑而失身，金玉般的人物白白被玷污了，她是典型的受害者，無可深責。她在這種環境中掙扎著想尋求一門美好的姻緣，一個足不出戶的弱女子，既無父兄作主又無生活經驗，聽了賈珍父子的花言巧語成了賈璉的外室，在道德上亦無可深責，絕談不上什麼「淫奔」。李瓶兒在嫁給西門慶之前，先是梁中書的小妾，意外變故把她拋出那一社會階層，她又成了太監之侄的正室。社會地位降了一個層次，她的家庭地位反提高了一個層次。在花家堂堂正正地當家立紀，主持家政，更不受丈夫的束縛掌管著錢財，使她不滿足的只是，丈夫好在外宿娼吃酒，長夜不歸，正因為聽她擺佈也顯得窩囊，而且也沒有西門慶那樣的好風月，房闈生活滿足不了她的要求。正是在這種情況下她遇上了花子虛的結義兄弟西門慶，西門對她早已垂涎三尺，而她也正傾倒於西門的風範，於是二人一拍即合，輕而易舉地完成了牆頭密約的喜劇。這裏很難說是西門慶勾引李瓶兒還是李瓶兒勾引西門慶，很難說誰主動誰被動，初次苟合甚至還是李瓶兒主動相約呢。雖然在瓶兒這方面有著不滿意於原來婚姻追求更新的因素，但這種實現方式即使在今天看來也是不足取的。而李瓶兒與西門慶勾搭成姦之後，為了擺脫原來丈夫，她更乘人之危先是將家中財物轉移於外遇，繼而對丈夫實行虐待，不給好好治病，主動唆使姦夫侵吞丈夫財產，終於把丈夫氣死。她為了自己的幸福，犧牲了丈夫的幸福與生命。她不能因為家庭生活的不滿而逃脫蓄意謀害丈夫的罪名，雖然這是有其社會原因的。她的第三次結婚倒是合情合理的。蔣竹山雖然不能跟柳湘蓮相比，可也是一個自食其力的醫生，在家庭生活中也未見有負於妻子之處，而且由瓶兒牢牢地把握著財產。在西門慶東山再起之前，她已經開始厭棄這一丈夫了。那原因是什麼呢？是因為她在西門慶手裏「狂風驟雨經過的」，而蔣竹山「原來是個中看不中吃的鑞槍頭」。床第之上「往往幹事不稱其意」，乃至漸生憎恨，於是乘西門慶捲土重來之際，再次乘人之危，趕走了蔣竹山。進入西門家的李瓶兒是那樣地癡情，可她在拋棄前兩個丈夫的過程中又是那樣的冷酷無情，促使她行動的是「欲」而不是「情」。她罵花子虛「濁蠢才」，罵蔣竹山為「腰裏無力的蝦蟮」，是「債樁」，是個「中看不中吃的忘八」，嫁給西門慶前的李瓶兒，跟潘金蓮的秉性頗為接近，很少有令人同情之處。進入西門家後的瓶兒，性格發生了變異。她對最後一任丈夫無限癡情，簡直是死而不已，在那冥冥世界之中，在花子虛與西門慶之間，她依然癡情地依戀與庇護著後者。對家下大小人等，她是那樣善良寬厚，而在潘金蓮咄咄逼人的攻勢面前，她除了流淚再無它法，只好睜著眼睛任人宰割。論者或曰是西門慶的橫暴改變了她的個性，這很難令人信服。橫暴可以改變她的潑辣，可改變不了她的機智，她在丈夫面前可以委曲求全，可在對手面前為什麼要放棄那明明白白的優勢而任人擺佈，而像尤二姐一樣意軟心癡呢？作者也許把兩個不同的原型嫁接在一起而忽視了前後兩個瓶兒性格的連貫了吧？這不能不說是這部小說在藝術上的重要失誤之一。

撇開瓶兒性格的前後變異不論，同樣意軟心癡的李瓶兒和尤二姐，她們各自釀成悲劇的原因也很不一樣。

尤二姐死於一個在各方面都居於絕對優勢的對手之手，而李瓶兒卻被一個客觀條件並不比自己優越與自己地位相同的競爭對手所謀害。鳳姐是賈璉明公正道的夫人，出身於金陵豪族世家，娘家有著不亞於夫家的財富和權勢；在家族中她深得最高家長賈母的寵愛並與榮府實際當家的王夫人是親姑侄，她受家長委託主持家政，一貫威重令行；在小家庭內，她是西風壓了東風，丈夫對她一向退避三舍；她少說有一萬個心眼子，論口齒十個會說的男人也比不上她，而且凶狠潑辣，臉酸心狠，又是醋罐子……在這樣一個對手面前，一個國喪家孝期間瞞著家長偷娶的外室，一個小戶人家善良軟弱且有不好名聲的弱女子，除了任其擺佈之外實在是別無選擇。尤二姐的悲劇結局是無可置疑的。李瓶兒面對的競爭者是一個地位與自己相同的妾，對手的來路比自己更為不正，論容貌各有千秋，她的白皮膚更明顯地優於金蓮，床上風月也不比金蓮差，而且她很有錢，可以買得上下人等的歡喜，她的人緣比金蓮好得多。她的最大優勢是有兒子，且是西門慶的獨苗，並因此幾乎獲得了丈夫的專房之寵。在心計和行動作風方面，她比金蓮雖弱一些，但從先前她對待花子虛與蔣竹山兩個丈夫的情況看，也不會差得很多，如果她能利用自己的優勢予以彌補，她與金蓮應該是旗鼓相當，然而她最終還是失敗了，慘敗了。一切優勢不用，聽任對手宰割，尤二姐的不幸令人同情，瓶兒的悲劇還令人歎息。

在尤李二人的悲劇中，她們所托身的丈夫應負什麼責任呢？尤二姐的被誑入府是於賈璉不在的情況下發生的，賈璉的偷娶是遲早要暴露的，早晚要有一場大鬧，不知誰死誰活，三姐兒早就說過，這不以賈璉的走不走為轉移。賈璉後來是回來了，但他沒有努力改變二姐的命運，他也改變不了二姐的命運。得到秋桐見異思遷是其主觀原因；但即使沒有秋桐出現，她也無法改變鳳姐上述幾方面的優勢，改變宗法制度和封建觀念所給鳳姐提供的有利條件，尤二姐是在賈璉無可奈何的情況下被鳳姐迫害至死的，她的不幸有著很大的必然性。而李瓶兒則異於是。她是在為西門慶生了獨生兒子因而受到西門慶特別寵愛的情況下被競爭對手謀害致死的，西門慶是個「打老婆的班頭，坑婦女的領袖」，老婆在他眼裏都是玩物，對誰他都可以翻臉無情，她雖然寵愛金蓮，但官哥出生之後，他的感情重心早已轉移到瓶兒身上。他愛瓶兒不是因母及子，而是因子及母，可想而知，如果早先已覺察到金蓮的險惡用心，他是不會放過金蓮的，而瓶兒母子的結局也不致於像後來那樣。與賈璉之無可奈何不同，西門慶是完全可以改變瓶兒母子的命運的，只是他的作用未及發揮而潘金蓮的陰謀乃以得逞，使他面對著一個無可奈何的既成現實罷了，這是尤李悲劇不同的一個重要方面。

尤二姐是被人活活折磨而死，開始是丫鬟，後來是秋桐，恣意作踐她。粉脂頭油沒了，她默默地忍受著；飯菜不堪下嚥，她默默地忍受著；賈璉遇上新歡把她冷落在一邊，她還默默忍受著；她把最後的希望寄託在腹中的胎兒身上，在這一線希望也破滅之後，她對人生還有什麼可以留戀之處呢？她留下了「折簪爛花並幾件半新不舊的綢絹衣裳」，永遠離開這人世而去了。她的後事按照鳳姐的預謀和根據賈母的命令，本應是「或一燒或亂葬地上埋了完事」的，還算賈璉念及舊情，也多虧平兒的幫助，她才得了一副棺材，在三姐的安葬之處，向永遠寂寞的太虛大荒之中，去尋求自己的歸宿——她這一對相依為命的患難姊妹，在冥冥之中永遠地相依為命了。這與寧府秦可卿之喪的烈火烹油，恰成為強烈的對比。十分有趣的是，同樣不幸的李瓶兒，她死後卻得到了如同秦可卿那樣的哀榮，而《紅樓夢》的作者在描繪秦可卿出喪那煊赫的大場面時正是借鑒了瓶兒之喪的場面呢。而且可卿之喪的主辦者是與自己關係曖昧的公公，而瓶兒之喪的主辦者則是自己的丈夫。這不幸中之大幸，瓶兒果然死而有知，也滿可以告慰於地下了。在這個意義上瓶兒之死可以不作悲劇看待了。

如果說李瓶兒是個悲劇人物，那她是一個平民出身的善良女人的悲劇，這悲劇是大家庭一夫多妻制度也即納妾制度的產物，她是妻妾之間爭鬥傾軋的犧牲品。在作者的意識中，沒有把這一故事當作女性悲劇來寫，當我們從更高的角度來審視它的時候，它才成為如上所述的悲劇。而尤二姐的悲劇則是典型的女性的悲劇，一個抱著不切實際的幻想企望以自己的美貌擠進上層社會的平民婦女的悲劇，一個帶著沉重的封建枷鎖而又過分善良不知抗爭的柔弱女性的悲劇，一個被封建大家族森嚴的宗法制度吞噬了的婢妾的悲劇。與李瓶兒不同，尤二姐的悲劇有著十分深厚的必然性和深廣得多的社會意義。

身賤心高　追求異趣
——春梅與晴雯形象之比較

兩個志大心高不同凡響的女奴

《紅樓夢》與《金瓶梅》中有兩個志大心高、不同凡響的大丫頭，一個是晴雯，一個是春梅。她們初看極為相似，長相美麗，秉性高傲，深得主人喜歡，在眾丫鬟中猶如鶴立雞群；但細加審視，她們的追求和品格又大異其趣，結局更大相徑庭。這真是一對天生的文學比較材料。

春梅叫龐春梅，她與潘金蓮、李瓶兒一樣，都是《金瓶梅》的命名人物，可見她在書中地位之重要。她是西門慶家中最得寵的丫鬟，又是西門慶的寵妾潘金蓮的親密夥伴和心腹。西門死後她賣給周守備做妾，後來生子扶正，成了連丈夫都受其轄制的守備夫人。她一生命運兩濟，志得意滿，結局與西門慶一樣，因為縱欲而喪生。

在她作為奴才還未嶄露頭角之際，吳神仙相她「五官端正，骨格清奇，髮細而濃，稟性要強」，並預言她「必戴珠冠」「定然封贈」。其時，吳月娘等不信，她卻說：「常言道『凡人不可貌相，海水不可斗量』。從來『砍的不圓旋的圓』，各人裙帶上的衣食，怎麼料得定？莫不長遠只在你家做奴才罷！」此其志不在小。在西門慶家中，她眼裏只有西門慶和潘金蓮。她對其他丫鬟，往往頤指氣使；打秋菊，她嫌汙了手；正色閑邪，樂工李銘被她痛罵；當著月娘嫂子吳大妗子的面，她立逼著把申二姐趕走；連西門慶的小老婆孫雪娥以及姘婦如意兒她都不放在眼裏。西門慶和她調情，她也拿班做勢；潘金蓮給她小恩小惠，她都表現得大喇喇的。成為守備的「小奶奶」和正式夫人後，她更目空一切，為所欲為了：這是一個秉性要強而又春風得意、如願以償的人物。

和春梅一樣，晴雯也是個「心比天高，身為下賤」的人物，在那「天有十日，人有十等」的等級森嚴的社會裏，在那用奴性哲學陶冶出來的詩禮世家中，人們所能看到的到處是低眉順眼和脅肩諂笑，正是在這種氛圍之中，晴雯以她的強烈的自尊、錚錚的骨氣、棱角鮮明的個性放出了異彩。對於執掌家政操予奪生殺大權的王夫人的當權體系，別人是巴結獻好猶恐不及，而晴雯卻是不怎麼買帳。她處處與王夫人的心腹、怡紅院的「一把手」襲人「對著幹」，揭穿其「鬼鬼祟祟」，稱其為「西洋花點子哈巴狗」。秋紋因得到王夫人賞賜兩件衣服而沾沾自喜，晴雯則公開表示鄙視，並說：「我寧可不要，衝撞了太太我也不受這口氣。」當王夫人發動搜檢大觀園的掃蕩之際，面對這一自天而降的疾風驟雨，連一般的主子都表現得小心翼翼，唯恭唯謹，而晴雯居然以別人所不敢想的舉動給王善保家的以當眾難堪，並用犀利的語言給其針鋒相對的回擊。她這大快人心的舉動，雖然是對著執事奴才的，其實也可以說是針對發動者王夫人的。當然她為此付出了最慘重的代價，被剝奪了年輕的生命。但是至死她都沒有屈服：「只是一件，我死也不甘心的，我雖生的比別人略好些，並沒有私情蜜意勾引你怎樣，如何一口咬定我是個狐狸精！我太不服。」這是她正面向王夫人發出的血淚控訴。晴雯姑娘心性高傲鋒芒太露，與大觀園中眾多的男女奴隸，形成了強烈的對比觀照。在奴隸群中，與春梅一樣，她們都是引人注目的不同凡響的人物。

然而這兩個心性高傲的人物又是那樣的不同，下面讓我們從四個方面對她們進行下比較。

春梅以向西門慶售色邀寵而高攀
晴雯與寶玉是向知己處尋求認同

龐春梅爭強好勝，十分自信，她會利用自己的優勢向上巴結，她在各種環境中都能出人頭地。用今人的話說，她是個「強者」。不過她追求的目標，卻並不高雅，概而言之，也不過是如下的三部曲，即得意的奴才——得寵的小老婆——得志的官太太，其實現方式則是向主子或丈夫售色邀寵，也不過如此而已。

西門慶何許人？由潑皮無賴而發跡致富的奸商貪官也。雖然，對其人的評價或因時而異，但他對待婦女的態度無論如何說總是不好的。不擇手段地姦占人家妻女，專以玩弄、虐待婦女為樂事，則為其性格的一個基本特徵。而龐春梅所追求的幸福，正是寄託在這樣一個流氓惡霸身上，正是通過向其人售色邀寵得以實現。她的價值觀念及其實現方式，她的得意之處，用潘金蓮的話說：

> 死鬼把他是心肝腸肺兒一樣看待。他要說一句，聽十句，要一奉十，正經成房立紀老婆且一打靠後，他要打那個小廝十棍兒，他爹不敢打九棍兒。

第四十一回寫西門慶招待女客，打算要春梅、玉蕭等四個有臉面的丫頭出去彈唱遞酒，春梅就乘機撒嬌撒癡、拿班做勢，向西門索要衣服，直到西門答應按「大姐」的標準高於其餘三人給她時，她方才喜歡了。她被西門慶收用過，確實是西門跟前最得寵的女奴才，她也以此為得意為榮耀。西門慶對她說：「你若明日有了娃子，就替你上頭。」這是她的第二個目標。可惜的是她的這一目標還未及實現西門慶就伸腿而去了。不料她反而因禍得福，想不到被賣到周守備府中備受守備寵愛且於生了娃子之後被晉升為夫人。她的「各人裙帶上的衣食怎麼料得定？莫不長遠只在你家做奴才罷」的驚人之言竟有幸而言中了。命運之神對這個風流高傲的女奴才太偏愛了，她的「裙帶衣食」得到了圓滿的實現。她終於擺脫了奴才的地位，變成了貨真價實的主子了。不過她之不願「長遠在你家做奴才」不是因為憎惡奴性而要恢復做人的尊嚴，她是要做一個能夠奴役別人的主子——至少是高於一般奴隸的奴才。這跟秋菊的逆來順受一樣，都是奴性的表現形式。

如果說春梅是以色相的裙帶把自己繫在西門慶的身上以飛黃騰達，那麼成為鮮明對照的，晴雯則是以共同的觀念為紐帶將自己的心與賈寶玉連接在一起，以寶玉的存在作為自己存在的精神支柱。

賈寶玉與西門慶大致屬於同一時代的人，不過一個是大醜大惡，一個雖不能說是至善至美，但在那個時代，也算是時代創造出來的美與善的最高表現了。西門慶是個玩弄女性的色情狂，賈寶玉則是女性的護神，不僅尊重女性，愛護女性，甚至還提出了著名的「女清男濁論」，把「女兒」提高到「元始天尊」和「阿彌陀佛」一樣尊貴無對的地位。論地位財富，論養尊處優、錦衣玉食和珠圍翠繞，西門慶在寶玉面前不過是一個暴發的「窮措大」，可寶玉卻能平等待人，尤其最能平等對待、體貼女性也包括女奴，甚至以為其充役盡力為樂事。這一切從一般奴性的眼光來看，寶玉是說「瘋話」、做「傻事」，是「無能第一」「不肖無雙」，可晴雯卻是寶玉少有的知音之一。她理解寶玉，同情並支持寶玉，她與寶玉的友誼和感情正是建立在共同理解的基礎上的。寶玉的不喜讀書、鄙棄功名與毀僧謗道，寶黛間的戀愛，受盡了世人的誹謗，卻獨獨得到了晴雯的支持。她從不以襲人似的「混帳話」規勸寶玉，卻與寶玉共同創造著維繫那雖然短暫但卻難得的較為自由的小天地，以流連其中為最大快樂。她為寶黛傳書遞簡，為寶玉出謀劃策逃避考問，借助於寶玉的保護傘庇護芳官、春燕等天真爛漫的女孩子不受損害……不是向上巴結，不是奴役別人，與春梅恰恰相反，她所追求與看重的是人的尊嚴與自由，是人的真實感情，她憎惡奴性，憧憬著人的解放。她與寶玉正是在這個共同點上同氣相求的。他們是一對身分不同但心卻靠得緊的人生知己。

春梅與潘金蓮是同惡相濟
晴雯與林黛玉是同氣相求

晴雯和春梅還有一個似同而異之處，即她們在主子中都有一個親密夥伴——那就是林黛玉和潘金蓮。

恰如賈寶玉之與西門慶一樣，林黛玉與潘金蓮又成為一組極為鮮明的對照典型；如果說黛玉是高雅與優美的化身，那麼金蓮則是俗賤與醜惡的集大成者。

同樣是出身微賤，晴雯是「地」賤而人不賤，而潘金蓮則失落了自我，人格十分低賤——甚至連春梅都不如！她生性要強，凶狠潑辣，不過這「強」與「辣」卻以爭風吃醋、掐尖要強、鬥法勃谿、噬齧同類等形式表現出來，為了爭媚固寵，她任何醜惡下賤的事都幹得出，她是一個被那罪惡世界摧殘扭曲得變了形失去了自己靈魂的可憐人物。那邪惡世界剝奪了她的青春，她不僅沒有一點反抗意識，反而變本加厲地把自己的一切都出賣給那一世界，只求賣一個好價錢。在摧殘者面前她只是一個低賤的玩物，在弱者和競爭者面前她像豺狼一般凶狠。和春梅「娘兒倆」都是要強者，而她們所爭奪所為之拼搏的內容與實質也不過如此，這也是她們倆能夠相得的思想基礎。她們是惡魔廝殺戰場上的一對親密戰友，在西門慶生前也算是提刑千戶府上一對紅極一時的風雲人物了，在西門慶面前幾乎是沒有誰敢接受其挑戰了。孫雪娥試著和她們較量，結果被她們打得一敗塗地，一蹶不振；李瓶兒面對她們的咄咄逼人之勢可以說是逆來順受，可僅因為生子得寵，就被她們搞得母子雙亡；吳月娘算是正室，以地位論是她們所不能望其項背的，可在西門生前，潘與吳鬧矛盾也基本上打了個平手；至於一般奴僕和秋菊們自然更不在話下了。得意時她們一起飛揚跋扈，失意處，她們協力共濟風雨同舟。金蓮私僕受辱，春梅曲為之辯；陳敬濟弄一得雙，二人共同淪落。西門慶死後，她倆失卻了保護傘，秋菊要報復了，「含恨泄幽情」了，一次又一次，是春梅幫助金蓮共同渡過了難關。一直到雙雙被趕出家門後，春梅對金蓮仍一往情深，金蓮死後仍念悼不已。她們真是一對同惡相濟的難姐難妹。

跟春梅一樣，晴雯在賈府的女主子中也有一個知己，她也是寶玉的知己即林黛玉。以出身教養和狹義的性格論，她們似乎是天上地下，冰炭不容。一個是高貴文雅的世家小姐，一個是連鄉籍姓氏也湮滅無考的賤奴；一個是火爆性子，鋒芒外露，一個多愁善感，性格內向，可這都無妨，對邪惡的憎惡和對自由尊嚴的追求把她們的心連在一起了。「襲乃釵副，晴有林風」，是的，以寶玉為分水嶺新舊勢力分成兩大派，寶釵和襲人、黛玉和晴雯是最接近寶玉而精神上又針鋒相對的兩組人物。當然，多數、權勢、習慣勢力等都在寶釵和襲人那一邊，可陰霾滿天，正見出這一對真正兒女的精神閃光。她們蔑視權勢，憎惡奴性，與寶釵式的安分隨時、襲人式的鬼鬼祟祟針鋒相對。對生活中的知己，她們又都是那樣純真、忠貞、執著，表現出崇高的奉獻精神……結果晴雯先黛玉而被舊勢力奪去了生命。晴雯之死，是黛玉夭亡的先兆。雪芹給我們留下了一篇動人心魄的〈芙蓉女兒誄〉，這「芙蓉女兒」，既是晴雯，又是黛玉。作者誄的既是晴雯，也是黛玉。它是《紅樓夢》作者為這一對同氣相求的悲劇女兒譜寫的青春與美的悼亡曲。

春梅傲視同類表現出奴才的狼性，晴雯傲視同類是鄙視奴才身上的賤骨

晴雯和春梅還有一點頗為相似，即她們在同類面前都表現得十分高傲，這又是一個似同而異之處。他們雖同樣傲視同類但內涵不同：春梅傲視同類表現出奴才的狼性，晴雯傲視同類是鄙視奴才身上的賤骨。

春梅是以得意奴才的眼光看待同類。對於有身分的奴才，能結為奧援者則結為奧援，競爭者則給予打擊；對於地位比自己低下者則給以賤視、壓抑乃至摧殘。

西門府上比較有臉面的大丫鬟有四個，即西門慶叫她們跟李銘學彈唱的玉簫、蘭香、迎春以及春梅。四人中迎春和蘭香跟她們的主子一樣性格平和；玉簫則是月娘跟前的得力人物，她因和書童兒私通被潘金蓮發現而「跪受三章約」，玉簫走後小玉頂了缺，又跟春梅要好，她們先後成了金蓮和春梅安排在吳月娘身邊的坐探。月娘的一舉一動，金蓮們都能隨時得到密報。她們私通陳敬濟，秋菊去告發，小玉為之遮掩；她們後來被打發，小玉瞞著月娘作弊，多給其東西。即使是這樣春梅在她們中間仍掐尖要強，氣凌他人。元夜看煙火，四個得寵姐兒在一起，春梅穿著與眾不同的衣服，旁若無人。她可以揚聲罵玉簫：「好個怪浪的淫婦！」賁四嫂請她們，又是春梅坐著，絲紋不動，反罵玉簫等是那沒見世面的行貨子。她處處表現出一種得寵奴才春風得意的神態。對於地位和她差不多而又不願附己的人物，和其主子娘一樣，她都千方百計地給以打擊。孫雪娥似主實奴，是個背時的貨，又不買她的帳，她一手挑唆西門慶將其毒打一頓，以給自己立威。李瓶兒死後，奶子如意兒博得了西門慶的歡心，對她與金蓮構成了威脅，她又借棒錘為題做文章導演了一場「摳打如意兒」的鬧劇。每逢這種場合，總是她首先發難，咄咄逼人，得寸進尺，大耍威風。西門慶生前，孫雪娥始終受她的欺凌，直到她做了守備夫人之後，還專門把雪娥買去，肆意作踐，一定要褪下衣服打板子，連別人都看不過，這種報復心理簡直有點變態。對於比自己地位低的弱者，她更表現出凶狠的狼性。樂工李銘捏她的手，被她千忘八萬忘八罵「綠了頭」；申二姐為吳大妗子唱曲，她派春鴻去

叫，略應慢了些兒，她不顧及大妗子在眼前，立即罵上門去，立逼著把申二姐攆走。讓我們來欣賞一段被張竹坡稱為「是春梅語」的罵人話：

> 這春梅不聽便罷，聽了三屍神暴跳，五臟氣沖天，一點紅從耳畔起，須臾紫遍了雙腮，眾人攔擋不住，一陣走到上房裏，指著申二姐一陣大罵道：「你怎麼對著小廝說我，『那裏又鑽出個大姑娘來了』，『稀罕他，也來叫我？』……你無非是個走千家門、萬家戶，賊狗攮的瞎淫婦！你來俺家才走了多少時候兒，就敢恁量視人家，你怎曉的甚麼好成樣的套數兒，左右是那幾句東溝籬、西溝灞，油嘴狗舌，不上紙筆的胡歌野詞，就拿班做勢起來！俺本司三院唱的老婆，不知見過多少，稀罕你。韓道國那淫婦家興你，俺這裏不興你。」「賊×遍街搗遍巷的瞎淫婦，你家有恁好大姐！凡是有恁性氣，也不該出來往人家求衣食，唱與人家聽。趁早兒與我走，不要來了。」

對秋菊，她和潘金蓮表現出遠比西門慶更為凶狠的瘋狂的虐待心理，她們稍不如意就將秋菊拿來出氣，或打耳刮子，或抽馬鞭子，或叫秋菊頂著大石頭跪在院子當中。四十一回金蓮因爭風吃醋又虐待秋菊出泄怨氣，叫秋菊頂著大塊柱石跪在院子裏，「叫春梅扯了她的褲子，拿大板子打他。」春梅卻道：「好個乾淨的奴才，叫我扯褲子。到沒的汙了我的手！」於是去喊男僕人扯秋菊的衣服。秋菊「含恨泄幽情」讓小玉出賣之後，被金蓮打得「殺豬也似叫」，身上都破了，春梅不僅不給說情，反而火上加油：「娘沒的打他這幾下子，只好與他抓癢兒罷了。旋剝了，叫小廝去，拿大板子盡力砍他二三十板，看他怕不怕？……做奴才，裏言不出，外言不入，都似你這般，好養出家生哨兒來了。」真是，奴才之對奴隸，比主子更凶狠十倍！春梅之對秋菊，表現出奴才身上赤裸裸的狼性。

晴雯也是以高傲的目光來睥睨周圍的同類。她看不慣那蠅營狗苟和奴顏媚骨，性烈口直，鋒芒畢露，所以在奴隸群中她顯得很孤立，小丫頭子怕她，襲人們忌她，管家娘子及媽媽婆婆們恨她。

晴雯與襲人也是一組有很高對照意義的典型。襲人是用儒家正統規範陶冶出來的奴才，她對當權的主子是忠順和巴結，不斷地配合主子用「大道理」規勸寶玉以磨消其叛逆性格，她對周圍大小人等長於籠絡，在做人行事方面的溫柔和順及暗地的柔奸陰險，等等，這些都和晴雯的性格是格格不入的。襲人心目中所只有的那個寶玉是賈府的「鳳凰」寶二爺，晴雯所視為知己的是離經叛道的「逆子」和「瘋瘋傻傻」的「呆子」，矛盾就由此展開。她們的對立不屬於爭媚邀寵的爭鬥，是屬於奴性與反奴性的鬥爭。襲人們還不過是被荼毒了的「女兒」，至於那些「魚眼睛」——管家娘子及服雜役的婆婆媽媽們，她們身上的奴性因為粗俗和勢利而表現得更為露骨，因而晴雯和她們的關係也更為緊張。她保護春燕和芳官，毫不留情地給春燕娘即芳官乾娘以打擊；搜撿大觀園時她當眾給王善保家的以難堪，疾惡如仇的晴雯姑娘從不掩飾自己對於她們的憎惡。平日因為得到寶玉的庇護，「魚眼珠子」們對她雖側目而視而無可奈何，可一旦王夫人大發雷霆之際以王善保家的為代表她們就大打出手了。在這些粗俗勢利式與溫柔和順式的奴才們一明一暗的配合圍剿下，晴雯終於被置於死地了。

晴雯對小丫頭子們的態度不夠好，怡紅院的小姑娘們比較怕她。這裏面原因比較複雜，不排除她身上有著等級觀念，但就其主要方面來說，比如她打擊小紅和攆走墜兒吧，還是因為她憎惡她們身上的奴性。林小紅位低志高，人小心大，是個一心奔競鑽營，向高枝兒上爬的鬼精靈；墜兒偷鐲子，「眼皮子又淺，打嘴現世的」，身賤而心不賤的晴雯自然聞之要火冒三丈了。她對墜兒的做法雖然有些過火，但與春梅之虐待秋菊，完全是性質不同的兩碼事。

性格異中有同　結局似同實異

同樣「心比天高，身為下賤」，晴雯和春梅走完了她們不同凡響的人生途程分別以不同形式的毀滅結束了自己的一生。一個「風流靈巧招人怨」「鳩鴆惡其高，鷹鷙翻遭罦罬；薋葹妒其臭，茝蘭竟被芟鉏」，她與那環境格格不入，結果被環境奪去了青春與生命；一個是「命運兩濟」，由得意奴才而得寵小妾而得志夫人，在志得意滿之後因為縱欲而了結了自己的一生。晴雯的死是他殺，因反抗社會而被社會毀滅，是悲劇的毀滅，悲壯的毀滅；春梅的死是自殺，是在那社會獲得了滿足因滿足過度而自我毀滅，是喜劇的毀滅，醜惡的毀滅。

不過事情也並不如此簡單。《金瓶梅》和《紅樓夢》都不是那種寫好人一切都好、壞人一切都壞的類型化藝術，奴才的追求與有骨氣的奴隸的追求云云只不過是就其主導傾向而言，在曹雪芹和笑笑生筆下，不光晴雯身上也有著嚴重的等級觀念，而且春梅也不是某種觀念的傳聲筒。龐春梅是在市井環境中長大的奴才，她跟她的主子一樣，生活和思想上都帶有較濃的市民色彩。早期的上層市民與地主階級是近親，尤其是西門慶這樣亦官亦商式的市井上層人物，他們的頭上更長著一個中世紀的腦袋，這個腦袋裏裝著種種封建觀念和奴性意識，而這意識在西門慶和龐春梅身上只是以不同形式表現出來罷了，所以春梅的人生追求上帶著深深的奴性或者說狼性的烙印。但她到底生活在市井之中，與生活在詩禮世家的襲人、麝月以及小紅們不同，她的人生的價值形態，都抹上了市井色彩。這就使她與晴雯間既有似同而異之處，又有似異而同之處。這表現在如下幾個方面：一是對欲的追求。禮教的傳統觀念是「存天理，滅人欲」，到明中葉以後社會開始感到這一教條已經成了束縛自己前進的精神枷鎖，於是市民社會的先驅們有的從理論角度論證人欲的合理性，有的則舉著「情」的旗幟向「理」挑戰，湯顯祖和曹雪芹等所做的工作則屬於後一範疇。《紅樓夢》中的新人正是以直感的方式表達出對中世紀社會壓抑人性方面雖然朦朧但頗為深刻的思考，以張揚「情」作為自己的目標，他們是用詩的形式批判舊的世界。而市民社會自身則自發地舉著「欲」的旗幟悄悄地擴張著自己。雖然封建階級並不是苦行僧，窮奢極欲往往是他們在生活上的一個顯著特色，不過他們在實踐上往往表現為一面高唱「天理」，一面擴張著自己的「人欲」，而且把這種言行不一的權利只留給自己。而西門慶所代表的社會力量已經開始越出了這個樊籬，他有錢，就有權縱欲，無論是物欲還是肉欲。他打破了傳統的等級界限，在欲的實現方面往往使許多地位比他高的人感到望塵莫及。龐春梅雖然出身奴才，但她卻用同一價值原則去追求人生。她和她的主子一樣都是生活的幸運兒，最後都如願以償了，最後也縱欲而亡了。「秋菊含恨泄幽情」之後，吳月娘用強制方式把陳敬濟與金蓮這一對「情人」隔離開了，潘金蓮「挨一日似三秋，過一暑似半夏」，日子難熬。春梅勸她「把心放開」，宣講「人生在世，且風流了一日似一日」的人生哲學。二人吃酒解悶之際，因見階下兩犬交戀，春梅又發感慨道：「畜生尚有如此之樂，何況人反而不如此乎？」她真是西門大官人薰陶出來的奴才，生活情調和價值觀念與其主子何其相似乃爾！芙蓉女兒是美的化身，她以自己的毀滅來抗議那肅殺生命的秋風；梅姑娘卻是醜的，她以自己的得志宣告了春天的即將來臨。

再一點是春梅有著很強的擴展欲，這也是當時市民階層蓬勃向上的精神的折光。從做奴才到做守備夫人，她都表現出很強的競爭發展意識。吳神仙相她「五官端正」「骨格清奇」，預言她必得富貴，吳月娘等不信，她並不感到驚奇。西門慶死後，吳月娘識破姦情，要把她罄身兒賣掉，潘金蓮急得「就睜了眼，半日說不出話來，不覺滿眼落淚」，不停地嗚冤叫屈。可春梅在旁，聽見打發她，一點眼淚也沒有，見婦人哭，說道：「娘你哭怎的？奴去了，你耐心兒過……等奴出去，不與衣裳也罷，自古好男不吃分時飯，好女不穿嫁時衣。」最後是「跟定薛嫂，頭也不回，揚長決裂，出門去了。」她無論在什麼位置，始終表現出一種比較闊大的氣象和格局，使潘金蓮和吳月娘相形之下顯現出小器來。這也許是作者把她列為命名人物，對她在批判中也有欣賞的原因之一吧。

還有一點，小說作者在塑造這一典型時，也不是從觀念出發而是從生活出發有血有肉地展現了這一特定環境中特定人物的複雜性。比如，「這一個」人物從做奴才到做守備夫人，對西門慶和潘金蓮一直感荷不已；對陳敬濟「弄一得雙」之後一往情深，拯救其人於水深火熱之中，一面和其保持婚外性關係，一面又為娶置妻室；對孫雪娥的恩怨一直耿耿於懷，必欲將其踩在腳底下而後快；對吳月娘她在得志之後又能捐棄前嫌，在本可乘人之危落井下石以報夙怨之時反援之以手，而且她還不忘故主，見月娘和大妗子敘禮還要「插燭也似磕下頭去」……她凶狠之外也有通達，狷狹之外也有大度；既張揚肉欲，皮膚濫淫，也有對情愛的渴求甚至執著；她有很強的擴展欲，又有根深蒂固的等級觀念……

這是一個立體的形象，有血有肉的人物。封建的奴性意識在她身上根深蒂固，市井觀念在她身上打上了明顯的烙印。她是一個一心向高枝兒上飛的奴才，但又是一個帶有十六世紀市井社會色彩的奴才。

杏紅丹雅　豔冠群芳
——孟玉樓與薛寶釵形象之比較

孟玉樓與薛寶釵，《金瓶梅》與《紅樓夢》中這一對主要人物，一個是市井再醮之賤妾，一個是世家尊貴之閨秀，以社會地位和文化教養而論，她們間應當說天差地別，難道還有什麼共同之處可以放在一起比較的嗎？誠然，有的。在那特定的歷史時期，在她們生活的不同社會圈子內，無論以作者的命意還是形象自身的意蘊看，一個是倚雲紅杏，日邊仙品（張竹坡謂：「玉樓人醉杏花天……言其日邊仙種，本該倚雲栽之，觀其命名，則作者待玉樓，自是特用異樣筆墨，寫一絕世美人，高眾妾一等」）；一個是典雅牡丹，豔冠群芳。她們都是有很高典型意義的模範人物，無論就其相異還是相同之處來說，她們倆正是一對天生的富於比較意義的典型形象。下面擬就五個方面試進行比較。

尊卑懸殊的社會身分

玉樓和寶釵同屬於富裕階層而又尊卑懸殊。

以出身門第和個人身分而論，孟玉樓先為清河縣南門外布販兼染坊主楊宗錫之妻，不過是市井細民之婦，後來嫁了西門慶，也不過是錦衣千戶兼富商之小妾，這跟紫微舍人兼皇商金陵豪族之一的「豐年好大雪，珍珠如土金如鐵」的薛家的千金，後又成了榮國府的少奶奶的薛寶釵，當然不能相提並論。平日孟玉樓雖插金戴銀，養尊處優，但作為妾，她的地位極低，她雖然還不至於像香菱「一身一體俱屬奶奶的」，可是也高不到哪裏去。比如潘金蓮，有西門慶的寵愛和縱容，她平日也可以和吳月娘勃谿鬥法，可西門慶一死，月娘馬上可以把她交媒婆發賣。她不光不存在什麼財產繼承權，而且連人身自由都沒有。雖然月娘所為已甚，可厲害不讓人如潘金蓮，對此似乎也未提出過抗議。月娘與玉樓關係較好，如果不是這樣，她也應當有同樣的權利如法炮製的。

不過在社會地位方面，二人也有相通或相近之處。這表現在兩個方面：其一是她們都生活於富裕階層。寶釵自不待言，玉樓也是插金戴銀，呼奴使婢的，嫁西門慶前她也算個小小富孀。其二是她們的家庭都與商業發生著聯繫。薛家雖為世家，但到了薛蟠這一代，已經變成了純粹的皇商，經商，已經成了他們基本的收入來源。玉樓的前夫是個小業主，西門慶雖有五品的掌刑千戶的身分，但他基本上還是個富商，商業的收入為其主要經濟來源。這一生活方式，在這兩位女性身上，都不同程度地留下痕跡。

天差地別的文化教養

以文化教養論，寶釵和玉樓也屬於兩個完全不同的類型。寶釵為典型的大家閨秀，封建淑女，玉樓則是那一時代市井型的賢妻；寶釵的教養是用典範的封建文化自覺地塑造出來的，而玉樓的教養則是市民社會的自發產物。

寶釵的文化教養有兩個突出的特點：

一是其為明德型。她是用封建的綱常名教即儒學的正統思想體系塑造出來的。什麼三綱五常、三從四德、忠孝節義、女子無才便是德等等，封建社會後期為女性規範的一切，在寶釵身上都得到集中的體現。她在賈府之能博得上下一致的稱道，她之為封建家長所賞識，其原因即在於此。而賈寶玉對她的才學推崇備至，但並不愛她，其原因亦在於此。

寶釵不僅身體力行著封建規範，而且對周圍的人不斷進行著封建說教。她做事處處講究「拿學問提著」，可謂達到「非禮勿視、非禮勿聽、非禮勿言」的境界了。所以史湘雲對她崇拜得五體投地，認為誰也不能挑出她的毛病來。寶釵真是典型的封建時代的大家閨秀。

二是其為文采型。這也是寶釵形象自身的一個矛盾——她雖然愛宣揚女子無才便是德，針黹女工是你我本分，但她自己又博古通今，多才多藝，舉凡經史子集、佛老百家、詩詞曲賦、琴棋書畫，她幾乎無所不通。在大觀園那文采風流、群星燦爛的女兒群中，寶釵不光是其中的佼佼者，而且是「豔冠群芳」者，就學識和才華的總體來看，連黛玉和湘雲都遜她一著。寶釵可以具體而微地作為古代文化的審美觀照。

三是其為典雅型。這是由以上兩個特點決定的。既然她是用封建文化自覺地塑造出來的，因而她的教養必然具有古代文明的典雅特色。大觀園首開詩社，寶釵一舉奪魁，李紈稱她的詩「含蓄渾厚」，是的，她筆下所吟詠的「珍重芳姿晝掩門」「淡極始知花更豔」「冰雪招來露砌魂」的白海棠，正是她自己的審美寫照。她似白海棠，又似牡丹花，她的教養從言談舉止到風采神韻，都是以雍容典雅、文質彬彬為其特色的。

與寶釵的典雅型教養形成鮮明對照，孟玉樓的教養屬於市井型，不過她不屬於那種粗俗的市井型，而是屬於帶點文化色彩的上層市井型。她雖不是高雅雍容的牡丹，但也是俏麗動人的杏花；她雖然不是大家閨秀，但也算得上市井中的小家碧玉。她的教養，在她那個生活圈子內，也算是個風範，也可以說「豔冠群芳」了。在楊家「當家立紀」，針黹女工，自不消說，到西門家後，雖然被冷落在「三房」的位置上，但上下左右，以舉止、言談、心計而論，西門慶的其他妻妾中再無可以望其項背的。她不似月娘小家子氣，也不似金蓮「舉止輕浮惟好淫」，吳神仙給她下的「判詞」是「口如四字神清澈，溫厚堪同掌上珠」，「薛媒婆說娶孟三兒」，她以寡婦之身，可以親自相親，從容自如地接待西門慶，既彬彬有禮，又不失身分，有極強的分寸感，在市井上中層婦女中，她也算得上閨範了。這一些若放在寶釵身上雖是不可想像的，但是她那個社會圈子裏，玉樓的做法，正是極有教養的表現。至於較為狹義的文化方面，玉樓就不能跟寶釵相比了。她的唯一文化教養是「彈一手好月琴」，會唱個流行的曲兒之類，當然這與寶釵的博古通今文采風流是不能相提並論的了。

截然不同的價值取向

寶釵和玉樓都有不同凡響的人生追求。「好風憑藉力，送我上青雲」，「三揭紅羅兩畫眉」，她倆都孜孜不倦地為實現「自我」的人生目標而努力著。從這方面看，二人是頗為相似的；然而從她們追求的具體內容看，則又大異其趣了。

在人生追求方面孟玉樓屬於比較實在的「葆欲型」。她的人生目標，既不是「修身齊家」，以賢內助幫助丈夫「治國平天下」，「立德、立功、立言」，不是作為節婦烈女，留芳百世，也不是如潘金蓮、王六兒一味滿足於淫欲或物欲，她的追求很實在，優越些的物質生活，風流多情喜歡自己可以作為終身依靠的丈夫，合乎這一標準，無論是布販子，賣生藥放官吏債的「專業戶」，或者是縣太爺的衙內，她都可以接受。為此，她可以一再改換門庭，面對著吉凶難卜的未知數，以一個無依無靠的弱女子的身分，在漫長的人生長途中艱難地跋涉著。先做小業主的老闆娘時，她自己當家立紀，似乎也未見出怎麼不安於貧賤。丈夫不幸去世後，她衝破家族勢力的干擾，毅然再嫁，以期找到一個可以依靠的終身伴侶，詎料張四舅的話不幸言中，她在西門慶家中雖過著優越的物質生活，但並未找到真正的幸福。直到西門慶死後再次改嫁時，她才吐露了自己的心聲：「你這媒人說謊的極多，奴也吃人哄怕了。」於是經過認真考慮，反復權衡，終於決定再嫁給李衙內。她始終抱著很現實的目標，執著地追求著。

寶釵的人生追求屬於理想型和克己型。她不是以人的自然願望出發，而是從封建階級給女子設計的「三從四德」「修身齊家」等規範出發，去自覺地設計自己、塑造自己，上則佐萬幾母儀大下，下則為小康人家的理想的賢妻良母，她都可以當之無愧地克盡厥職。王昆侖先生說過：「直到今天，不少中國人還有娶妻當如薛寶釵之想，誠然的」，

「尋找人間幸福的男子們，大概沒有不想望著有薛寶釵這樣一個妻子的理由。」把薛寶釵小人化，以為她就是眼睛只盯著寶二奶奶的位置，處心積慮的向著上上下下做功夫，這種認識未必符合寶釵形象的實際。當然在寶釵的生活圈子裏，寶玉是她唯一可以屬意的男性，但她不是不知道，寶玉並不愛她，而且正式訂婚時寶玉又是那樣的精神失常，以寶釵之明智，不會看不到金玉姻緣的不幸。然而她毫不猶豫地接受了母親的意見，除了思維與情感的慣性力量在起作用外，主要的還是「三從」在起作用。責備母親不該問自己，未必是虛偽的話。這個用典範的封建觀念陶冶出來的淑女，她的人生價值取向，屬於自我完善型與自我實現型，其實現的方式則是克己。正因為克己如此，她終於用自己的人生實踐埋葬了自己。她成了她自己所恭信篤守的封建觀念的犧牲品。

冰炭難容的倫理觀念

孟玉樓和薛寶釵的倫理觀念小同而大異，其共同處表現為封建階級的傳統倫理觀念對市民階級的支配作用，但在根本處二者卻表現為差異和對立，它突出地表現在婚姻觀念和道德觀念方面。

在兩性關係方面無論是玉樓還是寶釵都承認男子對女子的支配權利，即女子對男子的依附地位，丈夫是妻子的「天」和靠山，她們誰也沒有男女平等意識。在婚姻的實現方式上，寶釵是絕對服從「父母之命」和「媒妁之言」的，薛姨媽就寶釵的終身大事徵求她的意見，誰知女兒反「正色」批評媽媽：「媽媽這話錯了，女兒家的事情是父母做主的，如今我父親沒有了，媽媽應該做主的，再不然，父親不在了，就問哥哥，怎麼問起我來？」不光她自己沒有自主意識，即使那執著地追求著婚戀自由的林黛玉，一聽到寶玉對自己的真誠表白時，都會翻臉不願意。而孟玉樓則不然，她第一次結婚時的情況我們不得而知，而她的改嫁，不光老一輩要徵求她自己的意見，而她自己還要當面相親，親自交談，問明各種情況後，然後再予拍板。她第二次改嫁，也是自己先看中，自己通過媒人瞭解，最後自己作出決斷。這種做法對於寶釵是不可思議的。

與此相聯繫是貞操觀念的改變。宋明以後，禮教以僵硬的面目出現，它對女性特別殘酷，本來「三從」已經把女性的人身自主權完全取消，這時「三從」已經發展成「四從」增加了一條「從一而終」。這條殘酷的道德教條，大觀園的女兒們無論是寶釵還是湘雲，誰也沒有對它的不合理性作過絲毫懷疑，可在孟玉樓那裏，這一枷鎖已經被生活的鐵拳擊得粉碎，她不僅改嫁，而且一再改嫁。前一次丈夫孝服未滿，第二次剛剛過周年。「少女嫩婦的守什麼！」周圍的輿論也相當寬容。連吳月娘都認為她是「前進」了。舊時「三從」的教條已經被修正成為「初嫁由親，再嫁由身」。玉樓自己也並不感到難以為情，她拜辭了西門慶的靈位，告別了月娘和家中大小人等，從容坦然地踏上了新的人生途程。

在人身的行動自由方面，玉樓比寶釵也寬鬆得多。寶釵真是深居閨中，珍重芳姿，行動有人跟著，議婚時必須回避寶玉，婚後連賈璉都得回避。孟玉樓則可以自己到門首磨鏡，元夜可以抛頭露面到大庭廣眾的街上去看花燈，至於她在染坊做老闆娘時，裏裏外外一把手，更不存在顧忌什麼抛頭露面的問題了。

當然玉樓也不能超越自己的時代，她和寶釵屬於同一個時代，她們的差異屬於橫向差異。她們雖有不同的生活圈子，但從總體上來看，以寶釵為代表的那一倫理體系，還是支配著包括玉樓所在的生活圈子在內的整個社會的。

在聽說孟玉樓要嫁西門慶之後，楊宗保的四舅曾出面干預，他說西門慶有正頭娘子並三四個老婆。孟玉樓說「自古船多不礙路……雖然房裏人多，只要丈夫作主，若是丈夫喜歡，多亦何妨；丈夫若不喜歡，便只奴一個，也難過日子。況且富貴人家，那家沒有四五個。」張又說西門慶虐待婦女，孟答道：「你老人家差矣。男子漢雖然厲害，不打那勤儉省事之妻，我到他家，把持家庭，裏言不出，外言不入，他敢怎的奴？」張又說西門慶行為欠端、孟答道：「你老人家又差矣。他年少人，就外邊做些風流勾當，也是常事，奴婦人家哪裏管得許多，況婚姻皆前生分定，你老人家倒不消這樣費心。」孟玉樓對張四舅這一通駁論，雖然尖利但卻堂堂正正。從中我們可以看出，在兩性關係及嫡庶關係方面，孟玉樓的觀念比寶釵代表的那一社會，也沒走得很遠。

頗為相近的處世哲學

玉樓和寶釵有一個最為相似之處，就是她們都很會「做人」。

封建時代，在統一的做人的大前提下，做人的方式是可以不拘一格的，有方正型，有憨直型，有鄉原型，有狷狹型，等等不一而足。寶釵做人處世，可謂獨得其大體，安分隨時，自我尊重，又虛己待人；豁達大度，又明於利害；大事聰明，小事糊塗，大智若愚，不鋒芒外露；尊尊，親親，嫻於事上，遠害布德，巧於馭下。她以親戚身分處於榮國府那樣一個「一個個都像烏眼雞似的，恨不得你吃了我，我吃了你」的複雜人事環境中，竟能得到上下左右一致的稱道，以鳳姐之黠、黛玉之慧、湘雲之豪邁、襲人之柔奸，皆能為其所包容，她真可謂深得舊時代做人之三昧，無愧於從容大度，或者中庸之道了。

寶釵之處事做人，有三個突出特點：

一是她明於利害得失，對世事看得很透徹。她大智若愚，虛己待人，絕無黛玉孤高自許之失，但她也不一味隨和，關鍵時則有主見，有鋒芒，連夏金桂那樣的「河東吼」

也不敢輕易侵犯她。

再一點是她善於和各色人物打交道，在對立的兩極中把握分寸，使之各得其所。她各方面的關係都處理得極好，如在上下關係方面，在上她深得賈母及王夫人的器重和喜愛，有鳳姐之寵而無其譏；馭下她能約之以禮，濟之以惠，深得下人尊重與感懷，有鳳姐之才而無其怨。在親戚關係方面，她緊緊依靠當權的姨母一系，但又能得到反對派趙姨娘的讚揚，姊妹行中，百人百性，她都能應酬妥貼，甚至使黛玉折服。

還有一點是她長於保護自己，平日寡言少語，在親戚家中，「不關己事不開口，一問搖頭三不知」，遇事「又要自己便宜，又不得罪人」，哪些事該糊塗回避，哪些該挺身而出，她都處理得極好。

做人處事，她有賈政之正，而無賈政之迂；有賈母之權，而無賈母之溺；有鳳姐之幹練，而無鳳姐之刻薄；有探春之精明，不似探春露鋒芒：在大觀園內外，是無人可及的。

然而無獨有偶，在千里之外，百年之先，寶釵則在山東清河縣西門大官人的府上卻有自己的知音。在做人哲學方面，玉樓與寶釵給人以異曲同工之感。

在西門千戶府上，孟玉樓是六房妻妾中威信最高的一個，她不似吳月娘那樣雖寬厚而短才，也不似潘金蓮那樣雖聰明伶俐卻又刻薄小器，也不似李瓶兒善良而又懦弱，更不似李嬌兒和孫雪娥有點做事「著三不著兩」的，在見識、胸懷、手腕方面，無人可望其項背。西門慶與吳月娘鬧意見，她主動張羅為其老公倆說和；潘金蓮與吳月娘吵架，又是她主動說服金蓮給吳月娘賠不是，為兩人打圓場；她和潘金蓮處得極厚，但又保持著距離，對她謀害李瓶兒也不助紂為虐，對瓶兒生子，她時時表現出喜悅和關心；李嬌兒與潘金蓮主管日常開支，務為刻薄，下人敢怒不敢言，她持家則博得下人的稱道。連潘金蓮不給潘姥姥開發轎錢，還是靠她仗義相助才打開僵局的。玉樓在西門慶家中的威信，與寶釵在賈府頗為相似。遺憾的是西門慶缺乏賈母那樣的眼力，未能讓玉樓得以發揮她的治家才幹。

玉樓於世事利害也看得很透徹。西門慶死後，雖然月娘對她不錯，可她還是決定改嫁。「男子漢已死，奴身邊又無所出，雖故大娘有孩兒，到明日長大了，各肉兒各疼，閃得我樹倒無陰，竹籃兒打水，我不如往前進一步，弄上個葉落歸根之處，還只顧傻傻的守些什麼？到沒的耽誤了奴的青春年少。」應當說相當高明。她平日待人寬厚，不似潘金蓮務為刻薄，然而聽說來旺兒要謀殺西門慶時，如擺在冷水盆中一般，吃了一驚。她比潘金蓮反應敏銳得多，是她挑唆潘去慫恿西門慶謀害來旺的。當西門慶在宋惠蓮的乞求下態度緩和改變主意時，又是玉樓，再次在潘金蓮面前燒了一把火，終於推動西門慶下決心置來旺於死地。她不像西門慶恣睢而顢頇，也不像月娘善良而糊塗，她雖與潘金蓮步調一致，但潘之發火與挑唆，多半是出於吃醋與逞強；而玉樓是出於根本利害的算計。她深知西門慶的安危關係著她本人及家族的根本利益，於是她就不講寬厚了。她覺得應該殺人，但自己又不願出頭，挑唆潘金蓮到西門慶面前點火，是再好也不過的了。可見玉樓之城府，之深機，之決斷，遠非金蓮、月娘可以望其項背。

跟寶釵一樣，玉樓也善於保護自己，該藏該露，她都能審時度勢，處理得很好。改嫁之後，西門慶對她的態度，與其相期甚遠，張四舅的話不幸而言中，她沒有後悔負氣，憑感情用事，而是沉靜地面對現實，適應現實，向好處爭取。在妻妾間殘酷激烈的爭鬥中，她算較為超脫，以致除月娘外，也就算她得到了較好的結局。平日她冷眼旁觀，韜光養晦，不露鋒芒，不為已甚。聽說西門慶要寬釋來旺，她給金蓮燒火，說：「我是小膽兒，不敢惹他，看你有本事和她纏。」不露聲色，玩弄金蓮於股掌之上，有如小兒——到關鍵時刻，她也會露出崢嶸。如果李瓶兒有這樣的膽識，也不至於被人害得母子雙亡了。李衙內派人來求婚，事關終身大計，她不作難於啟齒的女兒態，毅然作出正確抉擇。誣陷陳敬濟雖然有些心狠手辣，但屬於自衛之舉。以其人之道，還治其人之身，亦無可深責（這段故事，小說寫得不夠成功）。玉樓的一生，也有過失誤，但對於一個弱女子，那是很難避免的。總的看來，在充滿艱險的人生旅程中，她是善於保護自己，排除險阻，朝著既定的目標前進的。

通過以上比較可以看出，孟玉樓的性格和薛寶釵的性格有如許驚人相似之處，而又那樣天差地別，這真是一個有趣的現象。應當如何看待這種現象呢？

這可以到她們各自性格所形成的環境中去尋找答案。

薛寶釵是典範的封建淑女，貴族世家的出身和源遠流長的封建文化是形成她的典型性格的基本因素。數千年古老文明所積澱成的一整套關於人生追求、價值觀念、倫理道德、處事哲學以及種種教養等等，通過詩禮世家各種形式的教育、濡染與陶冶，塑造出了這樣一個典範性的性格，以致我們可以具體而微地把她當作古代文化的審美觀照。正因為她的性格是那一環境的典範產物，所以在同一環境中，在她生活的那個圈子內，她才能以理想的形式獲得上下左右一致的讚美，與環境取得了高度的和諧，幾乎可以視為那一時代的完人。孟玉樓生活於封建社會後期城市商業社會的小環境中，她的性格也以比較理想的形式與那一社會保持著高度的和諧與一致。因此這就使寶釵和玉樓成了她們各自生活圈子裏的理想人物，這表面上相似的背後又包容著往往根本不同的內容，這就是二人性格上相似而又相異的原因之一。

孟薛之性格相似而又相異的另一原因，是她們的生活都與商業發生著聯繫。任何同時存在的社會圈子都是互相滲透的，薛家既是貴族又是皇商，他那「珍珠如土金如鐵」的豪富，主要來源於商業收入。雖然，薛家之商與西門之商以及楊宗錫家之商很不相同，但商畢竟是商，凡錢都有銅臭。這一家庭的生活方式以及父親早逝、兄長不成器等原因，過早地使這一深閨少女體味到人生的艱辛，從而過早地成熟了。以湘雲之式微且不識當票子，而寶釵卻能十分妥善地處理了邢岫煙丟失當票子事件，可見寶釵的生活能力與大觀園其他女孩子相比有多大的反差。寶釵的教養型性格又帶上很濃的實踐型的色彩。三女子代理家政時，探春以開玩笑的形式說過：「登利祿之場，處運籌之界者，竊堯舜之詞，背孔孟之道。」寶釵承認這是現實卻又不以為然，她主張「拿學問提著，不然入世俗之中去了」。她自己正是這樣做的，商業生活的薰染並不改變這一大家閨秀的氣質，儘管她有時也流露出一點痕跡，但卻使她的封建處事哲學得以圓滿地實現。大觀園中還有一些嚴格按照封建規範行事的閨秀，但她們在做人方面都無寶釵來得成功，不能說與這一點無關。孟玉樓所生活的是一個才出現不久的自身還遠遠沒有發展成熟的社會環境，市民社會還拿不出成套的文化形態的東西來塑造自己的個性——直到今天他們還得乞助於「全盤」的「藍色文化」——因而在生活實踐之外，他們只好借助於經過浸潤修正的傳統文化了。於是，這就為孟薛二人的性格提供了兩對異同。她們的性格同樣來自傳統文化和帶著商業色彩的生活實踐，且同樣具有教養型和實際型的二重性。然而，寶釵的教養型性格主要來源於傳統文化；玉樓的實際型性格則主要來自生活實踐，這使二者具有不同的質；另一方面作為其補充成分，則起著加強其基本質的作用。

再一點異同之處，寶釵與她的生活圈子的協調，使她成為那一社會的得意人物，但由於她所屬的那一社會已到了末路，「好知運敗金無彩」，於是「寶釵無日不生塵」，這一理想人物也就隨著那一社會的衰亡而變成殉葬者，從而成為悲劇人物。而玉樓則由於她所生活的環境的複雜性，她與之既有協調又有衝突——她在西門家的並不嚴重的悲劇遭遇，應當說主要的還是由以西門慶為中心的封建因素造成的——然而，因為未來是屬於她們的，所以她最終得到了一個喜劇性的結局。

《紅樓夢》的作者站在新舊交替的時代制高點上，他以前人所未有的眼光反顧過去，又以前人所不曾有的敏銳感受未來，他在歷史的長河中反思舊文化時，既有哲悟，又有困惑；既有批判，又有留戀。當他把舊的文明以藝術的方式人格化到寶釵身上時，這一人物就具有了美、醜二重意義：作為古代文明的審美觀照，她是美的；當她表現出這古老文明的「無情」之時，她又是醜的。寶釵不是「小人」或「惡人」，她的悲劇是歷史的悲劇，而不是性格的悲劇。

《金瓶梅》的作者既有冬烘意識，又在自覺與不自覺地反映著市井觀念。在他濃墨重彩地為我們描繪的眾多的醜惡的女性形象時，孟玉樓是他用相反的色調為我們塑造的幾乎是絕無僅有的美的形象，因而可以說孟玉樓是以美學的形式映照出了作者的部分理想。

孟玉樓和薛寶釵這兩個性格的相似、相異和對立，正是封建階級和剛剛興起的市民階級在文化上的對立、差異及相互滲透的審美表現。

兩個曾經淪落的奇崛女性

——宋惠蓮和尤三姐形象之比較

古人謂蓋棺論定，斯言誠不虛也。若以自經前的宋惠蓮或者宋惠蓮的大半生而論，這位令人生厭的僕婦也不過是賁四嫂、王六兒、如意兒以及《紅樓夢》中鮑二家的、多姑娘或燈姑娘一流人物，殊不足道，與光彩奪目的尤三組絕不可以相提並論。然而，每個人都是一個極其複雜的世界，宋惠蓮直到告別人世之前才全面地展現了她自己的思想和性格。一根自經的繩子改變了人們對她的評價，她好像顆流星，在太空中本是一粒灰色的塵埃，微不足道，黯淡無光，可它卻以自己的墜落發出了光彩，從而使我們作人物比較時，可以把她與《紅樓夢》中那位剛烈的女性——尤三姐，放在一起考察其異同了。

一

《紅樓夢》中有兩個不同的尤三姐，程高百二回本的尤三姐是一個執著、剛烈而又清白的奇女子，脂本系統的尤三姐，同樣剛烈奇崛，可本來也是個「淫奔女」，和賈珍兄弟破臉自衛大鬧之後，她「改過守分」，要「改行自擇夫」，「揀一個素日可心如意的人方跟他去」，最後不幸而「恥情歸地府」了。二者之軒輊我們且不去管它，這裏我們是以脂本也即雪芹筆下的尤三姐為基礎與宋惠蓮進行比較的，否則，也就無法進行比較了。

脂本中的三姐給二姐托夢說：「你我生前淫奔不才，使人家敗倫喪行，故有此報。」這段話與秦可卿給鳳姐的托夢語一樣，都有些奇怪，很難以「假語村言」視之，它與人物的性格又有些游離，將玩弄者與摧殘者的罪責推到受害者身上，不值得稱道。不過它告訴我們，尤三姐因一度失足而自視為「淫奔女」，還是大體符合人物性格的。當然這很不公平，尤三姐是有過失足處，然而若說其「淫奔不才」，實在過分了。——它的是非標準的顛倒且勿論。尤三姐與宋惠蓮一樣都出身於市井家庭而地位較宋家為高，宋為賣棺材的宋仁的女兒，從小即被賣到蔡通判家為婢，而尤老娘可以將二姐與皇糧莊頭張家指腹為婚，可見其社會地位不低，至少當為市井上層的小康之家。後來因其父親早死，家道中衰，其母帶著兩個女兒改嫁給賈珍之妻尤氏的父親，而不幸再次守寡，於是尤老太太只好帶女兒依靠親戚為生了。失去了頂門立戶的男人，又無生業，孤兒寡母，說姓尤實際上又不姓尤，投靠一個既不同父又不同母的「姐姐」的親戚，不僅在生活上要靠其周濟，連姊妹出嫁的妝奩，都有賴於人家的置辦：尤三姐母女的命運，也夠悲慘的了。

端人碗，服人管，既然是這樣一種身分和處境，尤氏母女之在親戚家，必然要看人家臉色行事，很難直起腰桿做人。這種地位懸殊的非血緣的親戚關係，又遇到禽獸般的賈珍父子，加上懦弱而無主見、不關心其痛癢的姐姐尤氏，則尤氏姊妹之難免落入魔掌，是意料中事。

尤三姐姊妹的出現適逢寧府之大喪，賈敬歸天，珍蓉不在，尤氏把繼母接來看家，於是兩個「拖油瓶」的女兒也跟著來了。在回京途中得知此信，賈蓉「便和賈珍一笑」，賈珍連稱幾聲「妥當」，就快馬加鞭，連夜換馬飛馳來而。熱孝在身，賈蓉一回到家本著「髒漢臭唐」的原則，便和兩位小姨娘打鬧調笑，連眾丫頭都看不過，說賈蓉「他兩個雖小，到底是姨娘家，你太眼裏沒有奶奶了」。小說寫得很含蓄，可想賈珍父子之打尤氏姊妹主意，挑逗、玩弄他們，已非一日。當然，處此境遇不一定就要淪落，她們可以像晴雯似的骨氣，寧折不彎；也可以像邢岫煙似的自重而甘於清貧淡泊，總之她不是不可像程高本的三姐那樣「出淤泥而不染」，「可遠觀而不可褻玩」。然而這不幸的兩姊妹，無論懦弱而善良的姐姐，還是桀傲而冰雪般聰明的妹妹，她們都不同程度地落入賈珍父子的彀中，遭到玩弄，至少是褻瀆了。是市井之「小家碧玉」，其貞操觀念本來就不像大家閨秀那樣僵嚴？是處於青春期，經不住紈綺子弟的誘惑，或者糊裏糊塗地墜入愛河情網？或者是自以為寄人籬下，母女生存之所依靠，感荷與壓抑兼有，不得不忍辱含垢地屈從？……動因比較複雜，不宜簡單結論。總之尤氏姊妹在生活壓力面前，在邪惡面前，沒有能夠挺直腰桿，嚴格地自傳統的倫理觀念視之，都算淪落了。至於到什麼程度，懦弱而糊塗的姐姐陷得深，桀傲而精明的妹妹則陷得淺——她至多不過算是偶一失足，甚至僅僅不過是自重不夠。所以在二姐嫁給賈璉出居花枝小巷之後，賈珍再來光顧，三姐兒雖然和他「挨肩擦臉，百般輕薄」，然而賈璉一旦挑明，表示出兄弟倆要分別占有她們姊妹二人時，這時尤三姐就不讓了。她主動地「戳破這層紙兒」：「你別油蒙了心，打諒我們不知道你府上的事。這會子花了幾個臭錢，你們哥倆拿我們姊妹兩個權當粉頭來取樂兒，你們就打錯了算盤了。」她以自己的特殊方式進行了自衛反擊，她的反擊方式太個性化太奇特了：她「仗著自己風流標緻，偏要打扮的出色，另式做出許多萬人不及的淫情浪態來，哄的男子垂涎落滴，欲近不能，欲遠不舍，迷離顛倒，他以為樂。」她的自衛反擊是成功的；從對傳統女德的否定看，這個市井女子的反抗方式也是十分奇崛具有很高的歷史品格的；不過自另一高度或角度視之，她對賈珍兄弟的

「任意揮霍灑落」，似乎「竟直是他嫖了男人，並非男人淫了他」，她的這種做法和心態，也是一種扭曲和「淪落」。

宋惠蓮本名金蓮，到西門慶家後為避女主人的名諱才改叫惠蓮，她不僅與潘六兒同名，而且出身遭際也十分相似。她是清河縣賣棺材的宋仁的女兒，不知是因為貧窮還是意外變故，她被賣到蔡通判家裏使喚，「後因壞了事出來」，她的遭際跟潘金蓮以及許多與她命運相同的女子一樣，從此開始了她的墮落——從前僅僅是不幸。奴隸主不僅蹂躪了她的肉體，也摧殘了她的心靈，剝奪了她的自尊，泯滅了她的做人的恥辱感，從而開始了她的淪落。她先嫁與廚子蔣聰為妻，在與蔣聰共同生活期間，又與來旺「刮上了」。一日蔣聰因為同夥飲酒後鬥毆致死，來旺通過西門慶給縣裏關說，拿住兇手正法。來旺說服吳月娘，以「五兩銀子，兩套衣服，四匹青紅布並簪環之類」為代價，將她娶來為妻。人不患貧而患「賤」，或者說不患身分低賤而患人格上的自輕自賤。與「紅樓」中女兒不同，「金瓶」中女奴包括一切市井婦人，無不表現出貧而且「賤」。宋惠蓮就是突出的一個。既淪為奴則自貶三等，老爺們既然剝奪了她的貞操，她當然就無貞操可言。「不要說我們一無所有」，或者說「一錢不值」，「我們要做世界的主人」，宋惠蓮與這種「現代意識」恰好相反；這時她的「主體」已覺得自己「一無所有」和「一錢不值」了。如果說還「剩下」什麼的話，她有的只是「生得白淨，身子不肥不瘦，模樣不短不長，比金蓮腳還小些兒」。這是她為奴而向上巴結的唯一的「資本」。生活教會了她如何利用這「資本」，於是她的聰明和美麗就變成了「性明敏，善機變，會妝飾」，終於，她變成了「嘲漢子的班頭，壞家風的領袖」。

生活既然剝奪了她的一切，她就以扭曲的方式向生活索取——她學會了以自己的色相向剝奪者換取錢財、衣飾、寵幸以及自己所需要的一切。「初來時，同眾媳婦上灶，還沒有什麼妝飾，後過了個月有餘，因看見玉樓、金蓮打扮，她便把鬏髻墊的高高的，頭髮梳的虛攏攏的，水鬢描的長長的。」很快地，她就「被西門慶睃在眼裏」。其無意乎？其有意乎？或者兼而有之乎？總之玉樓生日後的一日，「買主」開始問津了：「我的兒，你若依了我，頭面衣服隨你揀著用。」面對著一匹「翠藍兼四季花喜相逢的段子」，她在使者玉蕭面前痛快地表了態：「爹多咱時分來？我好在屋裏伺候。」從此她順水推舟，投入西門慶的懷抱。她以自己的聰明、乖巧與「好風月」，供奉著西門慶，滿足著西門慶，深深贏得了西門慶的歡心。她也從中得到了自己的滿足。

同樣是不幸和淪落，惠蓮和金蓮後來的道路卻不一樣：潘金蓮以一次性的批發的形式得到了好的主顧，宋惠蓮則以一次次的零售的方式賣得好的價錢。「惠蓮自從和西門慶私通之後，背地與她衣服首飾、香茶之類不算，只銀子，成兩家帶在身邊，在門首買花翠胭脂，漸漸顯露打扮的比往日不同。」每次交易之中，或「買方」主動給予，也有

「賣方」主動索取。一次她應召與西門慶「親嘴咂舌做一處」之後，她便乘機索要，「爹你有香茶，再與我些。前日與我的，都沒了。我少薛嫂兒幾錢花錢，你有銀子給我些兒。」如果在十分寬泛的意義與程度上便用「淪落」這個詞兒的話，那尤三姐的淪落不過是含著眼淚，強忍著羞恥——尤二姐則還帶著幻想——的偶然失足，而宋惠蓮幾乎已經麻木得操皮肉生涯了。受摧殘者未必可恥，受摧殘而猶以為樂，以之為榮，則十分可悲了。刮上了西門慶之後，她不僅「漸漸顯露打扮的比往日不同」，而且在家人奴僕面前神氣也不一樣了：

> 這婦人嘴兒乖，常在門前站立，買東買西，趕著傅夥計叫傅大郎，陳敬濟叫姑夫，賁四叫老四。因和西門慶搭上了，越發在人前花哨起來，常和眾人打牙犯嘴，全無忌憚。或一時叫：「傅大郎，我拜你拜，替我門首看著賣粉的……」一回，又叫「賁老四，我對你說，門首看著賣梅花菊花的，我要買兩對兒戴。」自此以來，常在門前成兩價拿銀錢，買剪裁花翠汗巾之類，甚至瓜子四五升量進去，分與各房丫鬟並眾人吃；頭上治的珠子箍兒、金燈籠墜子，黃烘烘的；衣服底下穿著紅潞綢褲兒，線納護膝，又大袖子袖著香茶，香桶子三四個，帶在身邊。見一日也花銷二三兩銀子，都是西門慶背地與他的。

在奴隸群中，她覺得高人一等了。一次來客要茶，她稱惠祥為「上灶的」，為此爆發了一場對罵。她「把家中大小都看不到眼裏」，越來越輕狂，越倡狂了。元宵節與玉樓、金蓮等一起走百病兒，「她一回叫：『姑夫，你放個桶花子我瞧。』一回又道：『姑夫，你放個元宵炮仗我聽。』一回又落了花翠拾花翠，一回又吊了鞋，扶著人且兜鞋。」她覺得自己跟春梅一樣，奴隸中鶴立雞群，出人頭地，羞於與眾人為伍了。春梅的傲氣表現了一個得寵奴才的奴性，惠蓮的輕狂表現為一個私通家主的僕婦的得意；春梅為主子收用從舊的道德看來還是合法的，惠蓮的行為即使從正統的舊道德看也是不允許的：惠蓮的品格比春梅更其為低下了。

既然操此生涯，宋惠蓮也就捲進了西門家中以潘金蓮為首的妻妾僕婦間的爭風吃醋、勾心鬥角的爭鬥之中，品質越學越壞。第一次勾搭西門慶為金蓮發現，她「常賊乖趨附金蓮」，和金蓮擰在一起討西門慶喜歡。當她背地裏議論潘金蓮的話語為金蓮偷聽到之後，她則低聲下氣地向金蓮獻殷勤，千方百計地剖白以求得寬恕諒解，「金蓮正臨鏡梳頭，惠蓮小意兒在傍拿抿鏡，掇洗手水，殷勤侍奉。」雖然，金蓮正眼不看她，她則厚著臉皮，不使自動，不用強拿，當金蓮挑出她的毛病時，她向前又膝跪下，說道：

> 娘是小的主兒，娘不高抬貴手，小的一時兒存站不的。當初不因娘寬恩，小的也

> 不肯依隨爹。就是後邊大娘，無過也只是大綱兒。小的還是娘抬舉多，莫不敢在娘面前欺心？隨娘查訪，小的但有一字欺心，到明日不逢好死。一個毛孔兒生一個疔瘡。

她舉起了降旗，終於獲得了金蓮的寬恕，從而繼續保持他們的夥伴關係。宋惠蓮的輕狂也表現著淺薄，即心計不足。她的不識深淺的上頭上臉，在那一個個鬣雞似的勾心鬥角的妻妾群中，必然要引起警惕和忌恨。她的行為首先就引起了明敏的孟玉樓的反感，她當眾把潘金蓮的繡鞋套在腳上以賣弄自己的小腳，無疑是對金蓮的貶損，所以她的依靠金蓮的路線並沒有得到很好的貫徹，到頭來她還是葬送在她所依靠的人的手裏。

在那罪惡社會的壓抑、腐蝕之下，尤三姐和宋惠蓮都不同程度地犧牲、喪失了自己的清白和貞操，在這個意義上，她倆都「淪落」了。不過二者差別很大，實際上是很難相提並論的。尤三姐是一個有著鮮明而強烈的人格尊嚴以及追求的女性的婚前的偶然性的失足或失檢，她和賈珍關係中包含著多重因素：屈辱、脅從、虛與委蛇、報復等等都有，雖然這以當事人的貞操觀念為基礎，但絕不等於自輕自賤。她始終以羞辱、愧恨以及仇視的心情來看待這一段人生不幸。而宋惠蓮則不折不扣地墮落了，儘管責任並不在她。那罪惡社會摧殘了她的肉體，她則廉價地把肉體出賣給那一社會；那社會腐蝕她的靈魂，她則以自我麻木在那一社會中沉浮。沒有羞辱，沒有仇恨，反以受凌辱為榮耀，而對侮辱損害者保持著感激——這是一個墮落得失去了靈魂的可憐女性。

二

當然問題沒有這麼簡單，宋惠蓮的性格也沒有到此為止，否則我們的文章也無從做起了。

《金瓶梅》為我們保存了許多明代社會生活的彌足珍貴的形象史料，比如彼時市井社會中人們倫理觀念特別是貞操觀念的演變的細節即為其一。無須李卓吾或者孟德斯鳩和盧梭們的啟蒙和論證，也無須馬丁・路德和加爾文們大刀闊斧的改革實踐，市民社會在默默無聞之中悄悄地以陋俗的形式自發地進行著各個方面的變革。比如韓道國式的家庭，在傳統觀念看來就是不可思議的。這是一個地道的「男盜女娼」而又不乏恩愛與和諧的市井小家庭，這個「既放羊，又拾柴」的絨線鋪的夥計，在自己家裏卻是「夫妻店」的店主，而由老婆向西門慶賣淫以謀利是其夫妻共同經營的項目。彼此不光透明，而且欣然，而且自覺。比起來，宋惠蓮的丈夫來旺兒思想「解放」得就很不夠了。本來宋惠蓮作為蔣聰之妻時就已經為其勾引，可一旦成為自己妻子他就要實行排他性的獨占了。

儘管宋惠蓮未花一文，給他掙來了不少財物，可這仍然不能改變他的羞辱、嫉妒及齎恨之感。他要殺人，要雪恥，而因之遭了西門慶的暗算，幾乎喪了命。可宋惠蓮的觀念就很不一樣。作為蔣聰之妻她同時跟來旺私通，作為來旺之妻時她又和西門慶私通，兼和其他人嘲戲勾搭。她之和「第三者」發生關係，並非因為夫妻間感情不和醞釀著舊家庭的破裂與新家庭的重組，對於她來說，婚外的性關係不過是婚內兩性關係的愉快補充，無論在生理或者情感的意義上都是這。對於宋惠蓮來說，以婚姻家庭為基礎的兩性間的關係不是排他性的而是包容性的，只要男方能夠容忍和接受。當然惠蓮之勾搭西門慶與勾搭來旺不同，還有一個不容忽視的原因，即從有錢有勢的主子那裏獲得財物和寵幸，以補貼生活與滿足自己的虛榮以及生理上的放縱的需要，這真是物質和精神壓抑的雙重扭曲了。不過宋惠蓮的這種以輕狂形態表現出來的虛榮、炫耀、自得與滿足心理，基礎也很脆弱。一方面她並不掩飾自己借勾搭西門慶而獲得的財物與榮寵，在各種場合顯示自己的得意，以西門慶給的服飾打扮自己，以超過自己收入的花銷表現自己的高消費。一次玳安在給她鑿銀子時故意以玩笑的方式揭她的老底，說那銀子像西門慶的，她也不過以打情罵俏的形式一笑了之。甚至她和西門慶幽會後玳安以刻薄的語言譏諷她，只要是玩笑的方式，她仍可以欣然接受。單從這方面看，似乎她是喪失了廉恥的；其實不然，她的常人的恥辱心是被那居支配地位的嚴重扭曲了的畸形的虛榮心理壓抑淹沒了。它平日以潛在的形式存在著，當生活中出現了適當的刺激因素時，這種常人的恥辱感就會被喚醒了。所以惠祥罵她在蔡家養漢有一拿小米數兒時，她就憤怒了；孫雪娥罵她「積年轉主子養漢」時，最終把她推入絕望的深淵；而她在和西門慶私通談及潘金蓮時，她竟也以「原來也是意中人兒，露水夫妻」相譏諷，表示出自己內心對彼的輕視——她比自己也強不了多少！而當西門慶要置來旺於死地，宋惠蓮的這種被壓抑的意識就大幅度地上升，呈現出一種覺醒狀態了。這時一切酸甜苦辣湧上她那早已麻木的心頭，她要復歸了，她要爆發了。

宋惠蓮的這種人生的、倫理的模式也有一個明確的最後界限，即第三者不得嚴重地傷害自己的家庭，主要的是不得傷害自己的丈夫。這一點也是她和潘金蓮的根本區別之所在。不光宋惠蓮和潘金蓮不同，來旺兒和韓道國也不一樣，後者是二人合夥開夫妻店成為操皮肉生涯的專業戶，而惠蓮卻必須瞞著自己的丈夫跑單幫。這一點就決定了宋惠蓮的生活方式遲早要出現麻煩，隱瞞是不能長久的，背夫私通而如此張揚和張狂，一旦敗露，她實在無法在情夫家主與不甘心的丈夫中間保持平衡，使二者協調，這就決定了她的悲劇的結局。結果正是如此，沒等宋惠蓮得意張狂多久，來旺從杭州回來，被孫雪娥的幾句話燒起了怒火，一場醉後的「謗訕」很快打破了過去喜劇色彩的平靜。受害者揚言要與西門慶「白刀子進去，紅刀子出來」，形勢馬上急轉直下。先是奴才來興兒打了小報告，接著是驚動了孟玉樓和潘金蓮，她們經過合謀由潘在西門跟前通了氣，燒了火。面對西門慶的質問，她感到問題嚴重，竭力為丈夫開脫，與西門慶盤桓，以爭取其諒解。誰知潘金蓮的又一把火使她的努力成為徒勞。胳膊擰不過大腿，西門慶略施小計，受害者一下子變成了謀財殺人犯，一張貼子送到提刑所去。她看出丈夫也包括自己「暗中了人的拖刀之計」「這宋惠蓮自從拿了來旺兒去，頭也不梳，臉也不洗，黃著臉，只是關著房門哭泣，茶飯不吃」。丈夫的不測，使她失去了活下去的精神支柱；丈夫的吉凶未卜，又使她不致完全絕望；西門慶的哄騙又給她製造著幻想。她一面敢於面斥西門慶「恁活理人，也要天理」，一面又「只顧跪著不起來」，乞求「爹好狠心，你不看僧面看佛面，我恁說著就不依依兒？」西門慶哄她，說抓她丈夫不過是「監他幾日，耐耐他性兒，還放他出來，還叫做買賣」。她則哄西門慶，叫西門慶放來旺以後，或者把他打發得遠遠的，或者替她尋上個老婆，「咱倆個自在頑耍」。二人都在互相籠絡，說的話都是真假參半。於是，宋惠蓮又和西門慶「頑耍」了，這個可憐的女人過高地估計了自己在西門慶那裏的價值，孟玉樓和潘金蓮再一把火，使她的一切期望盡付東流。她太聰明了，又太愚蠢了。她的生活模式的倫理基礎和社會基礎太脆弱了，她如果不做潘金蓮，就得做王六兒，否則遲早會走向悲劇結局。潘金蓮的挑撥話雖然十分惡毒，可說的也都是實話，而問題一經挑明，打發來旺出去做買賣也不是，留下也不是；打發出去怕被拐銀逃走，留在家中，又不勝防範；捉進去了，更是放不得。

依我，如今把奴才放出來，你也不好要這老婆了，都教沒張致的，在人跟前上頭上臉，有些樣兒！就算另替那奴才娶一他奴才好藉口。你放在家時，不葷不素，當做什麼看成？待要把他做你小老婆，奴才又見在。待要說到奴才老婆，你見把他逞的恁個，往後倘若你兩個坐在一答時，那奴才或走來跟前回話，或做甚麼，見了有個不氣的？老婆見他，站起來是，不站起來是？先不先，只這個就不雅相。傳出去休說六鄰親戚笑話，只家中大小，把你也不在意裏……你既要幹這營生，不如一狠二狠，把奴才結果了，你就摟著他老婆也放心。

西門慶終於下毒手了，決心置來旺於死地，不過仍然瞞著她。可當她從鉞安那裏知道確切消息之後，她終於轟毀了一切幻想，西門慶騙了她，這個世界騙了她，對她太殘酷了，她再也沒有什麼值得留戀的了，借助一條長手巾，她要訣別那罪孽的塵世了。

你原來就是個弄人的劊子手！把人活埋慣了，害死人還要看出殯的！……你也要合憑個天理！你就信著人，幹下這個絕戶計！

一個人當他連死都不怕了的時候，還怕什麼？——宋惠蓮竟敢如此面斥西門慶！

她雖然僥倖被救了下來，西門慶派賁四嫂及潘金蓮開導她，勸她趁青春妙齡之時，嫁給西門慶，「守著主子，強如守著奴才」，可是宋惠蓮不幹——這正是她的遠遠高於潘金蓮之處。她可以「養漢」，但絕不謀害丈夫。潘金蓮幾次三番在西門慶前的挑唆之詞倒不是誣陷：隨你怎的逐日沙糖拌蜜給他吃，他還只疼他的漢子！

人生的邏輯也真是奇妙！西門慶只看這個女人的淫賤的一面，「你休聽他摭說，他若早有貞節之心，當初只守著廚子蔣聰，不嫁來旺兒了」，他的論斷倒不如潘金蓮更接近真理。宋惠蓮雖然不像潘金蓮說的「一心只想他漢子」，可是對自己的丈夫，「一夜夫妻百夜恩」，「相隨百步，也有個徘徊意」，她倒是死守著最後的界限，未泯下層婦女的情義的。賁四嫂們感到詫異：「看不出她旺官娘子，原來也是辣菜根子，和他大爹白搽白折的平上。誰家媳婦有這個道理！」——這一個女人就有「這個道理」！一次自縊未成之後，在潘金蓮挑唆下孫雪娥又給她一頓羞辱，這不尷不尬的生活實在難於繼續下去了，她終於決絕而去。宋惠蓮雖然婦節有虧，但從最終看，她也算對得起自己的丈夫了。她以死向那摧殘侮辱她的社會發出了抗議，並以此向自己的丈夫悔贖了自己的過愆。

如果說宋惠蓮僅僅在墜落之際以自己的毀滅劃出一道亮光，那麼尤三姐的平日存在的自身，就是懸掛在昊昊「情天」中的一顆閃著異彩的璀璨的亮星——雖然它是一顆有著「黑子」的亮星。

宋惠蓮私通主子以謀利，並以此炫耀於人，表現為輕狂、低賤和麻木；尤三姐之和姐夫「不妥」，從來未忘記自己是一個被侮辱損害者，她對於自己，對於侮辱與損害她的人有著十分清醒的認識。二姐嫁給賈璉作外室，自以為終身有靠，把花枝小巷當作永久的安樂窩，沉浸在幸福之中。三姐一再提醒：「姐姐糊塗。咱們金玉一般的人，白叫這兩個現世寶沾汙了去，也算無能。而且他家有一個極厲害的女人，如今瞞著他不知，咱們才安。倘或一日他知道了，豈有干休之理，勢必有一場大鬧，不知誰生誰死。」宋惠蓮對西門慶是乞求和感戴，尤三姐對賈珍兄弟是輕蔑甚至仇視；宋惠蓮出賣肉體，任人玩弄，自輕自賤，三姐在含羞忍垢中壓抑著十分強烈的人格意識；宋惠蓮在來旺遭陷害後仍然為西門慶所哄騙被玩弄於股掌之上，不見棺材不落淚，尤三姐則自始至終對玩弄者與受害者，對事態的發展與結局有著明晰的清醒的認識。因此，宋惠蓮改善或改變自己的命運全依賴或乞求於西門慶，以任其蹂躪求得其歡心，而尤三姐在賈氏兄弟面前敢於挺直胸脯，堂堂正正地做人，雖曾失足，絲毫不輕賤，她以自己的特殊方式向損害者進行了報復。「見提著影戲人子上場，好歹別戳破這層紙兒」，她利用貴族紈綺子弟既幹壞事又要虛榮假面子的特點，面對賈珍的非分之想，以出奇之舉，一下子「戳破了這層紙兒」，反客為主，將兩個浪蕩子禁住，「自己高談闊論，任意揮霍灑落一陣，拿他兄弟二人嘲笑取樂」，而且「自此後，或略有丫鬟婆娘不到之處，便將賈璉、賈珍、賈蓉三個潑聲厲言痛罵，說他三個誆騙了他寡婦孤女」，弄得賈璉不好輕薄，賈珍不敢再來。以社會地位的懸殊論，三姐與賈氏的差距比惠蓮之於西門慶也高不很多，但對於彼此的人格評價，在尤三姐心目中恰恰相反，對於權貴紈絝的蔑視，與自我人格的高度自尊的衝突，成為尤三姐的情緒爆發的心理基礎。恰如久蓄的岩漿，一旦噴發，奔突恣肆，氣勢磅礴，氣凌邪惡，使受損害者為之揚眉吐氣，振奮暢快，一點也沒有奴性的猥瑣，有的只是被壓迫者骨氣的張揚。尤宋的優劣，於是而見焉。

宋惠蓮受盡凌辱玩弄，在最後發現自己上當受騙之際，才結束自己對於凌辱者的感戴，作了一百八十度的轉變，以一死發出絕望的抗議。而尤三姐，在姐姐嫁給賈璉不久，當賈氏兄弟一旦突破她自衛的防線之後，她即向他們噴發了抗議的怒火。她對賈氏兄弟的揮霍灑落，縱放由我，指斥如對小兒，使人聯想到柳湘蓮之痛打薛蟠，是《紅樓夢》中懲罰邪惡的幾件使人大暢快的事之一。再一種報復方式就是蓄意作踐：

> 那尤三姐天天挑揀穿吃，打了銀的，又要金的；有了珠子，又要寶石；吃的肥鵝，又要肥鴨。或不趁心，連桌子一推，衣裳不如意，不論綾緞新整，便用剪刀剪碎，撕一條，罵一句……

這是一個奇女子的一種奇崛的反抗方式，這種方式，為世家閨秀如林黛玉所不能，也是身分低賤者如晴雯、司棋、鴛鴦們所不能，只有尤三姐「這一個」出身小家、得市井風氣之先、有人格自尊而較少奴性意識與禮教精神枷鎖的奇崛女子，才能發出這樣奇異的光彩。

尤三姐與宋惠蓮有著品格截然不同的人生理想和幸福觀。宋惠蓮以為主子「包占」作為家庭生活的補充，作為自己的歡樂、榮耀與幸福之所賴；尤三姐則始終以找一個理想的伴侶，組織一個可以自立的家庭作為自己的人生目標。在寧府的一度失足或失檢，在花枝巷面對邪惡進行了不得已的極度痛苦的自衛和報復並達到目的之後，賈璉兄弟退讓了，二姐夫決定「丟開手」，徵求她的意見將其發聘了，三姐兒又是一個陡轉，再一次以她的驚人之舉令賈璉們刮目相看：

> 姐姐今日請我，自有一番大禮要說，但妹子不是那愚人，也不用絮絮叨叨提那從前醜事，我已盡知，說也無益。既如今姐姐也得了好處安身，媽也有了安身之處，我也自尋歸宿去，方是正理。但終身大事，一生至一死，非同兒戲。我如今改過守分，只要我揀一個素日可心如意的人方跟他去。若憑你們揀擇，雖是富比石崇，才過子建，貌比潘安的，我心裏進不去，也白過了一世。

這樣旗幟鮮明地宣稱自己的婚姻自主，這樣毫不含糊地亮出自己的追求目標，以及從中表現出的擇偶標準和品格——不計較富貴與才貌，只要自己「可心如意」，連釵、黛、雲們所追求憧憬的而為更多女子認為高不可攀的賈寶玉，她可以一啐置之；正如林黛玉之愛賈寶玉，她選擇了柳湘蓮，她在她所愛者身上，取得了人生和理想的認同，並以死殉情，為之獻出了青春和生命。她愛得執著，愛得大膽，愛得光明磊落，她這種愛的歷史品格並不比寶黛之愛為低，雖然她是《紅樓夢》的次要人物。一個市井出身的女奴的生存的最後可憐的界限，奴隸主也不給保留，宋惠蓮於是只好自經；而尤三姐的死，卻是殉情而死，為了理想而死，為了自己的人格和尊嚴而死，為了向那侮辱損害她的罪惡社會表示抗議而死。

兩個失落自我作無謂紛爭的可悲人物
——孫雪娥與趙姨娘形象之比較

如果研究語義的歷史形成，在漢語中似乎沒有比「妾」更好的例詞了。「妾」也者，女奴也，小妻也，女子之謙稱也。它一詞多義，而又多義互通——它都與女子受奴役的地位聯繫著，這正是這個詞產生和使用的時代的社會現象在語言裏所留下的痕跡。正因為如此，以歷史之久和使用範圍之廣而論，作為女子的自稱，也許再無其他詞可以望其項背了。在那漫長的男尊女卑時代，作為配偶的「妻」，本來就處於被男子支配的地位了，更何況這種特地加上被奴役的符號的「妾」呢？則其地位低下更可想而知了。

當然，有各式各樣的「妾」：有嬌妾，也有賤妾；有寵妾，也有背時的妾；有逆來順受屈於命運的妾，也有不甘寂寞極力奮爭的妾……而趙姨娘和孫雪娥，則是兩個背時而又不甘寂寞的妾，在舊時代，她們有很高的代表性。這裏，對趙、孫這兩個不同社會圈的可悲人物，試進行一番比較。

在主與奴間擺動的社會地位

妾的來源各異，有通房，有買來，有奪來，也有娶來者，但無論其來源及實際地位有多大差距，其半奴半主的身分則一。她們或以「奴」為主，或以「主」為主，均因人因時而異，但從其法定或為習慣所認定的地位看，這種亦主亦奴的身分是大體不錯的。如平兒，以操生殺予奪之實權論，她的實際地位往往超過了一些正經的主子，但鳳姐對尤二姐稱她為「咱們的丫頭」，她和鳳姐說話連稱「你」的權利都沒有；又如潘金蓮得意時連月娘都不放眼裏，可西門一死，月娘則可不容置疑地將她交媒婆公開發賣。這都說明，儘管有時「妾」可以很像主子，甚至比主子還威風，但總擺脫不了「奴」的地位。趙姨娘和孫雪娥的地位更其如此。

一個「妾」在家庭中的地位到底如何？她在主奴之間到底如何擺動？首先的和主要的取決於丈夫的態度。這一點在西門慶家最為典型。西門家之妻妾特別是妾，她們得失榮辱完全取決於是否受到西門慶的寵愛。他喜歡你，可以把你抬到三十三天之上；他不喜歡你，可以把你貶到九十九層地獄之下。而孫雪娥，作為前妻陳氏的陪嫁丫頭被收用了的，彼時西門尚未發達，妻妾尚少，正處饑不擇食之中，隨把孫雪娥收了房，依自然順序排列，就成了第四房。孫雪娥這位「第四房」，一開始時是否也興頭過，我們不得而知。不過自從她在我們面前出現時，她就是一個「沒時運的人」，她的身分頗有點像大觀園裏的柳家的，造得五鮮湯水，專管打發各房的伙食，不過是一個身兼廚師的灶房僕婦的頭兒。儘管她排房第四，可人家都是「二娘」「三娘」「五娘」「六娘」的叫著，闔家中上上下下卻從來沒有叫她「四娘」的。一次洪四兒稱她「四娘」，還被潘金蓮大罵一頓：「沒廉恥的小婦人，別人稱道你便好，誰家自己稱是四娘來。這一家大小，誰興你，誰數你，誰叫你四娘？」其實孫雪娥還真是「四娘」，可事實上卻無人叫她「四娘」，雪娥自己也不懂得什麼「必也，正名乎」，可她必須承認這殘酷的現實。這現實正好說明了「姨娘」地位的模糊性，它在主奴之間的擺動性。在幾房妻妾中，平日別人見西門慶是拜，她卻得跪下磕頭，起來還得與月娘磕頭；出門拜客，別人是打扮得花枝招展地大轎小轎而去，她總是留下看家；逢過年過節，添置衣服，她也比其他各房少一兩樣以示區別。所以，孫雪娥的地位不過是一個沒有正式革去姨娘頭銜的事實上的僕婦。在兩個極限之間，她向低處擺動已十分趨近下限了。不過，認識到並承認這一點她也是花了代價交了學費的。和潘金蓮娘兒倆的第一次較量，她還自以為優越，先於金蓮，來路也比金蓮正；至於春梅，她認為那是「奴才」，更不在話下。是西門慶用無情的拳腳使她承認了殘酷的現實：「賊歪剌骨！我使他來要餅，你為何罵他？你罵他『奴才』，你為何不溺泡尿，把自己照照！」第一頓之後，她仍不死心，還把幻想寄託在月娘身上。次日與金蓮的正面衝突，她對罵曰：「你罵我奴才，你便是真奴才。」於是招來了西門慶一頓更狠的拳腳。這一次，她才清醒一點，算是「照」清了自己，知道自己不光不能跟潘金蓮比，連金蓮身邊的奴才也不及。「梅香拜把子——都是奴才罷咧！」——奴才只有香臭之分，而無高低之分。

趙姨娘在賈府中的地位很像孫雪娥，不過考其具體原因，卻又頗不相同，很有點「同質異構」的味道。在西門家姨娘的地位主要取決於男人的喜怒好惡，孫雪娥純粹是因為丈夫的厭棄使她跌落在塵埃，被人踩在腳下；而趙姨娘，雖然不能說是為賈政所偏愛或寵愛，但至少可以說未曾遭到嫌棄。《金瓶梅》中，西門慶到孫雪娥房中歇宿，僅為一見，而賈政之於趙姨娘則比較正常。一次賈政於趙房中安歇，說話涉及了寶玉，小丫頭為了討好寶玉，還捕風捉影地到怡紅院去傳遞信息，鬧得怡紅院一夜雞犬不寧，弄得寶玉還裝病呢。使趙姨娘感到壓力的倒不是「夫」，而是「妻」，即正妻王夫人，也包括王派勢力。說起來，王之於趙倒未見潘金蓮式的欺凌與摧殘，以妻妾關係論，王之遇趙與吳月娘之待孫雪娥也大致差不多，不同之處，不過是趙有子，王亦有子，在繼承人方面嫡庶的區別的意義則更大一些，因之使她們自身的矛盾自然顯得更為突出一些。故以個人態度和品質而論，王夫人亦無可深責。而賈政在妻妾之間，亦未見助紂為虐或為狐媚魘道所惑顛倒尊卑之處。趙姨娘之不幸的實質，全在於賈府是詩禮世家，而賈政又屬於篤守禮法的封建正統派，是「妾」或「姨娘」即「庶妻」的身分把她置於受人壓抑欺凌的地位，那責任倒不在於某某個人，而在於封建禮教自身。考趙之在賈府，既未見丈夫的拳腳相加，也未見嫡妻的朝打暮罵，作為姨娘，她按照標準享受著姨娘的待遇，住的房子、使的丫鬟、每月月例，並未受到特別的貶低或克扣。王夫人一心抬舉襲人，把其內定為寶玉的「屋裏人」，在考慮增加月例時，也不過吩咐鳳姐：以後凡有趙姨娘、周姨娘的，也都有襲人的。鳳姐減少了一吊月錢，趙還可以向王夫人「舉報」呢。賈母倡議學小家湊份子給鳳姐做生日，按身分等級出銀子，鳳姐儘管別有用心，可還要假惺惺地說不要忘了二位姨奶奶，問到他們是禮呢。大觀園中的年輕主子，包括臨時主持家政的李紈等，見趙來了，也都要彬彬有禮地忙著讓坐。可這一切都嚴格地限制在對待「姨娘」的分寸之內。賈府不像暴發戶的西門家，「九尾狐狸精出世」，亂當家，可以尊卑顛倒胡來，這裏一切都要講究嚴格地合乎禮法規範，而把趙姨娘踩在腳下的，正是這禮的自身。邢夫人在動員鴛鴦做姨娘時，曾把姨娘稱做「半個主子」，至於那「半個」她沒說，自然是「奴才」了。在賈府，詩禮大家總是力圖給各種不同身分的「姨娘」，在主奴之間模糊的動量區間，儘量給她們各自確定一個相對穩定的位置，以實現其不確定中的確定。比如趙姨娘，賈政與王夫人對坐時，她必須侍立；寶玉進來，她得打門簾子；王夫人生氣，儘管不像吳月娘與潘金蓮勃谿，滿口罵人髒話，但訓斥她卻不能回言，不能像潘金蓮那樣打滾撒潑，榮慶堂和大觀園的宴集，從來沒有她的份，如此等等。最使她難堪的是在親生子女探春和賈環面前，失去了做母親的資格，只能算是「姨娘」，王夫人才有資格做她們的「母親」，而自己的兄弟只能做賈環的跟班，探春毫不客氣地呼之為「奴才」。這方面，比起李瓶兒之於官哥兒，之於花大舅，地位顯然是低下得多。這種極不合理的現象，絕不能怪罪於王夫人或探春，迎春、惜春她們於生母都是這樣的——這是規矩，是由封建的宗法制度和嫡庶制度決定的。

所以趙姨娘之感到壓抑，產生不滿，主要的倒不是因為賈府的家長沒有給她以「姨娘」應有的待遇，在姨娘中故意地貶低了她；她之不滿，倒往往由於她的要求超越過姨娘應有的界限，以庶而謀嫡又達不到目的而產生的。這一點我們留待下面去談。

以勃谿鬥法為主要逐爭形式的追求

孫雪娥是一個失去丈夫的寵愛而又受到壓抑的妾，她既不恨直接摧殘她的丈夫，更不懂得把自己的不幸與那嫡庶制度，與那男尊女卑的封建制度聯繫起來，她把自己的全部仇恨集中到那挑唆丈夫打她、剝奪了她那本來就少得可憐的丈夫的愛撫的競爭對手身上。因而，孫雪娥與潘金蓮和龐春梅的矛盾，遂成為主要矛盾，而勃谿鬥法也便成了她們間爭鬥的主要形式。在孫潘爭鬥中，一般說來是潘取攻勢，是進攻者，強者，欺凌者；孫則取守勢，是防禦者，弱者，受欺凌者，如「唆打孫雪娥」的第一個回合就很典型。但一旦形勢允許，孫也會取攻勢，如西門慶梳攏李桂姐多日不歸，潘金蓮在家耐不得寂寞與琴童勾搭之際，孫雪娥就不顧吳月娘的勸阻，聯合李嬌兒主動進攻了。這次她投桃報李，報告了西門慶，雖然未能置潘金蓮於死地，總算使其遭一番侮辱，算是報了一次仇。西門慶死後，潘金蓮失去了護恃，與陳敬濟的姦情又已敗露，而吳月娘又與其有夙怨，這次又是孫雪娥唱了主角，極力出謀獻策，慫恿月娘，導致了唆打陳敬濟、發賣潘金蓮的悲喜劇——也真「報應不爽」，一前一後，兩次「唆打」，主客易位，孫雪娥終於報了仇。她「每日洗著眼睛看著她，這個淫婦，到明日還不知怎麼死哩」，這一天最終是給她盼到了。不過孫雪娥的一生，她也不過僅此快意一時，無論是西門慶的生前還是身後，她都未擺脫過受壓抑欺凌的不幸處境。因為潘金蓮有著她所無法比擬的優勢，所以「私僕受辱」之後，未能改變潘金蓮在西門慶心目中的地位，徒使兩下「冤仇結得有海深」了。「來旺兒醉中訕謗」之後，她再次痛挨一頓，更被「拘了他頭面衣服，只教她伴著家人媳婦上灶，不許他見人」。終西門慶之世，雪娥也未能夠翻身。作為一個受欺凌者，一個弱者，她是令人同情的，她的逐爭，也只是一個姨娘的自衛。如果自為奴的實質視姨娘，她屬於那種「欲做奴隸而不得」型的奴隸或弱者，在比自己更弱的奴隸面前，她就現出「半奴半主」的狼性來。宋惠蓮是一個可悲又令人討厭的人物，她以出賣色相從西門慶那裏換取一點可憐的錢物，並以此欣然自得。可是當西門慶越過這個界限向她的丈夫下毒手之後，就激發出她的人性中尚未泯滅的善的閃光，這一點還博得了月娘並一些僕婦的同情甚至讚賞。然而孫雪娥卻不是這樣，也許是因為宋惠蓮通過潘金蓮的默許與諒解勾搭西門慶的吧，也許是因為宋的得意增加了她的逆反心理吧，所以，一經潘金蓮挑撥，她就勃然大怒大打出手了——潘到底是五房，你算什麼東西呢！於是一個耳光加混戰，使她成了殘害宋的直接凶手，一個被拯救過來的弱者的生命，竟被她這個稍強一點的弱者剝奪了。

西門慶死後來旺「捲土重來」之時與來旺重敘舊情並拐財私奔，這是孫雪娥一生追求中最亮的閃光點或最高點，這次她不是要做一個不受人欺壓的體體面面的姨娘，而且要自由自在地做人了。不過雪娥自己還沒有意識到這種高度，與《紅樓夢》中司棋之戀潘又安、尤三姐之戀柳湘蓮，不能相提並論。後二者之追求有著一定的人生自由、愛情自由的意識，她們始終為之奮鬥，為之犧牲，忠貞不二；而雪娥之於來旺則不然，她們之結合不是理想追求的最高選擇，而是情欲樹上撞落掉的偶然的果實。無論她們的勾搭成姦，或不幸的分離以及後來偶然造成的重溫舊夢，裏面都沒有愛的詩情，可歌可泣的奉獻精神，男女雙方，來也匆匆，去也匆匆，成也淡然，敗也淡然，與紅樓女兒的鍾情和執著是不能相提並論的。不過這畢竟是一個受壓迫的賤妾的可貴的追求，如果孫雪娥與來旺真的能夠如願以償，逃到徐州，無論是「種幾畝地」或者靠做點銀匠手藝以謀生，那麼這樣一對自食其力的小夫婦，即使比潘金蓮和李瓶兒過的寵妾生活，也要好上一萬倍的。可《金瓶梅》的作者卻不是出於「千紅一哭，萬豔同悲」的悲劇意識，而且出於懲罰報應的需要，把孫雪娥推入了一個比原來為妾更深的火坑。

「盜拐」失敗，月娘不願領回，孫雪娥被官媒發賣到周守備府中，是春梅故意把她買來的——真是冤家路窄！雪娥與金蓮對立的主線又續上了。龐春梅是作者頗為欣賞的人物，一慣潑辣凶狠，這時做了守備奶奶，春風得意，正是頤指氣使為所欲為的時候。她恣意刁難摧殘自己的宿敵，也算夠快意的了。雪娥的表現是認命，但因為折磨她的是過去的奴才，她又因此流露出不滿：「姐姐幾時這般大了，就抖摟起人來！」不然的話，她也許又認命苟活下去了。八兩銀子，春梅把她賣給了娼家，而且還是私窠子。「潘五進門不問長短，把雪娥先打了一頓，睡了兩日，只與他兩碗飯吃。教她學樂器彈唱，學不會又打，打得身上青紅遍了，引上道兒，方與他好衣穿，妝點打扮，門前站起，倚門獻笑，眉目嘲人」。與金瓶中的多數女性一樣，在不幸的人生面前，她有著很強的可塑性。就這樣，她又成了操賣笑生涯的潘家玉兒了。不久，幸運降臨到她的頭上，她得以邂逅守備府的張勝，她「枕邊風月，耳畔山盟，和張勝盡力盤桓，如魚似水」，於是張勝取代了西門慶和來旺，把她包占焉。對於雪娥來說，這也算是不幸中之大幸，差強人意，滿可以繼續苟活下去了。可命運連這一點菲薄的「幸福」也不給她長期保留，包占不久，張勝因殺死陳敬濟而被亂棒打死，在官方逮捕劉二時，雪娥害怕官司牽連自己，倉卒間用一條繩索了結了自己那「欲做奴隸而不得」的一生。

與孫雪娥不同，趙姨娘所追求的動因是不安於做一般「姨娘」的位置。趙姨娘固然也受王夫人和鳳姐的壓抑，但那與金蓮的蓄意迫害不同，多半屬於「嫡」對「庶」、正經主子對半奴半主的正常「壓抑」。雖然鳳姐有時顯得過分，不過趙姨娘與賈環母子，猥猥瑣瑣，嘁嘁嚓嚓，陰賊宵小，確實也很討人厭，並不能簡單地看成是以強凌弱。探春不有云：「你瞧周姨娘，怎不見人欺他，他也不尋人去。」正是這樣，一個不安分的愚妾，「行出來的事總不叫人敬伏」「並不留體統，耳朵又軟，心裹又沒有算計」，連賈環都看不起，怎麼會入得阿鳳的眼！

趙的仇恨矛頭主要是指向王夫人姑侄母子，也即榮府「嫡」系的當權者。如果說對方壓抑她還是憑藉著不可動搖的優勢，採取的是光明正大冠冕堂皇的形式，那麼她們娘兒倆之報復對方則完全是不擇手段和搞陰謀詭計了。故意推翻蠟油，本想把乃兄的眼睛燙瞎；「不肖種種」「小動唇舌」，則差點把寶玉置於死地，趙姨娘薰陶出來的黑心的「下流種子」，小小年紀就已經夠陰毒的了。「魘魔法姊弟逢五鬼」，則顯得大巫勝小巫了。這絕不是消極地「報仇」，目的她自家供認不諱──「把他兩個絕了，明日這家私不怕不是我環兒的。」當然，這是她的最高綱領；平日她耿耿於懷的則是她在探春面前的自白：「我這屋裏熬油似的熬了這麼大年紀，又有你和你兄弟，這會子連襲人都不如了，我還有什麼臉？」真是，進亦憂，退亦憂；進亦怨，退亦怨。她總是把眼睛向上看，處處與正室相比：環兒的地位不如寶玉了，有錢也到不了她的屋裏了，丫鬟們也不買她的賬了，如此等等，比則怨，怨則爭，她要追求，要嘁嘁喳喳，要玩弄陰謀詭計──最好取而代之，不能也暫時「把威風抖一抖，以後也好爭別的禮」。

趙姨娘固守著「姨奶奶」的位置，去爭財物，爭待遇，爭體面，經常地又不以此為限，她總想得到更多一些，眼睛總向著「嫡」看齊。為此，她不停地勃谿鬥法，鬼鬼祟祟，撥弄是非；關鍵時刻和適當時機也會赤膊上陣、大打出手，及至誣蠱謀害，斬盡殺絕。鳳姐扣她房裏月錢，她則造輿論，打小報告，那是維持姨娘的合法利益；兄弟死了，她則不滿足於慣例二十兩銀子的喪葬費，利用探春持家的機會，想多爭一點。芳官以粉代硝，愚弄賈環，她大鬧怡紅院，是爭體面，也是平時對丫鬟們積怨的一次總的發洩。她切齒於鳳姐，私房中與馬道婆計議時，也只敢伸出兩個指頭，而且還要走到門前，掀簾子向外面看看，面對鳳姐對她的指斥揮喝，她卻大氣也不敢出。她恨王夫人的嫡派勢力，但當寶釵送土產想到她時，她又能拿到王的面前獻好兒。正經主子看不上她，丫鬟們也不買她的帳，她積了一腔的怨憤，平日嘁嘁喳喳又達不到目的，當「茉莉粉替去薔薇硝」之時，她以為這回「抓住了理」，於是就大打出手了。目的是什麼？她自白道：「趁著這回子撞屍的撞屍去了，挺床的便挺床，吵了一出子，大家別心淨，也算是報仇。」「罵給那些淫婦們一頓也是好的。」「小淫婦們！你是我家銀子錢買來學戲的，不過娼婦粉頭之流！我家裏下三等奴才也比你高貴些的，你都會看人下菜碟兒。」──這是她在女奴面前端姨奶奶的架子，罵怡紅院中個性意識最強的芳官的話。這一次她又失敗了。如探春數落的，她要是自我尊重的正經主子，對小丫頭子們的不是，「可恕的就恕，不恕時就叫了管家媳婦們說給他去責罰」，而她卻只會用典型的「姨娘方式」，大吆小喝，自己不尊重，想端架子反失去了體統。她自己養了兩個子女，天差地別，兒子賈環也真不愧「小娘養的」，耳染目濡，酷似乃母，鄙微陰賊，十分不成器。可她又恨其「下流沒剛性」，「也只好受這些毛崽子的氣！平白我說你一句，或無心中錯拿了一件東西給你，你倒會扭頭暴筋瞪著眼撴摔娘。這會子被那些起×崽子耍弄也罷了。你明兒還想這些家裏人怕你呢。你沒×本事，我也替你羞！」女兒探春倒「有剛性」，很尊重了，可她又怕她，又怨她，又乞求於她。探春給寶玉做了鞋之類，她則咕嘰抱怨一番，至於遇到二十兩銀子這樣大的利益，她又親自出馬了。她先是來勢洶洶，滿臉鼻子眼淚地指責探春「把自己的頭踩下去了」，經探春有理有據地給予駁回之後，她央求探春「拉扯拉扯我們」，「想你額外照看趙家呢」，直逼得探春說出「誰家姑娘拉扯奴才了」這樣嚴正的刻薄話才罷。在這裏，她自認半奴，又不甘心於半奴的身分和待遇，想利用自己生養可又不承認自己是母親的主子女兒的關係，以爭得一點利益。她並非鄙薄探春的宗法嫡庶觀念，而是不滿於這位主子女兒沒能很好「拉扯」自己，多照看一下自己。無論是嘁嘁嚓嚓還是鬼鬼祟祟，趙姨娘都未能達到預期的目的，挫折越多，所積怨憤越深，於是一次賈環幹了壞事連帶她受到訓斥後，她就鋌而走險採取更為刻毒的手段進行爭逐了。她以僅有的私房錢外加五百兩欠據勾結了馬道婆，企圖以魘魔法置寶玉和鳳姐於死地，徹底報仇，一舉奪嫡。「魘魔法叔嫂逢五鬼」一回寫的得失如何且不論，在中國整個封建時代，以巫蠱方式進行謀害，這在嫡庶鬥爭中確有很高的典型性——它是僅次於正面的暴力衝突的一種最高的陰謀方式，從中下層蓄妾之家直到皇家，幾千年來它被不斷地經常地大量地使用著。趙姨娘作為姨娘也無師自通地學會了，運用了，似乎也起了作用（真是莫名其妙！），可「搗鬼有術，也有效，然而有限，以此成大事者，古來無有。」——她也沒能例外。

在人生的旅途中，孫雪娥屬於防守型，趙姨娘屬於進攻型；孫雪娥竭力維持她那「半個主子」的地位，力求不致全部奴隸化，趙姨娘則力圖擺脫「半個奴隸」的身分，極力向主子看齊。她們都用「姨娘的方式」在主奴之間的擺動線上向好處巴結，實際上都是在帶著鐐銬跳舞，相形之下，作為世家姨娘的趙氏身上的精神枷鎖比市井富商家庭的孫氏要沉重得多，趙的作為絲毫沒有越出傳統的嫡庶鬥爭的界限，而孫雪娥則敢於「養奴才」，在丈夫死後又敢於和奴才盜財私奔，這種追求方式對於趙姨娘是不可想像的。

可悲可歎的結局

作為兩個背時的妾，孫雪娥和趙姨娘各自以不同的方式爭逐了一生，走完了她們可悲可歎的人生旅程。回過頭來綜觀其一生，兩人的悲劇結局也很不同：孫雪娥「欲做奴隸而不得」，所完成的是人生遭際的悲劇，趙姨娘不滿足於「半主」的地位，所完成的是性格心靈的悲劇。

孫雪娥的一生是「欲做奴隸而不得」的一生。她來去匆匆的一生大半是在西門慶府中度過的，被丈夫厭棄，在逐爭中被別人踩在腳底下，使她受盡了凌辱。她不光不能跟潘金蓮、李瓶兒們寵妾比，不能跟春梅們寵婢比，就實際地位而言，她連賁四老婆、來旺家的都不如。作為妾，她沒有如花似玉的容貌，沒有「見景生情」討得丈夫歡心的狐媚魘道，在家庭生活的勾心鬥角中又缺乏心計和手腕，她更沒有使丈夫動心的私房錢財，這一切註定她改變不了受冷遇和虐待的命運。她每次改變命運的努力幾乎都使她的處境比原來更遭；她的婚外補償，也遭到了嚴厲的懲罰。西門慶的暴亡給她帶來了轉機，她至少可以少受別人踐踏了，來旺兒的意外出現更使她萌生了改變生活方式的奢望。她以攜財私奔的方式選擇小家夫婦的生活道路，可這次努力更把她碰得頭破血流。過去壓在她頭上的是一夫多妻家庭中至高無上的夫權，一個「打老婆班頭，降婦女領袖」的地痞惡霸的夫權，現在她碰上的是維護奴隸制度和私有財產的嚴厲的法制。作為執法者，西門慶可以隨心所欲地玩弄這法律於股掌之上；可作為受壓迫者，這些對她就馬上變得神聖不可侵犯了。不僅如此，冤家路窄，因月娘拒絕領回，她被龐春梅買到守備府上，這回她真的成了名副其實的奴隸了，而且是下三等的奴隸了。她犯到仇人手裏了，春梅對她蓄意進行報復，恣意進行折磨，不是陳敬濟的出現，她這種日子不知要持續多久，很難說能熬出命來。一頓褪下小衣的板子之後，她又被賣到臨清為娼，而且是下五等的暗娼。她墜落到一個更為低下的社會層次中去，朝打暮罵，倚門賣笑，操皮肉生涯——可仍苟活著。張勝的出現，又給她帶來了一線光明或者說慰安，然而社會連這一點生機也不給她保留，她的生活道路已經山窮水盡了，她實在無法生活下去了，只好以一條繩索，了結了這悲慘的一生。

孫雪娥的一生是進行奴隸追逐的一生，是維持奴隸生存的一生。作妾，她要求作一個像妾樣子的妾，不得已而求其次，則要求做一個少受欺辱的妾；做傭人，她不過要求做一個少受作踐的傭人；做娼妓，她不過要求做一個少受蹂躪的娼妓——也不過如此而已。她雖曾攜財私奔，但那不是厭棄做妾的奴性地位而自覺追求自由，在她不過是不得已而求其次的選擇，而且帶有偶然成分。如果西門健在之日對她能多少假以顏色，她絕不會跟一個奴隸私奔的。在她的心目中，富家妾比窮人妻要高得多。故孫雪娥的追求不過是奴隸的追求。可那社會對她這樣一個人連做穩奴隸的「幸運」也捨不得給她，讓她在無謂的追逐中走完了「欲做奴隸而不得」的悲劇途程。

趙姨娘的悲劇則是性格與心靈的悲劇。

趙姨娘的一生最終如何了局？一百二十回程高本是讓她「死讎仇趙妾赴冥曹」而完事。賈母送喪，鐵檻寺中，冤魂索命，她「不打」自招，供出了自己謀害鳳姐與寶玉的罪狀，乞告哀號，眼睛突出，嘴裏鮮血直流，頭髮披散，在痛苦萬狀中斃命。真是報應不爽，自作自受！貂不足，狗尾續，這劉姑子薛姑子講說因果的筆法，恐是出自續書者的敗筆。「魘魔法叔嫂逢五鬼」已為瑕疵，然真假模糊，寶玉通靈，其中尚有可以諱解之處，此等結局，以曹公之才情，誠不至此出惡扎也。至於芹溪原意讓趙姨娘如何結局，這儘管有探佚者辛苦地索隱勾稽，也無法解開這個千古之謎了。沒有答案，我們就去看算式的本身：摒棄偶然性，抓住必然性，把握住趙姨娘的基本性格，也就不難作大致推測了。在賈府被抄沒的風波中，無論生活給她提供什麼難得的機運，使她一逞其志，使她再度快意，但隨著那「只落得一片白茫茫大地真乾淨」的總結局的出現，趙姨娘總逃脫不了玉石俱焚，同歸於盡的命運。不同的是她的毀滅不是悲劇的毀滅，而是喜劇的毀滅；如果說是悲劇，那她扮演的不是「千紅一哭，萬豔同悲」的崇高的深沉的悲劇，而是被扭曲了的靈魂被撕毀的令人歎息的悲劇。賈寶玉有個有名的「無價珠寶——死珠子——魚眼睛」的女兒蛻變的三部曲論，趙姨娘始終扮演著令人生厭的「魚眼睛」的角色，她的悲劇是性格心靈的悲劇。

作為一個「半奴半主」的姨娘，如果她像周姨娘那樣，別無他求，安分守己，與人和平相處，雖未脫奴性，但作為一個善良的被壓迫者，猶令人同情；如果她有所追求，她能多少有點晴雯、鴛鴦式的非奴性的氣質，有點性格上的閃光東西，也能給人以激勵和美感。可惜這些她都沒有，她固守著姨娘的「半主」位置，不甘於姨娘的「半奴」的地位，眼睛始終向上，不斷地用姨娘的方式爭逐著，追求著，喊喊嚓嚓，鬼鬼祟祟，始終不改可悲的姨娘的本色，陷入可悲的境地而不能自撥。她用自己手織的網，束裹著自己的心靈，把自己桎梏在一個可悲的天地裏。

作為榮國府二老爺的姨太太，她的地位為很多僕婦所羨慕，包括襲人都向這條路上巴結，有著滿不錯的物質待遇和體面。可是正因為她總是眼睛向上，與正室攀比，她總覺得自己「窮」，與春燕、芳官、鶯兒、彩雲等女兒對待錢財的態度和坦然的心境，成為鮮明對照。她整日家戚戚於貧賤，汲汲於富貴。她不光不顧體面去爭，甚至央彩雲到王夫人屋裏去偷。她的心靈被金錢擠壓得變了形，成了金錢的可悲的奴隸。賈環作為一個「爺們」顯得鄙賤宵小，娛樂時賴鶯兒的錢，向芳官討薔薇硝送彩雲，連丫鬟都看不上眼，這正是耳濡目染，乃母長期薰陶的結果。她也爭體面，抖威風，但每爭一次，都使她更加灰溜溜的——大鬧怡紅院實際上使她體面掃地——而這愈加劇了她在心理上的不平衡，粉硝事件本不足道，她偏要大鬧一場，就是出於這種心理的宣洩。

所求，既得不到；欲罷，又不能。她所得到的唯一結果是失落了自我，扭曲了心靈和性格，在周圍的鄙視與蔑視中，在痛苦的自我折磨中，結束了可憐的一生。

對趙氏母子的「狐媚魘道」「歪心邪念」「下流黑心」，對她的「不尊重」，是包括其親生女兒探春在內的多數人的一致看法。王夫人屋裏少了東西，怡紅院的丫鬟們斷定是彩雲為趙姨娘偷了去，一猜就準；麝月們談論收東西，擔心趙姨娘們使黑心弄壞了；平兒判冤決獄投鼠忌器存心為探春存體面，而同意寶玉承擔責任，都可謂深知其人，且鄙其為人。除了那些蠅營狗苟的「魚眼睛」們別有用心地對其加以愚弄和利用之外，在榮國府上上下下，幾乎沒有人看得起她。這不能簡單地用宗法等級觀念，用人情勢利等等來解釋，在很大程度上是咎由自取，應該由趙姨娘自己的人格來負責。對趙之作為，不光常常使那跟她不一道的探春感到十分痛苦，即使跟她心心相印的兒子賈環，從心底裏對她也表現出很不尊重。粉硝事件，趙教唆賈環鬧事，賈環搶白她說：「你這麼會說，你又不敢去，指使了我去鬧……遭遭兒調唆我鬧去，鬧出了事來，我捱了打罵，你一般也低了頭。這會又調唆和毛丫頭們去鬧。你不怕三姐姐，你敢去，我就伏你。」「只這一句話，便戳了他娘的肺」，連她「腸子裏爬出來」的環小子都不服她，可想她心中之難受了。

是的，這種心靈的扭曲是把趙姨娘折磨得夠痛苦的。她不像大觀園的女兒如晴雯、司棋、鴛鴦、玉釧、芳官、春燕她們，敢恨，敢愛，敢哭，敢笑，雖然自身是奴才，然而卻有自己的人格，即使遭到不測之禍，如晴雯和司棋，也能坦然受之，並不自怨自艾，怨天尤人。而她則不然，恨鳳姐至於刻骨，密謀中也會談「鳳」色變，而巧姐驚風還得違心地派環兒強往與之委蛇；而賈環打翻了藥罐惹禍挨罵之後，她又把自己的怨憤發洩到環兒身上。寶釵送家鄉土產沒有忘記她，她本來收下就是了。可她在歡喜之餘，在「把那些東西翻來復去地擺弄照看一回之後」，忽發奇想：既然寶釵乃王夫人的親戚，為何不到王夫人面前討賣個好呢？於是她便「蠍蠍螫螫」拿著東西，走到王夫人房中，站在旁邊，陪笑說道：「這是寶姑娘剛才給環哥兒的。難為寶姑娘這麼年輕的人，想的這麼周到，真是大戶人家的姑娘，又展樣，又大方，怎麼叫人不敬服呢！怪不得老太太和太太成日家都誇他疼他。我也不敢自專就收起來，特拿來給太太瞧瞧，太太也喜歡喜歡。」她的很不高明的討好王夫人一眼便看穿了，又見她說得不倫不類，也不便不理她，便說道：「你自管收去給環哥頑去罷。」結果她「高高興興」而來，「抹了一鼻子灰」而去，她「滿心生氣」又不敢露出來，只好訕訕地走出來了。這個可憐的女人，回到房中之後，除了「嘴裏咕咕噥噥自言自語」地怪她自己「這個又算了個什麼呢」，一面「自己生了一回悶氣」——她還能做些什麼呢？

暴發千金與世家閨秀
——西門大姐與賈氏四春形象之比較

筆者在上文曾經說過：「只要你把西門慶的獨生女西門大姐兒與大觀園的女兒們稍加比較，你就能體會到什麼叫做『教養』了。」現在就讓我們來做做這個工作：將西門大姐與賈府的四姐妹具體地比較一下，看看她們的教養差異表現在什麼地方，並分析一下世家閨秀與暴發千金間的不同悲劇。

一

以性格和教養的差異論，世家閨秀和暴發戶的千金何啻天壤。

首先在文化素養上二者一雅一俗，天差地別。

黛玉初入賈府，問起姐妹們的讀書問題，賈母說：「讀的什麼書，不過是認得兩個字，不是睜眼的瞎子罷了！」這是老太太的謙詞，再者舊時代女孩子的教育本來就尚德不尚才，故如此說。其實賈府的女孩子，從小都受過良好的教育，巧姐兒很小就念《女四書》和《女兒經》，黛玉一來，賈母吩咐：「請姑娘們來，今日遠客才來，可以不必上學去了。」書中雖未具體描寫她們如何上學，可她們從小上學則是無疑的。李紈、黛玉、寶釵、湘雲及賈氏四春都受過很好的教育，可見，這是詩禮世家的風俗兒。賈府四姐妹，以才學論，當以探春為冠，迎春和惜春雖差些，但也可以奉詔寫應制詩，參加大觀園的詩社，畫工筆山水樓台，不負「侯門繡戶女」之稱。元春是皇妃，任過鳳藻宮尚書，她雖只正面出現過一次，但從她遊大觀園時題寫匾聯，對寶玉和眾姊妹詩作的品評，都可以看出她有相當不錯的文化修養，應當大致和李紈相頡頏。至於探春，才明志高，文采精華，大觀園女兒中，她是薛林湘雲之外出類拔萃的一個。大觀園首次舉辦的海棠詩社，就是她發起的。讓我們看看她的居室：

> 這三間屋子並不曾隔斷，當地放著一個花梨大理石大案，案上磊著各種名人法帖，並數十方寶硯，各色筆筒，筆海內插的筆如樹林一般，那邊設著一個斗大的汝窯

> 花囊，插著滿滿的一囊水晶球兒的白菊，西牆上當中掛著一大幅米襄陽《煙雨圖》，左右掛著一副對聯，乃是顏魯公墨蹟，其詞云：
>
> 煙霞閑骨骼，泉石野生涯。

入其室，想見其為人。她的詠海棠詩、簪菊詩、南柯子詞、致寶玉的結社詩帖、談論改革時信手拈來的《姬子》書文，都可見出這位三小姐的雖不及薛、林，卻也不失博雅的才華。

西門大姐出身於暴發富商的家庭，其祖西門達，原走川廣販賣藥材，在清河縣前開一個大生藥鋪，家中呼奴使婢，騾馬成群，雖算不得十分富貴，在清河也算上般實人家。其父西門慶自幼不喜讀書，專事遊蕩，相與的都是些遊手好閒的破落戶。他雖然長於巧取豪奪，先富了起來，但提高文化教養方面的問題還未進入他的視野。在他成為千戶老爺之前，他與前妻陳氏，生了這位千金，這就決定了西門大姐的文化素養，與其父處於同一層次——都是屬於市井型，正如賈母開玩笑時講的，屬於「潑皮破落戶」也。自從她與丈夫因躲避政治風波寄居娘家之後，她的生活方式十分單調，無非是做做針線，與大小後娘們一起玩玩紙牌，跳跳百索兒。她的最高的也是唯一的文化生活方式，是聽聽通俗曲兒，看看戲，而且也只是聽聽看看而已，絕沒有潘金蓮、孟玉樓以及她丈夫陳敬濟那樣的欣賞水準，既不能聽出「滋味」，更談不上自己製作演唱。她與那位「詩詞歌賦、雙陸象棋、抹牌道字無所不通、無所不曉」的博浪子弟的女婿，有點琴瑟不和，這方面的差距恐怕也是一條重要原因。西門慶後來有了兒子，那已經是當了千戶以後的事了，在一次逗弄兒子時，他曾經表示希望兒子將來長大了「掙個文官」，不要像自己「做個西班出身，雖有興頭，卻沒十分尊重」。可惜官哥兒未能長大，否則他就要走「讀書做官」的路了。然而西門大姐不同，她是個女兒，而且她出世過早，在她成長期間西門慶還是個普通的市井浪蕩子弟，她的文化素養正是那一家庭和社會環境的產物。張竹坡謂《金瓶梅》之寫大姐「不作一秀筆」，良有以也。

其次是待人接物舉止言談方面的文野之別。

賈府非常講究子女的教養，要求他們的公子小姐一舉手一投足都要合乎大家的禮儀規範，連那些丫鬟們「妝飾衣裙，舉止行動，亦與別家不同」，這是他們引以為驕傲的大家風範的重要標誌之一。在這嚴格的禮儀風範面前，林黛玉初入賈府都小心翼翼，生怕被人恥笑了去。這裏，讓我們隨著林姑娘的目光，看一看賈母後堂日常居家的開飯場面：

> 王夫人遂攜黛玉……進入後房門，已有多人在此伺候，見王夫人來了，方安桌設椅。賈珠之妻李氏捧飯，熙鳳安箸，王夫人進羹。賈母正面榻上獨坐，兩邊四張

> 空椅，熙鳳忙拉了黛玉在左邊第一張椅上坐了，黛玉十分推讓。賈母笑道：「你舅母你嫂子們不在這裏吃飯。你是客，原應如此坐的。」黛玉方告了座，坐了。賈母命王夫人坐了。迎春姊妹三個告了座方上來。迎春坐右手第一，探春左第二，惜春右第二。旁邊丫鬟執拂塵、漱盂、巾帕，李鳳二人立於案旁布讓，外間伺候之媳婦、丫鬟雖多，卻連一聲咳嗽不聞。

賈府的小姐們就是在這種環境中陶冶大的。所以王夫人初見黛玉時雖囑咐她不要沾惹自己那「混世魔王」的兒子，但對迎春三姊妹卻說：「你三個姊妹倒都很好，以後一起念書認字學針線，或是偶一玩笑，都有盡讓的。」可見她們都有很好的教養，很知禮。

禮的精髓是區別和分寸，即在家庭生活和社會交際中能夠根據一定歷史時期和一定社會圈內約定俗成的規範把握人我之間、上下左右、尊卑親疏間的分寸。元春是賈母親自調教出來的第一孫女，後來有資格選入皇宮，能夠「母儀天下」，她的教養真名副其實夠得上典範了。讓我們看看她在省親過程中的表現吧。

省親的禮儀處理面臨著兩個十分尖銳的矛盾，一個是君臣關係與長幼關係，即國禮與家禮的矛盾；再一個是理與情的矛盾，也即禮的規範與個人的自發感情的矛盾，分寸極難把握，可她卻處理得十分得體。元春是貴妃，代表皇室，她與娘家的關係首先是君臣關係，所以省親之際「賈府人員何處退，何處跪，何處進膳，何處啟事，種種儀注」，一點不能含糊，因為這關係到國體。在大門外，她的親屬要按品大妝排班跪接，在正殿升座之後，賈政等也要排班行跪拜大禮，但是每次都由她傳諭「免」。賈政們不行大禮是目無君父，屬於「不敬」，皇妃如甘坐受禮又有悖孝道，只有在這種欲行未行之中，通過她的恩免，才使禮的精神得到圓滿的實現。進入賈母內室之後，雙方關係換了個位置，元春要向祖母和母親行家禮，同樣亦由賈母們「跪止」，也體現了這一精神。當然這種繁文縟節，自今日看來，這不合乎「情理」甚至頗為荒誕的禮儀，它壓抑了人的純真的自然感情，身當其境的元春當然深有其感，這是她幾次「淚如雨下」的原因之一，但她總能在禮儀允許的範圍內抒發自己的親情，也就是所謂「發乎情，止乎禮義」吧，始終沒有失態和失體。她的語言，應答父親隔簾行參時的話則莊重典雅，內室與祖母敘談則通俗親切，談到自己乏才以及涉及薛林時她又表現出實事求是又不失身分的自謙和對親戚的尊重，如「我素乏捷才，且不長於吟詠，妹輩素所深知。今夜聊以塞責，不負斯景而已」，如「終是薛林二妹之作與眾不同，非愚姊妹可同列者」，措詞均甚見修養。賈元春真不愧詩禮世族出身的大家閨範。

迎春等三姊妹雖然未有那「母儀天下」的幸運，但以舉止言談的教養論，她們與乃姊大致處於同一水平線上。書中著墨最多的是探春。她一出場，給黛玉的印象是「顧盼神飛，文彩精華，見之忘俗」，以賈母之眼光，鄭重會見府外有身分的女賓時，也總是叫這位庶出的孫女出來作為代表。這位年紀小小的三姑娘在家內外的待人接物中，在處理各種難於處理的複雜關係中所表現出來的教養，一點也不比乃姊的水準低。比如她孝敬尊奉長輩但又不盲目順從，當賈母因賈赦事生氣一併責怪王夫人時，別人都不敢、不便或想不到辨解，她卻能挺身而出，利用女孩兒的身分，諫正賈母；對於王夫人親自佈置的搜檢大觀園活動，她也不唯唯諾諾，敢於以別人難以企及的適當方式表示自己的不以為然的態度。在嫡母和生母之間，面對著那位鄙賤顢頇又是自己生母的趙姨娘的一些愚蠢之舉和屢次挑釁，她都能做出合乎自己身分又見出自己個性的舉措處置，使人讚歎不已。她既不苛又不縱，有鳳姐之精明，而無鳳姐之刻薄暴戾，日常生活特別是關鍵時刻的言談舉止，比如對待吳新登家的挑釁，處理累金鳳事件時對平兒的責怪等，都很見修養的功夫。這些方面的水準就不是一般的禮儀訓練所能達到的，它必須以較高的文化素養，一定的學識為基礎才行。

如果說賈府的千金們都有著良好的教養，一言一行不離閨範，那麼西門慶的獨生女恰恰相反，她幾乎是沒有什麼教養，或者說她以無教養作為自己的「教養」。在家庭生活中，任性和直接的利害考慮是她行為方式的出發點，很難說得上是什麼閨範。西門大姐在書中與別人很少發生關係，與後母的接觸也很少表現出個性，她的教養，主要是在與她的丈夫的相處中表現出來。

西門大姐和陳敬濟是一對市井型的夫婦，他們的教養十分相近，可他們間卻是琴瑟不和。是這種市井型的倫理自然產生這樣的家庭呢？還是「銅盆碰到鐵掃帚」——主要是二者的個性使然呢？我們暫且不去管它。如果從西門大姐的悲劇結局看，她應該受到同情，陳敬濟的薄倖應當受到譴責；如果全面地探求原因，從西門大姐對待丈夫的態度看，她也有著不容推卸的責任——這就涉及她的教養了。

一言以蔽之，西門大姐之對待陳敬濟可以說全無事夫之禮——既未有必要的尊重，也無有一定的情感，看不到體貼關心，更不要說做妻子的溫柔和順與柔情蜜意了——而對丈夫的不良行為從未有必要與有效的規勸。她與丈夫的關係以西門慶生死以及丈夫的去留為分水嶺，可分為三個階段。第一階段即西門在日，夫妻關係尚稱正常，看不出明顯的裂痕。西門大姐頭次出場，吳月娘在打牌，問及大姐陳姐夫會不會，大姐說：「知道些香臭兒。」，話語之中就露出了對丈夫的輕薄。彼時敬濟家遭不幸，帶著渾家前來投靠岳父，寄人籬下過日子，幹事很賣力氣，處處小心翼翼，兢兢業業的，這正是夫妻間調整關係，培養感情的難逢之機，可她不是這樣，而是倚勢凌人，在家庭生活中對丈夫搞「東風壓倒西風」。時間長了，陳敬濟好色的毛病漸露，元宵走百病與宋蕙蓮調笑，回家之後，被大姐狠狠教訓了一頓——

> 不知死的囚根子，平白和來旺媳婦打牙犯嘴，倘忽一時傳的爹知道了，淫婦便沒事，你死也沒處死！

自此以後，大姐與丈夫講話，或者命令其「與我挺屍去」，或者審問其與其他女性關係，或者進行某種警告，張口閉口，總是「賤囚根子」。對此，張竹坡評論道：「又豈婦人對夫之言，全倚西門之勢也。」連潘金蓮都說她「不是好嘴頭子」。西門慶在日，陳敬濟敢怒不敢言，隱忍不發，可一旦形勢陡變，敬濟對她這位本來就沒有多少感情的妻子，來個「一從二令三人木」，也就不令人感到奇怪了。

西門慶之死是西門大姐家庭地位變化的轉捩點，可她卻一點自知之明也沒有。敬濟與金蓮通姦被吳月娘識破，大姐仍一如既往以惡言惡語相加：「賊囚根子，敢說又沒真贓實犯！拿住你，你那等嘴巴巴的！今日，兩個又在床上做什麼？……你還要在這裏雌飯吃！」她不懂得，一個不關心其痛癢的生父的存在的本身，對自己的丈夫就是一個威懾力量，而這個保護傘一旦失去，那個不關心其痛癢的繼母，對於一個色膽包天毫無情義的市井薄倖子弟的丈夫，已經是無足輕重了。陳敬濟已經不是昔日的陳敬濟了。果然，這次她得到了丈夫的回敬：「淫婦，你家收著我銀子，我雌你家飯吃？」

孫雪娥一條計，陳敬濟被喚進後堂痛打一頓，而後趕出了家門。生活把一個二難性的難題擺在這個毫無能力左右生活的可憐女人面前，比起賈府三小姐的處理同類難題的水準，這位富豪千金顯然是望塵莫及了。站在繼母一邊，她將永遠得不到丈夫的諒解；站在丈夫一邊，她又要得罪繼母，而她也沒有調整政策、改弦更張的理智及思想準備，看來她對雙方都無能為力，只好聽任命運擺弄了。——敬濟被趕走之後，她到底還是作為一個包袱被甩了出去，「嫁雞隨雞，嫁狗隨狗」的現實無情地擺在她的面前。因為積怨太深，又因月娘扣留了嫁妝箱籠，她一而再再而三地被趕回，後來月娘退了箱籠，她才勉強為丈夫按受。今非昔比，現在不是她動輒罵丈夫「賊囚根子」，而是丈夫罵她「賊淫婦」了。而她卻把怒火轉移到馮金寶身上：「好養漢的淫婦！……教漢子踢我，我和你淫婦拼兌了罷，要這命做什麼！」——雖然這麼說，到底「好死不如賴活」，「偷米換燒餅吃，又把煮的醃肉偷在房裏，和丫頭元宵兒同吃」，她仍然巴結著活下去。可生活對她太冷酷了，在丈夫一頓無情的虐待之後，她終於用一條索子，結束了二十四歲的可憐生命。

西門大姐以無教養作為自己的教養，在家庭生活中，得勢時倚勢凌夫，失意時則逆來順受，委屈苟活。丈夫無情，妻子也就無義。——真是「米麵夫妻」，無情無義！她是一個市井缺乏教養的暴發富商之女的典型。

再次是人生追求價值觀念的差異：賈府三春為性靈型，西門大姐為物欲型。

薛寶釵有一首向來遭到人們譏議的小令〈臨江仙〉，她借詠柳絮以言志：「好風憑藉力，送我上青雲。」我們且不管寶釵的是否熱中，若以女子的人生追求而論，《紅樓夢》中真正實現了「青雲」之志的只有賈元春了。身為貴妃，貴稱「娘娘」，去皇后一二階耳，得以佐萬幾，母天下，既富且貴，亦可無復它求了。可元春的態度如何呢？歸省之際面對著「烈火烹油，鮮花著錦」之盛，她時垂悲淚，感到「終無意趣」。雖然元春的遺憾，主要是就骨肉不得團聚而言的，但是從這裏肯定可以看出，元春的人生追求，並不以富貴為滿足，甚至可以說，不以富貴為主要目標。對那「一人之下，萬人之上」，可以頤指氣使、作威作福、窮奢極欲的為他人豔羨不已的位置，她並不感到興趣，並不感到幸福與滿足。「田舍之家，雖齏鹽布帛，終能聚天倫之樂，今雖富貴已極，骨肉各方，終無意趣。」彼之所求在性情、在靈性，故雖貴為皇妃，然她沒有那「實現了自我」的歡悅，更無得意與輕狂。探春與寶釵屬於同一系列的女性，受過典範教養的封建淑女，「才自精明志自高」，有著頗為積極的人生抱負。但這積極的內容是什麼？並不能簡單地理解為熱中富貴，受到誥封。封建文化為婦女制定的人生規範本來就貫串著消極的從屬精神，探春自己也說過：「我但凡是個男人，可以出得去，我必早走了，立一番事業，那時自有我一番道理。偏我是個女孩家，一句話也沒有我亂說的。」探春的秉性與其二姊迎春恰好相反，迎春外號「二木頭」，她是以奴隸主義的態度來奉行封建主義為女性所制定的奴隸道德，一味逆來順受，其人生態度之消極可想而知了；而探春恰好相反，她是在奉行那奴隸道德的前提下積極地從事人生，要在有所作為中去實現自我。她的這種人生態度本身，就存在著不可克服的矛盾。她才明志高，又不能像男人那樣「治國平天下」，於是就把目光射向大觀園內，她關心家庭的命運，她預感到大廈將傾，頹勢難挽，她既無力回天，又不甘心坐視，於是她就於臨時代理家政時，力倡改革，儘管杯水車薪，無濟於事，但她仍以很大魄力，小試鋒芒。她認真，但絕不熱衷，正如黛玉所說，凡事不願多行一步，絕不擅作威福。搜檢大觀園，即使主使者為王夫人，但她仍以別人不敢想像的驚人之舉對這種「自殺自滅」的行為表示自己的憂憤和抗議。人們常說探春是「補天派」，其實她之「補天」，並不是以達到預期目的為特色的實踐，也不過是一種觀念形態上的自我實現，甚至僅僅不過是一種自我慰安，可見探春寶釵式的積極型的人生態度，不可簡單地視為對富貴名利的熱中，她們的人生追求仍屬性靈型的。「煙霞閑骨骼，泉石野生涯」，闊朗雅致的秋爽齋的聯語，與探春之為人並不相悖。是她發起組織海棠詩社，她的不同凡響的談吐，她攢下零錢托寶玉購買竹雕泥塑的小工藝品，等等，都反映出她的雅而不俗的情致。「勘破三春景不長，緇衣頓改昔年妝」，賈府四小姐惜春，更因厭棄紅塵的紛爭擾攘與富貴溫柔，「把這韶華打滅，覓那清淡天和」去了。她雖然永遠不能「明心見性」，然而她以「繡戶侯門女」而「獨臥青燈古佛旁」，無疑非衣食匱乏所致。

與賈府閨秀們人生追求以形而上為其特色成為鮮明對照，西門大姐的人生則完全在形而下的圈子內為著衣食而勞心役形。商人重利，在義與利、情與物之間，一般情況下他們總是毫不猶豫地選擇後者。這方面西門大姐不愧乃父之肖女，在人生中她總把現實的物質追求擺在第一位。寄居娘門後，生父待她冷淡，她的經濟情況顯然不夠寬裕，這似乎更加重了她的「商品意識」。她叫丈夫買手絹，給了三錢銀子，因為被丈夫丟了，二人就發生了一場口角，後來銀子找到了，在潘金蓮的倡議下，還通過賭葉子定個輸贏，罰陳敬濟做個東道。西門慶在日，她給丈夫沒有好聲氣，在她的觀念中，就是因為陳敬濟在她娘家「雌飯吃」。西門慶死後，被陳敬濟反唇相譏：「你家都收了我許多金銀箱籠，你是我老婆，不顧贍我，反說我雌你家飯吃！我白吃你家飯來？」她才算被迫收回這張壓制丈夫的王牌。她這種人，丈夫是羊，她則是狼；丈夫是狼，她自己又變成了羊。後來被吳月娘強行送回敬濟家中之後，她則夾起尾巴做人，忍辱偷生了。到陳敬濟娶了馮金寶之後恣意作踐她使她連「偷生」也不能夠了，她才不得已用一條繩子結束其可憐的一生。

二

截然不同的風範，在人生的道路上卻殊途同歸，西門大姐也加入了賈氏四春的「千紅一哭，萬豔同悲」的行列，然而她們的悲劇又是那樣的不同。

賈氏四春，「原應歎息」，是那封建末世，註定了這些封建淑女的悲劇命運。

元春的悲劇是在人生的道路上實現了最高富貴的女性的悲劇。在一般通俗才子佳人小說的作者筆下，「金榜題名」「鳳冠霞帔」乃是最高形式的喜劇，可在曹雪芹的筆下卻成了悲劇。元春在「烈火烹油，鮮花著錦」的歸省之時就作為悲劇人物出現，宮廷生活，皇家規矩，繁文縟節，雍容肅穆，並不像庸人想像中那樣具有吸引人的力量。它把人囚禁在那「不得見人的去處」，使骨肉分離，人情乖異，原不是什麼幸福。至於後來「虎兕相逢大夢歸」之際，這種精神的悲劇，終於變為現實的命運悲劇。雖然我們現在無從看到曹雪芹寫元春歸宿的原稿了，續作者無疑背離了曹公的原意，不過我們從前八十回的有關文字及脂批的片言隻語中可以推測，元春是在與政治鬥爭相關的宮闈矛盾中死於非命並進而影響到賈氏家庭的命運的。她終於「二十年來辨是非」了，「天倫啊，退步需要抽身早。」她以自己的徹悟勸告父母在富貴途程的爭逐中及早回頭，「喜榮華正好，恨無常又到」，在封建時代，在各種政治集團烏眼雞式的殘酷爭鬥之中，在女子乃至其娘門家族命運完全取決於皇帝一時喜怒因而「雨露恩澤」的有無的時代，元春的悲劇命運正有很高的典型性。

探春的悲劇是一個人生追求尚未得到實現的少女的悲劇。不管探春遠嫁的內容如何，是做了定海侯之媳還是做了海外王妃，是能夠歸省還是一去不返，她的悲劇在質上不是「分骨肉」的悲劇，而是「生於末世運偏消」的悲劇。文采精華，才明志高，在賈氏諸春中三小姐是出類撥萃的，可是她作為女人，她不可能去建功立業，作為一番。「孰謂雄才蓮社，獨許鬚眉；不教雅會東山，讓余粉脂耶？」在閨閣庭園之內，舞弄點文墨，抒寫下性靈，還是可以的，若論「治國平天下」，在封建社會後期，已經是此路不通，此為探春的悲劇之一。出於側室，雖然賈府不大計較正出庶出，但作為封建宗法的一條重要原則——嫡庶觀念像無形的繩索，時時纏繞著她，不招即來，揮之不去，她極力掙脫，又掙脫不掉，時時給她心靈帶來痛苦，這是探春的悲劇之二。當然探春的根本悲劇是蒼天難補的悲劇。她目睹著家庭的走向衰敗，感受到其家庭所依託的社會的許多難於克服的矛盾，雖有志補天，卻又無可奈何。她的悲劇意識比元春要來得更為深沉。悲涼之霧，遍被華林，呼吸領會感受最為敏銳的，首推寶玉和探春姊弟。所不同的是，寶玉由此走向了懷疑，而探春則為之疾首痛心。「咱們倒是一家子親骨肉呢，一個個不像烏眼雞似的，恨不得你吃了我，我吃了你。」這段形容封建家庭人際關係的一段有名話語，就出自探春小姐之口，它是家庭中也是整個封建社會人際關係的寫照。這對於一個向來受著「尊尊親親」「父父子子」「孝悌友愛」精神教育出來的正統觀念極重的女孩子，在生活實踐中得出這種與倫理完全相悖的可怕的結論，其悲憤可想而知。如果說經濟上的入不敷出，她多少還可以搞點杯水車薪式的改革，聊作無濟於事的小補，那麼對這封建上層建築總體性的崩塌，她只好無可奈何地付之哀歎了。她的悲劇，具有十分深刻的社會意義。

迎春的悲劇是一個柔弱女子的婚姻悲劇。這種不幸婚姻對於受著「三從四德」支配的封建女性，它是典型的，對於貴族女子，也不例外。

「勘破三春景不長，緇衣頓改昔年妝」，看透了三個姐姐及大觀園中眾女兒的悲劇，賈府最小的四小姐對自己的前途絕望了，對人生、對塵世絕望了。她別無選擇，只好以永遠的絕望來取代這現實的和未來的絕望，她向空門去尋求歸宿，「可憐繡戶侯門女，獨臥青燈古佛旁」了。

賈氏四春的悲劇，是處於末世的封建社會給貴族女性所帶來的必然悲劇。

西門大姐的悲劇是一個市井女性的悲劇，她是市井暴發富豪與市井薄倖的浮浪子弟的婦女觀的犧牲品。她的悲劇既有其偶然性，也有其必然性——她的不幸與市井社會的倫理觀念有著不可分割的聯繫，在這個意義上，它具有必然的意義。

西門大姐是西門慶的獨生女，因為家遭不幸前來投奔娘門寄人籬下，一直到西門慶暴亡，我們從來看不到父親對女兒的關心。西門慶侵吞了女婿和女兒的財產——落難時寄存的箱籠，而對女婿女兒的供給則十分菲薄。賈家的主奴之間、不同輩分等級人們之間界限十分嚴格，而西門逢過年給家人添補衣飾，給大姐與春梅、蘭香、玉蕭等四個有頭臉的丫頭是同一標準，而且事實上比春梅還要低些。大姐與丈夫因為三錢銀子發生口角，與她們的經濟狀況也不無關係。反倒是李瓶兒，有時看她短少了針線鞋面、汗巾手帕之類，反給她一點周濟。西門慶對她的漠不關心，也許因她的生母業已死去，恐怕更因為她是一個女兒——又是已經嫁了出去家境衰敗不得不投奔自己的女兒吧。對於一個只有貪心而無良心的商人來說，這個女兒已經對自己沒有什麼意義了。冷酷貪婪的市儈並非沒有親子之情，李瓶兒給他生的官哥兒，是他的寶貝心肝肉兒，因為那是他的兒子，是他的事業之所寄，養老送終之所靠，西門氏煙火之所續，他之疼兒子，原非出於無緣無故的溫情脈脈的「天倫之性」。作為已經嫁出去了的前妻的女兒，面對著市井之徒處理人際關係冰冷冷的現實的原則，她成了犧牲品。

吳月娘之心地較西門慶為善良，但她是繼母，和大姐無血緣關係，故她對大姐的態度，雖並不比乃夫為壞，但也見不出更好。而在西門慶死後，她聽孫雪娥的意見，先攆走陳敬濟，接著又強行送走大姐兒，至少在客觀上就顯得冷酷無情了。「大姐已是嫁出女，如同賣出田一般，咱顧不得這麼多」，這是獻策時孫雪娥的語言。而當大姐被無情趕回時，月娘說：「孩兒……你活是他家人，死是他家鬼，我家裏難以留你，你明日還去，休要怕他，料他挾不到你井裏。他好膽子，怕是殺不了人，難道世間沒王法管他怎的！」雖然，「嫁出去的女兒潑出去的水」，這事確有難於處理之處，但以主觀態度而言，說這位繼母冷淡無情，不關心繼女的死活，想一推了事，總不算過分。特別是，送走女兒而不歸還嫁妝箱籠，明知陳敬濟不會答應，明擺著將會出現什麼後果，可月娘仍然一再堅持，這已經完全是唯利是圖、冷酷無情的市儈作風了。而西門大姐適好成了這種市井觀念的犧牲品。

西門大姐的丈夫是個市井浮浪子弟，「自幼乖滑伶俐，風流博浪牢成。愛穿鴨綠出爐銀，雙陸象棋幫襯。琵琶笙箏簫管，彈丸走馬員情。只有一件不堪聞：見了佳人是命！」此類人物本來就以薄倖為其特色，西門慶的這位驕而不嬌的粗俗千金，既無潘金蓮那樣的風流俊俏，又無李瓶兒式的溫柔賢慧，更無孟玉樓那樣的機伶明智，她沒有足以打動陳敬濟的姿色，又不能以溫柔體貼感動丈夫，對丈夫的邪行又不能予以匡正，西門慶在日，她還可勉強湊合著維持與丈夫的關係。她對丈夫多少有點以勢凌人的味道，對丈夫的風流博浪的越軌行為常常是毫不講求方法地與之針鋒相對，這時陳敬濟對她是隱忍不發，而當她一旦失去後盾之後，她還毫不識相地重演故伎時，她遭到敬濟的報復正是情理中事。而當敬濟與月娘決裂之後，把大姐像髒水一般潑給陳家，她受到丈夫的折磨和虐待而造成悲劇更是順理成章了。一個浮浪子弟遇上了一個粗俗無情女子，組成了一個市儈家庭，註定無溫情脈脈可言，沒有感情損傷和重大利害衝突，她們可以勉強維持著做米麵夫妻，但一旦面臨著損傷和衝突的考驗時，這樣的家庭一定會發生悲劇。西門大姐被趕回夫家時，各方面都處於十分不利的地位，而且她又是女性，所以這不幸自然要降臨到她頭上了。

攀附者的辛酸與悲哀

——《金瓶梅》與《紅樓夢》中的兩個姥姥

王熙鳳在劉姥姥面前說過，「朝廷還有三門子窮親戚呢」，賈府在四大家族的關係網之外，確實也織進一些平民親戚，寧國府尤氏的婆家即為其一。暴發戶的窮親戚則還要多些，潘金蓮的母親潘姥姥即為其一。兩個出身差別不大而性格又頗為相近的老婦，各憑著不同凡響的女兒攀上了豪富之家作為親戚，依靠著闊親戚度過後半生。這樣一種生活方式，其幸乎？其不幸乎？

潘姥姥為清河縣南門外潘裁縫之妻，不幸丈夫早死，貧窮得無法度日，不得不把年方九歲的獨生女兒賣到王招宣家裏學習彈唱。金蓮長到十五歲的時候，招宣死了，她將女兒爭將出來，又以三十兩銀子的價格賣到張大戶家，依然學習彈唱。這是一個出身於市井下層的貧苦細民，遭際又十分不幸：丈夫早逝，一不幸；無子可靠，二不幸；不得不出賣幼女，三不幸；女兒學唱橫遭凌辱，四不幸；嫁給武大郎，五不幸……真是福無雙至，禍不單行，打擊一個接著一個，她差不多要墜入社會最底層了。

無獨有偶，《紅樓夢》中的尤姥娘跟潘姥姥的遭際頗為相似，雖然尤姥的社會地位比潘姥要高不少。她的丈夫在世時能和皇糧莊頭張家攀上親戚，丈夫死後又嫁與尤氏之父續弦，故門第雖不高貴，但也算平民的中上層，從尤氏姊妹的風範看，她們的家庭也應屬於上層市民。我們這位老太太同樣也是命運多舛，丈夫去世，無兒可靠，帶著二女改嫁，不幸再次守寡，不得不依靠親戚幫襯為生，孤女寡母，也夠苦的了。

兩個可憐的女人，真不幸！可這兩個不幸的老婦又都有她們共同的值得慶幸的資本——她們都有如花似玉可以稱為「尤物」的女兒，潘姥是一個，尤姥還是兩個。有兒靠兒，無兒靠女，有一個其貌不凡的嬌女，雖說不上能光大門楣，但對母親來說，也可以說終身有靠了。潘金蓮經過幾番波折，終於成為清河富豪錦衣千戶西門大官人的第五房如夫人，尤二姐也成了寧國府的令親並由賈珍主婚配給榮國府的璉二爺成為其非正式的二房奶奶。

首先，是女兒有了歸宿。潘金蓮不光找了個懂得風月、年輕貌酷的帥丈夫，「潘、驢、鄧、小、閑」無不具備，而且入府之後頗得丈夫喜愛，幾乎受專房之寵。她的生活是沒得說，呼奴使婢，插金戴銀，穿綢著緞，每日肥雞大鴨子，比起南門外的裁縫家生活，真有天壤之別。而每逢年節喜慶，姥姥本人也可以坐上轎子趕到府上赴宴，與吳大妗子、孟二妗子等同席而坐，回去之時，可以帶回吳月娘給裝上的兩盒點心、一盒饅頭之類，而府上好心的六娘李瓶兒也可以時而周濟她一件蔥白綾襖兒啦，兩雙緞子鞋面啦，幾百文錢啦之類，這對於她多少是一種補貼。而尤姥姥則更優於她。在寧府不僅被作為親家老太太孝敬著，為府上看家，臨時收管銀子，而且女兒的終身大事由寧府包了下來，妝奩不用自己置辦。過門之後，賈璉為他們在小花枝巷內買定一所房子，共二十餘間，又買了兩個小丫鬟，賈珍又給了一房家人，以備二姐過來時服侍。而二姐兒儼然成了「奶奶」，三姐也成了「三姨」或「姨娘」，尤姥自己則成了「姥娘」或「老太太」，物質生活當然要隨著賈璉的水準，貴族化了，上流化了。一個時期，尤姥娘見二姐兒身上頭上煥然一新，不是在家模樣，心中十分得意。鴛鴦罵她嫂子，成日家羨慕人家女兒做了小老婆，二位姥姥雖不致如此看得眼熱，可她們在開始和平時，對於女兒攀上這門闊親戚，應該說還是感到慶幸的吧。

可是她們錯了。

雖然，潘金蓮的婚姻選擇與她的母親無直接關係，但從她兩次出賣女兒學彈唱以及日常走親戚的態度看，她對女兒的婚事，也未流露過反對情緒，可見對女兒和自己的可悲處境以及並不樂觀的前途，遠不及孟玉樓家的張四舅來得理智。張四舅雖然別有用心，但對西門慶之為人看得十分準確，對孟玉樓的前途也談得很為透徹，結果卻不幸而言中。以玉樓之聰明，且入西門彀中，這也就不能苛求於潘姥了。首先女兒的婚事並不像她們自己想像的那麼美妙。儘管西門慶對金蓮寵愛備至，可在惡霸淫棍的心目中，潘金蓮終究不過是一件供自己玩弄的漂亮的玩物。她與丈夫之間沒有絲毫的感情可言，她全靠自己的色相討得西門慶的歡心。「養兒不在屙金溺銀，只要見景生情」，於是精心打扮、抹粉潤膚、蘭湯午戰、品玉吞溺，為了爭奪和保持寵愛，什麼醜惡下賤的事都得幹，遠不如小家夫婦間的自由和尊嚴。而且丈夫翻臉無情與妻妾間的明爭暗鬥，隨時都可能給她帶來不幸，而最後果然被嫡妻發賣並慘死人手，為西門慶贖還了孽債。潘姥本人作為富豪家的窮親戚，也嘗盡了悲哀和辛酸。

潘姥的辛酸和悲哀首先表現為她雖攀了個闊親戚，但並未改變自己的生活處境。西門家與親戚的交往，無非是市場交易式的「來往」。每逢節慶，潘姥姥攜點禮來，這邊款待酒飯，走時給帶點點心盒子之類，如能給一塊臘肉、四根醬瓜，則算額外的厚貺了。一兩件舊衣服，二百銅錢，則是好心的女主人李瓶兒的個人贈予，那算是周濟了。潘姥的最大實惠，不過是西門慶生前給了她一副棺材本，她死在西門之後，殯葬時還是金蓮拿的五兩銀子的體己。商賈之家長於算計，正經親戚如吳月娘之兄吳大舅，升遷時應酬還要向西門慶告貸白銀二十兩，亦一貧如故；反倒不如賈府之待劉姥姥式的不著邊際的窮親戚，給予幾十兩銀子，令做個小生意，以為生計之本。故雖攀上了這門闊親戚，潘姥姥絲毫未改其貧也。

潘姥的辛酸和悲哀，更主要的表現在她作為「親戚」的處境和待遇上。西門為暴發之家，如夫人們的來路又多不正，故其親戚陣容也十分不倫不類，什麼花大妗、孟二舅、楊姑娘、潘姥姥之類皆是也。西門慶作為一個暴發大亨，待這些不倫不類的親戚亦如熱結十兄弟一樣，不棄亦不重之也。其不棄，也許是其適應舊日生活方式的延伸，固亦難得；然欲其待這些窮親戚熱情而又有禮，幫其脫貧致富，亦癡心妄想。以黛玉之至親，有賈母之鍾愛，依託外家猶痛感精神壓力，豪門富室下人之勢利更可想而知了。潘金蓮有一句話說得十分透徹——「他家有你這樣窮親戚也不多，沒有也不少。」潘姥在親戚家的尷尬地位正是這樣。以金蓮之得寵，還要在正房晚宴之後袖幾個柑子回來孝敬母親，並親自過了數交給秋菊保管，因為秋菊偷吃了還將其毒打一頓，其在西門家經濟地位亦可見一斑。因為走富親戚，潘姥來時要坐轎，而囊中羞澀，還得指望親戚打發轎錢。一次金蓮輪值管帳，因正與月娘鬧彆扭，故意不開轎錢，鬧得轎夫嚷嚷，最後由孟玉樓墊付了才得以了事，即此可見這位老嫗在親戚家的尷尬處境。這一處境，做母親的還可以對付，而對於心性高強的女兒來說，就難於忍受了。何況潘金蓮又是一個心地遠不夠善良的刁鑽潑辣的女人呢，這必然引起其劇烈的內心衝突，特別是其母女倆個性是如此不同，而母親又常常為自己的宿敵李瓶說話呢？所以最使潘姥辛酸痛苦的正是自己的親生女兒對她的態度十分惡劣。表面看起來這好像是女兒的不孝，屬於母女關係方面的問題，其實質，則是潘姥姥這一窮親戚的地位問題，何況女兒本身也是這親戚家的一個組成部分呢？

「潘金蓮打狗傷人」，潘姥姥從中勸說，金蓮「越發心中攛上火一般」，把手一推，險些把母親推了一跤：

> 「怪老貨，你與我過一邊坐著去！不干你事，來勸什麼？」潘姥姥道：「賊作死的短壽命，我怎的外合裏應？我來你家討冷飯吃，叫你恁頓摔我！」

這下女兒更升級了——

> 「你明日夾著那老毬走，怕他家拿長鍋煮吃了我？」

這位親家太太何嘗不是來「討冷飯吃」的呢？連自己的女兒都對她這樣，也夠悲哀的了。

與潘姥不同，寧府的令親尤姥的辛酸和悲哀是在文質彬彬的外衣包裹下產生的。尤姥的家境原先雖較潘姥為好，但兩次死了丈夫之後也就相去無幾了。尤姥自道云：「不瞞二爺說，我們自從先夫去世，家計也著實艱難了，全虧這裏姑爺幫助。」可這姑爺的「幫助」，亦非使其自立，不過給其一點周濟，使其處於依附地位而已，連兩位女兒的發嫁也要依賴於親家。賈府與暴發戶不同，是詩禮世家，賈珍父子待尤姥母女特別是尤姥是彬彬有禮的，「姥娘」「二姨」「三妹」叫得鮮甜，接待禮數不或缺，看起來相當尊重和親切，遠較西門府為好。不過這些都是臉面上的光輝，一接觸到實質性的問題，她那非正式的窮親戚的地位，馬上就露出尷尬相來了。

與潘姥不同，潘姥的辛酸和悲哀集中地突出地通過自己女兒對她的惡劣態度表現出來，而尤姥娘的辛酸和悲哀，則集中地和突出地通過與自己相依為命的女兒的被作踐表現出來。說起來，尤氏二女是賈珍兄弟的「妹妹」，對於賈蓉更是「姨娘」，可賈珍父子兄弟仍然不時前來光顧。倒是尤三姐說得最為透徹：「這會花了幾個臭錢，你們哥兒倆拿我們姐兒兩個權當粉頭來取樂兒」，一下子把「這層紙兒」戳破了。尤姥的兩個女兒在親戚家的地位，也就是這麼回事。最終二姐被虐待而死了，三姐亦不幸自戕，比起潘姥的辛酸來，尤姥姥更多是悲哀和傷痛了。

以女適人為妾，作為窮親戚，潘姥姥和尤姥姥的辛酸和悲哀，帶有一定的普遍性。她們的悲劇是社會的悲劇，有很高的典型性。不過鴛鴦在罵自己的嫂子時卻反映另一種情況：

> 怪道成日家羨慕人家女兒做了小老婆，一家子都仗著他橫行霸道的，一家子都成了小老婆了！看的眼熱了，也把我送在火坑裏去。我若得臉呢，你們在外頭橫行霸道，自己就封自己是舅爺了。我若不得臉敗時，你們把忘八脖子一縮，生死由我。

可見，亦有視「小老婆」眼熱並倚之橫行霸道的。故潘、尤二位姥姥悲劇的釀成亦有其個人的性格原因。這兩位出身平民而連遭不幸的老婦人，孤女寡母支撐著家庭生活著實不易，應當說他們都有著下層婦女的堅忍與堅強，這一點在潘姥身上表現應該更為突出。此外她倆在性格上還有兩個共同特點：其一是善良，其二是不明智，缺乏另一些下層人身上所具有的明敏和骨氣。潘氏母女稟性不同，女兒尖利刻薄，心狠手辣，個性極強，而母親則寬厚樸實，安於現狀，不惟金蓮與瓶兒矛盾中母親站在瓶兒一邊，得罪了女兒；就是陳敬濟失匙罰唱中，也見出母親的厚道。尤姥的善良突出地表現在她輕信方面，三姐兒明敏潑辣，故對賈氏兄弟之為人、之用心看得十分透徹，尤姥娘寬厚善良，故容易上當，處險境而不自知，對三姐的報復宣洩之舉還「十分相勸」，可見其糊塗。潘金蓮的婚事雖然與姥姥不相干，但從她面對既成事實常來走動看，她未必不是把這樁親事看作是美事。這之前她已經兩次賣女到大家學習彈唱，故作為一個窮姥姥她不是沒有攀附心理的，一點看不出鴛鴦似的品格和明智，這正是她的糊塗和缺乏骨氣處。比起來尤姥姥在這方面更為其甚了。與潘金蓮之適西門不同，尤二姐之適賈璉，國喪家孝、停妻再娶、鳳姐之厲害等等，這些明顯的不妥，尤姥都視而不見。這門親事她是參與決策的，她是一個有閱歷的老婦人，應該比女兒看得遠，可見其糊塗。當然對這樣親戚的這種依附方式，也看出其缺乏骨氣。這恐怕是這兩位老婦人的悲劇的個性原因了。

貴族社會和市民社會
芸芸衆生的絕妙的傳神寫照
——《金瓶梅》與《紅樓夢》的人物群像之比較

《金瓶梅》和《紅樓夢》真是兩部奇書，以它們所表現的文化類型和審美格調而論，二書的差異何啻天壤，若以二書成就及其在中國小說發展史上的地位而論，它們又都屬里程碑式的作品，以二書相互關係而論，「紅樓」之於「金瓶」不特青出於藍，直是蟬蛻於穢——它們真是一組天造地設的極好比較對象。研究者早有人注意到這點，而且也就此做過不少文章。文學是人學，就作品自身的研究言，我們應該把人物的比較提到一定的位置，給以足夠重視。這方面學人也已做了不少工作，但總起來給人的感覺是還很不夠。這裏筆者不揣淺陋，本著拾遺補闕的精神，在師友同仁所未曾為或不願為之處努力做一點微不足道的探討，對《金瓶梅》和《紅樓夢》中的重要人物，從不同的選取角度出發，作了較為系統的比較，以就正於諸同好。

做完了具體的分析比較的工作之後，再回過來從總體上給以綜合，我覺得《金瓶梅》和《紅樓夢》二書在人物的塑造方面有如下一些比較突出的異同之處。

一、在人物性格的塑造方面，《金瓶梅》和《紅樓夢》在中國小說史上實現了重大的歷史性突破。

從神到人，從人的外在到人的內在，似乎是敘事文學塑造和表現人的總的趨勢。自敘事文學出現，一直到《金瓶梅》《紅樓夢》之前的志怪、神魔、講史和傳奇小說，它們所描摹的主要是神和超人。「神」自然距人更遠，「超人」也非活生生的凡人可比。劉備的仁、諸葛亮的智、關羽的義、曹操的奸雄、武松的神勇、李逵的粗豪，他們在德行才智或勇技等方面往往超凡入聖，非人所能或非常人可及，筆記之志人雖猶今之「紀實小說」，多為實錄，然而它所選取的著眼點，也是不凡，撇開故事性的特點，也是「傳奇」也。固然，神和超人也是「人」，也是人根據自己的樣子塑造出來的，但那畢竟是誇張和變形了的人，不是我們在生活中常見的、活生生的、有血有肉的、個性豐滿的人，而這樣的「人」到了《金瓶梅》和《紅樓夢》，就成功地出現了。比起它的先輩來，「金」「紅」中的人物有如下的特點：

1. 它所刻畫表現的是現實生活中真的人，它呈現在我們面前的不是變形誇張的傳神寫意畫，而是如實描摹的寫實畫。無論是國公還是奴僕，貴婦還是村嫗，膏粱紈絝還是市井遊民，錦衣千戶還是乞食幫閒，富室寵妾還是卑賤小鬟，他們都是生活中可以找到或可能找到的人，在德行才智、喜怒哀樂方面，他們無異於活生生的塵世常人。

2. 它所塑造的是有血有肉性格豐滿的人，完成了從類型化到性格化的過渡。「金」「紅」之前的小說人物，基本屬類型化的性格，論者或以曹操性格之複雜性為辯，其實曹操性格的複雜適為其「奸雄」性格的面面觀，與西門及寶玉之豐滿，猶不能同日而語也。以西門之淫惡，亦能待瓶兒竟多情，周濟幫閒兄弟，亦非一味無義，小說寫他的官場應酬及家庭燕談，並非處處要表現他的「淫」或「貪」等等，而是要立體地、全面地表現「這一個」有血有肉的人。雪芹筆下的寶、黛、釵、鳳、平、襲、鴛、晴，則更為血肉豐滿了。

3. 適應表現類型化性格的需要，以往小說的題材，也是單色的，或重大政治鬥爭，或文士倩女的風月多情，更不要說「齊諧」「幽明」式的靈怪，「金」「紅」中的人物，才全方位地活動在生活之中，人物生活的各個方面，衣食往行，起居燕飲，才進入作家的視野，作全面描繪，才出現百科全書式的有極高歷史和認識價值的豐富細節。

4. 以往小說的表現對象，主要為神和超人，為帝王將相，為才子佳人，「金」與「紅」才出現芸芸眾生的人物群落，「金」出色地描繪了市井的眾生相，「紅」第一次塑造了一系列的光彩奪目的女奴形象。

以上四點為二書對中國小說藝術的重大貢獻，為其共同之處。下面幾點為其相異之處。

二、《紅樓夢》以褒揚「情」為主旨，《金瓶梅》以宣露「欲」為主調。

《紅樓夢》和《金瓶梅》中人物的活動或性格的形成都以市民社會的興起為背景，明中葉以後在東南沿海的商業都會中，市民階層開始崛起，經過明末清初戰亂的摧折到康雍乾之際再度復蘇，雖然彼時他們的力量還十分微弱，但比起已進入末世的封建勢力，他們表現出了一定的朝氣和自信，他們不光在實際生活中以自己的情趣自發地腐蝕和浸染著舊的社會機體，而且在思想文化上發出了一些體現他們歷史要求的呼聲。《金瓶梅》

通過一個市井富商家庭生活的描繪，表現市井社會與莊嚴靜穆田園牧歌式的社會的大異其趣的生活方式以及他們勢力的擴張；而《紅樓夢》則從傳統文化的批判和反思的角度通過賈寶玉等人物提出了帶有個性解放色彩的初步要求。它們的人物或者以自發的情趣，或者以朦朧的理性思考匯成了一股反傳統的力量，以對情欲的張揚衝擊著「存天理，滅人欲」的陳舊生活信條和哲學觀念。

雖然如此，二書又很不一樣。《金瓶梅》主要篇幅是用來淋漓盡致地描繪渲染西門慶和潘金蓮為代表的男女們的淫靡和貪婪，那裏真是一切「有錢便流，無錢不流」，憑著金錢的力量西門慶可以恣意玩弄婦女，而那些婦女也都以無恥出賣色相為自得。雖然，作者在書中一再標榜自己在箴誡「酒、色、財、氣」，但全書對於西門慶等男女淫穢生活的淋漓盡致的津津有味的描繪，很難說作者是批判還是欣賞這些東西。總之，《金瓶梅》通過自己對形象的描繪，極力渲染了人的「欲」——物欲，特別是肉欲。

《紅樓夢》則不同，它所著力刻畫的人物特別是他的主要人物賈寶玉則是「情癡情種」。賈寶玉的「意淫」「體貼」「情不情」「多情」及「愛博心勞」等等，都可歸結為一個「情」字。比起來，《金瓶梅》中的人「欲」正是寶玉所痛恨的「皮膚濫淫」，西門慶等正是「泥做骨肉」「濁臭逼人」——雖然他們不同於紅樓中的「男人」——的「渣滓濁沫」。紅樓中人物向形而上追求，金瓶人物作形而下追求；紅樓女性包括齡官和藕官，都是那樣多情動人，而金瓶中女性幾乎都十分不堪。金瓶中人表現的是市井之徒的自發欲望，紅樓中人則寄寓著作者的歷史性思考。

三、《紅樓夢》用詩一樣的筆調詠唱人性中的善和美，《金瓶梅》淋漓盡致地渲染人身上的醜與惡。

曹雪芹筆下的大觀園是「情天」，笑笑生筆下的西門府是「孽海」。太虛幻境是「天上」的極樂世界，大觀園是人間的女兒王國。「凡山川日月之精秀，只鍾於女兒」「女兒是水做的骨肉」，一部「紅樓」也是一部女兒的頌歌。這些女兒與那「泥做骨肉」的「濁臭逼人」的「男人」，成為鮮明強烈的對照。她們是那樣美麗、聰明、善良、執著、癡情、友愛、多才多藝、富於奉獻精神和犧牲精神，「其為質則金玉不足喻其貴，其為性則冰雪不足喻其潔，其為神則是星日不足喻其精，其為貌則花月不足喻其色」，無論是黛玉晴雯式的為作者極力歌頌的主要人物，還是鶯兒、五兒式的作者對其不無批評的小人物，甚至像寶釵那樣作者給予深刻批判的人物，她們，或者她們身上的某些方面，都有著與那惡濁世界成為對照的、美好的、閃光的東西，充滿著天真的情趣，像詩一樣讀來令人心醉，表現出永久的藝術魅力。而笑笑生筆下雖由西門慶主宰實際上也是以女性為主的「金瓶」世界，與「紅樓」世界恰恰相反，那一世界裏，無恥出賣色相，恣意宣洩肉欲，獻媚邀寵，爭風吃醋，噬齧同類，欺淩弱者，人們臉上所呈現的不是凶相即是媚相，歸根結蒂都是無恥相，那裏是一片惡濁，濁臭逼人。「西門慶是混帳惡人，吳月娘是奸險好人，玉樓是乖人，金蓮不是人……若王六兒與林太太等，直與李桂姐一流，總是不得叫做人。而伯爵、希大輩，皆是沒良心的人。兼之蔡太師，蔡狀元，宋御史，皆枉為人也。」雖金瓶中李瓶兒與韓愛姐的後期也似癡情，可是不光她們性格的斷裂不無可議之處，不光其情之所鍾不足為訓，而且這種「情」的星點亮光畢竟太微弱了，它完全被淹沒在那一片濃重的黑暗之中。《紅樓夢》讀來令人纏綿心醉，《金瓶梅》讀來叫人沉悶窒息。那罪孽的塵世，醜惡的眾生，未見憤火的燭照，無有睿智的啟迪，它極易磨鈍人們的知覺，淹沒人們的良知——世界也許就是這樣的吧？那過於濃厚的醜惡與黑暗，也會冰冷讀者的心。

四、《紅樓夢》以典雅的韻致寫上流社會，風流蘊藉；《金瓶梅》以粗俗的筆法寫市井社會，刻露盡相。

《紅樓夢》寫貴族社會，《金瓶梅》寫市井社會；貴族社會典雅，市井社會粗俗；《紅樓夢》用的是文筆，《金瓶梅》用的是野筆。二書的作者都十分熟悉他們所描寫的社會，都有非凡的文字功力，他們都十分生動地、全面地、百科全書式地再現了他們所要表現的社會，維妙維肖地再現了那一社會的芸芸眾生相，使之各得其所。不過，《紅樓夢》作者能夠站在貴族社會之上觀照那一社會，而《金瓶梅》的作者則站在市井社會之中描摹那一社會，故《紅樓夢》風流蘊藉，文質彬彬，富於情韻；而《金瓶梅》雖刻露盡相，然質勝於文，時露鄙野。

張竹坡謂：「《金瓶梅》於西門慶，不作一文筆；於月娘，不作一顯筆；於玉樓，則純用俏筆；於金蓮，不用一鈍筆；於瓶兒，不作一諢筆；於春梅，純用傲筆；於敬濟，不作一韻筆；於大姐，不作一秀筆；……此所以各各皆到也。」說明作者長於描摹刻畫市井人物，出神入化，可謂的論。他又說：「倘他當日發心不做此一篇市井文字，他必能另出韻筆，作花嬌月媚如《西廂》等文字也。」笑笑生能否作「韻筆」，且置勿論；但《金瓶梅》不作「韻筆」，竹坡講對了，這也正是它不同於《紅樓夢》之處——《紅樓夢》用的正是「韻筆」。

紅樓的主人公「情不情」，不光對「女兒」從來不敢唐突，即使對草木也表現出一種富於詩意的憐惜之情，故葬花之舉可以作為紅樓人物的典型行為，成為美談；金瓶的主人公淫惡，即使對其唯一鍾情的女人，也是「你達達愛你好個白屁股兒」，且不要說其他更為不堪者。

紅樓中女兒，以黛釵為代表，錦口繡心，詩魄花魂，物華天寶，地靈人傑，乃數千年古代文明之所鍾；金瓶中女性，以潘金蓮為代表，羊狠狼貪，肉欲橫流，表現出衝出一切文明教養束縛的人的原始獸性的復歸和張揚。大觀園中即使那些微不足道的女奴，如晴雯撕扇、齡官畫薔、藕官燒紙、鶯兒打絡編籃，也都寫得詩意盎然，文采靈動，美麗動人；西門家中，即使丫頭的玩笑，也滿嘴髒話淫語，令人不堪入耳。兩類不同環境，兩類不同人物，一美一醜，一文一野，一雅一俗，不光審美格調，文化品格也完全不同。

五、《紅樓夢》著力頌揚人的尊嚴、人的個性意識的覺醒；《金瓶梅》無批判地渲染人的奴性意識。

「心比天高，身為下賤」，晴雯形象之光彩照人，在於她鄙棄奴顏媚骨，顯露出了人的尊嚴的開始覺醒。司棋、鴛鴦的剛烈，芳官們的率性天真，玉釧、齡官的高傲，更不要說黛玉式的以愛情為基礎的對叛逆婚姻的追求和執著了，「紅樓」作者所極力頌揚的是那表現在眾多女奴身上個性意識的覺醒；而「金瓶」中女性，雖然也往往表現出了很強的追求發展觀念，但這種觀念中卻滲透了奴性意識。同樣身賤而心高的女奴龐春梅，吳神仙相她「五官端正，骨格清奇，髮細而濃，稟性要強」，預言她「必戴珠冠」，「定然封贈」，吳月娘等不信，她自己說：「凡人不可貌相，海水不可斗量……各人裙帶上的衣食，怎麼料得定？總不長遠在你家做奴才罷？」可她的「志大心高」也不過是向高枝兒爬上去，她的追求和歷程也不過是如下的三部曲：得志的奴才——得寵的小老婆——得意的官太太，其實現方式不過是以色邀寵，取得西門慶和周守備的歡心，而對待不如自己的奴隸，他表現得比主子還要凶惡百倍。在「狼」面前，她顯「羊」相——雖然是一隻刁鑽的「羊」；而對「羊」，她則是一隻窮凶極惡的「狼」，這正是十足的奴性，而作者對此還表現得相當欣賞。而晴雯的高傲卻表現為在奴隸主面前的奴隸的骨氣，她不是以自己的色相取得寶玉的歡心而是以知音取得認同，她與黛玉的關係也是如此，她對小丫頭態度不好雖然也表現出等級觀念，但其主調則是鄙視奴隸身上的賤骨，而對個性比較解放的小丫鬟，她則引為同調。作者所熱情謳歌的正是這種與奴性對立的人的尊嚴與個性意識的覺醒，而以「女兒」為寄託。金瓶中的女性，普遍表現得輕賤、愚蠢、醜惡、同類相戕、奴顏婢膝，而作者往往是以漠然的甚至欣賞的態度表現之。

孽海情天，何處彼岸？
——《金瓶梅》《紅樓夢》與「女權意識」

一、兩部關於女性話題的奇書

一位哲人說過，「在任何社會中，婦女解放的程度是衡量普遍解放的天然尺度」，所以，人類社會每前進一大步，在婦女解放問題上，也會有相應的要求提出。在《金瓶梅》和《紅樓夢》之前，中國古代社會通俗文藝的婦女問題，不過局限於狹隘的婚姻自主話題，直到這兩部奇書出現，女性話題才開始突破傳統的視野。

傳統禮教要求女性「三從四德」「未嫁從父，既嫁從夫，夫死從子」把女性永遠置於從屬的地位，「德、容、言、工」和「無才便是德」為女性的奴隸化制訂了具體的規範。宋明以後，理學大師們更把「三從」昇華為「一從」：「從一而終」「餓死事小，失節事大」把這種殘酷性發展到了極致。

在山東省清河縣那發達的商業社會小環境中，在西門大官人周圍，「從一而終」的傳統美德對市井小民已經開始失去了魅力，「三從」公然被篡改成「先嫁由親，後嫁由身」，男女苟合已司空見慣，平常自然，人們對此從不大驚小怪。清河縣的真假神仙給婦女們看相或占卜，夫官克過幾個方好，已成了一個基本話題。西門大官人的如夫人隊伍，就是由從良娼妓與再醮寡婦組成的，而西門一死，她們又「飛鳥各投林」找新出路去了。孟玉樓明公正道地嫁過三次，第一次書裏未寫，後兩次都是由她自己親自選擇丈夫帶著自己的財產嫁過去，後來還成了縣尊衙內的令正。賁四的娘子，韓道國的老婆，來旺媳婦，這些「小家碧玉」們大都來路不正而且婚後行為不端，她們與別人勾搭以出賣色相換取實惠，甚至成為炫耀的本錢，市井社會也反映平淡。王六兒私通西門慶以致富甚至還得到丈夫的支持。一次西門慶在六兒跟前談及此事，六兒說：「就是俺家那忘八來家，我也不和他。想他恁在外做買賣，有錢，他不會養老婆的！」

在這裏，至少在婚姻觀念和貞操觀念方面，要「禮崩樂壞」了。

「我見了女兒我便清爽，見了男人便覺濁臭逼人」，《紅樓夢》小說最為驚世駭俗的就是主人公的「女清男濁論」。千紅一哭，萬豔同悲，群芳同碎，《紅樓夢》既是空前的女兒頌歌，也是空前的女兒悲劇。真是石破天驚，驚世駭俗，這在過去的文學史上是從來都沒有過的。

真是兩部奇書。

二、同樣挑戰傳統，一則以情，一則以欲

十二釵的環境是文采風流的詩禮世家，金、瓶、梅的環境是庸俗不堪的市井社會：一個是極富詩意的大觀園，一個是人欲橫流銅臭熏天的交易場；一個處於金字塔的頂部凝聚著傳統文化的精華，一個躁動於社會的下層日益以自己的粗俗褻瀆著古老的文明。從文化形態看它們是對立的兩極，可誰能想到那古老社會的龐大機體，正是從這兩極而不是從它那受壓力最重的底部斷開了裂紋呢。

紅樓女兒和金瓶婦人分別從兩極出發各自以自己的方式破壞著傳統的禮教精神：一則以情，一則以欲。

《紅樓夢》寫的是悲劇，《金瓶梅》寫的是喜劇。

紅樓女兒所執著的是情，金瓶婦人所追逐的是欲。

寶玉心目中的女兒是「水做的骨肉」「聰明清俊」「比天始天尊和阿彌陀佛還尊貴無對」呢，黛玉和晴雯是她們的出色代表。她們為情而生，為情而死。

西門慶周圍的婦女，通過滿足西門慶以實現自己。潘金蓮是個性變態狂，李瓶兒先後拋棄花子虛和蔣竹山的重要原因之一，也是他們滿足不了自己的性要求，從林招宣夫人到王六兒、葉五兒，她們之欣賞西門慶，除了財勢，便是其「好風月」。「潘、驢、鄧、小、閑」，正是金瓶中諸婦人的「葬花吟」和「秋窗賦」。紅樓女兒，它的女主人公以愛情為基礎的自主婚姻與傳統禮教相對抗，金瓶婦人是以自然欲望的釋放在事實上破壞著傳統觀念。紅樓女兒反對封建婚姻但卻忠於愛情，「從一而終」，之死靡它，寧願為愛情作出犧牲；金瓶婦女以物欲肉欲為動力，通過「棄舊從新」及婚外性行為實現性解放。一則以情，一則以欲；一則是美與善，一面是醜與惡，相反而相成，演出了破壞傳統禮教的二重唱。

三、金瓶梅「女性表達」辨正

1. 金瓶世界的禮崩樂壞，是人欲張揚的產物，生活自發「啟蒙」的結果。

明中葉以後，隨著城市商業的發展而日益壯大起來的市民階層，是產生《金瓶梅》

和《紅樓夢》這兩部奇書的社會基礎。這一新興社會力量的特點——它的追求與理想，它的自信與熱情，它的蓬勃朝氣與因襲重負，它的堅強與脆弱，它的善惡兩重性等，在小說的主人公身上都得到了相當生動的表現。

如果說，賈寶玉是中國文學史上市民階級最初的帶有朦朧人文色彩的典型形象，那麼，西門慶則是和賈寶玉處於同一歷史階段的帶有濃厚封建色彩的富商巨賈。他雖然一身三任，富商、官僚與流氓惡霸三位一體，可他的基本身分仍是富商，其餘二者則是他保障致富的條件，不過「官僚」使他帶有濃厚的封建色彩，而「流氓惡霸」則使他帶有較多的市井氣。他身上很少「天理人欲」的精神桎梏，他只知道不擇手段地增殖財富並憑藉自己的「潑天富貴」而恣意追求人間的歡樂。他既不相信那僵腐的「天理」和「良知」，也無從杜撰什麼「女清男濁論」或「天賦人權論」或「自由平等博愛說」什麼的，他只知道不停息地追逐財富、占有財富與利用財富。

「咱聞那西天佛祖，也止不過要黃金鋪地；陰司十殿，也要些楮鏹營求。咱只消盡這家私廣為善事，就使強姦了嫦娥，和姦了織女，拐了許飛瓊，盜了西王母的女兒，也不減我潑天富貴。」——西門慶這一堪稱經典的豪言壯語，是他挑戰顛覆古老傳統的解放宣言。透過這一「宣言」，我們看到這未來的「天之驕子」十足的底氣，它顯示的是金錢的力量，是物欲和肉欲，通過物欲支配肉欲。

金瓶世界女性個性的張揚，正是金錢財富釀造出來出來的，是「欲」的自發產物。

以性解放和「女性表達」的鮮明論，王六兒可算是一個突出代表。

王六兒與韓道國所組成家庭是一個少見的家庭模式，丈夫給西門慶作夥計，主持分店經營和長途販運，妻子則半公開地給西門做著粉頭。通姦或賣淫雖古已有之，然王氏夫婦之作為卻有自己的特色：一，「第三者」插足並非因為家庭危機或於婚外尋求感情寄託，而是為了經濟效益，女方以經營之道下海，業餘操皮肉生涯，心平氣和為之，無絲毫於心不安處；二，妻子之作為不僅得到丈夫的默許，而且簡直是共同經營，故一面男盜女娼，一面又琴瑟和諧；三，女方對於賣身不僅泰然處之，而且「自在玩耍」，帶有自娛性。西門慶死後，他們夫婦商量要拐帶一千兩銀子逃往東京時，一貫忘八無恥的韓道國還有些於心不安：「爭奈我受大官人好處，怎好變心的？沒天理了。」想不到妻子卻說：「自古有天理，到沒飯吃哩！他占用著老娘，使他這幾兩銀子，不差什麼！」

真是驚世駭俗之論。相形之下，賈寶玉的「女清男濁論」就相形見絀了。

「珠子魚眼睛論」只好做朦朧詩讀，詩無達詁，不必勉求索解。

我們的先鋒人物王六兒，到底屬於「珠子」還是「魚眼睛」？

是的，「有天理到沒飯吃」——她用極其犀利的語言，揭露了「理」的虛偽性。這「理」，要崩潰了，取而代之的是一個「錢」字。對於韓道國和王六兒，對於金瓶世界中人，「錢」就是「理」，就是「天理」。

2. 金瓶梅女性張揚的自我，不過是金錢桎梏下的「自我」，仍不脫「男性」視角。

肯定金瓶女性的「女性自覺」，不能撇開其「自身現實利益和當下幸福生活」實現的前提。

> 她們身上一切晦暗的、衝動性的本能全面造反，反抗精神諸神的統轄。這場造反使身體之在及其感性衝動擺脫了精神情愫對生存品質的參與，表達了自然感性的生命訴求——反抗倫理性的生命法則，反抗生命之在的任何形式的歸罪。[1]

這些晦暗的文字表述，以抽象的人性分析掩蓋了具體的社會歷史分析。商品交換的發展，市場的萬能，將人從封建的宗法桎梏下解放出來，不過，她們頭上又套上了黃金的枷鎖，變成了金錢的奴隸。這一現象，從十九世紀就已成為西方批判現實主義文學的主題，後來的形形色色的現代主義文學，表現的無不是金錢資本對人的扭曲異化，我們的認識不能再退回到「啟蒙」階段。

是的，金瓶女性在性愛過程中，在西門慶「翕然暢美」的同時，她們也獲得了「女性欲望」「女性體驗」的滿足，可惜這種「女性表達」是依賴於金錢的獲得才得以實現的。春梅姐說得好：「各人裙帶上的衣食，怎麼料得定！」

「餓死事小，失節事大」固然荒謬，但片面強調王六兒式的「自在玩耍」，如果給被侮辱損害者打造出賣淫與嫖娼是「雙贏」的心態，不是同樣可怕嗎？

在金瓶世界中，如果說刺激女性破壞傳統倫理的是肉欲，那麼推動他們建立新價值觀念的則是物欲。在商業社會的小氣候環境中，這物欲又集中地表現為對於金錢的追逐和崇拜。圍繞著西門大官人轉的有四種類型的女性：他的妻妾，女性奴婢，行院娼妓，市井婦人。西門慶的如夫人間窮富差別很大。李瓶兒最富，不僅潘金蓮對她嫉妒得眼睛發紅，連吳月娘都睜著眼睛盯著她的私房。瓶兒死後，金蓮通過討好丈夫獲得了她的一件價值六十兩銀子的皮襖，這件事使月娘耿耿於懷，成為一場家庭風波的動因之一。孫雪娥最窮，幾房妾湊分子請西門慶和吳月娘，別人都拿現錢，她只好拔一根簪子以折價。爭頭面，要衣裙，收受物事，拒發轎錢，乃至克扣奴才，偷盜元寶……在家庭生活中，我們經常可以看到分斤掰兩的斤斤計較。這裏的女性都精於計算，有很強的金錢觀念，絕無湘雲、麝月式的不識當票子與銀戥子式的清雅。李嬌兒、吳銀兒、鄭愛月兒們出賣色相，是高度商業化了的；即使葉五、王六兒們之勾搭西門慶，也帶有很強的商業色彩。他們間之苟合，往往是「一手交錢，一手交貨」，或一、二兩散碎銀子，或一匹絹子，

1　劉小楓：《現代性社會倫理緒論》，上海：三聯書店 1998 年。

或一、二件頭面，基本上是當場兌現。王六兒的「情郎」西門慶死後，韓道國欲拐走銀子而於心有所不安，六兒卻坦然對之，理直氣壯。在那個世界裏，一切是「有錢便流，無錢不流」，女人和男人們一樣，「金錢是個好東西，誰見了都要眼睛發亮」，不同的是她們要通過向男人出賣色相去獲得，藉以「實現自己」，因而，爭媚獻寵就成了西門慶家庭生活中妻妾之間、丫鬟僕婦間爭鬥的基本內容，這也是小說基本情節。

《金瓶梅》中女性在金錢和權勢面前奴性十足，尤其是女奴，或逆來順受渾渾噩噩地安於現狀，或以得到主子垂青而欣然自得，前者可以秋菊為代表，後者可以春梅為代表。她倆同是潘金蓮屋裏的奴隸，可命運截然相反。潘金蓮是一個奴性十足的婢妾，對凶獸顯羊相，對羊顯凶獸相。在西門慶跟前，她什麼下賤的事都幹得出來；可在秋菊面前她又十分凶殘，不僅主子架子十足，而且是個虐待狂。可悲的是秋菊自己，主子踩了狗屎要拿她出氣，丟了鞋要由春梅押著她去找，動不動就頂著大石頭跪到天井裏，擰臉蛋，摑耳刮子，扒了衣服打板子——連春梅都嫌打他汙了手呢！可她對這一切只會逆來順受，除了「谷都著嘴」，只會「殺豬般地叫」，她至多感到有點委屈，不著邊際地辯上兩句，卻從來未意識過這是多麼地不合理。她的自我意識與主子及高等奴隸對她的看法是一致的：賤。春梅和晴雯很有相似之處，同樣「心比天高，身為下賤」，但晴雯之心高主要地不在於她的「風流靈巧」，而在於她的人格自我意識，正是這種意識使她與寶玉取得了感情的共鳴，而不是因為自己有可能成為寶二爺的屋裏人而自傲。而春梅正相反，以自己的姿色取得主子寵愛是她自傲的唯一本錢，她以此傲視同類、作踐弱者、唆打孫月娥、辱罵郁二姐，她「反認他鄉是故鄉」而不自覺，骨頭裏浸透了奴性意識。秋菊不過是渾渾噩噩的奴隸，她則是萬劫不復的奴才。

還有一類是被西門慶勾搭以出賣色相換取錢財的女性，如賁四嫂、葉五兒、韓道國老婆王六兒、來旺妻宋蕙蓮、來爵妻惠元、奶子如意兒等，在作者筆下，她們無不甘願出賣肉體，以換取錢財為幸，以得到西門大官人寵愛為榮，一點看不出受侮辱受損害者的屈辱。馮媽媽為西門慶拉縴時向王六兒說：「你若與他凹上了，愁沒吃的，穿的，使的，用的！」這些女性也真把這看作一場便宜買賣，每次交易總是一面心甘情願地任其玩弄，一面總趁其歡心向西門慶討點「好價錢」，要一對金頭簪兒啦，一個烏金戒指兒啦，或一條妝花裙子、一匹藍絹子啦，等等。金瓶女性，除了蕙蓮後期有所覺醒之外，其餘都處於蒙昧之中失去了被壓迫者的「自我」。

金瓶中妓女更是充滿了金粉氣與市儈氣，除了書末不無突兀的韓愛姐，我們看到的只有趨炎附勢、希寵市愛、打情罵俏與爭風吃醋，她們全無心肝，很難見到辛酸與血淚。

四、如何看待賈寶玉「女清男濁論」和「珠子魚眼睛論」

晴雯的道路走到底，依然是賈寶玉的小老婆，林黛玉對劉姥姥的蔑視尤甚於薛寶釵，寶玉發脾氣照樣會踢人攆人——就事論事，紅樓女兒的個性張揚，賈寶玉的平等意識和對女性的尊重，經不起刨根問底的追問的，無可諱言，他們並未擺脫等級觀念與奴性意識。

我們不能局限於這種就事論事的分析，這不是科學分析方法，賈寶玉林黛玉晴雯們的形象的典型意義，只有將他們放到歷史和文學史的發展中去考察，才能給予正確定位。「封建的中世紀的終結和現代資本主義紀元的開端，是以一位大人物為標誌的。這位人物就是義大利人但丁，他是中世紀的最後一位詩人，同時又是新時代的最初一位詩人。」——站在這樣一個高度，才能正確地把握《神曲》。

同樣，如果就事論事，則哈姆雷特、浮士德、聶赫留朵夫、于連等等文學典型也都會黯然失色。

從「人」的或「理性」的高度質疑古代社會的，並不是在那一社會裏受壓迫最厲害的階層，而是社會地位並不低下階層中產生的先覺者，發出了的質疑啟蒙的聲音。

賈寶玉時代，舊的生活方式雖已腐朽，但它在各方面暫時還非常強大；新的生活方式雖已萌芽，但畢竟十分脆弱，它猶如茫茫暗夜中東方天際僅露的一抹微弱的霞光，時代的先覺者，還根本不可能對舊的生活方式作根本性的批判，對新的生活方式更無從作明晰的描繪。曹雪芹所做的工作，只能是對那由經濟基礎所決定的上層建築進行初步的歷史反思，揭示舊的生活方式對於人性的扭曲，同時作為其對比觀照，又用朦朧的詩的筆調對新的人生作些理想性的描繪，當時他只能做到這些，即使是但丁、莎士比亞和歌德，他們所完成的歷史使命也大致如此。

在這個意義上，如果說《金瓶梅》是工筆的浮世繪，那麼，《紅樓夢》就是抒情寫意詩。

賈寶玉的一些驚世駭俗怪論，都必須作為詩來讀。什麼「女兒是水做的骨肉，男人是泥做的骨肉，我見了女兒我便清爽，見了男人便覺濁臭逼人」啦，什麼「女孩兒未出嫁，是顆無價之寶珠；出了嫁不知怎的就變出許多的不好的毛病來，雖是顆珠子，卻沒有光彩寶色，是顆死珠子；再老了，更變得不是珠子，竟是魚眼睛」啦，這些似傻如狂偏僻乖張的言論，都必須作如是觀。詩無達詁，解讀時不能不認真，不能太認真。

明代具有離經叛道傾向的思想家，高舉「情」的旗幟向封建禮教挑戰，李贄強調「蓋聲色之來，發乎情性，由於自然，是可以牽合矯強而致乎？故自然發乎情性，則自然止乎禮義，非情性之外復有禮義可止也。」[2]湯顯祖的「臨川四夢」抒發的無非是一個「情」字：「世總為情，情生詩歌而行於神。天下之聲音笑貌大小生死，不出乎是」[3]。「大旨寫情」，《紅樓夢》高標的就是一個「情」字。「情情」也好，「情不情」也罷，情癡情種，就是賈寶玉這一形象迥異於其他的根本所在。「無故尋愁覓恨，有時似傻如狂」，這個「古今不肖第一」的貴公子，他對那集千百年封建文明之大成的詩禮世家，對那「花柳繁華地、溫柔富貴鄉」中文采風流，在感性上對其總體已經產生了懷疑不滿，感到厭倦了，那以「禮」為規範的一切，他已經覺得「無情」了。寶玉是個蹩腳的理論家，但卻是一個對時代風氣感受敏銳的詩人。他說不出，但卻感受得到，他感到「禮」的不合理，提出一個「情」字以取代它。這「情」，來自人的「氣質之性」，也是人固有的一種「欲」，一種以美與善的形態表現的「欲」。他的「情不情」，他的「體貼」與「意淫」，他的「愛博心勞」等等，朦朧地體現了自己與他的同道者的個性解放的最初意識。也是憑直感，賈母感到孫兒的性情不好理解，它不屬於一般意義上的「男女」範疇；賈政則感到兒子有「釀到弒父弒君」地步的危險性。賈母和賈政的感覺和擔心都沒有錯！「聖人千言萬語，只教人存天理，滅人欲」，《金瓶梅》與《紅樓夢》通過自己的主人公，分別從美與醜、從善與惡兩極、從情欲與肉欲的不同角度，提出了「人欲」這個課題，對於千百年來以「禮」為標誌的舊傳統，不能不說是一個巨大的衝擊力量。

「女清男濁論」，正是對綱常名教維護的是男權社會的挑戰，對「仕途經濟」「顯親揚名」「祿蠹」的非議，都是對傳統人生道路的褻瀆。

相對於男人而言，未成年女孩兒涉世未深較為單純，她們的成長的過程也是被社會荼毒的過程，「珠子魚眼睛論」，不過對社會扭曲人性現象的深刻思考和幼稚表述，因此，他在觀察思考中，也時有困惑——將其歸結為「處女情節」，未免有點冤枉。

五十九回「柳葉渚邊嗔鶯叱燕」寫春燕和鶯兒、蕊官一起聊天評論自己的母親和姨媽，就曾引這一高論以為證，說「怨不得寶玉說」云云，而且她們還作過別具隻眼的評論——「這話雖是混話，倒也有些不差，別人不知道，只說我媽和姨媽，她老姊妹兩個，如今越老越把錢看的真了。」應該說，她們和寶玉的心是相通的。

接著她客觀地敘述了她的姨媽和蕊官吵架，自己媽媽和芳官為洗頭而吵架的事，並發表了公正的評論，最後她又就姑媽對承包園子「比得了永遠基業還利害」發表了批評意見。春燕的這段話很有代表性，它很好地反映了大觀園是一個特殊環境，它既是世俗世界的一部分，又是相對獨立的女兒國。一方面社會上的等級觀念、勾心鬥角和種種卑

2 《焚書·讀律膚說》。

3 《耳伯麻姑游詩序》。

鄙齷齪的現象在這裏也會有不同的反映，生活在這裏的女孩子畢竟不同於太虛幻境的「神仙姐姐」，「水做的骨肉」，她們必須在現實的土地上生活，她們的追求也不會完全「脫俗」，如芳官們的爭強好勝，小紅的熱中於爬高枝兒，柳五兒一心想安排個好單位，佳蕙對賞錢分配表示不平，等等，都說明這一點。但他們畢竟是大觀園的女兒，形而上色彩的追求才是她們的主調。大觀園中那充滿詩意的生活，「夜擬菊花題」「諷和螃蟹詠」等等，固然沒有她們的分，在那裏她們只起服務員的作用，可仲春餞花，入夏鬥草，「滿園繡帶飄揚花枝招展」，無憂無慮的女兒們，一個個「打扮得桃羞杏讓，燕啼鶯妒」，她們「或用花瓣柳枝編成轎馬」，「或用綾羅錦紗迭成干旄旌」，用彩線繫，祭餞花神，這時候則不分主僕，不分等級，大家都沉浸在青春的歡樂之中。至於柳葉渚編花籃兒，杏子陰燒紙寄情，則更是她們自己的獨立天地。在這裏，她們與晴雯、鴛鴦、司棋，與黛玉、湘雲們一樣，都是這「女兒國」的公民。她們把這小天地裏的自由和青春當作她們的追求寄託和象徵，她們願自由永在，青春常駐，只有在這裏她們才有自己的幸福和歡樂。當然這在深味過人生甘苦並被生活扭曲了心靈的「婆子」們看來，無疑是天真可笑的，但《紅樓夢》的價值也正在這「天真可笑」之中。賈寶玉因病辜負了杏花，因此「仰望杏子不舍。又想起邢岫煙已擇了夫婿一事，雖說是男女大事，不可不行，但未免又少了一個好女兒。不過兩年，便也要『綠葉成蔭子滿枝』了，再過幾日，這杏樹子落枝空，再幾年，岫煙未免烏髮如銀，紅顏似槁了，因此不免傷心，只管對杏流淚歎息。」——這在常人看來，是寶玉的「似傻如狂」，可這正是寶玉價值之所在。萬馬齊喑，夜氣如磐，幾千年來人們習以為常，而寶玉卻開始感到這空氣的沉悶，渴望著追求自由和純真的世界，包括這些「卑賤」的小丫頭在內的「水做骨肉」的「女兒」們，正是作為他的美好的追求的體現而在他的心目中占有崇高位置，而這些「女兒」的對生活的不切實際的憧憬與寶玉的「傻」與「狂」，也具有同樣的審美意義。比如以芳官為代表的女伶們經過一番抗爭、掙扎之後，最後也「斬情歸水月」了，海市蜃樓消失了，不切實際的追求幻化了，然而我們並不能因為她們追求的不切實際而貶低其意義，她們的悲劇與寶黛悲劇屬於同一品格。

這回故事寫的就是新老兩代即小女兒和老婆子們也即「無價珠寶」與「魚眼睛」之間的衝突。衝突的一方為蕊官、芳官、春燕、鶯兒等，另一方為春燕的媽媽、姨媽和姑媽，衝突的爆發點是藕官燒紙、芳官洗頭和鶯兒編花籃，最後因寶玉以及襲人、晴雯、麝月等的干預和庇護，以小字輩的勝利而告終。芹公把這些瑣碎得似乎不值一提的小事寫得如此波瀾起伏和詩意盎然，若非慧眼獨具，若非有真性情者，斷寫不出如此花團錦簇的文字。

有意思的是這故事的意蘊十分複雜，絕非一目了然的文字可比。在這裏，無拘無束的天真率性卻必須依賴等級特權的庇護，怡紅院女兒們打著「規矩」的招牌摧折老媽媽們，卻在為女兒們的「沒規矩」張揚；嘗盡生活辛酸者在以自己的行動維護著那造成這種辛酸的秩序，在這種秩序中養尊處優者反而多方面破壞著這一秩序。「我們到的地方兒，有你到的一半，還有一半到不去的呢」，這也成了「敘身分」的標誌，並以此分出榮辱，多麼可悲！可她們吹的又是寶玉的湯，晴雯、芳官都可「說著就喝了一口」，玉釧更千方百計盡著法兒使其喝口，寶玉則以此為盡心，為一種比喝湯更美的享受，從而又使「服侍」寶玉具有了全新的意義。一般說來「沒有娘管女兒大家管著娘」本是正理，麝月所謂「你看滿園裏，誰在主子屋裏教導女兒的？」不過是奴性觀念，可這裏婆子們要管的是藕官的可貴的純情，是芳官的率性和對於不平的抗爭，是鶯兒燕兒對青春的歌唱和對美的追求，所以美醜易位，獲得了相反的意義。

這一段真實而又複雜，複雜而又真實的故事，如果一定要在其多方面的意蘊中歸納出主旨的話，那麼是否就是上文我們已引過的小春燕的一段話：女兒未嫁時，是顆無價珠寶，及出嫁變老之後，這顆珠子就逐漸失去光彩，慢慢變成魚眼睛了——她通過對生活的體味與思索，對寶玉的奇談怪論取得了感悟或認同。

五、情天孽海，何處彼岸？

女權意識，女性主義，女性解放話題，由來已久，至今仍是熱門。

當代《金瓶梅》研究，是從這部禁書的解放中興起的，對此，金學家們曾做過深入的探討。然而，對後金瓶梅熱時代出現的一些新的社會現象，金學家們似乎還缺乏足夠的關注。

上個世紀初，歐陽予倩第一次通過《潘金蓮》話劇對人們熟知的文學典型作重新闡釋，使她由一個害人者變成了受害者，由「淫婦」變為一個覺醒了的女性，在追求幸福的過程中走向墮落和毀滅，反映的是「五四」反封建的訴求，屬於思想解放潮流的一部分。一個世紀之後，社會審視潘金蓮和西門慶的話語，早與當年不可同日而語。在許多人的心目中，潘金蓮作為一個文化符號，已經實現了從「淫婦」到被扭曲的受侮辱損害者再到當代文化符號的三級跳。

搜索流覽一下今天的網路，在有關金瓶梅、西門慶和潘金蓮的數以百萬計的條目中，其主旋律是「嫁人要嫁西門慶，娶妻當如潘金蓮」：

> 甘婷婷：嫁人就嫁西門慶。被問到如果現實生活擇偶會選擇西門慶還是武松、武大郎時，新潘金蓮甘婷婷笑稱自己會選嫁給西門慶。

潘金蓮不過是玩了一下婚外情，用今天的標準來看，潘金蓮那點破事根本就不值得一提。以玩一夜情迅速竄紅的木子美之輩，差不多大小通吃，老少不拒，都還不至於被口水淹死。再往大處說，目前混跡在演藝圈的明星歌星，又有多少人沒有點床上的破事？而潘金蓮僅僅就玩了一個男人，僅僅就出了一次軌，而且還不像現在的人出軌那樣明目張膽，就被打入十八層地獄，想想真是比竇娥還冤。我真為潘金蓮歎息，只怪她運氣太差，早生了 1000 多年，要是潘金蓮生活在咱們的網路時代，我敢說，她已經紅得發紫，早已是歌、模、演三棲明星了。說不定還會被 CCTV 邀請去做主持人，至少也是台上常客，台下嘉賓。更不要說在新浪開博，寫點什麼「我和西門慶不得不說的那些事」，就能狂賺點擊率。

我敢打賭，要是潘金蓮生活在網路時代，張藝謀的御用演員肯定是潘金蓮，選秀節目的評委肯定有潘金蓮的席位，新浪博客老大的地位恐怕就不是老徐了，而是毫無背景的草根美女潘金蓮。恨就恨潘金蓮生不逢時，生活在那個沒有電腦，沒有電影，沒有報紙，沒有 T 型台的鬼年代。

「潘金蓮的關注恰恰折射了時代的密碼和公眾的隱秘心理:潘金蓮仍是男權社會下的一個被『消費者』形象和角色。無論是獵奇還是揭秘，離開了被『消費者』角色的充當，對誰演潘金蓮的關注將煙消雲散。」——這一「觀眾聚焦」可以說超過許多專業評論。

是的，「潘金蓮的關注恰恰折射了時代的密碼和公眾的隱秘心理」，潘金蓮早已告別了「淫婦」時代，她在事實上，已經成為相當多的人的青春偶像。

「嫁人就嫁西門慶」「娶妻要娶潘金蓮」——並不雷人。

所以，潘金蓮的研究也必須與時俱進，模仿歐陽予倩的魏明倫式的創新，未免有點膠柱鼓瑟了。

撇開金錢對人的荼毒扭曲，侈談什麼「女性體驗女性欲望」以及女性的「生命意識」「身體之在」「感性衝動」之類，不過是為西門慶式的女性消費打造出更為「翕然暢美」的和諧環境罷了。

潘金蓮是美女，愛美是人的天性，美是她得天獨厚的財富，利用自己的寶貴資源追求個人的幸福，是「天賦人權」。

其實，這女性美本身就是特定階段社會歷史發展的產物，並不是什麼「天賦」和「人性」。對於方興未艾的美容熱，將其簡單地歸結為女性主體意識的高揚，未必全面。

「在一切美的形態中，我堅信最美的是人的形態，當上帝賦予男人力量的時候，他賦予女人美麗。」——一篇為「人體藝術」鼓吹的權威文章如是說。

黑格爾老人云，「婦女的皮膚是歷史的發展」，「婦女的頭髮是歷史的發展」，從遠古的茹毛飲血到《國風》時代的「碩人」、到大觀園中的十二釵、到當代賴昌星「紅樓」的金屋嬌娃，她們的標緻嫵媚、楚楚動人，那是人類幾十萬年在改造自然的同時，也對象化地改造自身的結果，它是人類進化和進步的標誌之一。一部《紅樓夢》，就是歌詠「女兒美」的千古絕唱。所以，女性美，也包括女性的形體美，作為人們審美鑒賞的永恆主題，應該是無可非議的。

然而，這是問題的一個方面。當人按照人間的秩序創造神靈世界時，他們同時也按照人間帝王的樣子通過誇張放大創造了上帝，真主、佛陀或者玉皇大帝也一樣。然而，我們這位上帝「賦予女人以美麗」絕不是女性的驕傲，恰恰相反，如一位先哲所說，它正是「女性世界性的失敗」的產物。在人類成長的歷史上，曾經有過遠遠超過文明史的漫長的母權氏族時代，那一時期，女性的社會地位是遠遠超過男子的。後來，伴隨著私有制出現了父權制，歷史就顛倒過來了。人類整個的文明史，也包括今天的「全球化」的「信息時代」，都是以男性為中心的社會，女性則不同程度地成了男子的奴隸、附庸或花瓶。對於男人和女人這不同的「賦予」，正是以私有制為標誌的時代的歷史產物。因而，從這一角度看，女性的美麗，倒不是女性的驕傲，它是伴隨著女性的屈辱一起降臨的。

在動物世界，我們經常看到的，倒是將美麗「賦予」雄性。在飛禽和走獸眾生中，比如說獅子、老虎和孔雀吧，無論體格的健壯、風度的優雅、羽毛的絢麗或者歌喉的嘹亮，那都是雄性的專利。「對偶婚」或「一夫一妻制」的鳥類，總是雄性向雌性賣弄風騷，美者取勝。在群體生活的獸類中，總是在力和美方面最優秀的雄性，成為眾女性的白馬王子。人類的近親猿猴就是這樣。表面看起來，他們也同樣占有著「三宮六院」「七十二妃」，但猴王和帝王有著本質不同：對於前者來說，它的霸道是出於群體繁衍和發展的需要，是自然選擇的結果；而後者，則是憑藉著權勢對異性赤裸裸的奴役。就事論事，在這一點上，倒是人不如猴了。即使對於自身的繁衍，帝王家族也表現為一種退步。後宮佳麗三千，而君王常憂子嗣匱乏，「末代皇帝」就是這種占有制度的產物。妻妾成群的西門慶的乏嗣苦惱，實際上受到的也是這種懲罰。

人類應該與他們的遠祖和近親一樣，在漫長的繁衍進化中，大自然是把力量和美麗主要賦予男人的。只是到了後來，以男性為中心的社會，把女性逐漸變成了附庸和花瓶，才使「美麗」成了女性的專利。無論是過去的「夫榮妻貴」「書中自有顏如玉」，還是今天的「利用青春資源淘金」「幹得好不如嫁得好」，它們都反映著「傍」者與「泡」者之間的不平等。從此，「女性美」隨著文明的發展而發展，一方面成了人類文明和文化的標誌之一，同時，也構成了女性的屈辱與人性扭曲的歷史。這種扭曲，在中國古代的纏足陋習中，得到了極端的表現，在這個意義上，今日的高跟鞋，以及新興的隆胸隆鼻抽脂之類，不過是纏足的溫和現代版。當男人為他擁有財富就可以享有一切而驕傲的時候，女人卻越來越為自己的青春易逝而擔憂和苦惱——審視美容熱不能無視社會的人文環境。人類整個的文明史，既是少數人壓迫多數人的歷史，也是男子統治女性的歷史。

多年前，一位 82 歲的名人與一位 28 歲女性喜結連理，作為婚戀自由和溫馨浪漫的美談韻事被媒體炒得紛紛揚揚。近期，一部陣容強大的家庭劇《大丈夫》上映後收視率一路飆升。看了標題，你也許想當然地以為，這是一部寫「爺們」張揚陽剛之氣的英雄劇，錯了，「大丈夫」是寫「老少戀」的。

就事論事孤立地看，這是生活中婚戀自由充分的表現，它說明年齡差距不是婚姻幸福的障礙。

不過如果你將思索的視野擴大一點，放遠一點，得出的結論就是另一回事了。

2014 年 03 月 13 日《時代週報》有一篇文章專門談這個問題，題目是〈老夫少妻背後的中國婚姻市場〉。

「婚姻市場」，妙極！

該文將中國的婚姻現狀置於「市場經濟」座標中考察，就不那麼詩意了，作者稱這「在一定程度上，也是中國當下社會整體狀況的一個折射。」

> 根據媒體報導，2000 年左右，據民政部門的婚姻登記顯示，中國配偶間男女年齡差距在以每年 0.6 歲的速度遞增。而根據 1999 年中新社援引一份社會學報告稱，中國男女結婚時的年齡差距在拉大。調查發現，1987 年夫大妻 2 歲的比例最高，達到 47.17%；進入 90 年代後，男大女 5 歲的比例最高，達 48.44%；男大女 8 歲、10 歲的比例也在大幅度上升，男大女 10 歲以上的被認為屬於「老少配」，比 1987 年增加 14%。這反映「老夫少妻」的婚配情況越來越多。
>
> 在《當代中國研究》2001 年第 2 期（總第 73 期）上的文章〈當前中國婦女地位變化的社會環境分析〉中，也提到了這一資料：「90 年代中期丈夫比妻子大 10 歲的比例比 1987 年增加了 14.5 個百分點。**這種大男小女的婚配狀況一般都是男子富裕以後與原配偶離婚後再婚的婚姻模式。**」

這還造成「城市中老年女性『結構性失婚』」：

> 電視劇《大丈夫》充滿了現代題材，背後是越來越殘酷的中國婚姻市場現狀：根據深圳大學社會學系主任易松國的研究調查，深圳城市離婚女性中有 94.6% 的人沒有再婚，男性再婚的超過 80%；據民政部門的婚姻登記顯示，中國配偶間男女年齡差距以每年 0.6 歲的速度遞增；在北京，65 歲及以上的再婚男性，平均要比

妻子大 13 歲多……資料讓人吃驚，婚姻市場現實同樣殘忍。

該文介紹獲得諾貝爾獎的美國經濟學家貝克爾的研究，貝氏在《家庭論》一書中用經濟學方法考察婚姻市場的規律，得出結論說：**「男人在婚姻市場上的資源是財富與地位，女人在婚姻市場上的資源是青春與美貌；男人的資源隨著年齡增加而遞增，女人的資源隨著年齡增加而遞減。」**根據這一規律，一旦進入中年以後，男女雙方的資源就可能失去平衡，男人往往成了「有效率的尋覓者」，女人則成了婚姻市場中「沒有效率的尋覓者」。這一解釋，為擁有更多資源的中老年男性在再婚市場上「老少戀」，甚至婚內「見異思遷」現象的出現，提供了經濟學的基礎。

貝克爾的結論不帶褒貶色彩，是純「市場」的分析。但這比《大丈夫》們的「自由」「浪漫」式的詩意詠歎，要深刻得多。將「青春美貌」與「財富地位」同時置於市場作為「公平交易」的對象分析，這就夠了。說得透徹一點，這種日益擴大的「老夫少妻」現象，表現的依然是財富和權勢對婚戀日益增強的支配作用，折射的是社會的兩極分化和男權支配，是女性青春的商品化和對男性的附庸地位。而媒體對這一現象的美化，折射的則是金錢的話語霸權，是權勢對社會心理的成功馴化。

與賣淫嫖娼一樣，私有制男權社會的傳統痼疾，今天它依然是頑症。

近些年，席捲神州大地的商品經濟大潮，消解著傳統對廣大女性的束縛，給女性的價值選擇拓寬了天地，具有巨大的解放意義。但我們也不能不看到，這種解放的背後，是金錢的無所不在的支配權力取代種種傳統的束縛，其中還包括許多積極健康的人文規範。

一些權威理論家主張「犧牲一代少女的發展戰略」，極力主張「性產業陽光化」。「青春消費」也就成了貪官污吏、大款小款們不可或缺的日常內容，「金錢美女」「二奶」「小蜜」和「泡妞」，成了強勢階層的經常話語，而「靚」「酷」之類，自然成了消費品成色的標誌。浮出水面的貪官很少沒有「情婦」和「二奶」。安徽一貪官居然「用 MBA 管理情婦」。江蘇一廳級貪官周某 12 年間玩弄上百個女人並記下 14 本淫穢日記。福建周甯「三光書記」林某有句可與西門大官人相媲美的的豪言壯語——他要「把手裏的官位賣光，把財政的錢花光，把看中的女人搞光」！——西門慶現象與潘金蓮現象是共生的。

上一世紀三十年代，陳白露能夠成為進步主流文化的批判反思對象；今天的露露們，作為時代的驕子，正日益成為千百萬人癡迷仰望與追逐的青春偶像。演藝圈早以緋聞作為自我炒作的手段，最當紅的明星，也時見被「包」的醜聞。《我被某某包養》居然可以成為暢銷書。「寧當小三，不嫁窮漢」，碩士博士亦不乏甘當「小蜜」者。武漢一名牌高校女碩士「開出千萬元身價徵婚」，被傳媒炒得沸沸揚揚。近日上海寶山警方破獲的一起規模較大的「三高」性交易團夥，當事均為80、90後高學歷人員，據稱，資質堪與京城「天上人間」的十大頭牌美女相媲美云。嫖客均為滬上企業或知名外企白領金領，甚至知名大學博士、留學生等。上海一女碩暢言：「現在是商品社會，每個人都在為自己利益打拼。如果女人只剩下身體可賭明天，那又何必猶豫！」據媒體調查，北京小學生也以「祝你將來嫁個有錢有勢愛你疼你的好老公」作為畢業贈言。

金錢領著時代風騷，嚴重扭曲著女性的解放。

高層提出「八榮八恥說」，針對的就是社會上存在的嚴重榮恥顛倒現象。

「笑貧不笑貪，笑貧不笑娼」——前者是「男性視角」，後者是「女性視角」。

「幹得好不如嫁得好」——反映的是支配與被支配關係。他不禁使人想起龐春梅的名言：「各人裙帶上的衣食怎麼料得定」。

「太虛幻境」正殿的宮門上有一個匾額，上面寫著四個大字曰「孽海情天」，這是雪芹的「假語村言」。如果在本來意義上使用這四個字，那麼，作為一組反義詞，它們正好是「金瓶」和「紅樓」兩個世界的最好概括。這兩個截然不同世界的女性，他們的追求儘管清濁不同，可是形成了兩股洪流，同樣沖刷著古老傳統的堤壩。

《金瓶梅》和《紅樓夢》，自覺或不自覺地觸及了女性解放的話題：《金瓶梅》不過是「跟著感覺走」，通過「傍西門大款」改變命運以「實現自己」；《紅樓夢》雖做出過思考，但答案作者自己也茫然。正如賈寶玉夢中神遊「太虛幻境」時遇到的「迷津渡」，黑溪橫路，虎狼同行，「深有萬丈，遙亙千里」「無舟楫可通，只有一木筏可渡」，而這「木筏」，還是「木居士掌舵，灰使者撐篙」——孽海情天，那來慈航彼岸！

一位偉大哲人說過：「外表上受尊敬的、脫離一切實際勞動的文明時代的貴婦人，比起野蠻時代辛苦勞動的婦女來，其社會地位是無比低下的。」所以，一些當紅明星雖然身分天價，但其解放的歷史品格，與小芹、喜兒和李雙雙們不能相提並論。聖西門把婦女解放的程度看作任何社會中人類普遍解放的天然尺度，女性的徹底解放必須伴隨著人類的全面解放才能實現。只有全體社會成員，包括男性和女性在內，對社會生產資料享有完全平等的權利，從而，他們在勞動和分配方面的權利也實現完全平等的時候，自來存在的一部分人支配另一部分人命運的經濟基礎得以徹底改變，那個時候，婦女解放的時代才能真正到來。

信而不迷與迷而且信
——從《金瓶梅》看暴發戶與神

西門慶的生活中離不開和尚道士，在他後堂的閫帷中，王姑子薛姑子更是常客。張竹坡在「批評第一奇書金瓶梅讀法」開頭說：「起以玉皇廟，終以永福寺，是大關鍵處。先是吳神仙總覽其勝，後是黃真人少扶其衰，末是普淨師一洗其業，是此書大照應處。」可見，在小說的藝術構思與主人公的生活中「神」的重要性。暴發戶的生活離不開「錢」與「色」，此外就是「權」與「神」：一個是現實的，一個是超驗的，二者互為補充，決定著他們的命與運。

西門慶對待「神」的態度，在暴發階層中有著很高的普世品格，考察一下不無意義。綜觀之，西門慶在處理神的關係方面，有如下幾個特點。

一是它的世俗性。

西門慶成長得過快，文化素養的提高，趕不上他的經濟地位和政治地位的飛升。所以，在宗教觀念上，他絕不可能像賈府、像大觀園那樣，對什麼「無可雲證，是立足境。無立足境，方是乾淨」「赤條條來去無牽掛」「色即是空，空即是色」之類感興趣，他所信奉的是佛道中最為通俗最易為大眾接受的因果報應說，所從事的也是些祈福禳災之類活動，其中許多形式趨於民俗化。

如開卷第一回「西門慶熱結十兄弟」，按西門慶的主張，備上豬羊三牲等供品到玉皇廟辦理，在神前供奉禮拜，以求「昊天金闕玉皇上帝，五方值日功曹，本縣城隍社令，過往一切神祇，仗此真香，普同鑒察」，「更祈人人增有永之年，戶戶慶無疆之福。凡在時中，全叨覆庇」。

生子加官後西門慶為官哥寄名打醮，活動方式跟這也差不多。

這濃墨重彩描繪的場面，令人想起《紅樓夢》中賈府的清虛觀打醮。小說寫來不厭其詳，西門慶給玉皇觀送的禮物、親朋好友聞訊如何前來致賀、齋意文書的內容、殿宇場景與法事的繁瑣儀式、吳道士送給官哥的道服經疏齋飯等，都一一詳細道來。回家之後，寫眾妻妾欣賞官哥的道服，引發孟玉樓的一番議論，她質疑官哥的「小履鞋，白綾底兒，都是倒扣針兒方勝兒，鎖的這雲兒又且是好。我說他敢有老婆！不然，怎的扣捺的恁好針腳兒？」後來官哥拉屎，孟玉樓笑道：「好個吳應元，原來拉屎也有一託盤。」……描寫很富生活情趣，不見法事場面裝神弄鬼的陰森。

二是它的功利性。

西門慶是一個商人，一個精於算計的商人，他的宗教活動有著很強的實用功利目的。他把宗教的果報觀念從實用的角度作了充分發揮，將其世俗化、功利化，對於他來說，宗教活動不過是塵世商業交換活動的繼續和延伸，是天人之間、陰陽兩界、此岸與彼岸的特殊交換活動。

凡是現實生活所不能提供或保障不了的東西，西門家族都要通過貢獻、禮敬或施捨等形式向神靈世界請求幫助和庇佑。特別是傳宗接代問題，更是離不開求神拜佛，不育求子嗣、既育求成長、生病求保佑平安、無事求前程福壽。其支付方式，包括請僧道來家宣講經卷或做法事、印散佛經以及出資修繕廟宇等，許多事，往往先燒香許願，以後再按照所許還願，類似與現代的期貨付款。玉皇觀打醮，就出於原先的許願。臘月時分，玉皇廟吳道官使徒弟送了四盒禮物，吳月娘提醒西門慶，以前為李瓶兒生孩子許下的願還沒有還，這才有西門慶當場拍板叫來小道士，通知吳道官要在玉皇觀為官哥打醮還願並寄名。在他們心目中，這與官場的送禮行賄一樣，是生活中不可或缺的必要花費和投入。

五十三回「潘金蓮驚散幽歡，吳月娘拜求子息」一回就很有代表性。

事情的起因是李瓶兒子向西門慶提出的：「前日我有些心願未曾了。這兩日身子有些不好，坐淨桶時，常有些血水淋得慌。早晚要酬酬心願，你又忙碌碌的，不得個閒空。」西門慶當即決定叫玳安去接王姑子來，中間又穿插著應伯爵的慫恿：「但凡人家富貴，專待子孫掌管。養得來時，須要十分保護。譬如種五穀的，初長時也得時時灌溉，才望個秋收。小哥兒萬金之軀，是個掌中珠，又比別的不同。小兒郎三歲有關，六歲有厄，九歲有煞，又有出痧出痘等症。哥，不是我口直，論起哥兒，自然該與他做些好事，廣種福田。若是嫂子有甚願心，正宜及早了當，管情交哥兒無災無害好養。」一番論證愈益堅定了西門慶的決心。

> 不多時，王姑子來到廳上，見西門慶道個問訊：「動問施主，今日見召，不知有何吩咐？老身因王尚書府中有些小事去了，不得便來，方才得脫身。」西門慶道：「因前日養官哥許下些願心，一向忙碌碌，未曾完得。托賴皇天保護，日漸長大。我第一來要酬報佛恩，第二來要消災延壽，因此請師父來商議。」王姑子道：「小哥兒萬金之軀，全憑佛力保護。老爹不知道，我們佛經上說，人中生有夜叉羅剎，常喜啖人，令人無子，傷胎奪命，皆是諸惡鬼所為。如今小哥兒要做好事，定是

看經念佛，其餘都不是路了。」西門慶便問做甚功德好，王姑子道：「先拜卷《藥師經》，待回向後，再印造兩部《陀羅經》，極有功德。」西門慶問道：「不知幾時起經？」王姑子道：「明日到是好日，就我庵中完願罷。」西門慶點著頭道：「依你，依你。」

王姑子說畢，就往後邊，見吳月娘和六房姊妹都在李瓶兒房裏。王姑子各打了問訊。月娘便道：「今日央你做好事保護官哥，你幾時起經頭？」王姑子道：「來日黃道吉日，就我庵裏起經。」小玉拿茶來吃了。李瓶兒因對王姑子道：「師父，我還有句話，一發央及你。」王姑子道：「你老人家有甚話，但說不妨。」李瓶兒道：「自從有了孩子，身子便有些不好。明日疏意裏邊，帶通一句何如？行的去，我另謝你。」王姑子道：「這也何難。且待寫疏的時節，一發寫上就是了。」

三是它的不徹底性。

西門慶得時代風氣之先，在彼時彼地他所生活的小環境中，他不愧為出色的成功人士。他有著極強的現實感，他的事業成功和生活享受所需要的一切，無論是權與黑，還是財與色，無不要風得風要雨得雨，幾乎是心想事成。所以他的視野，基本上停留在實實在在的現世生活中，他充滿自信，不像吳月娘那樣對神迷信，信神是一種「他信」，二者的關係是此消彼長的。

西門慶信神，既不虔誠，也不盲目。西門慶不是「徹底的有神論者」，對於神佛，他「信而不迷」。觀古照今，西門慶的這一境界很有意味。

第二十九回「吳神仙冰鑒定終身」是小說的大關節，作者是用「實話實說」的筆法預示西門慶家族主要人物的命運——小說作者信神似乎比他的主人公徹底。對吳神仙預示自己「平地登雲之喜，加官進祿之榮」，他不過報以一笑。吳神仙走後，與月娘議論判詞時，吳月娘在肯定其靈驗時也對三人判詞提出質疑，這時西門慶笑道：

他相我目下有平地登雲之喜，加官進祿之榮，我那得官來？他見春梅和你俱站在一處，又打扮不同，戴著銀絲雲髻兒，只當是你我親生女兒一般，或後來匹配名門，招個貴婿，故說有珠冠之分。自古算的著命，算不著好。相逐心生，相隨心滅。周大人送來，咱不好囂了他的，教他相相除疑罷了。

西門慶大是可兒，他這種對待宗教迷信的態度應該說頗為通達。

因為超負荷的心理壓力，晚期的李瓶兒陷於嚴重的恐懼強迫症中，一閉上眼睛就夢見花子虛前來索命，做過虧心事或遭受過度驚嚇而又迷信鬼神的人，很容易出現這種症狀。西門慶和李瓶兒大把撒錢方法用盡，仍無濟於事。在瓶兒向西門慶訴說後，西門慶安慰道：「知道他死到那裏去了！此是你夢想舊境。只把心來放正著，休要理他。如今我使小廝拿轎子接了吳銀兒來，與你做個伴兒。再把老馮叫來伏侍兩日」門慶走來，見她把臉抓破了，滾的寶髻蓬鬆，烏雲散亂，便道：「你看蠻的！他既然不是你我的兒女，乾養活他一場，他短命死了，哭兩聲丟開罷了，如何只顧哭了去！又哭不活他，你的身子也要緊。如今抬出去，好叫小廝請陰陽生來看。——這是甚麼時候？」瓶兒死前這一症狀愈益嚴重，西門慶依然說：「人死如灰滅，這幾年知道他那裏去了，此是你病得久了，神虛氣弱了，那裏有什麼邪魔魍魎，家親外祟！」

西門慶對宗教活動、對僧道的態度不像吳月娘那樣認真虔誠。他為官哥許的一百二十分清醮，不是吳月娘提起，早忘到腦勺後去了。月娘說薛姑子好道行，他接著道：「你問他有道行一夜接幾個漢子！」。即使是捐重資重修永福寺，送走化緣長老後見到應伯爵，他馬上變虔誠為玩世不恭，說自己「不想遇著這個長老，鬼混了一會兒」。所以吳月娘說他「你有要沒緊，恁毀僧謗佛的」。

西門慶對神佛態度的猶疑變化出於他的實用主義：生活中碰到麻煩無法擺平時，他向神靈世界的瞻顧則多些，隨著自信的減弱他信相應增強；僧道的預言不斷得到驗證，也在改變著他，增加著他對神佛的信仰成分。當然，這「應驗」是小說家給設定的。

「吳神仙冰鑒定終身」之際，他半信半疑，明顯有客氣應付的成分。不到半月生子加官兩件喜事連袂而至，這就使他對大德高道不能不刮目相看了。後來獨苗兒子多病多災，他感到無能為力，在李瓶兒與吳月娘的力促下，他才不惜工本地不斷為官哥投入搞各式各樣活動，打醮、寄名、印佛經、大筆捐錢修復寺院，以求消災延壽。「如有世間善男子、善女人以金錢喜捨莊嚴佛像者，主得桂子蘭孫，端嚴美貌，日後早登科甲，蔭子封妻之報。」——信不信由你，他不信不行。到官哥夭亡、李瓶兒病況越來越不妙時，四處求神問卜皆有凶無吉，他差玳安往玉皇廟討符，一面聽應伯爵建議，請五嶽觀習天心五雷法的潘道士來宅中驅邪捉鬼。這時候，一貫自信的西門慶，在神靈面前表現出無奈和屈服了。

西門慶這種對待神祇的態度並不是他個人心血來潮的產物，自有其深厚的社會的文化的淵源。

不是人創造了神，恰恰相反，是人創造了神。宗教是人還沒有獲得完全自由的產物，在人與自然關係方面是這樣，在人際關係也即人的經濟關係的意義上也是這樣。宗教是被壓迫生靈的歎息，是眾生的精神鴉片。它是統治階級維持統治的精神武器，但是，在眾生還沒有全部「成佛」之前，壓迫人的人同樣是不能獲得自由的。

比如西門慶吧，他雖是歷史的幸運兒，要風得風要雨得雨，活得十分滋潤，但同樣也有許多未卜的吉凶隨時光顧他，給他造成威脅。生子加官前，京城的官場風波變成一場橫禍不期而至，本來是八竿子打不到的關係，卻因為他兒女親家受到株連。「宇給事劾倒楊提督」弄得他驚魂不定，他立馬採取應急措施，停建花園工程，緊閉大門，約束家人不許外出，連打得火熱的李瓶兒，也忘到爪哇國去了。後來雖然春風得意，但得意也不是鐵定永遠，正直巡按曾孝序一紙年終考評，幾乎使他的辛苦經營和權勢財富化成過眼雲煙，幸虧他及時應對到蔡太師處打點，他才得以平安無事。其實，保佑他逢凶化吉遇難呈祥的，既不是我佛如來也不是玉皇大帝，更不是什麼吳道士潘真人，而是碌碌塵世中齷齪的官場關係網。

金瓶世界是一個全民仰視豔羨富貴的大環境，即使如此，也不是完全沒有受侮辱損害者的抗爭。來旺兒們的不平，長期來說，對於西門慶們更是一個可怕的夢魘，一個揮之不去的陰影。

家庭矛盾也是弱肉強食叢林法則下一個克服不了的矛盾。官哥之死，固然有自然的因素，主要的還是人為因素所致。

一次，西門慶、吳月娘、李瓶兒在一起議論將來官哥兒做官給嫡母帶來封贈。潘金蓮聽了妒火燒心惡狠狠地罵道：「弄虛脾的臭娼根，偏你會養兒子！也不曾經過三個黃梅、四個夏至，又不曾長成十五六歲……還是個水泡，與閻羅王合養在這裏的，怎的見的就做官，就封贈那老夫人？怪賊囚根子，沒廉恥的貨，怎的就見的要做文官，不像你？」

潘金蓮這段狠話，反映了兩個方面的問題。

一是自然方面，金瓶時代醫學科學還遠不夠發達，還不知道用預防接種防止許多能致人死命的傳染病，死生有命富貴在天對於兒童更具特別重要的意義。直到清代，一場小小天花都會使許多兒童死於非命，連皇子還要避痘，出過天花是玄燁能被立嗣的重要原因之一。「與閻羅王合養在這裏」，潘金蓮並非誇大其詞。

再者，它反映著官僚暴發戶家庭中妻妾之間的尖銳矛盾，就像賈府三小姐探春說的「一個個不像烏眼雞似的，恨不得你吃了我我吃了你」。西門府中的妻妾關係，特別是潘金蓮與李瓶兒的關係，那真是閃著刀光劍影你死我活的。

生子與加官一樣，對西門慶是天大的喜事，對於李瓶兒更是維繫生存的精神支柱；但對潘金蓮則就相反了，官哥的存在對她是實實在在的眼中釘肉中刺，她不擇手段，必除之而後快。

潘金蓮是惡毒，但這不是問題的本質。金瓶時代規範的的家庭關係，才是潘金蓮惡毒與李瓶兒悲劇產生的土壤。

西門慶身上雖然有著新時代的細胞，但在家庭關係上，他稟賦的還基本是通行兩千年的古老規範，也即吃人的封建宗法制度。瓶兒和官哥的悲劇，潘金蓮的惡毒凶狠，都是這一制度的產物。以男性血緣為基礎的繼承權、男性對女性的支配權、嫡庶關係的不平等、妻對妾的人身支配權、婦女對「母以子貴」的依賴、等等，是生長潘金蓮式陰謀和狠毒的制度性土壤。

而這一切，是為維繫西門慶作為家長的絕對支配地位設計的，是為保證他對女性隨心所欲的奴役設計的，潘金蓮的凶狠與官哥的悲劇正是這一設計的必然產物。在封建時代的皇室中，這類你死我活的殘酷鬥爭更是屢見不鮮。「甄嬛」何嘗不是一個的「潘金蓮」！甄嬛熱是「嫁人要嫁西門慶，娶妻當如潘金蓮」價值觀念普世化的產物，二奶三奶給當代的西門慶們惹出麻煩的新聞時見報端，因此被人們戲稱為「反腐的生力軍」，對於貪官來說，它與官哥的悲劇同出一轍。它極好地印證了壓迫人的人也是不能獲得真正自由的著名論斷，印證了只有解放全人類才能最終解放自己的真理。

西門慶不可能不信神。

不過，春風得意的西門慶，身上更多的還是自信。西門慶是一個財運亨通的富豪，隨著財富的膨脹他的社會地位也跟著扶搖直上，憑藉著金錢的力量他可以心想事成地得到他所要的一切。一次吳月娘勸他約束自己多積點善緣時，他回答道：「卻不道天地尚有陰陽，男女自然配合。今生偷情的、苟合的，都是前生分定，姻緣簿上注名，今生了還，難道是生剌剌胡搊亂扯歪廝纏做的？咱聞那佛祖西天，也止不過要黃金鋪地，陰司十殿，也要些楮鏹營求。咱只消盡這家私廣為善事，就使強姦了嫦娥，和奸了織女，拐了許飛瓊，盜了西王母的女兒，也不減我潑天的富貴。」他用實用主義的牟利交換原則，將超我之神改造成為我之神。陰司地獄不可怕，極樂天堂不可期；信神，不如信錢；信鬼，不如信自己；彼岸世界太渺茫，塵世享受方是真；貶損神權拜物教，崇信金錢拜物教……這一切，正是新興暴發戶充滿自信的表現。

俱往矣，西門慶畢竟成為先賢了。他是否真的被普淨禪師點化覺悟不得而知，但在我們考察這一問題的時候卻驀然發現，西門慶對神祇的態度有著極高的普世性，四個多世紀之後，在神州大地隨處可以找到西門大官人的知音。

稍微一瞥，你還會看到，新世紀的成功人士不僅信神，而且青出於藍後來居上。西門大官人對神祇是信而不迷，而後者則不惟信，而且癡迷——這真是一個饒有趣味的歷史現象。

《南方人物週刊》2012 年第 10 期刊發長篇報告〈風水江湖〉，文章的「導讀」這樣說：「一個隱秘的風水師群體正在壯大，他們活躍在富豪與官員周圍，為他們預測未來，判明是非，提供心靈的慰藉。很多時候，那些權貴們主宰著別人的命運，卻時常無力主宰自我。他們的財富和權力欲望快速膨脹，不安之感也在日益擴張，他們想用金錢購買一種玄幻的力量，來換取內心的安寧。」

想當上更大的官，就請「大師」占卜預測官運；時運不濟提拔受阻，便請「大師」作法除晦指點迷津；大興土木之前要請風水先生看山向，搬進新樓先請「高人」擇吉日；新官上任，要請「大師」看辦公室坐向……他們對命運與風水的依賴，遠較西門慶為甚。

見諸媒體的落馬貪官，身後多晃動著風水師的身影。

最見俏的是落馬的原泰安市委書記胡某，此公為西門大官人的鄉梓，吳月娘還願遇險之處的「太尊」。他不滿足於既有位置，大師預測他能當上副總理，只是命裏缺一座與之連通的橋。他因此下令將已按計畫施工的國道改道，使其穿越一座水庫，並順理成章地在水庫上修起一座大橋，為此國家多花一個億。

河北省原常務副省長叢某，其石家莊和北京的住宅內都設有佛堂，臥室被褥下面鋪著紅布，上面襯有黃綾，四周綴有銅錢。黃綾下面壓著五道佛敕，枕頭底下還有五道道符。這位副省長不光經常到各地求神拜佛，還身入空門拜北京某寺住持為師，有個妙全法號。他與一女「大師」結伴借佛斂財，經常打出「老佛爺」的招牌，以做佛事做善事為幌子向企業索賄，動輒百十萬。

以下幾則都是曾經轟動一時的新聞：

深圳中級人民法院年初重整「門面」，據稱，2006 年 6 月至 10 月，深圳中級人民法院先後有 5 名法官被中紀委、最高檢雙規或逮捕，該法院專程從香港請來「風水大師」，對法院的風水進行整治，西門口豎立起一對威嚴壯觀的石獅，法院東邊的臺階級數也由 11 級減少到吉數 9 級。（〈風水師指點鎮院避禍，深圳法院改風水轉運〉）

河南桐柏縣是一個年人均純收入不過兩三千元的國家級貧困縣，至 2003 年底全縣尚有 22777 貧困戶。以這樣的經濟實力，當地政府居然耗資 1 億建豪華辦公大樓。大樓南邊廣場原來是一條 60 米寬的府前大道，因為風水大師說這條道路正對著書記的辦公室是穿心箭主凶，於是這條耗資 3000 多萬通車不到一週的大道立馬砸掉，府前廣場按照大師意見改造，增添趨吉辟凶的「聚寶盆」「牌坊」「龍眼」「怪獸」之類，使風水圓滿化。

重慶萬州區政府大樓 2006 年已經竣工，但是大樓前面的一個花壇卻花了整整 3 年才修好，浪費了四百多萬的財政資金。最初是圓形，領導認為像花圈，不吉利，就改成半圓形，又認為像墳墓仍不滿意，最後改成了長方形。

一架花錢買來的戰鬥機放在河北高邑縣新城大街路中心，令 40 米寬的新城大街變成了一條「斷頭路」。一位不願透露姓名的退休老幹部說：這是高邑某負責人認為新城大街直沖縣委縣政府大樓風水不好，才做如此處理，飛機者，寓飛黃騰達之意也。

國家級貧困縣甘肅武威市古浪縣 9 月 12 日花 500 萬元（另有說 1300 萬元），將重 369 噸的被當地人稱為神石的「甘州石」，從古浪峽搬到 9 公里外的金三角廣場，據說可以

「時（石）來運轉」云。

1990 年，山西交口縣原領導請大師看風水。風水師稱縣委大院風水不好，破解之道是在比縣委大院低的地方重修看守所，在縣城裏建座牌樓，在縣委大院的中心和四角埋下鎮邪物和升官符等。在風水師的指點下，一幕幕荒唐劇上演：夜深人靜之時，數十名黨政幹部齊刷刷地跪於香案前，在縣委大院內埋下桃木弓箭、銅鏡、升官符等物；縣裏還製造藉口重建看守所、新修牌樓，並在縣委大院房頂上砌了一垛無用的女兒牆，以高出其他建築物一頭。

《辦公室高官風水》的「提要」如是說：「無論是政府高官或是基層領導，無論是小店老闆或是大公司經理，領導者的辦公室和辦公臺擺放都至關重要。因為吉祥方位的氣場對人的膽略、智慧都有一定的幫助，進而影響到生意的興衰，事業的成敗。凡屬高級領導、老闆、董事長、總經理、決策人的辦公桌，一般應以卦命吉向為依據，即吉向在南，座位則向南。吉向在東，座位則向東。」

為領導請風水師，也成下屬表達忠心的時髦方式。「重要會議」前夕，是這批掮客活動的高峰期。

更為極端的是海南某縣某局長，提拔幹部不是開黨組會，而是讓當事人來他家拜菩薩，選中的股長還要請道士算命，看是否與自己相克。

近年，爭燒「第一炷香」在全國各地逐漸形成熱浪。2014 年春節京城 8 萬人爭頭香擠爆雍和宮，現場數百名員警維持秩序，一位來自黑龍江的年輕人除夕下午就來占位才如願以償。在這方興未艾的第一炷香熱中，也時見官員的身影。記者在湖南南嶽衡山採訪時，聽當地一位幹部說，每年春節前後或一些神靈的生日到來之際，前往南嶽燒香的領導幹部的專車絡繹不絕，新年的「第一柱香」已被炒至十多萬元。

用百度搜索，「風水」條目過億，速成風水培訓的廣告鋪天蓋地，真所謂時來運至新興熱門！流風所被，連大學也開設風水專業。當然，中國古代的風水學說，從規劃學的意義上，在研究建築佈局與環境關係的意義上，不是沒有合理成分，不能簡單否定；但時下氾濫的，則是神秘化的糟粕。

當下的風水學，比西門慶時代創新多多。

珠三角富豪很熱中「種生基」。種生基云云，指的是「把生人當死人辦，運用風水作法，以生人身體髮膚或衣物，連同生辰八字埋入生墳，達到轉運目的」。這是風水與巫術的結合。《人物週刊》文章介紹的一位「生基之王」，曾為人種了六百多個生基，其中包括超級富豪何鴻燊、明星謝霆鋒。還有所謂「灌頂」，就是請大師用手掌在頭頂拍一下，為這一拍，可以一擲百萬。還有富豪根據大師指點到阿根廷去買琥珀，據說可以「吸收 20 億年的天地靈氣」。許多富豪為風水花錢的財大氣粗，令風水師感到震驚。

一位風水師給南京郊區的一個樓盤看風水，告訴開發商後面那條小河的風水不太好，對方就說，那我填平它吧，話說得稀鬆平常，就好像買個手機一樣。東莞的一位老闆聽說別墅後面有座小山靠得太近壓了主人運程，輕鬆地問風水師：那我是把這山鏟平呢還是移後多少呢？

家庭生活與兩性關係方面的困境，也是許多富豪篤信風水的原因。

許多富豪在選擇情人或二奶的時候，都要請風水師看看相關女性是否「旺夫」。《人物週刊》介紹的一位淘金內地十分有名的香港風水師說，一位家資億萬的山西煤老闆，他在深圳包二奶一定要帶女孩來請她看八字，風水師說哪個好他再拍板，買房買車每個投資 500 萬。一位「鑽石王老五」客戶，追他的女人無數，自己卻苦於挑選，每次都把八九個的資料傳給自己，讓風水師做他的情感顧問。後來，他遇上一名高官的女兒，十分重視，小心翼翼和她交往，吵個架都來卜卦，問哪一天去賠禮道歉，挑哪種禮物。到了情人節和女朋友吃飯，又要問她挑地方挑方位，穿什麼顏色的衣服。有時，富豪客戶的老婆甚至向他請教：「我應該今晚幾點和我老公做愛？」在現實世界裏，他們掌握巨大的財富；在感情世界裏，卻充滿恐懼與不信任。他們待價而沽，又厭惡他人以利益算計愛情。他們渴望純粹的愛，卻缺乏愛的能力，一個個跑到她這裏來，尋求命理上的幫助。

富豪們篤信風水，燒香禮佛、求卜問卦、祛邪祈福，早已成為他們事業和生活中不可或缺的內容。談生意、交朋友、買房搬家、辦公桌、床鋪乃至藏獒籠子的擺放，都要諮詢風水師，風水龜、風水龍、開光貔貅、金剛杵一類的「改運物品」居室尋常見，更不要說祖宗墳塋自身豪墓的擇地選向了。有的富豪，自己家裏就供養著風水師。

當代成功人士的與神周旋，主要在功利性實用性方面，只是較之西門慶這一特色更為突出了。按照風水大師的說法，「官員就 3 件事情，一是求升遷，二是官場遇麻煩，三是情場的失意，有小蜜在鬧事。企業家的問題也有 3 種，一是決策有困難，二是生意遇難關，三是發生婚外情」。他們雖「信神」，但那不是信仰，他們唾棄信仰，只崇拜金錢和權力。

他們對神祇的信奉和依賴，較西門大官人更為執著。西門慶謀官，只不過給蔡太師送禮，還不懂得請風水師顧問指點，還未曾借助風水師施法打擊競爭對手。西門慶搞女人，主要看色相，如李瓶兒和孟玉樓，也看她們的錢財，還想不到找吳神仙或潘道士審查女人的八字，看她們是否旺夫。至於「種生基」「摩頂」之類玩意，《金瓶梅》中還聞所未聞。

對神，西門慶是信而不迷；當代的成功人士，不僅信，而且癡迷。

這是一個頗為令人困惑的文化現象。

四百多年過去了，中國社會跨過了幾個時代，又經過「新啟蒙」「反封建」「科學與民主」的洗禮，早進入「全球化」「知識爆炸」「信息化」的「新世紀」了，為什麼領著時代風騷並秉持著「先進文化」的精英階層，會那麼鍾情於西門慶時代的出土寶貝呢？此其一。

再者，從地域看，風水熱的流向，與人們對「現代」的膜拜理解是逆反的：它從香港影響廣東，再從珠三角發達地區向內地延伸，是發達地區向落後地區浸潤，「科學」與「啟蒙」呈逆向而動之勢。1990 年海峽兩岸明清小說金陵研討會上，聽與會先生講，彼處學者頗重風水，連辦公室坐的方位都很講究，彼時感到很不理解。與時俱進到如今，也就見怪不怪了。據報導，自從 1970 年由電臺節目掀起風水熱潮之後，風水觀念在香港已根深蒂固。一些風水師進出豪門，每次收費幾萬到幾十萬甚至上百萬；他們在電臺、電視上做節目，預測每年運程，指導人們如何投資理財；他們的書擺滿了書架，並長居新書暢銷榜。在香港，蛋糕已經被分得很薄，於是向內地發展，內地到處都在不斷上演著財富故事，市場大得很。

對於不斷升溫的風水熱，媒體往往從兩個方面給予解釋，或謂這是中國傳統文化的復興，或謂這是人們富起來後的追求。

這闡釋實在是不著肯綮，它有意無意地為這種沉渣泛起的文化現象做辯護。

產生這一現象，從根本上說，是因為二者有著共通的生態環境，相近的生物鏈。

這是一個暴發暴富的時代，招商引資、轉型改制、股市風雲、房地開發、大開快流，短時間就能打造出億萬富翁，比西門慶時代暴發容易得多。權錢聯手，權錢黑聯手，權錢轉換，官場商場，以無規則為規則，心照不宣的潛規則，勝過冠冕堂皇的明規則。生活充滿變數，財富和權利，來得容易，去得也容易，暴得暴失現象司空見慣，許多事感到難於捉摸，這樣一個生態環境，為神秘力量開拓了廣闊的空間。

先看《人物週刊》所講的一個例子：

「有一年，×××受邀為某市市政工程選址，和市長秘書聊天時隨手起了個卦：『你們老闆今年有動靜啊。』秘書聽後，興致勃勃地向市長作了彙報。不久後開兩會，前市委書記因為婚外情的糾紛，莫名其妙落馬，市長果然頂替而上。這隨口一個機鋒，竟成了一段傳說，使他名聲鵲起，有人甚至說他輔佐市長當上了市委書記。」

「某省辦事處的人曾預約×××，想請他為新上任的上司調理風水。×××很理解，畢竟那個職位成為多任高官的滑鐵盧。但他們又不想讓人知道，一切都弄得神神秘秘的。終於來了，卻又猶豫不決，×××只好不做聲，等著他們亮牌。直到他下了飛機，車子接近賓館的時候，他們才說：『我們老闆，是想從多方面來考慮問題，既要從行政去解決，也想從佛學方面得到一些幫助……』言語閃爍。直到在飯桌上，秘書長才說『你也知道，以前的老闆出了很多事』，言語間透出恐懼與不安。」

風水大師如是概括：「這是一個政治股票時代，他們隨時上升，隨時跌落，被時代的潮流裹挾著走，自己的命運已經無法用理性來操縱，只能求助於感性的力量。寄望於從玄奧的力量尋得抵達的捷徑」「錯綜複雜的關係大網中的躁動與不安，身不由己的浮沉之感，是這個隱秘群體消費風水的動因」「他看到他們爬向生物鏈的頂端，占據了那麼多的社會資源之後，則想用金錢購買一種被稱為玄學的力量，來換取內心的安寧」。

原罪恐懼也增強他們對神秘力量的期待。

多年來，「赦免原罪」的呼聲越來越響亮，反映的正是當代西門慶們的政治訴求。

原始積累，金錢血腥，面對反腐利劍，再深厚的關係網也不能鐵定保險，消弭不了有朝一日不幸撞上槍口的恐懼。

四川大亨劉×，就是「原罪」化身。此公為四川省政協常委、漢龍集團董事長，掌控公司 70 家，是擁有 400 億資產的黑金帝國國王。多年來，他憑藉著財富權勢和黑社會，橫行霸道無法無天，鬧市開槍殺人，九條人命，談笑間能將事情擺平，其熏天炎勢遠非西門慶可以相提並論。如今，已隨著「楊提督」出事而落馬。這類「成功人士」，能沒有「原罪恐懼」嗎？

懷著這種恐懼，他們必然要千方百計尋求提高安全保障的途徑。

尋找權力後臺、編織關係網、將資產錢財和老婆孩子轉移海外、裸身任職經營、製造「赦免原罪」輿論、等等，現實的投保也。

尋求神祗庇佑，則是向超驗世界的投保，向萬能上帝的投保。對於「信則靈」的人來說，這是保險係數更大的保障。

於是，風水熱就隨著權貴富豪的崛起而勃興，隨著他們勢力的膨脹而氾濫了。

海外文化崇拜與強烈的懷舊情結，是這一現象產生的文化根源。

海外文化崇拜，多年來一直是精神文化領域的霸權傾向，面對著歐美和港臺文化，大陸文化表現出畢恭畢敬誠恐誠惶的心態。按照西方口味，不擇手段自我貶損、「專售中華之陋取悅洋人」以獲取國際大獎，多年來一直是中國文藝界至高無上的價值準則。

夏志清、李歐梵們被奉為中國學術的最高權威，一句抑揚可以改寫中國文學史，將張愛玲捧上「海派文化之母」神壇。不是哈耶克，就是凱恩斯，經濟學方面你別無選擇。從港臺歌星的風姿到港臺老闆的行為方式，一直為大陸提供著模仿膜拜的風範。人家香港老闆信風水，舉足為法，亦步亦趨那還有什麼可說的！「城中好高髻，四方高一尺。城中好廣眉，四方且牛額。城中好大袖，四方全匹帛」，固良有以也。

再者就是懷舊情結。「新啟蒙」高舉「反封建」大旗，革命年代「救亡壓倒啟蒙」，如今「告別革命」該補課了。令人不解的是，「反封建」旌麾所指，除了「傳統觀念」落花流水之外，五四以來許多早已送進歷史博物館的寶貝，經過「重新審視」之後，反而紛紛揚揚風風光光地捲土重來，發出萬張光焰，一個華麗轉身，腐朽變成了神奇。真不知此「傳統」彼「傳統」孰新孰舊！遙想上世紀三四十年代，在貧瘠落後的黃土高原，敵後「救亡」根據地，可以將阻礙「小二黑結婚」的「不宜栽種」之類「傳統」，成功地掃進歷史垃圾堆。而再經「啟蒙」多年之後，「三仙姑」「二諸葛」之類反而遍地走，變成了「大師」，國家正式出版機構出版的日曆掛曆，也爭著標注每天的宜忌，如某日「宜動土、安床、結婚、交易」，某日「不宜入宅、出行、求官、上任」等等。

不在天長地久，在乎曾經擁有。金瓶世界中的諸多古老寶貝，諸如三妻四妾、包養外室、開苞買春、主僕跟班、豪奴保安、惡霸賭徒、問卜打卦、堪輿禳星、擺平官司、買賣官職之類，在今天成功人士的生活中，都能看到他們的熠熠輝光。

在 2014 年 2 月 12 日舉行的第十四屆亞布力中國企業家論壇上，中國商界的頂級大佬一致呼籲「恢復鄉紳制度」。《南方都市報》隨即發表社論聲援，稱「需要催生新鄉紳階層，只有創造新鄉紳群體，鄉村的秩序才能逐漸有序，鄉村的歷史才能被一直記錄，鄉村的文化才能日漸繁榮」。這制度，大概是對「村民自治」民主的一種創新了。人們對「鄉紳」並不陌生，魯迅筆下的魯四老爺和趙太爺，《紅旗譜》中的馮蘭池，還有早成共名的黃世仁和南霸天，他們都是典型化了的鄉紳，《水滸》世界裏「太公」系列，更是「制度」化了的鄉紳群體，巴金《家》中的高老太爺也是「紳」——「城紳」，可惜大家都沒有想到這「制度」還如此美妙。從這個角度看我們的西門大官人，借用翟管家和蔡狀元的話，「閥閱名家，清河巨族」「富而好禮」，正是不折不扣的「鄉紳」，魯迅在《中國小說史略》也說：「西門慶故稱世家，為搢紳，不惟交通權貴，即士類亦與周旋，著此一家，即罵盡諸色」……鄉紳鄉紳，魂兮歸來——莫非他們所種的「生基」，真的靈驗了？

金瓶梅現象

也就在莎士比亞、賽凡提斯或米開朗基羅時代，我們中華民族古老軀體內部也在孕育著劃時代的變化，長篇小說《金瓶梅》正是這一時代的產物。它不同於李卓吾的標榜「童心」和湯顯祖的張揚「情」，它以標榜箴誡「酒、色、財、氣」的形式露骨地宣揚市井眾生對於「酒、色、財、氣」的嚮往、豔羨和追求。無論是從思想還是從藝術上看，在中國小說史上，《金瓶梅》所標誌的轉變都具有里程碑式的意義。以市井人物為主人公，以他們的群體為表現對象，淋漓盡致地描寫他們的生活，渲染他們的情趣，這在中國小說史上還是第一部。在山東省東平府清河縣，在以西門慶為中心的那一社會環境中，新的人物群體、新的社會關係、新的人生追求、新的價值觀念觀念、新的道德準則，在潛滋暗長，在迅速崛起，傳統的生活模式出現「禮崩樂壞」的局面，這些現象在長篇小說中還是第一次出現。這一現象我把它稱之為「金瓶梅現象」。這裏，擬以書中幾個人物為標誌，試加以陳述。

西門慶現象

西門慶有句「名言」：

> 咱聞那西天佛祖，也不過要黃金鋪地；陰司十殿，也要些楮鏹營求。咱只消盡這家私廣為善事，就使強姦了嫦娥，和姦了織女，拐了許飛瓊，盜了西王母的女兒，也不減我潑天富貴！

西門慶的這段「名言」，自經魯迅先生在《中國小說史略》中引用之後，早已經膾炙人口，但對其意義的認識，往往局限於「無恥」「黑暗」「腐敗」之類。其實這不夠全面，它是一個市井之徒的豪言壯語，是特定的社會小環境中一代「天之驕子」的心聲，它反映了封建社會後期都市商品經濟的發展和金錢勢力的擴張，從這裏，我們可以看出這一官商結合的暴發戶那睥睨一切、不可一世的氣概。

西門慶亦官亦商，但他首先是商，是山東屈指可數的大富商。他以商起家，成為千戶之後仍然以商作為主要經濟來源。他的顯赫的社會地位，不是來自他的「權勢」，主要來自他的「財勢」。

西門慶是他那個時代的「大款」。作為一個社會人，他是金錢的化身；而金錢，又是他的本質力量的外化。他的力量，是金錢的力量；而金錢，正是他的力量之所在。

西門慶的一個「哥們」在麗春院講過一個有趣的故事。一妓女院請泥水匠打地平，因招待不周，泥水匠故意將陰溝堵死。遇到雨天，滿院是水。主家花了錢酒解決之後問及這水是「那裏的病」？泥水匠回答說：「這病與你老人家的病一樣，有錢便流，無錢不流」。是啊，在金瓶世界的湧起的商品大潮中，世間的一切都是「有錢便流，無錢不流」。

西門慶不過是個市井浪蕩兒，既無高貴的閥閱，更無可以稱道的學問和令德，他無非是有幾個臭錢，給當朝太師送點像樣的生辰禮物，一下子就成了五品的掌刑千戶，輕而易舉地躋進了上流社會，周旋於撫按科道、府尊縣令之間，轉眼之間，一個市井惡少變成了山東一省炙手可熱的人物。他以自己的發跡創造了一個全新的「西門慶模式」，在他大紅大紫地暴亡之後，張二官也以同一模式成為他的繼任。在這一模式面前什麼「學而優則仕」啦，「萬般皆下品，唯有讀書高」啦，「立德、立功、立言」啦，傳統的價值觀念都失去了光彩。西門大官人以自己的發跡變泰向人們宣佈：「有了錢，便有了一切；有錢，才能夠有一切。」金錢，散發著銅臭，俗而又俗，向來為清高的士大們所諱言的「阿堵物」，在到處肆虐，無孔不入地褻瀆著傳統的尊嚴。在「金瓶世界」裏，官爵、倫理、親情、體面、良心、官司的輸贏、女人的貞操，無不可以買賣。錢與性，《金瓶梅》的兩大主題，西門慶雖然是二者「得兼」，但他總把「錢」放在第一位，以之為根本。他物色小老婆，固然講究色相，但更看重金錢。而「少女嫩婦」的孟玉樓，也放著舉人老爺的正頭娘子不做，寧願給西門慶「做小」，以「老大嫁作商人婦」為幸事。——暴發戶領導著時代的新潮流，時代精神變了。

「富與貴，是人之所欲也，不以其道得之不處也。」西門慶以自己的成功宣佈了這一傳統觀念的破產。利與義，金錢與良心，西門慶毫不猶豫地選擇前者。西門慶經營生藥、絲綢、絨線買賣，並開著解當鋪，固然是經營有方，書中也寫到了他在這方面決策的眼力，可這些並不是他能夠成為大亨的主要原因；西門慶在經濟方面的成功，原因在經濟之外，即在於超經濟的原因——他長於原始積累。他深得官商結合之三昧，他不光長於以權謀私，而且在運用上具有戰略頭腦。他懂經營學，更懂關係學，總是正確地把關係學擺在經營學之上。應酬往還，觥籌交錯，不光是消費和滿足，更是「感情投資」。沒有他苦心經營辛苦編織起來的從朝廷到州縣的關係網，他是無從在商海裏縱橫弄潮，如魚得水的。比如，太師生辰和太尉臨幸，他雖然花費成千上萬，但那實際上就是他一生中最為得意的也是收益最大的一次投資。

當然，貪贓賣法、巧取豪奪以積聚財富和資本，對於他來說更是駕輕就熟和家常便飯。

他賄買御史，早支鹽引，以保證競爭優勢；優惠簽訂承包合同，壟斷古董貿易，都可獲得超額利潤。

他向鈔關行賄，偷漏國稅，從國家手裏分割向全民剝奪來的剩餘勞動。

在信用和流通方面，權力也是他經營運轉的保障。即使是皇親之類拖欠，他也能把其家人抓到提刑所，一枷三敲，不怕其不給錢。

西門慶又是流氓惡霸，他還長於運用黑社會的手段進行原始積累。謀財害命，使花子虛的巨額財產流入了他的金庫；利用地痞流氓，搗毀蔣竹山的藥店，固然也是為了爭奪李瓶兒，但更顯出了他那藥霸的風采。

長期以來，人們多以中世紀的眼光來審視這位官僚、商人兼流氓的醜惡人物；不能否認，西門慶身上的確有許多屬於未來的東西。

武松現象

從春秋戰國的刺客遊俠，到「三國」「水滸」中的英雄群象，荊軻、豫讓、高漸離、關羽、張飛、諸葛亮、武松、李逵、魯智深……蔑視強暴、疾惡如仇、扶危濟困、士死知己、言信行果、富貴不淫、貧賤不移、威武不屈、殺身成仁、捨生取義……悲劇精神和崇高美，一直是文學創作的主旋律。《水滸》中的武松，正可以作為這種崇高與悲劇精神的代表。他的幾乎無人可及的神力，他的超凡的人格和自信，他的敢做敢為和光明磊落……都與「三國」中的關羽頗為相像，武松可以說是「水滸」中的關羽，一位典範性的傳奇式的英雄人物。可是關羽成了「武聖」和「伏魔大帝」，而進入金瓶世界的武松，卻從神壇上走了下來。這位景陽崗上的打虎英雄，一落到人間就成了芸芸眾生。西門慶才是真正的「虎」，是「英雄好漢」，是強者；在西門慶面前，武松變成了「羊」，是凡夫俗子，是弱者。雖然，在西門慶死後，他也終於遇赦回來向潘金蓮報了仇。然而，他採取的方式是多麼卑微可笑，不足為訓啊。他以一百兩銀子從王婆手裏將被西門家賣出來的潘金蓮買了回家，表示要娶她為妻，然後將她殺掉，捲財逃走。《水滸》中殺嫂祭兄、仗義自首的慷慨悲歌的場面不見了，光明磊落、義薄雲天的英雄，變了卑微屑小的凡夫俗子。《水滸》中頗為仗義的小人物何九叔，到了金瓶世界也變成了甘心為虎作倀的真正小人。

小市民的頭腦，只迷信金錢萬能。金錢，是現實的，看得見，摸得著，金閃閃，響噹噹，有了它，可以換取人間的一切幸福。淹沒在利己主義冰水中的人們，他們不相信英雄，不崇拜英雄，鄙薄英雄；他們只講利，不講義；只講現實，不講理想——要講理想，發財，發大財，發發發，就是他們的理想。

武松的非英雄化，標誌著理想主義的失落。

蔡狀元現象

在濁氣逼人、銅臭熏天的金瓶世界的上空，竟也劃過一顆文星，它拖著一條怪異的光線，三次墜落在西門慶府邸之內——蔡狀元的出現及其表演，他的可鄙與可憎，可笑復可歎，讀後給人留下了深深的歎息。

在「萬般皆下品，唯有讀書高」的時代，「學而優則仕」不光被視為「耀祖光宗」「顯親揚名」的傳統的神聖事業，而且從科舉入仕還被視為各種入仕途徑中的最光輝的正途。無論從雅的角度還是從俗的角度，「金榜題名時」「朝為田舍郎，暮登天子堂」，向來都被看成人生價值實現的最為輝煌的時刻。

而西門慶者，清河縣一鄙俗齷齪之市井浪蕩兒也，毫無清操令德可言，向為士大夫所不齒者。二者相比，多大的反差啊！

然而在金瓶世界中我們看到的情形卻恰恰相反。這裏是狀元公紆尊降貴，找門路與市井兒拉關係，套近乎，打秋風，供其驅使。蔡蘊其人當然格調不高，然而論者對他的道德批評亦多失之偏頗。比起翟謙和宋喬年們來，以權謀私此公不過是初出茅廬。一百兩白銀的饋贈已經使堂堂狀元郎在市井兒面前恭謙乃爾，一再表示「不敢忘德」——他「太嫩了」。待他第二次以巡鹽御史的身分造訪西門府，西門慶向他提出早支鹽引的要求時，他竟恭謙地表示：「休說賢公華紮下臨，只盛價有片紙到，學生無不奉行。」而在西門慶後園的翡翠軒作那為人熟知的「東山之遊」的次日，當妓女董嬌兒拿出御史大人賞賜的用大紅紙包著的一兩銀子給西門慶瞧時，西門慶理解且大度地說：「文職的營生，他那有大錢與你，這個就是上上簽了。」這真是：狀元學士斯文掃地，市井無賴趾高氣昂——歷史顛倒過來了！

其實何止一狀元，在金瓶世界中，從朝廷顯貴到地方權要，他們不都是因為錢，才按照西門慶的意志行事的嗎？

金瓶世界中出現了商人做官、官商結合乃至官貧商富的現象。如果不貪污受賄，又不能經商致富，那麼官僚士大夫們除了「安貧樂道」以形而上的滿足來彌補形而下的匱乏之外，那就無從與暴發戶相抗衡了。清河一地，如西門慶一般的千戶多的是，而吳月娘的嫡親哥哥吳千戶，在上任之際還要鄭重其事地向西門慶告貸30兩銀子以供開銷，可見其餘。山東合省官員招待六黃太尉一席花費千金，而他們合配的分資，不過106兩。

固然，他們是要存心打西門慶的秋風，不過，我們也要看到，如果不是借助於這類「贊助」，以他們的薪俸，是不能應付這類開銷於萬一的。站在一月薪水不值一席酒的天平上，做清官的也就很難在腰纏萬貫的暴發戶面前直起腰桿了。

開始，是他們居高臨下地扶植起了暴發戶；後來，則身不由己地拜倒在暴發戶腳下。

溫必古現象

狀元、士大夫們向暴發戶俯就，傳統文化貶值了。西門慶對狀元公的大方施捨，不是對科舉事業搞什麼「贊助」，他是向官場搞「感情投資」：此公所熱中的是關係學，而不是文化學。市民階級的整體作為新興的社會力量出現在歷史舞台之上時，曾經產生過但丁、達·芬奇、莎士比亞、伏爾泰和盧梭等文化巨人，但作為個體在生活中出現時，他們一個個就分解成了夏洛克、老葛朗台和阿爾巴貢，成了渾身散發著銅臭的、粗俗的暴發戶了。西門慶更不例外。不過，西門慶也不能沒有文化，沒有文化人，他所鍛造出來的文化人，可以溫必古為代表。

秀才，或者說不第舉人，充當西席而實則私人秘書。其學問人品，小說「有幾句道得他好」：

> 雖抱不羈之才，慣遊是非之地。功名蹭蹬，豪傑之志已灰；家業凋零，浩然之氣先喪。把文章道學，一併送還了孔夫子；將致君堯舜的事業，及榮華顯現的心念，都撇在東洋大海。和光混俗，唯其利欲是前；隨方逐圓，不以廉恥為重……席上高其談，闊其論，而胸中並無一物……

他為西門慶主文，以其實用性為主人服務。在酒筵聲色中，充當主人的夥伴和幫閒，成為應伯爵們的補充，情調與其主人倒十分相似。他們本來應當是十分相得的；不幸的是後來因為偷賣了西門慶的重大機密和變姦畫童事發，他被主人炒了魷魚。玳安不云：溫必古，溫屁股也。倪秀才亦云：「觀此，是老先生崇尚斯文之雅意也。」西門老先生，亦只能崇尚如此之「斯文」：斯言誠不虛也。

但是，西門慶的最大愛好還是玩女人，他自己並未標榜喜歡「人體藝術」，故不必從文化角度視之；不過若從文化消費而言，倒是與此不無關係。西門慶十分喜歡聽曲賞樂，應酬往還、觥籌交錯、尋花問柳、倚紅偎翠之際總少不了歌女、歌妓或歌童。李桂姐、吳銀兒、鄭愛香兒、董嬌兒、郁大姐、申二姐、李銘、鄭春、苟子孝、春鴻等等，是西門慶鍛造出來的又一類文化人。金瓶世界中的妓女，都是既賣笑又賣藝的，她們都必須能彈會唱，色藝雙全，有一定的文化修養。除了官方需要是免費服務外，其餘場合都是以商品交換的形式進行的。其出場價雖不過一位數，但也相當或接近於一個丫頭的身價了。故李嬌兒在西門慶死後雖然徐娘半老，依然「羈鳥戀故林」，大鬧一場，才得重操舊業。就在這種文化市場中，什麼〈山坡羊〉〈鎖南枝〉〈掛真兒〉、「笑樂院本」、海鹽腔等等，取代了向來被視為「經國之大業，不朽之盛事」的「載道」詩文，蓬蓬勃勃地發展繁盛起來了。它以自己的通俗性、娛樂性和商品性，衝擊著傳統文化，顯示出自己的威力。

西門慶、應伯爵、潘金蓮們雖然粗俗無文，但對於此道卻都是行家裏手，不像劉、薛二位內相似的，對於流行的海鹽腔認為是「蠻聲哈剌」，聽不出其中滋味。西門慶還養有家樂，揚州苗員外就送過兩個專業歌童，他還請樂工李銘專門來家教練春梅等大丫頭彈唱。因為師父按了春梅的手腕，還招致她一場大罵，幾乎被罵「綠了頭」。「小腕兒」按「大腕兒」，無怪乎其挨罵也——春梅姐亦金瓶世界中之「大腕兒」也。而她的主子娘潘金蓮，則是顧曲大家。「他甚麼曲兒不知道，但提個頭兒，就知尾兒。」不但如此，她還經常「猶抱琵琶半遮面」地親自「下海」，與孟玉樓搞個協奏之類，為西門慶助興。

潘金蓮現象

潘金蓮是一個淫婦。但潘金蓮絕不僅僅是一個淫婦，她更是一個以極度扭曲的形式追求個人的幸福和發展而被那罪惡社會徹底毀滅了的市井下層女性的典型。這是「瓶」中金蓮與「水」中金蓮的不同之處，也是在人物的典型意義上前者高於後者之處。

一個聰明美麗的小家碧玉，只才九歲，還不知生活為何物的時候，生活就開始無情地塑造她。學習彈唱供人笑樂，被老年家主「收用」，橫遭狠毒主婦荼毒，隨意配給武大郎為妻，同時兼做主人外室……生活對她夠殘酷的了，她以自己的麻木承受這一切，學會了「描眉畫眼，傅粉施朱，品竹彈絲……做張做致，喬模喬樣」。她聽任生活的塑造，向侮辱損害她的人那裏去尋求自己的幸福。

王招宣、張大戶未能給她帶來「幸福」；而武松則以並不損害她的方式強迫她逆來順受地接受命運的損害慶使她的追求變成了現實——這是通過殘酷地損害比自己更弱者的方式實現的。

過去，她以損害自己向生活換取幸福；現在，她開始懂得了，要滿足自己，還必須損害別人。在惡狼面前，她必須是羔羊；但對於羔羊，她又是惡狼。

「妹妹你大膽地往前走」——本著這條原則，在人生的道路上，她一往直前地走了下去，一直走進墳墓。

「如今年世，只怕睜著眼睛的金剛，不怕閉著眼睛的佛。老婆漢子，你若放著松兒與他，王兵馬的皂隸，還把你不當×的。」

「我老娘是眼裏放不下砂子的人。」

「我若叫奴才淫婦與西門慶做了第七個老婆，我不是喇嘴說，就把潘字吊過來哩。」

「我是不卜他。常言道：算的著命，算不著行。前日道士說我短命哩……隨他明日街死街埋，路死路埋，倒在洋溝裏，就是棺材。」

凌厲，梟勁，通脫，強者的哲學，強者的邏輯，強者的人生信條。

在這種凌厲面前，孫雪娥、李瓶兒、宋蕙蓮、如意兒，一個個落花流水，更不要說秋菊之類。

她是勝利者嗎？不，她失敗了，一個因擴張自我而失卻自我的失敗者。

她貌似強者，實際上是弱者。

一次，潘金蓮因為不付轎錢和母親生氣，罵她母親「打嘴理世」，是關王賣豆腐——人硬貨不硬，其實她自己何嘗不是如此呢？她曾為一件皮襖和吳月娘生氣，月娘給了她一件死當的皮襖，她不滿意：「有本事明日向漢子要一件穿，也不枉的。」這正是她那要強心態的典型表現。龐春梅遊故家池館，因為「想著俺娘那咱，爭強不伏弱地向爹要買了這張床」，心下感到慘切。要強好勝，和向丈夫爭寵獻媚，在潘金蓮身上是合二為一的。

她的追求，她的幸福，她的「性」與「錢」，總之她的一切一切，都寄託在西門慶身上。有了西門慶的寵愛，就有了一切；失去了西門慶的寵愛，就失去了一切。為此，妝鬟市愛，夜談琵琶，皮膚增白，蓮鉤賣小……她不僅費盡心機，而且「品玉」「飲溺」，什麼樣的事都幹得出來。為此，在家庭生活中，爭風吃醋，撥弄是非、縱橫捭闔、勃谿鬥法、撒潑放刁、等等，便成了她的全副本事和家常便飯。真是，婢妾式的追求，婢妾式的卑賤！

「錢」與「性」之間，金蓮更熱中於「性」。「性」，不是「情」的昇華，而是「情」的取代。她也曾有過「情」的追求，但生活太「無情」，於是她只有了「性」。「性」成了她與西門慶間交流、交換、相互依賴與相互滿足的紐帶。你看她，「玩的就是心跳」，大有「過把癮就死」之慨。她忘卻了自己，不過是「也值二三百兩銀子」的一次性拍賣給西門慶的「粉頭」。只有最後一次，西門慶被動地被置於死地的那一次，她才是單方面為了滿足自己。生活以變態的方式扭曲了她，她就以變態的方式來對待生活。私琴意、通女婿、「解渴王潮兒」，這種性解放的放蕩，正是扭曲的延伸。

潘金蓮以強烈追求的形式失掉了自我，她的追求依然是奴性追求，不能拔得過高。

韓道國現象

古代社會尚禮治，「人無禮則不生，事無禮則不成，國家無禮則不寧」，禮至高無上。宋明之後，「禮」又僵化成了「理」，它成了宗法等級制度的象徵。理之森嚴，於女性為尤甚。不光要她們「三從四德」，而且還要「從一而終」。「餓死事小，失節事大」，貞操之於女人，比性命更重要的。然而這一切規矩，在金瓶世界中卻吃不開了。「如今年程，說什麼使得使不得！漢子孝服未滿，浪著嫁人的才一個兒！」吳月娘說這話時是諷刺李瓶兒的，結果卻打擊了一大片。在清河上下，我們經常看到的是男女苟合與寡婦再醮，「三從」被修改成「初嫁由親，再嫁由身」，「少女嫩婦的守什麼！」寡婦一嫁再嫁這裏並不以為怪，未見沖出「籬笆」和「網」的艱難。

西門慶的如夫人隊伍，基本由再醮寡婦和從良娼妓組成，李瓶兒和孟玉樓都帶著自己的財產，自己談對象，自己拍板，一再重新嫁人。西門大官人對於小星們因耐不得寂寞而一時失足，也頗寬鬆、寬容，雖也嚴厲懲誡，但只要下不為例，也不予深究。金瓶中的女性，默守成規者甚少，而「性解放」者居多。

其犖犖者當推韓道國之妻王六兒。這是一個少見的家庭模式，丈夫給西門慶作夥計，主持分店經營和長途販運，妻子則半公開地給西門做著粉頭。通姦或賣淫雖古已有之，然而王氏夫婦之作為卻有自己的特色：一，「第三者」插足並非因為家庭危機或於婚外尋求感情寄託，而是為了經濟效益，女方以經營之道下海，業餘操皮肉生涯，心平氣和為之，無絲毫於心不安處；二，妻子之作為不僅得到丈夫的默許，而且簡直是共同經營，故一面男盜女娼，一面又琴瑟和諧；三，女方對於賣身不僅泰然處之，而且「自在玩耍」，帶有自娛性。西門慶死後，他們夫婦商量要拐帶一千兩銀子逃往東京時，一貫忘八無恥的韓道國還有些於心不安：「爭奈我受大官人好處，怎好變心的？沒天理了。」想不到妻子卻說：「自古有天理，到沒飯吃哩！他占用著老娘，使他這幾兩銀子，不差什麼！」——驚世駭俗之論，其意識何其超前耶？

是的，「有天理到沒飯吃」，她用極其犀利的語言，揭露了「理」的虛偽性。這「理」，要崩潰了，取而代之的是一個「錢」字。對於韓道國和王六兒，對於金瓶世界中人，「錢」就是「理」，就是「天理」。

既然「富貴總因奸巧得，功名全仗鄧通成」，西門慶可以謀財害命，貪贓枉法，巧取豪奪，那麼韓道國於其失勢時拐財逃遁，張二官於西門死後取而代之並以其人之道還治其人之身，「鐵指甲」「坐地虎」等惡霸之所作所為，又何須大驚小怪？

既然「只好敘些財勢」，那翟謙、吳典恩、應伯爵們在西門家失勢後之翻臉無情與不講信義，又何須深責？

既然西門慶把女人當作玩弄對象，只有「欲」而沒有「情」，那又怎能要求被他玩弄的女人在他死後對他忠貞不二呢？

既然西門慶為滿足自己可以置潘金蓮的死活於不顧，那潘金蓮為了滿足自己又為什麼不可以置他的死活於不顧呢？

既然世間一切都是「有錢便流，無錢不流」，清官難做，貪官反發，那又怎能要求官場人物保持清廉呢？

銅臭熏天，人欲橫流，除了利己和發財之外，沒有任何倫理可言。「自古有天理到沒有飯吃」，人們要到「沒有天理」中去討飯吃了。

李瓶兒現象

比起「大觀園」上空那令人神往的瑰麗美好的「情天」來，「金瓶」世界是個人欲橫流的罪惡深重的「孽海」。前者以詩一樣的筆調褒揚「情」，後者則刻露盡相、淋漓盡致地渲染「欲」。虛偽、勢利、粗俗、醜惡、爾虞我詐、弱肉強食、強者恣睢暴戾、弱者卑賤麻木……這一世界太沉悶了，太令人感到窒息了。即使是強者，得意者——這世界是為他們設計的——他們也許是活得過於瀟灑了，也許也是太累了，他們經常也會感到空虛，感到不足，感到失落，感到這世界缺少點什麼。李瓶兒的悲劇，讀後給人留下了深思和歎息。進入西門家前的李瓶兒，亦一潘金蓮耳。後期的瓶兒，成了一個溫柔善良、心癡意軟、對丈夫一往情深的女人，她最終毀滅於妻妾間的明爭暗鬥。西門慶是個無情的「款爺」，「打老婆的班頭，降婦女的領袖」，不是卿卿我我「愛情至上」風流瀟灑的奶油小生。總體看來，李瓶兒在他眼中，與潘金蓮、孟玉樓等並無二致。「你達達愛你好個白屁股兒」，她又有錢，又為自己生了個獨苗兒子，一段時間對她特別寵愛，原因也不過如此。死後雖然大慟，而且幾乎痛不欲生，但也不過「三分鐘熱度」，曾幾何時，便於瓶兒靈前刮拉上奶子如意兒，和謀殺瓶兒母子的潘金蓮又恢復了往日的熱乎勁。

不過，這只是問題的一面——雖然它是主導的一面——西門慶之特別寵愛或者說鍾情於李瓶兒，還有著不可忽視的另一方面的原因：他在瓶兒那裏，發現了在其他女人處也包括他所生活的那一世界裏所沒有的東西——人的感情，用金錢所不能買到的人性中固有的可貴的東西。從這裏，他不自覺地發現了自己的「人」的存在，得到了精神補償，找到了心理慰藉。

看起來這位款爺活得多瀟灑啊！他揮舞著金錢魔杖，世間的一切都可以按照他的意志跳舞。清河縣的女人，無論小家碧玉還是世家坤眷，無論有夫之婦還是黃花閨女，只要他需要，都可以敲開其大門，讓她們心甘情願地為他獻出自己的一切。是這一世界「到處充滿愛」嗎？不。這一粗俗顢頇的浪蕩兒與他那輕薄無行的應二哥對世事都看得很透徹：在這「有錢便流，無錢不流」的世界裏，有的只是弱肉強食和相互利用，是逢場作戲、虛偽無恥和全無心肝。只有李瓶兒，是一個例外。

瓶兒對丈夫一往情深，至死不渝。自己朝不保夕了，還勸西門慶不要為自己請假誤了公事，不要為自己看病浪費錢財；物故之後，她的魂兒還久久地依傍著西門慶，諄諄勸他珍重自己，提防花子虛的報復。——這在別的妻妾身上是找不到的。

潘金蓮對她咄咄逼人，得寸進尺，不擇手段，以怨報德；她對潘金蓮則一再忍讓，逆來順受，以德報怨。對待「姊妹」行，對待親戚，對待僕婦、妓女和尼姑，對待那些多持不測之心慣於狡詐欺騙的各色人等，她都能以溫和厚道處之，她故後得到了人們的普遍感念——這也表現了一種人性、人情的美。

故爾她「熱突突」地死了之後，惡魔般的西門慶，竟能一蹦三尺、痛不欲生地大哭不已，稱她為「我的好心的有仁義的姐姐」。是對自己的癡情，還有她的善良「仁義」，感動、感化了西門慶，把這個色欲魔王埋藏在靈魂深處未曾泯滅的人性呼喚了出來——她為那無情世界創造了奇跡。

同世間萬事萬物一樣，「有了錢便有了一切」的「真理」也有其相對性。任何時代都有權勢力量所達不到的地方。西門慶之所以特別珍視李瓶兒，原因也在這裏。

李瓶兒的悲劇表現了權勢者支配的世界所共有的社會歷史的二律背反：它所要泯滅的，又是它所渴望的——也是一種「渴望熱」——作為一個善良的弱者，那一無情世界吞噬了她；作為一個有情者，那一毀滅她的世界又以對她感念的形式表現了自己對於他所毀滅東西的「渴望」，渴望失落的復歸。

當金瓶世界行將結束之際，小說匆匆呼喚出了一個與那整個世界並不協調的女性——對浪子陳敬濟癡情和殉情的韓愛姐兒，作者以這一突兀出現的匆匆過客，給那難以擺脫「二律背反」的無情世界，劃下一個重重的嘆號。

一個打破傳統思想和寫法的「眞的人物」——談西門慶的性格

《金瓶梅》雖然審美格調不高，但在小說藝術的發展史上，卻是一部里程碑式的作品，它把藝術視角從宏觀推向微觀，從神聖轉向平民，從傳奇轉向寫真，從政治歷史轉向社會生活，在人物塑造上，從類型化轉向個性化，從扁平走向渾圓……而這一切，在它的主要人物西門慶身上，得到了集中表現。

魯迅先生在《中國小說的歷史的變遷》中說《紅樓夢》打破了「傳統的思想和寫法」，「敢於如實描寫，並無諱飾，和從前的小說敘好人完全是好，壞人完全是壞的，大不相同，所以其中所敘的人物，都是真的人物」。其實，這句話也可用於《金瓶梅》。它的主人公西門慶，就是這樣一個「真的人物」。

西門慶是封建社會後期的一個市井暴發戶，對於這樣一個在特定的歷史條件、特定社會環境中成長起來的人物，《金瓶梅》對他的性格用工筆給予淋漓盡致的刻劃，無論就本質的深刻性還是個性的豐滿型而言，西門慶這一人物都為《金瓶梅》之後小說人物的塑造，提供了難能可貴的借鑒，從這裏著眼，讓我們就西門慶的性格和心態做一些分析。

一、富貴與貧賤

西門慶是一個市井暴發戶，他靠巧取豪奪和夤緣鑽營而發跡變泰，熱衷富貴，不擇手段地獵取富貴，鄙俗地炫耀富貴，憑藉富貴而恣睢其肉欲——他是一個典型的鄙俗勢利之徒。

「生子加官」之際，他「不覺歡從額角眉尖出，喜向腮邊笑臉生」：

上任之日，在衙門中擺下酒席桌面，出票拘三院樂工應承，吹打彈唱……每日騎

> 大白馬，頭戴烏紗，身穿五彩灑線揉頭獅子補服圓領，四指大寬金迦南香帶，粉底皂靴，排軍喝道，張打大黑傘，前呼後擁，何止十數人跟隨，在街上搖擺。上任回來，先拜本府縣帥府都監，並清河左右衛同僚官，然後親朋鄰舍，何等榮耀施為。

隨著財勢的不斷擴張，他的熱衷富貴的心理得到了極大的的滿足。

從前，他的生活圈子不過是土豪地痞，而現在，則是府縣長官、狀元御史、巡按巡撫乃至太師太尉等朝廷顯貴了。這時候的西門慶，已經與太師府的管家攀上了「親家」，背後能夠以表字稱呼巡按，用強橫的態度與皇親家爭奪妓女，而面對真正與他結為親家的喬大戶，他已嫌彼此「不般配」，「喬家雖有這個家事，他只是縣中的白衣人」，他覺得自己「如今見居著官，又在衙門中管事，到明日會親酒席間，他戴著小帽，與俺這官戶，怎生相處？」——他感到「甚不雅相」了。

西門慶是一個文化素質極低，毫無清操可言，為人鄙俗不堪的勢利之徒。此固不待言。

然而他對發跡之前的「貧賤之交」，那「熱結」的十兄弟如應伯爵、謝希大們，卻也沒有「一闊臉就變」，總算相從始終。在這些專事揩油蹭光的窮光蛋「哥們」面前，也不算怎麼拿架子，有時還能為其周貧急難。一個勢利熏心之徒，也能「捐金助朋友」，似乎頗為義氣，不忘故舊，以致在其死後，應伯爵們背信棄義時，作者竟公開出面為西門慶抱屈：「看官聽說，但凡世間幫閒子弟，極是勢利小人，當初西門慶待應伯爵如膠，賽過同胞兄弟，哪一日不吃他的，穿他的，受用他的。死後未及，骨肉尚熱，便做出許多不義之事。正是，畫虎畫皮難畫骨，知人知面不知心。」——西門慶性格中的這一點，又見出人物性格的複雜一面，見出《金瓶梅》作者塑造個性的藝術功力。

幫閒不同於奴僕，他們與幫主之間，雖然社會地位懸殊，但文化氣質方面，必有相同之處，賈府的清客之於賈政賈赦們，就是這樣。應伯爵等市井青皮光棍，是西門慶發跡前的故交，他們與昨日西門「熱結」是適應的；而與今日之西門相往還，則不夠協調，用西門慶的語言說，是不夠「般配」和「雅相」的。可在西門慶撒手西歸之前，他們為什麼能夠始終保持著親密的夥伴關係呢？這只有從西門千戶大人性格的「這一個」中去尋找答案了。西門慶是個暴發戶，發跡伊始，他的家庭基礎、社會基礎和文化基礎，與他的現實地位還不相適應，在過渡轉換過程中，他難免要沿用或改造舊有的社會關係來為其服務，應伯爵、陳敬濟、書僮等皆是也，溫必古則為其新開拓者，依然鄙陋，他的亦官亦商的生涯，則加重了這一特色。而應伯爵，則是其官商生涯中很難擺脫的幫手，諸如商酌事務、紹介生意、應酬陪客之類，既幫閒，又幫忙了。李四、黃三之借貸與合作，都是應伯爵牽線；聘請主文先生，也是先徵求伯爵意見；在瓶兒喪儀中神主的擬寫以及西門慶與妻妾間關係的協調，伯爵都參與其事。這是應伯爵與西門慶維持搭檔關係的一個重要原因。

再者，西門慶個性心理與文化氣質的轉換，更跟不上其社會地位的急劇變化。一個是提刑大堂、千戶客廳、或者是在儀從擁簇中招搖行進於街衢之上的西門慶，彼時出現在人們面前的是一個衣冠楚楚、聲勢烜赫、甚至有點雍容揖讓的西門慶；一個是麗春院裏、藏春塢中、吆三喝五、倚紅偎翠、嫖妓狎飲時的西門慶，此時則是放蕩惡劣、鄙陋庸俗、寡廉鮮恥的西門慶。而這一場合，西門慶尋歡作樂，離不開應伯爵們的插科打諢、打情罵俏與幫襯湊趣。離開了幫閒們的戲銜玉臂、跪挨嘴巴、「隔花戲金釧」與「山洞戲春嬌」，西門慶的追歡買笑就會黯然失色，了無趣味。只有在這裏，他才能不戴任何面具，以赤裸裸的、活生生的方式顯現自己的本色，才能在「最高層次」上體驗出「自我實現」的快樂。儘管他熱衷於富貴權勢，喜歡排場和威風，但官場的應酬對於他更是一種手段，雍容揖讓對於他更是一種不夠自然的負荷，而只有與原來的夥伴們在一起，他才能夠「瀟灑」，感到無拘無束、愉快自由的樂趣。所以他每次送走貴客包括御史巡按那樣的貴客之後，總要命人把應伯爵、謝希大們叫來，繼續暢飲，似乎不這樣他就感到美中不足或若有所失似的。

一切幫閒都以阿諛奉承作為自己的天職，應伯爵們當然也不例外。他自己有句名言：「養兒不在屙金溺銀，只要見景生情。」它能夠十分準確地把握自己幫主那暴發戶的心態，長於用最為動聽的語言，奉承西門慶，說他在財富權勢、在吃喝玩樂方面遠非他人可及之類，以便讓西門慶得到充分的心理滿足。生子加官時從王招宣府買的犀帶，進京朝見時何太監送的五彩飛魚莽衣，收當到的屏風鑼鼓，吃的鰣魚泡螺，西門慶都喜歡在應伯爵面前顯擺一番，以期引出應伯爵的奉承，說這犀帶連東京衛主也沒有啦，說那鰣魚吃到嘴裏從牙縫裏剔出來都是香的啦，等等，他才感到悠然飄然，心滿意足。幫閒者的奉承猶如一面可以無限變形誇張的魔鏡，被奉承者通過這面魔鏡來觀照自己，可以多倍的乃至無中生有的效果看到自己的優越，以極其廉價的付出，得到充分的精神享受和心理滿足——這也是西門慶離不開應伯爵們的原因之一。

二、自得與自餒

以門第出身而論，西門慶與應伯爵是一對難兄難弟，他們同樣是市井富商的浪蕩兒。可一個浪蕩興家，一個浪蕩敗家，一個走的是陽關大道，一個走的是獨木小橋，伯爵成了衣食無著的破落子弟，而西門慶卻混出了人樣，在升官發財的坦途上，昂首闊步，一往直前。西門慶的自我感覺極好，他對自己財富的增長和權勢的擴張，對事業和生活，對飲食男女等各個方面，都感到相當的滿足。他頗為自得和自信。

《金瓶梅》時代，正是都市商品經濟迅速發展和市民階層開始崛起的時代，在小說中我們到處可以看到金錢勢力的擴張。一擔豐厚的生辰禮物，可以使一個市井浪蕩兒變成五品提刑千戶，無論是政治風波還是刑事犯罪，有了銀子無不可化險為夷乃至因禍得福。只要不貪污受賄，又不能經商致富，那官僚士大夫們除了「安貧樂道」以形而上的滿足來彌補形而下的匱乏之外，就無從與貪官污吏和暴發戶們相抗衡了。不知何故，清河縣的「千戶」特別多，可同是千戶，卻貧富懸殊，天上地下，真不可同日而語。不要說謝希大，幫閒破落戶，原是失了前程的千戶，即使是吳月娘的嫡親哥哥吳千戶，靠西門慶的門路謀了個管理屯田事務指揮僉事的實缺，上任之際，還得鄭重其事地向西門慶告貸三十兩銀子以供開銷，其實，這個數字也不過相當於西門慶包占李桂姐的月銀，連一頓像點樣的酒席都不夠呢。山東自巡按以下合省官員，招待六黃太尉一席飯，花費千餘兩銀子，可他們湊得分資，不過一百零六兩。固然，這些官員是存心要打西門慶的秋風，不過，我們不要忽略了一個事實，如果不借助於這類「贊助」，以這些官僚們的薪俸，他們是絕對應付不了這些開銷於萬一的。站在一月薪俸不及一瓶名酒的天平上，做清官的也就很難在腰纏萬貫的暴發戶面前挺直腰桿了——實古今中外皆然也。我們只要看一看新科狀元蔡蘊對西門慶的態度就可了然了。他新點秘省正字，宦囊羞澀，通過翟管家的介紹，路過清河時順便到西門慶處打點秋風。此公雖然品格不高，然以權謀私畢竟是初出茅廬，一百兩白銀的饋贈使狀元公在市井兒面前恭謙乃爾，一再表示不敢忘德。轉任巡鹽御史再訪西門時，對方向他提出早支鹽引的要求，他竟卑歉地表示：「休說賢公華紮下臨，只盛價有片紙到，學生無不奉行。」所以這一對不倫不類的「至交」在西門慶後園的翡翠軒做那段為人所熟知的「東山之遊」的次日，妓女董嬌兒拿出御史大人賞賜的大紅包封著的一兩銀子讓西門慶瞧時，西門慶理解且大度地說：「文職的營生，他哪裏有大錢與你，這個就是上上簽了。」現實生活把傳統給顛倒過來了，西門慶不過是一個滿身銅臭的市井無賴子，本來應該為風流儒雅的士大夫所不齒的，而現在卻是狀元學士斯文掃地，爆發無賴趾高氣揚——歷史真顛倒過來了。

西門慶真是生活的幸運兒，名副其實的大亨，左右逢源，既亨且通；依託權貴，應酬同僚，驅使流氓，玩弄婦女，貪污受賄，開拓財源，他無不得心應手，應付裕如。當陳洪出事給他帶來第一場風險時，他趕緊停建工程，閉門不出，把打得火熱的李瓶兒都忘到九霄雲外去了，頗有倉皇失措之概。而到後來，比這大得多的直接風險，他都能夠從容應對了。他敢於褻瀆招宣世家的閫帷，用強制的辦法和皇親爭奪妓女，敢於聲言：「我不管什麼徐內相，李內相，好不好把他小廝提在監裏坐著，不怕他不與我銀子！」承攬古董生意封了十兩葉子金致書巡按御史，他自信地說：「即使分配的文書下去了，也可以叫宋松原追回來……」最能表現西門慶的精神狀態的，是他那知名度極高的「名言」：「即使強姦了嫦娥，和姦了織女，拐了許飛瓊，盜了西王母的女兒，也不減我潑天富貴！」

不過西門慶也不是時時和處處都表現得那麼自信和自得，儘管王招宣、白皇親等世家是敗落了，御史狀元們的「文職營生」在他眼裏也顯現出窮酸相，作為債主和施主，他大模大樣，悠然自得，可面對敗落者和受施者所代表的「鬱鬱乎文哉」的古老的傳統文明，這位暴發戶就感到自慚形穢、望塵莫及和悵然若失了。一次與吳月娘、李瓶兒一起撫弄他那獨生寶貝談到兒子的前途時，他接口便說：

> 兒，你將來長大，還掙個文官，不要學你家老子，做個西班出身，雖有興頭，卻沒十分尊重。

一個社會階層的經濟優勢並不等同於政治優勢，經濟政治優勢更不等同於文化優勢。歷史上一個新的階級在取得政權以後相當長的時期內，往往在文化上還不能取得被他取代的那階級的壓倒優勢。《金瓶梅》時代，市民階級畢竟才剛剛開始崛起，何況西門慶又是一個鄙俗無文的流氓氣十足的市井之徒呢。他們還遠遠未能創造出自己的文化，這就難怪他面對那源遠流長、文采風流、雍穆典雅的古老文明產生自慚形穢的感覺了。所以他儘管可以傲視式微和窮酸的窮官們，活得十分「興頭」，可他仍不願兒子走自己這條路。西門慶的這種心態，對於暴發戶來說，有著很高的歷史普遍性。

三、無情和有情

如果說《紅樓夢》所褒揚的是「情」，那麼《金瓶梅》所渲染的則是「欲」——它刻露盡相淋漓盡致地描繪那銅臭熏天、人欲橫流、浸透著勢利冰水的市井和官僚社會的「無情」，而西門慶，正是這一社會的當之無愧的代表。西門慶和賈寶玉都是他們周圍女性的中心，可賈寶玉是一個「愛博而心勞」的「多情公子」，而西門慶則是一個玩弄女性的色欲魔王，「降老婆的班頭，坑婦女的領袖」，則是世人給與他的恰如其分的惡謚。

與西門慶發生瓜葛的大致有三類婦女：妻妾、外遇和妓女。娼妓制度本就是兩性關係異化的極端表現形式，他把兩性間最富詩意的形式變成一種赤裸裸的、最醜惡的金錢買賣關係。雖然，涉足其間的人也有許多癡情者和不幸者，表現他們的悲歡離合也是唐人傳奇和宋明話本的一個常見主題。但在《金瓶梅》中，我們所見到的，無論是妓女還是嫖客，幾乎都是些全無心肝的鳥男女。西門慶或者以一兩二兩的零買方式，或者以十數兩月包的批發方式，購買了婦女的人身使用權，就可以憑自己高興，或以最粗暴的方式，或以最卑鄙的方式隨心所欲地玩弄她們。李桂姐後來認了西門慶乾爹，可照樣供唱賣笑，照樣陪乾爹白晝宣淫。金瓶中嫖客與妓女的關係，是赤裸裸的買賣關係，無半點情義可言。

姦占有夫之婦對於西門慶來說只是嫖娼行徑的放大和延伸，尋求外遇絕不是尋求感情寄託，王六兒、賁四嫂、如意兒、宋惠蓮等僕婦或夥計之妻，當西門慶需要尋求新的刺激時，花上一兩銀子，或者是一點不足道的衣飾，即可以購買到她們的貞操使用權。馮婆子受西門慶委託動員王六兒時說：「你若凹上他，愁沒吃的，穿的，使的，用的？」西門慶挑逗宋惠蓮也是說：「我的兒，你若是依了我，頭面衣服隨你揀著用。」當對方表示願意時，西門慶就採取這種「自由貿易」「平等交換」的方式辦理，當對方不願意時，西門慶則採取把對方的丈夫結果了「摟著她老婆也放心」的方式辦理。一個小小的圈套，把宋惠蓮的丈夫打成了謀財害主的罪犯，差一點腦袋搬家。當宋惠蓮知道丈夫的不幸自經未遂後，開始時對西門慶還存在幻想，跪在地下不起來，為丈夫向西門慶求情，期望西門對自己多少有點感情，會「不看僧面看佛面」，對丈夫能夠高抬貴手。後來他才知道自己錯了，她自己對西門慶這個「把人活埋慣了，害死人還看出殯」的流氓惡霸眼裏，除了作為玩弄對象外，實在更無其他價值可言。

這些比較容易理解。西門慶性格的特殊性，還表現在他在家庭生活中對妻妾的無情。吳月娘作為正室，在西門慶心目中倫理意義的存在比作為女人的存在的意義要大多多，而且，在兩種存在中，還必須以妻子不干涉他對別的女性隨意占有為前提，否則後果不堪設想。吳月娘很懂得這一點，她自己一般不越過這個界限，因此他們夫妻總算相安無事。在家庭生活中西門慶的興趣主要在「妾」身上，而在妾中他最感興趣的是潘金蓮。相當長的時間裏，潘金蓮簡直是受著專房之寵。可這也僅僅是「寵」而已，並沒有一點點「愛」的因素。潘金蓮在他心目中，純粹是一個有生命的玩物。有一次他看到潘和孟玉樓在一起，竟情不自禁的說道：「好似一對粉頭，也值百十兩銀子！」他之喜歡潘金蓮，無非是她的漂亮風流，妖冶放蕩。「你達達就愛你」什麼什麼——「生兒不在屙金溺銀，只要見景生情」，潘金蓮不光以自己的美貌供奉著他，而且可以自覺地滿足他的變態的性折磨，這一點是妾中誰個也不能取代的。這是西門慶寵愛潘金蓮的全部秘密。所以後來官哥兒——西門慶這一獨根苗被謀害致命之後，西門慶對潘金蓮的陰謀不是一點也沒有覺察，他的反應也不過將雪獅子貓摔死了事；李瓶兒一死，潘金蓮和丈夫的關係就恢復了過去的熱乎勁——她的使用價值，是別人無法取代的。

西門慶一見潘金蓮即垂涎三尺，必欲致之而後已。他費盡心機，不擇手段，擔著風險，害死了武大郎，總算如願以償。到手之後不久，半路時殺出了個有錢的寡婦孟玉樓，「燕爾新婚如膠似漆」一個多月，潘金蓮早沒事人一大堆了。後來西門慶梳籠了李桂姐，新鮮興頭上，潘金蓮的這種遭遇，又重演了一遍。西門慶對李瓶兒也是如此，一場政治風波，把他對李瓶兒的熱乎勁沖到爪哇國去了，後來瓶兒嫁了人，他惱主要也是惱她嫁了醫生，在自己眼皮底下開藥鋪，撐了他的買賣。對於李嬌兒和孫雪娥，則更如衣服鞋襪一般，弊之則棄，更無情愛可言了。

西門慶是一個色欲魔王，然而他並不是色欲的化身——他也是一個人，一個活脫脫的、有血有肉的、具有複雜個性的人。

「道是無情卻有情」——從李瓶兒之死，我們改變了原先對西門慶簡單化的看法。「降老婆的班頭，坑婦女的領袖」，一個僅僅把婦女當做玩弄對象的凶神惡煞，在一個永遠離他而去的十分癡情的女人面前，居然改變了態度，竟然真正地動了感情——即使是西門慶這樣的人的身上，也不是沒有一點善與美的因素的。

瓶兒病重，西門慶悉心醫治，百般體貼；瓶兒病歿，西門慶呼天搶地，痛不欲生；瓶兒喪儀，西門慶傾家蕩產，在所不惜；瓶兒死後，西門慶觸景生情，久久不能望懷。

> 西門慶也不顧甚麼身底下的血漬，兩隻手捧著她香腮親著，口口聲聲只叫：「我沒救的姐姐，有仁義好性兒的姐姐！你怎麼閃了我去了，寧可教我西門慶死了罷。我也不久活於世了，平白活著做什麼！」在房裏離地跳有三尺高，大放聲號哭……西門慶在前廳手拍著胸膛，撫屍大慟，哭了又哭，把聲都哭啞了，口口聲聲只叫：「我的好性兒有仁義的姐姐！」

單看這個片段，簡直是一個癡情男子的驚天動地的悲號了。當然，「癡情」云云，其人遠不配以當之，然而，對於西門慶，哪怕有這種真情的偶一閃露，也難能可貴得令人足以刮目相看了。

對於西門慶的動情，玳安們背後曾有過議論，說他爹不是哭人，而是哭錢，因為六娘曾給他帶來那麼多的錢。其實玳安的評價是不夠公允的，西門慶的動情，是李瓶兒的癡情感化、感染的結果。

前期和後期的李瓶兒，性格是否發生了斷裂且置之勿論，就事論事而言，她嫁到西門家之後，與周圍的人不同，她確是一個善良多情、對丈夫一往情深的女性。對下人，她寬厚體貼，從不苛虐刻薄；對親戚，她周貧濟急，富於同情心；「姊妹」之間，從不爭風吃醋，在丈夫處爭寵獻媚，打擊他人，抬高自己。潘金蓮在妻妾間是長於明爭暗鬥、專事損害別人、噬齧同類的惡魔，對她尤其不擇手段；而瓶兒恰恰相反，總是以善良的心去忖度別人，與人為善，克己待人，對潘金蓮甚至是逆來順受，以德報怨，從不以牙還牙。對待丈夫，她則溫柔體貼，一往情深，嫁給了西門慶，他就把自己的一切都交給了西門慶。作為一個多情柔情的妻子，她無微不至地關心著西門慶，關心他的身體，關心他的事業，關心他與其他妻妾關係的大局。自己病了，怕西門慶為自己耽誤了公事；囑辦後事，怕西門慶為自己破費錢財；訣別之際，更是對西門慶的身家事業和衣食冷暖丁寧周至，「我的哥哥，奴承望和你並頭相守，誰知奴家先去了」。牽掛著西門慶，他真是死不瞑目，從山東清河到東京汴梁，她一再與西門慶夢中相會，囑告規勸，再三再四致意，殷殷不已。西門慶之所動情、所悲痛、所思念、所久久不能忘情的原因，正在這裏。

在一部分人可以憑恃著權力和財富恣意剝奪蹂躪另一部分人的情況下，人類每一進步，往往也會以另一種意義上的退步來作為補償，西門慶對異性的占有方式和蹂躪方式就是包裹在金玉錦縠外衣下的向獸性的復歸。故而在一切不合理的社會中，奴役他人的人也不會得到真正的自由，西門慶當然也不例外。既然把異性當做自己的玩物，可以憑藉財勢剝奪她們的貞操，那他又怎麼可能要求對方對他產生真正的感情而忠貞不二呢？既然他可以隨心所欲地占有異性，那潘金蓮之私琴童、孫雪娥之偷來旺、李嬌兒和孟玉樓之改換門庭，正是防不勝防、難於被避免的事。既然西門慶為了滿足自己可以置潘金蓮的死活於不顧，那麼潘金蓮為了滿足自己同樣置他的死活於不顧也是順理成章的事。西門慶雖然讀書不多，但人際關係看得很透，自己對妻妾的無情，也未指望妻妾對自己有義。在這種情況下，李瓶兒的善良與癡情，就顯得特別難能可貴了。人畢竟是人，而人總是需要感情的。西門慶對應伯爵哭道：「先是一個孩兒沒了，今日他又常伸腿去了，我還活在這世上做什麼？雖有錢過北斗，成何大用？」作為一個征服者，他在別的女人身上得不到的東西，在李瓶兒身上得到了，因而就顯得特別珍貴。這也許是人的良知的發現吧。這也就難怪他在一段時間內那樣痛不欲生了。

還可以把視野再擴大一些。西門慶之所生存角逐的那個社會，是一個人與人間爾虞我詐、互相攘奪、弱肉強食的屠場和魔窟，在那裏，一切是「有錢便流無錢不流」，是「只好斂些財勢」，是「火到豬頭爛，錢到公事辦」，是「只怕睜眼的金剛，不怕閉著眼睛的佛」，是「早辰不做官，晚夕不唱喏」……什麼主僕之間、兄弟之間、親戚之間、同僚之間，不是互相利用，就是互相殘殺。混跡其間的西門慶，雖然也自得如意，但那無情的社會使他也不能不感到空虛和失落。相形之下，瓶兒的善良和多情，對於一個被嚴重扭曲了的、失落本性的空虛靈魂，也是一個不可或缺的慰藉——它是用金錢和權力所難以買到的。

四、任性與克制

西門慶與吳月娘的夫妻關係，也是個頗有意味的話題。對於妻妾來說，西門慶是個說一不二的霸王，她們在他眼裏，僅僅是發洩淫欲和傳宗接代的工具。他對她們既不尊重，又無情感，一時好壞，全憑自己喜怒。不要說失寵如孫雪娥，即使春風得意如潘金蓮，也會隨時嘗到他的皮鞭和拳腳的滋味。李瓶兒新婚入門，即曾被剝去衣服，先挨頓皮鞭，然後把繩子丟在面前，逼著她上吊給自己看。李嬌兒是玩膩了的過時貨，地位僅比孫雪娥好那麼一點。孟玉樓聰明知趣，雖說未受過荼毒，但在丈夫面前，也無地位可言。總之，西門慶「性子不好」，誰也不敢惹他，一旦惱了，翻臉不認人，誰都吃不了兜著走。潘金蓮雖然有時跟他「銅盆遇著鐵掃帚」，好像叮叮噹噹對著幹，其實那不過是在順從的大前提下的個人抓尖要強，有時甚至是一種變相的討好，絕不是與丈夫爭取女性的地位和權利，因而能得到西門慶的寬容和諒解。

但吳月娘與西門慶的關係卻有些特殊。月娘與丈夫秉性差異甚大，居家處事亦時有齟齬摩擦，為娶李瓶兒，夫妻間甚至搞得互不搭理，僵持多日。但總的看來，西門慶對待她卻表現出超常的大度與寬容，始終未曾嚴重地動搖過月娘的正室地位。這一點，似乎有點在西門慶的一貫作風之外。

論者對月娘頗多醜語，張竹坡之譏諷月娘尤為偏頗。其實月娘雖不過是一俗人，但不失為一心地善良的俗人，而絕不是一個「奸險好人」。對西門慶的劣跡，她負不了多大責任。她的順從，多半是消極性的，雖然不能匡正，但也不曾助紂為虐——其實，以西門之任性與霸道，她也是絕對匡正不了的。

月、慶之為人雖非參商，然頗多異趣。她雖然希望丈夫發財升官，但並不贊同傷天害理；在僕妾面前，她講究正室身分，但並不恣睢暴戾；姊妹之間，識人或有不敏，但尚稱寬厚大度，顧全大局，孟玉樓、李嬌兒等等的生日，從備席請客，到動員丈夫到房裏歇息，她都主動安排，熱心辦理，持心也算公平。她從來不與眾妾爭寵，挑撥丈夫與他人的關係；相反，對居心不平者，她反能予適當抑制，以致與最受丈夫寵幸的潘金蓮，還釀成一場大鬧。西門慶幾次毒打孫雪娥，她都能給以勸解和保護。對於西門慶的偷娶李瓶兒、陷害來旺、流戀煙花和熱結十弟，她都能公開地表示自己的反對意見。謀害來旺，西門慶與潘金蓮心辣手狠，採取殺夫奪妻的方式，與武大郎如法炮製。吳月娘再三勸解不成，回到後堂，當著孟玉樓、宋蕙蓮等的面，公開表示強烈不滿：「平白把小廝弄出去了。你就賴他做賊，萬物也要有個著實才好，拿紙棺材糊人，成個道理？恁沒道理，昏君行貨。」「賊強人，他吃了迷魂湯了。」……如此等等，不一而足。

可西門慶並沒有以「昏君行貨」的方式對待月娘。利用男子的夫權，加上絕對的君權，純粹從個人的好惡出發，遂心所欲地對待自己的「妻妾」也即后妃，包括隨意廢後立後，並因母及子地廢立嗣君，因而搞得「家反宅亂」乃至國破家亡的「昏君行貨」，在歷史上實在不算少數。以姿色風流，以「見景生情」可人之意而論，月娘遠不及金蓮、瓶兒可愛，可西門慶始終未曾動搖過月娘的嫡妻地位，更未把她「打到贅字號」裏去。家庭生活、在夫妻矛盾及妻妾衝突中，對月娘還表現得相當寬容、克制甚至還有一定程度的尊重。對此，應當作何理解呢？

從吳月娘方面來看，她雖然和西門小有齟齬，但從總體上看，她對丈夫還是取順從態度的。家政大計方面，她唯西門馬首是瞻。對待丈夫的納妾嫖妓乃至姦占婦女，她基本上是聽之任之，即使偶有勸諫，也是適可而止，從不拈酸潑醋、大吵大鬧。連西門也說：「俺吳家的這個拙荊，她倒是個好性兒哩，不然，手下怎容得這些人？」再者吳月娘對待諸妾，確也善良寬厚，處理問題也較顧全大局，從而使閫內之治，保持一定的穩定：這些則是西門慶對其採取容讓態度的一個前提。

從西門方面看，此公雖然使氣弄性、顢頇粗暴，在家中說一不二、唯我獨尊，但在涉及到身家根本利益的大計方面，卻頗有算計和頭腦。比如，臨終時對於後事的安排，就表現得相當精明，以致張竹坡稱他為「老奸」。西門為人的這一方面，我們不能忽視。

西門慶雖然愛玩女人，以致一部《金瓶梅》所給我們提供的西門慶的興衰史，也幾乎是他無恥地玩弄、蹂躪女人的歷史。可西門慶與一般的富家或世家的末世浪蕩子弟比如陳敬濟不同，他愛女人，但從不把女人放在個人的事業之上。女人在他眼裏，僅僅是玩物，在他個人升官發財的道路上，她們即使不能為自己提供幫助，那也只能作為成功者的消費和享受對象，絕不能妨礙自己的事業。李桂姐、王六兒自不待言，即使潘金蓮們也不例外。妾也者，在封建的婚姻制度中，本來就是為男子對女性的占有提供方便設計出來的一種形式，在家庭生活和宗法體制中，它從屬於地位已經很低的「妻」。她們似主似奴，可買可賣，僅作為滿足男性和生兒育女的工具存在。所謂「妻賢妾美」的擇偶原則，就是根據這一要求提出來的。而西門慶從市井商人的實用主義出發，把這一原則發揮到了極致。「昏君」們因愛美妃而廢後奪嫡，有時還帶點對所寵愛者的感情色彩；可在唯利是圖的市儈那裏，連這一點感情因素也不存在。這在西門慶和潘金蓮的關係中表現的十分典型。在西門慶的眼裏，「妾」僅僅在色相和生理意義上的存在；而「妻」，才具有多方面的意義：她不僅是「女人」，而且是主婦，是正室，是夫榮妻貴搭檔中的配偶。潘金蓮之作為「妾」而存在，吳月娘之作為「妻」而存在，她們正可以各得其所，不存在「廢立」的前提。

再者，儘管傳統的封建道德在許多方面已經被西門慶周圍的小市民搞得面目全非了，可在那特定的歷史時期裏，支配人們數千年的諸多正統信條，在西門慶的頭腦裏仍然踞有神聖不可侵犯的地位，而宗法體系中的妻妾嫡庶制度即為其中之一。吳月娘在西門氏家中，名正言順地主持著閫內之政，管理銀錢財物，作為庶出之子的嫡母，物質待遇和居家禮儀方面與諸妾有著明顯的名分區別。諸如此類，說明了這一市井家庭仍然用封建宗法制度支配著自己。吳月娘和西門慶的矛盾不達到一定程度，西門慶是不會輕易改變吳的「妻」的地位的。

五、狠毒與大度

西門慶是個典型的惡霸，姦占婦女、謀財害命、貪贓賣法種種喪盡天良的事，他幹起來可以連眼都不眨一眨。為霸占潘金蓮，他先毒死武大，繼而又買通官府，欲置武松於死地。花子虛是他的結拜兄弟，他也如法炮製，連妻子同財產一同霸占。對蔣竹山，他只一句話，鋪子砸得稀巴爛，拿到刑廳一打四十，乖乖地捲起鋪蓋滾蛋。只許他姦占別人老婆，不許別人有半個不字。來旺兒一表異議，一個帖子送進衙門，栽贓誣陷，流放三千，幾乎丟了小命。「一狠二狠，把奴才結果了，你就摟著他老婆也放心。」——這就是他的一貫方針。即使是潑皮無賴，用他們時可以驅使安撫，可當他們妨礙了自己時，只要眼睛一瞪，對方即溜之大吉，若不識趣，如牛皮街的游守、郝賢，或者是韓二搗鬼，他翻手為雲覆手為雨，可以把他們拿去一夾二十，讓其皮開肉綻，喊爹告娘，告饒不迭。至於貪贓枉法，賣放人命，他更是家常便飯。宋惠蓮罵他：「你原來就是個弄人的劊子手，把人活埋慣了，害死人還要看出殯的！」——可算是一個深受其害的過來人用自己的血淚給他總結出來的定讞。

與以往的小說不同，《金瓶梅》中的壞人並非「一切都壞」，西門慶並非那種時時面目猙獰、處處斬盡殺絕的「頭上長瘡腳下流膿」的十惡不赦的壞蛋。在家內外、在上下級、在親朋主僕間，與人相處，經常也表現得通情達理，有人情味，在狠毒之外，時而也表現得頗為大度。

對於那幫「熱結」的兄弟，如前所述，在平步青雲之後，仍能過從始終，其中的應伯爵和謝希大，更與其朝夕相聚，須臾難分。在宴席之上，在笑樂之中，應謝在他眼裏，既是「狗才」，又是「哥們」。他理解他們的清貧，自己的喜慶，往往請他們白吃白喝；共同的應酬，他經常主動代他們封禮；他出幾十兩銀子為希大購房置產，為伯爵生子資助，也算是急朋友之難；親自出面為謝暖房，令妻妾全部出動賀應生子，不擺官架子，也頗難得。他為韓道國辦了事，韓買了一壇金華酒、一支水晶鵝、一副蹄子、四支烤鴨、四尾鰣魚表示感謝。西門慶堅辭不授，退讓再三，只受了鵝酒，其餘退回，而且又添了許多菜蔬，把韓與應伯爵謝希大請來搓了一頓。後來為賁四辦事，他也表現出類似的風格。在貪賄方面他也表現出一種無可無不可的態度。他當然不是清官，但也不是那種雁過拔毛、一筆不放的貪酷之輩。在應伯爵面前，他還議論過夏提刑，說他「只吃他貪濫踏婪，有事不論清水皂白，得了錢在手裏就放了，成什麼道理！我便再三扭著不肯。『你雖是個武職官兒，掌著這刑條，放些體面才好』」西門慶之言雖然不無自我標榜之意，但也不是冠冕堂皇的官腔。李瓶兒病危，別人亂介紹醫生，趙龍崗純粹胡說八道，西門慶也未發作，還稱了三錢銀子，將其打發走。可見其待人接物，亦有寬厚之處。

西門慶是中國封建社會後期的一個亦官亦商的暴發戶，這一類型人物的共性在他身上表現得很典型。但他又是活生生的「這一個」，他又有自己鮮明的個性。他心辣手狠，時又寬宏大度；他長於斂財，又非一味慳吝；他是一個惡魔，但有時又頗有人情味——西門慶這種性格的形成，也自有他特殊的環境和背景。他出身富家，獨根獨苗，父母驕縱，自幼生活放蕩，發跡過程中錢來得容易，花起來也較撒漫，不見葛朗台似的吝嗇氣。同時他自幼即與流氓地痞一起鬼混，這一社會階層既凶狠無賴又講究「哥們」，這兩方面在西門身上都打下了深深的烙印。然而西門慶不是陳敬濟式的、薛蟠式的浪蕩兒，他既「會花」，更「能掙」。他開生藥鋪又開解當鋪、放官吏債，還勾結官府，在縣裏管些公事，這就養成了他注重實際、精於算計、作事機深詭譎的性格。他雖不讀書，但卻大事精明，小事大度，有時表現出一種無可無不可的作風。就是應伯爵找他為韓道國說情那次，因為吃鰣魚，他談到這是劉太監的兄弟劉百戶送的。劉百戶私用皇木蓋房，被辦事官緝聽著首了，「依著夏龍溪，饒受他一百兩銀子，還要動本參送，申行省院。劉太監慌了，親自拿了一百兩銀子，到我這裏再三央及，只要事了。不瞞你說，咱家做著些薄生意，料也過的日子，那裏稀罕他這個錢！況劉太監平日與我相交，時常受他些禮。今日因這事情，就又薄了面皮？教我絲毫沒受他的，只教他將房屋連夜拆了。到衙門裏，只打他家人劉三二十，就發落開了。事畢，劉太監感情不過，宰了一口豬，送我一壇自造荷花酒，兩包糟鰣，重四十斤，又兩匹妝花織金緞子，親自來謝。彼此有光，見個情。」——這段真切的自白，很能見出西門慶大度中的精明算計。

「梅」開「瓶」外淆香臭
「金」囿「塔」內賞孤芳
——《金瓶梅》研究中的一個問題

小說的研究離不開作者、版本、成書等等的考證，否則等於放空炮；但是，如果除了考證就不算學術，也是一種片面性。魯迅先生是中國古代小說研究的開拓大家，除了一部《中國小說史》的不朽豐碑之外，對於小說文本鑒賞和評析，他也有過許多膾炙人口的高論，比如說中國社會有「水滸氣」，比如關於《紅樓夢》接受的一段名言：「經學家看見易，道學家看見淫，流言家看見宮闈秘事，才子看見纏綿，革命家看見排滿」，這都是將關注目光投向社會和現實，慧眼獨具，雖片言隻語，卻發人深省。

論古代小說與現實的貼近，沒有能夠超過《金瓶梅》的了。然而，金學勃興 30 年，文章汗牛充棟，這方面的關注卻很少。

即使是文本研究，一如文學界，方法也以引進為創新，「歷史的美學的」，「傳統」也，不為人所重。偶有涉及當代的文章，率多膚淺，多不可觀。

近年來，一個以西門慶和潘金蓮為中心關注點的「金瓶梅熱」正方興未艾，金學界對此卻視而不見。

紅樓夢研究曾有個「紅外線」說，金瓶梅研究也出現了「瓶外熱」現象。真是，「梅」開「瓶」外，「金」光閃爍；「金」囿「塔」內，孤芳自賞。象牙塔內外，各熱各的，兩不相干也。

考證的目的何在？古代小說的研究到底為的是什麼？

近幾年，對古代名著的「水煮」「麻辣」成為熱門，《水煮三國》《水煮西遊》《麻辣西遊》《孫悟空是個好員工》等等頗為走紅，這也是一個頗為有趣的文化現象。

三國演義在古代就曾經起過歷史教科書和兵法教材的作用，研究前人的謀略以用於今天的生活自無不可，近些年，商戰、軍事、公關的研究俱有專著問世。這方面，倒是日本人走在前面。

西遊記的「麻辣」，「孫悟空是個好員工」之類有點牽強。不過，存在的就是合理的，既然有這種需求，說明它有存在的理由，不必深責。

紅樓夢的熱，倒不在實用，拔頭籌的是「索隱」。借助央視的媒體優勢，劉心武的「秦學」大紅大紫，借魯迅先生的話，亦不過「流言家看見宮闈秘事」耳。與老索引派的以學問為基礎不同，新索引瞄準的是市民化的口味與文化快餐的市場需求，與《甄嬛》熱同出一轍。觀察解讀歷史，權謀史觀一直當紅，宮闈秘事與之正相呼應也。

不過《金瓶梅》卻與此迥然不同。

《金瓶梅》審美接受中對「傳統」的顛覆，有點令人瞠目結舌：潘金蓮日益成為青年一代的大眾情人與青春偶像，西門慶也成了成功人士的代稱。

研究《金瓶梅》，對這一文化現象似不應熟視無睹。

一

好像是前年，一本名曰《管理，向西門慶學習》的奇書翩然問世。據媒體介紹，「該書引經據典，深入淺出，從西門慶身上挖掘了 46 條經營管理格言和經營理念」，故可為「企業總裁學習的榜樣」云。揄揚者謂，中國企業家所崇拜的琳琅滿目的人物畫廊中，又增加了一位光彩照人的新榜樣。

不久前，臺灣作者的一本談《金瓶梅》的書《沒有神的所在——私房閱讀金瓶梅》[1]在媒體熱炒，吸引了千千萬萬粉絲。「雖然這是一本四百年前的書，但是實在太貼近當代了。有時候看國外的當代作品都還會有些隔閡，但是這本書完全就是可以對號入座——官商勾結、妻妾戰爭，簡直就和某些富豪家一模一樣。」《國際先驅導報》發表專訪，門戶網站和各大網站紛紛跟蹤炒作，標題赫然：「《金瓶梅》根本就是在講今天」。上海《報刊文摘》以〈《金瓶梅》「超前 400 年」〉為題轉載，為之推波助瀾。

「私房閱讀」的核心觀點是「《金瓶梅》超前 400 年」。西門慶是一個成功的商人形象：

「西門慶其實是先富起來的那一批」，「這個人在今天，一定是商業雜誌一定要報導的人物，國外或臺灣也有商業學院在開西門慶的商業策略，他是一個非常成功的商人」。「他騎馬有點像今天開跑車，幾乎是這個邏輯。他聽音樂，非常有品位，他在戲院裏面有這些妓女，那時候妓女是流行的先驅，她們做出來的衣服會流行到民間去，因為從小念書，會填詞，音樂造詣是最高的，算得上名模加名歌手，而西門慶結交的都是這種。放在這個時代，就是二十五六歲，爸爸把商店搞成連鎖、上市的公司，他再把他爸爸的財

1　侯文詠：《沒有神的所在——私房閱讀金瓶梅》，北京：華文出版社 2010 年。

產翻一百倍一千倍，這樣的男人怎麼會有女人不愛他呢？」

《金瓶梅》的超前，表現為對傳統的叛逆和質疑：

> 「不只在那個時代超前，把他放到四百年後，他的觀念還是超前，特別可貴」，「我們中國文化裏很缺乏這一塊：容許質疑，容許叛逆——這是西方的文化。」

> 「《金瓶梅》不只是代表作者一個人，而是代表了一大群對中國傳統懷疑的人，明末這些自我放逐的知識分子統統是這種思想，可是他們的聲音在道統上就變得很悲哀。這是很叛逆的，是不被家長承認的小孩，可是到了今天，如果我們想繼續往前走，真的需要把這個小孩子找回來，給他一張板凳坐，去想想他講的事情。」

> 「從明末到民國初年一直到80年代，中國沒有經歷另外一個資本主義，所以大家比較少知道有錢到底怎麼回事，清朝從乾隆之後就開始窮了，直到最近內地經濟才開始好起來，所以我們差不多在這二三十年之間忽然理解到物質主義、資本主義是怎麼一回事，這個時間是和《金瓶梅》寫的那個時間銜接得上的。」

二

當代的《金瓶梅》研究，是從這部禁書的解放中興起的，至今金學話語依然停留在這「禁」與「解放」階段，而對生活中審美接受的變化，則沒有與時俱進。

從《水滸》開始，將潘金蓮定格為一個淫婦的形象，經過《金瓶梅》的改造與強化，更成為一個人所共知的共名，潘金蓮的悲劇，她的墮落與凶狠，承載著十分深厚的社會意蘊。五四以來，她成為文學解構重塑的對象，借助於重新解讀或改造，或顛覆既有的觀念座標，或借闡述自己觀念，借他人酒杯澆自己塊壘。這也是中外文學史上的常見現象。

五四時代，影響最大的是歐陽予倩的話劇《潘金蓮》。

《潘金蓮》顛覆了傳統的淫婦形象，對潘金蓮做了全新的闡釋，使她由一個「淫婦」變成了被侮辱損害者，一個大膽追求愛情開始個性覺醒的女性。歐陽予倩的《潘金蓮》，反映的是「五四」時代追求男女平等婚姻自由的反封建訴求。與同許多同時代的的作者一樣，這解構與闡釋，自然也難免帶著時代的局限。潘金蓮敢於當著西門慶的面說自己愛的是武松，最後面對要殺死自己為兄報仇的武松，潘金蓮不僅不怕，還以能死在心愛的人手裏感到快慰。她對武松說：「死是人人有的。與其寸寸節節被人磨折死，倒不如犯一個罪，闖一個禍，就死也死一個痛快！能夠死在心愛的人手裏，就死也甘心情願！

二郎，你要我的頭。還是要我的心？」拔得有點過高。

1961 年在北京人藝準備重演潘劇時的議論，很有啟發性。

人藝重排《潘金蓮》，周恩來總理兩次前往觀看，並邀請了田漢、歐陽予倩、齊燕銘、陽翰笙和譚富英、馬連良、裘盛戎、筱白玉霜等名家與劇院的領導、導演、演員們進行座談。

周總理請與會者一一談了看法，大家對該劇的反封建意義沒有異議，對局限則議論較多。焦菊隱提出：「這個戲究竟該肯定誰？是武松還是潘金蓮？」舒繡文的看法很精闢：「武松殺嫂不能歌頌，潘金蓮殺夫也不能被人同情。」周總理最後歸納說：「張大戶欺壓潘金蓮，她反抗，這是好的，值得同情。可是後來她就變了，她殺人了，而這個人又是勞動人民，是一個老實的農民。她和西門慶私通等行為是走向墮落，這種行為就沒有辦法讓我們同情了。反過來說，如果潘金蓮為了求解放，出走了，或者自殺了，當然會使人同情……歐陽老談到當時寫這個戲以及演出這個戲的思想活動，我是完全理解那種心情的。可是這個戲在今天重新上演，就要考慮到對一些青年人的影響問題。這個戲告誡青年一代什麼呢？」[2]

最終，這個戲沒有上演，也不單是一個「左」和「保護」的問題。

當代影響較大的是魏明倫創作的荒誕川劇《潘金蓮》。較之五四時代，重新審視自然從容得多，該劇之影響，主要得力於「荒誕」，令人耳目一新。它讓不同時代不同身分的眾多人物如武則天、施耐庵、賈寶玉、安娜·卡列尼娜與呂莎莎等出場參與或評論，以啟發人們對潘金蓮性格和命運的認識。

> 施耐庵說：「淫婦失節，武大郎快來拿姦！」
>
> 賈寶玉則說：「金蓮若進《紅樓夢》，十二副釵添一釵！」
>
> 上官婉兒認為：「武松恪守倫理節操，可敬可愛。」
>
> 武則天則說：「潘金蓮只不過向小叔子吐露一點苦悶，表白一絲愛慕，竟被你們視為『大逆不道』，上貴下賤，男尊女卑，太不公平了。我武媚娘玩了三千『面首』，潘金蓮又未嘗不可自謀出路，尋找第四個男人呢？」
>
> 安娜·卡列尼娜說：「我同情她的命運，叫她反抗吧，像我這樣，衝出不幸的家庭！」

2　梁秉堃《史家胡同 56 號：我親歷的人藝往事》。

呂莎莎對答：「她不能像你那樣浪漫，更不能像我這樣離婚！」

西門慶脅逼潘金蓮殺夫時，安娜·卡列尼娜勸：「別殺人啊，要殺就自殺吧！」

武則天則說：「你寫一封休書，把武大休了罷！」武大說：「我武大無權無勢，手中只有一點點夫權，老也不休，死也不休。」

面對武松的復仇尖刀，潘金蓮說：「我能死在你的手中，也算不幸之中大幸了！」武則天說：「罪不當死！」賈寶玉說：「罪在禍根！」張大戶說：「罪在女人！」芝麻官說：「清官難斷！」女庭長內呼：「禁止酷刑！」

《花園街五號》中的女主人公呂莎莎的唱詞代作者作了宣示：「吉他變調彈古音，是非且聽百家鳴……」

正所謂「一切歷史都是當代史」，「我所評論的就是我自己」也不無道理，潘金蓮的評價和重塑，表現的總是彼時彼地彼人的自我。

不過，當代的潘金蓮，已經不是請出歷史亡靈藉以演出歷史新場面的崇高悲劇，而是率意釋放、自我表現的喜劇。

三

今天社會審視潘金蓮和西門慶的話語，與往昔是不可同日而語了。作為一個文化符號，潘金蓮已經實現了三級跳：淫婦——被扭曲的受侮辱損害者——當代價值觀的代表之一。

用百度搜索一下，可得潘金蓮文帖 53,600,000 條，西門慶文帖 15,700,000 條。

下面是隨機下載的一些條目的標題：

新《水滸》潘金蓮扮演者甘婷婷性感寫真。

新浪女性新《水滸》潘金蓮扮演者甘婷婷性感揭秘（圖）。

甘婷婷版潘金蓮純情悶騷，如此造型怎能吸引西門慶。

來世還作西門婦！

7 大女星扮潘金蓮誰最銷魂？潘金蓮有關的影視作品近年來出現很多，搜集起來發現這些扮演潘金蓮的女演員一個比一個銷魂。

甘婷婷：嫁人就嫁西門慶。

在被問到如果現實生活擇偶會選擇西門慶還是武松、武大郎時，新潘金蓮甘婷婷笑稱自己會選嫁給西門慶，「我們當然不歧視武大郎，比起一般帥哥來，他放在家裏讓人放心，而武松這種英雄，是每個女人少女時代的夢，不過相對之下，西門慶更知道女孩子需要什麼，西門慶雖然花心，可是女孩子跟他在一起很開心。」

紀念潘金蓮同志逝世902周年搞笑版的潘金蓮：潘金蓮與西門慶：西門慶是陽穀縣最著名的民營企業家，身高1.83米，英俊瀟灑，為陽穀首富，曾入選大宋國福布斯富豪榜。他與潘金蓮確有婚外戀情。據考證，他倆在陽穀縣財富論壇期間在獅子樓大酒店相識並相愛的。最後，潘金蓮與西門慶被武松一併殺害，成全了一段「生不同衾死同穴」的婚外戀佳話。

潘金蓮生活在網路時代：
潘金蓮不過是玩了一下婚外情，用今天的標準來看，潘金蓮那點破事根本就不值得一提。以玩一夜情迅速竄紅的木子美之輩，差不多大小通吃，老少不拒，都還不至於被口水淹死。再往大處說，目前混跡在演藝圈的明星歌星，又有多少人沒有點床上的破事？而潘金蓮僅僅就玩了一個男人，僅僅就出了一次軌，而且還不像現在的人出軌那樣明目張膽，就被打入十八層地獄，想想真是比竇娥還冤。我真為潘金蓮歎息，只怪她運氣太差，早生了1000多年，要是潘金蓮生活在咱們的網路時代，我敢說，她已經紅得發紫，早已是歌、模、演三棲明星了。說不定還會被CCTV邀請去做主持人，至少也是台上常客，台下嘉賓。更不要說在新浪開博，寫點什麼「我和西門慶不得不說的那些事」，就能狂賺點擊率。

娶妻當娶潘金蓮……

「嫁人就嫁西門慶」！

「娶妻要娶潘金蓮」！

與水滸時代、金瓶梅時代，與歐陽予倩時代，何啻天壤！

誰能想到，社會的價值觀念和審美觀念，發生了如此令人瞠目結舌的變化。

真是「顛覆」啊，完全徹底的顛覆！

一位網友講得好：「潘金蓮的關注恰恰折射了時代的密碼和公眾的隱秘心理：潘金蓮仍是男權社會下的一個被『消費者』形象和角色。」潘金蓮早已告別了「淫婦」時代，在事實上，她已經成為相當多的人的青春偶像。

四

不久前，出現了山東安徽兩省三地爭奪西門慶故里熱。

〈西門慶故里兩省三地之爭：野百合也有春〉[3]

〈山東安徽兩省三地爭做西門慶故里〉[4]

《金瓶梅》引發了兩省三地的「西門慶故里之爭」，具體涉及山東省陽穀縣、臨清縣和安徽的黃山市。近十年來，三地都紛紛舉起「西門慶故里」招牌，競爭不息。一改傳統名著中「大淫賊、大惡霸、大奸商」的形象，西門慶一個華麗轉身，變成當地政府追捧的文化產業英雄。而且，在這場故里之爭中，浸泡了傳統文化中悶騷暗流的風月旨趣，推動著當地的經濟和民生發展，也從根本上實現了世俗心理和價值觀的雙重轉型。

這叫「做大做強《水滸傳》《金瓶梅》歷史巨著利用文章」！

而且，在當事方看來，無論是《水滸傳》還是《金瓶梅》，最核心的人物並非武松，而是西門慶。

在景區內，懸掛著 100 張《金瓶梅》的插圖連環畫，以及西門慶 7 個妻妾的精美畫像。獅子樓本來是西門慶喪命之地，可陽穀更樂意把它改造為西門大官人的浪漫之所。2003 年 10 月，陽穀縣政府投資 3470 萬元興建了占地 30 餘畝的的獅子樓旅遊城，城內娛樂表演節目，多是表演西門慶和潘金蓮的卿卿我我。此外，頗有趣味的是，在陽穀縣《2009 年政府工作報告》中，提出打造「武松故鄉」的品牌，巨大的產業需求使得武松和西門慶走向了和諧相處。在福德街建設《金瓶梅》文化街區，按照《金瓶梅》的描寫，建設西門慶以及他的妻妾潘金蓮、李瓶兒、龐春梅等的宅院，打造一個「金瓶梅」式的大觀園。另外還有王婆茶館、武大郎炊餅鋪、古戲樓、縣衙、晏公廟等，出售特產小吃，還上演民間藝術，如「西門慶初會潘金蓮」「武大捉姦」等，遊客還可以自費參與表演，演出後得到光碟。交錢就可以參與表演並拍攝成光碟，親自體會一次西門大官人的極樂生活。

2006 年，黃山市徽州區突然聲稱將投資 2000 萬元開發「西門慶故里」、《金瓶梅》遺址公園等項目，並於當年 5 月 1 日對外開放。徽州區稱，根據考證，西門慶不是山東人，而是安徽人，是徽商的代表。而此情此景，真真應了韋莊那句著名的詩句，「（西門慶）一生風月供惆悵，（『西門慶故里』）到處煙花恨別離」。

出現批評聲音後，〈三地否認爭「西門慶故里」改打「潘金蓮」牌〉[5]。

3　2010 年 5 月 4 日《中國經濟週刊》。

4　遼寧電視台《說天下》。

一切瞄準市場，「知名度」就是財富，三地爭「西門慶故里」毫不足怪。

典型的「庸俗，低俗，媚俗」文化氾濫。

高層曾嚴肅批評這種低俗文化氾濫現象並提出「八榮八恥」問題，這不是典型的榮恥顛倒嗎？

五

《金瓶梅》與當代的關係，筆者關注較早，在學界顯得有點異類。感謝「生活之樹常青」，彈指一揮間竟成熱門話題。惜乎時代精神變化太快，怎麼加快腳步也難於與之俱進了。

1988 年為應付全國紅學研討會寫過一篇論文：〈相悖互依，逆向同歸——「金瓶梅」與「紅樓夢」主人公之比較〉，彼時的話語環境，為文時小心翼翼，閃爍其辭。後來我又寫了一篇〈金瓶梅現象〉，從「金」切入，考察當下社會的精神文化現象。好在吾道不孤，蒙《明清小說研究》不棄，發表了。

5 年之後，也即到了 1993 年，拙著《金瓶梅與紅樓夢人物比較》出版時，我已經可以在後記中這樣說了：

> 黃鐘毀棄，瓦釜雷鳴，銅臭薰天，斯文掃地，西門慶們領著時代的風騷，舉著人文旗幟「其興也勃焉」的當代文學，它的人文精神，迅速地淹沒在粗鄙的市井文學、酒吧文化以及「性」與暴力的大潮之中。

依然心猶惴惴。所以後來萬聖書園老闆表示贊同時，我還視為難得的知音。

孰料斗轉星移，僅僅十幾個春秋，中國的老闆已經可以自動對號入座，將自己與西門慶相提並論了——再稱他們為當代的西門慶，他們至少不會勃然大怒，甚至可以引以為榮，「學習西門慶好榜樣」了。

真是「三十年河東，三十年河西」啊！

筆者雖然也關注「金瓶梅現象」，但不敢攀比臺灣明星的「私房閱讀」——道不同，趣亦各異也。

茲將淺見略陳於下：

1. 西門慶現象：暴發戶領著時代風騷也。

2. 武松現象：武松的非英雄化，標誌著理想主義的失落，亦猶王蒙所謂之「告別崇

---

5 《廣州日報》2010 年 5 月 26 日。

高」也。

3. 蔡狀元現象：官商結合也。

「金瓶世界中出現了商人做官、官商結合乃至官貧商富的現象。如果不貪污受賄，又不能經商致富，那麼官僚士大夫們除了『安貧樂道』以形而上的滿足來彌補形而下的匱乏之外，那就無從與暴發戶相抗衡了。站在一月薪水不值一席酒的天平上，做清官的也就很難在腰纏萬貫的暴發戶面前直起腰桿了。開始，是他們居高臨下地扶植起了暴發戶；後來，則身不由己地拜倒在暴發戶腳下。」

4. 溫必古現象：標誌的是文化的低俗化。

「狀元、士大夫們向暴發戶俯就，傳統文化貶值了。西門慶對狀元公的大方施捨，不是對科舉事業搞什麼『贊助』，他是向官場搞『感情投資』：此公所熱中的是關係學，而不是文化學。市民階級的整體作為新興的社會力量出現在歷史舞台之上時，曾經產生過但丁、達·芬奇、莎士比亞、伏爾泰和盧梭等文化巨人，但作為個體在生活中出現時，他們一個個就分解成了夏洛克、老葛朗台和阿爾巴貢，成了渾身散發著銅臭的、粗俗暴發戶了。西門慶更不例外。不過，西門慶也不能沒有文化，沒有文化人，他所鍛造出來的文化人，可以溫必古為代表。」「李桂姐、吳銀兒、鄭愛香兒、董嬌兒、郁大姐、申二姐、李銘、鄭春、苟子孝、春鴻等等，是西門慶鍛造出來的又一類文化人。」

「私房閱讀」謂：「他聽音樂，非常有品位，他在戲院裏面有這些妓女，那時候妓女是流行的先驅，她們做出來的衣服會流行到民間去，因為從小念書，會填詞，音樂造詣是最高的，算得上名模加名歌手，而西門慶結交的都是這種。」——歪打正著，「造詣品味」云云，則不敢苟同。

5. 潘金蓮現象：依然是奴性的追求，即使是「強者」，也是可怕的扭曲。

「潘金蓮是一個淫婦。但潘金蓮絕不僅僅是一個淫婦，她更是一個以極度扭曲的形式追求個人的幸福和發展而被那罪惡社會徹底毀滅了的市井下層女性的典型。這是『瓶』中金蓮與『水』中金蓮的不同之處，也是在人物的典型意義上前者高於後者之處。」「她貌似強者，實際上是弱者。潘金蓮以強烈追求的形式失掉了自我，她的追求依然是奴性追求，不能拔得過高。」

6. 韓道國現象：「400 年前」經濟人與性解放最佳結合之先鋒也。

金瓶世界的一個突出特點是「性解放」。「其犖犖者當推韓道國之妻王六兒。這是一個少見的家庭模式，丈夫給西門慶作夥計，主持分店經營和長途販運，妻子則半公開地給西門做著粉頭。通姦或賣淫雖古已有之，然而王氏夫婦之作為卻有自己的特色：一，『第三者』插足並非因為家庭危機或於婚外尋求感情寄託，而是為了經濟效益，女方以經營之道下海，業餘操皮肉生涯，心平氣和為之，無絲毫於心不安處；二，妻子之作為不僅得到丈夫的默許，而且簡直是共同經營，故一面男盜女娼，一面又琴瑟和諧；三，女方對於賣身不僅泰然處之，而且『自在玩耍』，帶有自娛性。西門慶死後，他們夫婦商量要拐帶一千兩銀子逃往東京時，一貫忘八無恥的韓道國還有些於心不安：『爭奈我受大官人好處，怎好變心的？沒天理了。』想不到妻子卻說：『自古有天理，到沒飯吃哩！他占用著老娘，使他這幾兩銀子，不差什麼！』——驚世駭俗之論，其意識何其超前耶？是的，『有天理到沒飯吃』，她用極其犀利的語言，揭露了『理』的虛偽性。這『理』，要崩潰了，取而代之的是一個『錢』字。——『自古有天理到沒有飯吃』，人們要到『沒有天理』中去討飯吃了。」

8. 李瓶兒現象：暴發戶恣意瀟灑中亦有失落也。

比起「大觀園」上空那令人神往的瑰麗美好的「情天」來，金瓶世界是個人欲橫流的罪惡深重的「孽海」。前者以詩一樣的筆調蓀揚「情」，後者則刻露盡相、淋漓盡致地渲染「欲」。虛偽、勢利、粗俗、醜惡、爾虞我詐、弱肉強食、強者恣睢暴戾、弱者卑賤麻木……這一世界太沉悶了，太令人感到窒息了。即使是強者，得意者——這世界是為他們「設計」的——他們也許是活得過於瀟灑了，也許也是太累了，他們經常也會感到空虛，感到不足，感到失落，感到這世界缺少點什麼……西門慶之特別寵愛或者說鍾情於李瓶兒，還有著不可忽視的另一方面的原因：他在瓶兒那裏，發現了在其他女人處也包括他所生活的那一世界裏所沒有的東西——人的感情，用金錢所不能買到的人性中固有的可貴的東西。從這裏，他不自覺地發現了自己的「人」的存在，得到了精神補償，找到了心理慰藉。

港臺作者有著先天的被崇拜優勢。作者自謂：「對於好友蔡康永賣力勸服他進軍大陸，也是猶猶豫豫，全然沒有『大男孩』的爽利。可康永畢竟是太好的朋友，他盛情難卻，就來了。一圈下來，都是新鮮的體驗，『哎呀，大陸記者都叫我老師……哈哈哈哈』。難怪臺灣人只肯叫他『侯大哥』。」《私房閱讀》未及拜讀，「《金瓶梅》根本就是在講今天」「西門慶是先富起來的那批」等倒令人刮目相看，也許是能「熱」的原因之一。

不過，將《金瓶梅》比作「是叛逆的，是不被家長承認的小孩，可是到了今天，如果我們想繼續往前走，真的需要把這個小孩子找回來，給他一張板凳坐，去想想他講的事情」，在下則期期以為不可。

從訪談水準看，猶在「百家講壇」一些學術明星水準之下，許多高論莫名其妙。

比如，「我們中國文化裏很缺乏這一塊：容許質疑，容許叛逆——這是西方的文化」——西方宗教裁判所的火刑、布魯諾和伽利略的遭遇也是「容許質疑，容許叛逆」？

又如，「而當你的國事強的時候反而你的文明是弱的，很多人喜歡看唐朝的東西，可是唐朝很無聊，漢朝在我看來也很無聊……所以我覺得明末那個年代是整個文化裏面非常精彩的一個時代，精彩得不得了，想法亂七八糟，特別有趣。」——漢唐文明怎麼「是弱的」？「金瓶梅」時代乃「明中葉」，並非「明末」，彼時「國事（勢）」似不弱。

再如，「從明末到民國初年一直到 80 年代，中國沒有經歷另外一個資本主義，所以大家比較少知道有錢到底怎麼回事，清朝從乾隆之後就開始窮了，直到最近內地經濟才開始好起來」——中國在清代的乾嘉之際，不光不窮，而且 GDP 占世界的 1/3，不容挑戰的第一，比歐美的總和還要多。這是「硬道理」！怎麼可以信口開河。即使到鴉片戰爭爆發的道光時期，中國的 GDP 也遠非不列顛可以望其項背。英國人按市場規則貿易，淨是入超逆差，從美洲搶得白銀都流到中國來了，不得已才玩孬點子，伸出「看的見的手」，用炮艦為鴉片貿易保駕護航了。

雖是片言隻語，但亦可一斑窺豹——亦流行時尚耳！

孟超先生有一本《金瓶梅人物論》，治古代小說者都很熟悉。其壓卷之篇曰〈西門慶萬歲〉，寫於 1946 年，原刊發在香港的報刊上，借古諷今的矛頭是指向抗戰中大發國難財和戰後瘋狂「劫收」以四大家族為代表的豪強的。魯迅先生多次說過，希望自己針砭時敝的作品能夠速朽，自然是出自深厚的仁者胸懷。如今，距孟超寫作該文已經是 60 多年過去了，當事雙方俱以風流雲散，然而，如今的「西門慶大官人」，可「速朽」也未？

附　錄

一、馮子禮小傳

男，字憲之，1941 年生於江蘇邳州。邳州者，《三國演義》之下邳也，故與小說結緣。執教於江蘇省運河高等師範學校，擔任文藝學、中國古代文學等課程。教學之餘作點中國古代小說研究，論文之外，間有專著和論文結集問世，《從美的角度審視大觀園文化》《三國演義啟示錄》《金瓶梅與紅樓夢人物比較》等是也。較之致力於作者、成書、版本等考證且成果煌煌的諸多師友，作者只不過就小說文本寫點閱讀心得，不足道也。然尺短寸長，一得之見，自有其可讀之處。文本研究固易平庸空泛，但寫出如王國維《紅樓夢研究》、王昆侖《紅樓夢人物論》、何其芳《論紅樓夢》、蔣和森的《紅樓夢論稿》那樣見解卓越又文筆優美的文章，亦非易事。高山仰止，雖不能至，然心嚮往之。偶讀《紅學六十年：學術範式的演變及啟示》和《紅學六十年，必看的 50 本書》，拙作《金瓶梅與紅樓夢人物比較》居然忝列其間，愧怍之餘，亦差可自慰耳。

二、馮子禮《金瓶梅》研究專著、論文目錄

(一)專著

1. 《金瓶梅》與《紅樓夢》人物比較，南京：南京出版社 1993 年。

(二)論文

1. 善惡殊途　美醜判然——《金瓶梅》與《紅樓夢》中女性形象之比較
   青海社會科學，1989 年第 4 期。
2. 相悖互依　逆向同歸——《金瓶梅》《紅樓夢》主人公比較
   明清小說研究，1990 年第 1 期。
3. 兩個不同社會圈子裏的模範女性——孟玉樓與薛寶釵形象之比較
   明清小說研究，1990 年第 3-4 期。
4. 貴族社會與市井社會芸芸眾生的絕妙的傳神寫照——《金瓶梅》與《紅樓夢》人物群像比較
   紅樓，1990 年第 4 期。
5. 都知愛慕此生才——潘金蓮與王熙鳳形象之比較
   淮海論壇，1991 年第 5 期。
6. 「大家風範」與「小家子氣」——《金瓶梅》與《紅樓夢》中兩種不同的主婦群的形象之比較
   紅樓夢學刊，1992 年第 3 期。
7. 深淺有別　雅俗異致——《金瓶梅》與《紅樓夢》中宗教描寫之比較
   明清小說研究，1992 年第 3-4 期。
8. 《金瓶梅》現象
   明清小說研究，1995 年第 1 期。
9. 攀附者的辛酸和悲哀——《金瓶梅》與《紅樓夢》中的兩個姥姥
   紅樓，1992 年第 10 期。
10. 關於西門慶的性格和心態
    明清小說研究，1998 年第 2 期（合著）。
11. 「卑賤」與「卑」而不「賤」——《金瓶梅》與《紅樓夢》中小丫鬟形象之比較
    運河高師學報，2008 年第 4 期。
12. 孽海情天，何處彼岸？——《金瓶梅》《紅樓夢》與「女權意識」
    《金瓶梅》與清河——第七屆國際《金瓶梅》學術研討會論文集，長春：吉林大學

出版社 2010 年。

13. 「梅」開「瓶」外淆香臭，「金」囿「塔」內賞孤芳——《金瓶梅》研究中的一個問題

《金瓶梅文化研究》第六輯，北京：中國文史出版社 2013 年。

後　記

讀《金瓶梅》，有兩點體會與時俱進而愈感深切，一是與《紅樓夢》的比較研究，一是小說的審美接受與世情觀照。

《紅樓夢》與《金瓶梅》是一對天造地設的文學比較對象。它們的比較，無論於中國小說的發展史，於小說美學，還是於當代的文藝創作及審美接受，都是一個極有意義的課題。1993 年筆者曾出一部《金瓶梅與紅樓夢人物比較》，拙作就二書人物的群體和個體試做系統比較，才疏學淺勉為其難，亦駑馬先駕引玉拋磚之意。二十年後，為編輯「精選集」回視，除愧「少作」不足之外，益感「比較」之必要。

《金瓶梅》與《紅樓夢》的關係，清人褚聯就說過：「《紅樓夢》脫胎於《金瓶梅》，而褻嫚之詞，淘汰至盡……非特青出於藍，直是蟬蛻於穢。」

褚聯之論包含兩個方面意思，一是二書的承繼關係，一是二書的超越關係。褚聯的評價，分寸可以商量，但總體上說是難能可貴的。

《金瓶梅》問世後，長期被視為淫書，就是進入當代後，多年也處於被禁的狀態。進入新時期，《金瓶梅》才得到解放，從而給古代小說的研究提供了自由的天地，以致「金學」與「紅學」「三國學」等可以並駕齊驅，蔚為大觀，這自然是學術的幸事和盛事。不過，在《金瓶梅》文本的審美研究上，溢美的傾向也不容忽視。研究者對於自己的研究對象特別是名著一定程度的偏愛並不奇怪，完全可以理解。「知之者不如好之者，好之者不如樂之者」，《金瓶梅》問世不久，袁中郎就有過「伏枕略觀，雲霞滿紙」的話。不過，研究還是要高屋建瓴，入乎其內出乎其外，冷靜客觀。

袁宏道是性靈派大家，對《金瓶梅》的讚美，折射出的是晚明思想解放潮流，表現的是「性靈」向「載道」，或者說「個性」向「道統」的挑戰。

然中郎之言，朋友間通信帶詼諧調侃色彩，「雲霞滿紙」云云，並不代表對「褻嫚之詞」的否定，不能看成是他對是書的總體性的審美評價。

「褻嫚之詞」，審美格調不高也。這部中國小說史上的里程碑式的巨著，它的歷史意義、它的認識價值，高於它的審美價值。對小說審美鑒賞的正確引導，應該是金學義不容辭的義務。

「性靈」云云，須與時俱進具體分析，不可膠柱鼓瑟一概而論。金瓶時代，包括晚明，

「性靈」的提倡是對「道統」的挑戰，反映的是新興的市民意識。五四時代，它又旗幟鮮明地以「個性解放」形式，向封建道統和「孔家店」宣戰。進入 1930 年代，社會的主題已經是「救亡」，「命運交響樂章」的音符是血與火，輕鬆的「小夜曲」不會是主旋律，因而，中郎幽靈的「幽默」再現，魯迅就不以為然了。八十年代「新啟蒙」，似乎是重啟「道統」批判，不過，此「道統」非彼「道統」，如果這「啟蒙」復歸的「性靈」或「人性」，就是「嫁人要嫁西門慶，娶妻當如潘金蓮」、就是「笑貧不笑貪，笑貧不笑娼」、就是「老人倒地無人扶」的話，那麼，這「啟蒙」就不能不令人「重新審視」了。

《金瓶梅》審美的當下接受問題，是一個嚴峻的學術理論課題，我們對此關注還遠遠不夠。

摒棄崇高，榮恥顛倒，文化商業化、消費化、娛樂化、低俗化，社會審美的水準基線，日益向西門慶和潘金蓮趨同。看來，金學研究是有點落後於《金瓶梅》的社會審美腳步了。

考察這一問題，我們不妨將「比較」的範圍擴大一些。

尋找「領著時代風騷」的作品，電影《小時代》是不能遺珠的。該片由最當紅的作家郭敬明根據自己小說改編執導，上映 3 周票房過 4 億，刷新華語票房首映紀錄。它讓千千萬萬青年迷離顛倒，電影帶動小說，全國書店一半脫銷，保守估計也有 800 萬冊——說是時代精神的審美觀照，一點也不過分。

這部令年青一代如醉如癡的青春偶像劇，在比較的座標中，正是當代白領小資的「大觀園」，是當代春梅姐的西門金屋和周守備府。

且看女主人公林蕭求職錄用報到時的一段對話：

> Kitty：你除了是他工作上的助理，也是他生活上的私人助理。
>
> 林蕭：私人到什麼程度？
>
> Kitty：私人到任何程度。
>
> 林蕭：難道要陪睡？
>
> Kitty：想得美！

簡捷明快，不容置疑，典型的《小時代》風格。

不是惶恐擔心，不是拒斥害怕，更非勃然大怒，而是可以欣然接受、受寵若驚的高攀。

與當年春梅被西門大官人「收用」，與孫雪娥看到大官人從天而降的心態，並無二致。

當代白領心態、雇員與老闆關係的審美觀照。

電影不厭其煩地渲染洋老闆的怪癖和對下屬要求的嚴苛。他的指令，只說一遍，不許再問，說一不二，不容置疑。他有潔癖，接觸過鑰匙後手一伸，下屬就得立馬拿酒精給予消毒。他收藏各式昂貴杯子數以百計，不同飲料各有專用，不許一點差錯，下屬必須「像記住自己的生日和生理期」一樣牢記。這比鳳姐和西門慶還難侍候的主子，一個月後，林蕭已經完全適應，可以自得地標榜：「即使叫我現在給他搞一顆俄羅斯的核彈過來，我也能風雨不驚地轉身走出辦公室，第二天通過快遞放到他的辦公桌上。」林蕭因為咳嗽打壞一隻杯子，就像闖了一場大禍，她傾其所有再加上男友贊助，按地址和編號買上一隻一模一樣的賠補，這才了結。

它不禁使人想起《金瓶梅》中的龐春梅做了守備奶奶後折磨孫雪娥的場面，古今中外文學中不乏這類故事。

匪夷所思的是，這一切，到《小時代》中都變成了美和酷，變成了令人仰視的風度和現代管理風範，變成了下屬的折服和傾倒。賠過杯子後，洋老闆出乎意外給予報銷並隨機賞賜一件高檔飾物，更讓林蕭感激不盡，久久仰視不已。於是，怪癖老闆「遠離了平日裏呼風喚雨的高傲外殼」，變成「輕輕地發著光輝」「宇宙裏遙遠而又孤獨的星球」了。

龐春梅心態，宋惠蓮心態，襲人、麝月心態。

這一傾向連西方媒體都感到驚詫。美國《大西洋月刊》網站 2013 年 7 月 16 日以「《小時代》對中國女性而言是嚴重倒退」為題發表文章，稱「被《小時代》的低俗驚呆」。

> 「四個人物的職業追求就是服侍那些優秀的男人……我們對電影沒羞沒臊的炫富、華彩和被偽裝成女性渴望的男權根本毫無準備，徹底驚呆了。影片粗俗和嚴重缺乏自我意識是非常驚人的，但是並不會讓人太驚訝。影片更像是一個在當代中國城市中遍地開花的物欲橫流圖景。影片滿足了以女性渴望為角度描寫的男性意淫，即一切圍著男人和男人所能提供的物質享受轉。它透露出一種扭曲的男性自戀和男性對於家長制權威的嚮往以及被錯誤解讀為女性渴望的男性對女性的身體和情感的控制欲望。」

> 「『小時代』暴露了中國現今社會消費主義和個人主義的盛行，隨著個人收入差距的不斷擴大，男人為了跟從俗世所宣導的價值觀而去爭取金錢與地位，把家庭放在一邊。在這場角逐中，女性角色作為犧牲品而社會地位不斷下降，淪為男權社會的附庸。女性在這部電影中並非能掌握自身的命運，而是作為男性的陪襯、勝利之後的戰利品、炫耀的花瓶以及全知全能的神所操縱的木偶。」

奴隸的紀律是皮鞭紀律，資本的紀律是饑餓紀律。資本的專制並也不比「皮鞭紀律」寬容人性，雖然看起來它十分「自由」，但「炒魷魚」的緊箍咒足以讓餓肚子的孫悟空就範。可惜這在當下全被文藝話語遮蔽了、美化了。如果說，浙江某老闆強令企業員工不分男女一律剃光頭之類新聞反映的是個別資本的專橫，那麼，《小時代》折射出的，則是社會資本的話語霸權，是它對社會心理的成功馴化。《小時代》是代表，與《紅樓夢》絕然不同，作者的敘事是站在老闆立場美化資本專制和金錢紀律，給金錢無所不在的統治戴上詩意的花環。它張揚的所謂現代意識，依然是不折不扣的奴性意識，在這裏，作品、人物與受眾，實現了高度的和諧一致。

《小時代》是「風」，也是「頌」，是白領的詩篇，更是資本的頌歌。

「幹得好不如嫁得好」，「男人有錢就變壞，女人變壞就有錢」，「寧當小三，不嫁窮漢」，「現在是商品社會，每個人都在為自己利益打拼。如果女人只剩下身體可賭明天，那又何必猶豫！」……十分時尚，十分先鋒。

金瓶世界也有許多令人拍案叫絕的警句名言：

龐春梅講得最經典：「各人裙帶上的衣食，怎麼料得定！」

李瓶兒保姆的話是詮釋：「你若與他凹上了，愁沒吃的，穿的，使的，用的！」

宋惠蓮罵孫雪娥的話最出彩：「我是奴才淫婦，你是奴才小婦。我養漢養主子，強如你養奴才！」

最先鋒的是王六兒：「自古有天理，到沒飯吃哩！他占用著老娘，使他這幾兩銀子，不差什麼！」

——何其神似乃爾耶？

甲午仲春於下邳二知書屋

國家圖書館出版品預行編目資料

馮子禮《金瓶梅》研究精選集
馮子禮著. – 初版. – 臺北市：臺灣學生，2015.06 面；公分（金學叢書第 2 輯；第 10 冊）
ISBN 978-957-15-1659-2 (精裝)
1. 金瓶梅 2. 研究考訂
857.48　　　　104008049

馮子禮《金瓶梅》研究精選集

著作者：馮子禮
主編：吳敢、胡衍南、霍現俊
出版者：臺灣學生書局有限公司
發行人：楊雲龍
發行所：臺灣學生書局有限公司
臺北市和平東路一段七十五巷十一號
郵政劃撥帳號：00024668
電話：(02)23928185
傳眞：(02)23928105
E-mail：student.book@msa.hinet.net
http://www.studentbook.com.tw

定價：精裝 30 冊不分售 新臺幣 45000 元

二〇一五年六月初版

ISBN 978-957-15-1659-2 (本冊)
ISBN 978-957-15-1680-6 (全套)

金學叢書 第二輯

❶ 徐朔方 孫秋克《金瓶梅》研究精選集
❷ 甯宗一《金瓶梅》研究精選集
❸ 傅憎享 楊國玉《金瓶梅》研究精選集
❹ 周中明《金瓶梅》研究精選集
❺ 王汝梅《金瓶梅》研究精選集
❻ 劉輝《金瓶梅》研究精選集
❼ 張遠芬《金瓶梅》研究精選集
❽ 周鈞韜《金瓶梅》研究精選集
❾ 魯歌《金瓶梅》研究精選集
❿ 馮子禮《金瓶梅》研究精選集
⓫ 黃霖《金瓶梅》研究精選集
⓬ 吳敢《金瓶梅》研究精選集
⓭ 葉桂桐《金瓶梅》研究精選集
⓮ 張鴻魁《金瓶梅》研究精選集
⓯ 陳昌恆《金瓶梅》研究精選集
⓰ 石鐘揚《金瓶梅》研究精選集
⓱ 王平 趙興勤《金瓶梅》研究精選集
⓲ 李時人《金瓶梅》研究精選集
⓳ 孟昭連《金瓶梅》研究精選集
⓴ 陳東有《金瓶梅》研究精選集
㉑ 卜鍵《金瓶梅》研究精選集
㉒ 何香久《金瓶梅》研究精選集
㉓ 許建平《金瓶梅》研究精選集
㉔ 張進德《金瓶梅》研究精選集
㉕ 霍現俊《金瓶梅》研究精選集
㉖ 曾慶雨《金瓶梅》研究精選集
㉗ 潘承玉《金瓶梅》研究精選集
㉘ 洪濤《金瓶梅》研究精選集
㉙ 金學索引（上編）——吳敢編著
㉚ 金學索引（下編）——吳敢編著